U0152518

第四野战军

十虎将

青 山　晓 军/著

中共党史出版社

图书在版编目(CIP)数据

第四野战军十虎将 / 青　山,晓　军著. —北京:
中共党史出版社,2006.9
ISBN 978-7-80199-525-4

Ⅰ. 第…　Ⅱ. ①青…②晓…　Ⅲ. 第四野战军-将军-生平事迹
Ⅳ.K825.2

中国版本图书馆 CIP 数据核字(2006)第 087659 号

第四野战军**十虎将**

作　　者:青　山　　晓　军
责任编辑:春　秋
出版发行:中共党史出版社
地　　址:北京市海淀区芙蓉里南街 6 号院 1 号楼
邮　　编:100080
经　　销:新华书店
印　　刷:北京楠萍印刷有限公司
开　　本:787×1092　1/16
字　　数:320 千字
印　　张: 23.5
印　　数:1-10000 册
版　　次:2006 年 9 月第 1 版
印　　次:2009 年 5 月第 2 次印刷

ISBN　978-7-80199-525-4
定　　价:38.00 元

前　言 QianYan

在中国人民解放战争时期和新中国成立初期，人民解放军编制序列上存在过一支威震四海、名冠九洲的主力部队——第四野战军。这支野战军由东北野战军改编而成。解放战争时期，她在敌我兵力异常悬殊、人力物力极端困难的条件下，共歼灭国民党军153万余人，为中国人民解放事业做出了重大贡献。

在这支英雄的部队里，涌现了成千上万个智勇双全、能征善战的骁将，他们或从南昌、井冈山历经千难万险拼杀而来，他们或从抗日烽火中百炼成钢。他们是千百万战士的代表，他们是时代的骄子。诸如：司令员林彪、第一政委罗荣桓、第二政委邓子恢、第一参谋长肖克、第二参谋长赵尔陆、政治部主任谭政、副参谋长聂鹤亭和陈光、政治部副主任陶铸、后勤部部长周纯全、后勤部政委陈沂，第12兵团司令员兼政委肖劲光、第一副司令员陈伯钧、第二副司令员韩先楚、副政委兼政治部主任唐天际、参谋长解方，第13兵团司令员程子华、政委肖华、第一副司令员李天佑、第二副司令员兼参谋长彭明治、政治部主任刘道生，第14兵团司令员刘亚楼、政委莫文骅第二副司令员刘震，第15兵团司令员邓华、政委赖传珠、第一副司令员兼参谋长洪学智、第二副司令员贺晋年、政治部主任肖向荣，第 38 军军长梁兴初、政委梁必业，第 39 军军长刘震、政委吴信泉，第 40 军军长罗舜初、政委袁升平，第 41 军军长吴克华、政委欧阳文，第 42 军军长吴瑞林、政委刘兴元，第 43 军政委张池明，第 44 军军长方强、政委吴富善，第 45 军军长陈伯钧，第 46 军军长詹才芳、政委李中权，第 47 军军长曹里怀、政委周赤萍，第 48 军军长贺晋年、政委陈仁麒，第 49 军军长钟伟、政委徐斌洲，第 50 军军长曾泽生、政委徐文烈，第 58 军军长孔庆德、政委方正平，特种兵司令员万毅、政委钟赤兵、副司令员苏进，等等。

这些知名的骁将，在解放军将领传、人物传记、史料中曾有过记载，也曾从不同的侧面作过宣传。本书为了纪念中国人民解放军诞生 80 周年，我们仅从这些骁将中选择 10 位进行记叙。这 10 位不是四野中官职最大、军衔最高，也不全是战功最显赫的，不过，他们都无一例外的具有睿智、英勇、坚毅、果敢的品格和气质，他们都对党忠心耿耿，为人民舍生忘死，他们都曾指挥过千军万马、所向无敌，极富传奇色彩。他们成长的故事、战斗的历程无不动人心魄、感人之深。因此，他们身上所折射出来的人性光辉，至今依然闪耀，他们所表现出来的那种划时代精神，今天依然需要发扬光大。需要特别说明的是，本书与此前由中央编译出版社出版的《中国人民解放军十大将军》、《中国人民解放军十大司令员》、《中国人民解放军十大参谋长》等为同一系列书，在内容上互为补充，尽量减少重复。

本书的编写力求客观、准确；既突出最精彩、最具传奇的人生片断，又注意反映一生的经历；既有趣味性和可读性，又有科学严谨性。当然，究竟如何，还待读者评判。

目 录

东北猛虎：刘亚楼

他一个猛子潜入河里，可以一下子摸出三条鱼来；三年半升了七职；他受到护士长的严肃质问；他仅用了4天时间就指挥了34万大军对天津重重包围；他认为中央“7·26方案”有不妥之处需要更改；大字报中有这样一张：“刘亚楼同志您批评人太尖刻，有时令人难以接受……”

旋风司令:韩先楚

带头出击,击毙“刀枪不入”的红枪会会长;违抗军令;化装成农民赶集;朱老总对他表扬有嘉;他采取黑虎掏心;会场上一双双睁大了的眼睛,都集中到了这位新来的司令员身上;求战心切的他,提前10小时发起进攻;用炮兵“上刺刀”;蒋军称他的部队为“旋风部队”……

能文能武:邓华

跟朱毛走;他搁下毛笔,不由得拍案叫绝;他输棋了,突然对参谋长说:“老哥,咱们还是‘牵羊’去吧!”;他是一流的舞星;他的电报给林彪出了一道难题;有人说,邓华在朝鲜战场上“两头冒尖”……

高参大智:赵尔陆

掌柜的点头哈腰,口称“老爷”,一路将赵尔陆送上车;发现漳州城里的修械所、印刷厂和被服厂,赵尔陆像是发现了无价珍宝一样高兴;他守在指挥所里异常忙碌,听取着各方战况,运筹着各路部署;他的脑海里,时而是大兵团的运动,时而是大兵团的攻击,时而是在大兵团的阻击打援;他回来,一见办公室被整饰一新,不但不高兴,反而火冒三丈……

百岁上将:吕正操

多次向张学良提出要下部队去;面对鲜红的党旗,他情不自禁……;他起身宣布:“从今天起,我们脱离东北军,成为抗日的革命队伍了!”;毛主席微笑着对吕正操说:“你那封信我是看了的。就是你那个签字为难了我……”;实事求是,该上就上,该下就下,不能给子孙后代留祸害……

威震四方：刘震

参加红军的第一次战斗就抓了两个俘虏，缴了两支枪；用尽全力把敌人摔倒，不料敌人慢慢别过枪来，一发子弹穿透了他的左肩；刘亚楼对刘震说："你的对手是62军，是块难啃的骨头！"邓华插话说："他牙口好，没有问题！"，他决心出敌不意打一仗，遂令作战部队的飞行员不吃早饭……

"赣南一面旗"：陈奇涵

他为入党拍案而起；脱下皮鞋穿上草鞋；被撤职；过草地，吃了一次终生难忘的肉;保卫延安东北大门;“七大”会后,他来到了毛主席住的窑洞;提出 6 条练兵方式;向全区部队发出一条重要号令;建国了,他白手起家;1967 年的一天,他突然接到一个通知……

塔山虎将:吴克华

防不胜防的子弹麻利地削去他一块头皮,第五天,又一块弹片穿透他的右腮帮,敲掉他几颗牙齿;打仗时,他总是往一线跑;他严肃地说,早上起来的第一件事应该是拉屎,必须养成这种习惯;他军事生涯中最为残酷的一仗;他几乎每天都跟战士争活干,有时争得简直不可开交……

能征善战:万毅

一出生却成了日本天皇的“子民”;得到的奖品是一块怀表和一把指挥刀;怒打政训员,蒋介石知道后对张学良说:“你有个团长很反动”;他说,枪在你们手里,你们随时都可向我开枪!……

9 纵第一人:詹才芳

天在哪?他是谁?我找他去问问,去评评……;我们穷人就是要联合起来和地主老财斗到底!;他和突击队员们一动不动地趴在地上,身上挂着露水;他的"大好人"的美誉在部队内外广为流传;大老粗当教师……;他气呼呼地说,"我们又不是妇女!让我们堂堂八路军汉子钻地洞?"……

★东北猛虎：刘亚楼★

刘亚楼(1911–1965)，原名刘振东。福建省武平县湘店乡人。1929 年加入中国共产党，同年参加中国工农红军。土地革命战争时期，任闽西游击队排长，红 4 军随营学校学员班长，红 12 军连长、营长兼政治委员，红 4 军第 3 纵队八支队政治委员，红 4 军第 12 师 35 团政治委员、第 11 师政治委员，红 1 军团第 1 师师长、第 2 师师长，陕甘支队第 2 纵队副司令员。抗日战争时期，任抗日军政大学训练部部长、教育长。1939 年赴苏联伏龙芝军事学院学习，1942 年在苏联红军实习，参加了苏联卫国战争。1945 年 8 月归国，在东北参加了苏联红军对日军的作战行动。解放战争时期，任东北民主联军、东北野战军、东北军区参谋长，东北航空学校校长，第四野战军第 14 兵团司令员。建国后，任中国人民解放军空军司令员，国防部副部长兼第五研究院院长，国防科学技术委员会副主任。中国航空运动协会名誉主席。1955 年被授予上将军衔和一级八一勋章、一级独立自由勋章、一级解放勋章。是第一、二、三届国防委员会委员，第一届全国人民代表大会代表，中国共产党第八届中央委员。

东北猛虎：刘亚楼

十几岁练出一手好枪法

shijisuilianchuyishouhaoqiangfa

1911 年 4 月 8 日，刘亚楼出生在福建省武平县湘店乡大洋泉村一个非常贫困的农家。当时，他父亲给他取名叫兴昌，后来又改名叫“马长”，希望他能快快成长。“马长”一名伴随他很长时间，以至许多年他当了大官后，村里人还是唤他马长。

小马长刚出生就遭遇不幸，母亲因产后风第二天就去世了。父亲是个贫苦农民，无力抚养一个嗷嗷待哺的婴儿。就在走投无路时，一位好心乡邻伸出了援助的手，这个乡邻叫刘德香，是位铁匠，他抱养了小马长。其实他也是家境贫穷，为了养活小马长，他把自己的女儿送给人家当了童养媳。

刘德香抱养小马长后，给马长起了个大名叫刘振东。小振东在养父母的照料下，一天天长大了。贫苦的家境，坎坷的经历，使振东养成了闽西山区贫苦孩子特有的勤奋品格和倔强好胜的秉性。

小振东天性机敏，七八岁时就能下河摸鱼了。他可以一个猛子潜入河里，从河里一下子摸出三条鱼来，左手一条，右手一条，嘴里还叼上一条！

在闽西山区，几乎家家都有猎枪，男子们都会使枪，但枪法却差别很大。刘振东凡事不甘人后，十几岁时便练出一手好枪法。山中的野兔，空中的飞鸟，只要在射程之内，便只有栽在振东的枪口下了。

小振东的成长，刘德香看在眼里，喜在心上。他觉得这孩子身上有一种特殊的力量，只要下力气调教，会有大出息的。

一天，刘德香吃完晚饭后，把妻子梁玉娣叫到跟前，说：“我想咱们的孩儿大了，该让他念点书了……”

梁玉娣一听，忙从屋内取出两个书包，应道：“是该让孩儿念点书。你瞧，咱两个孩儿，两个包，振东虽然不是我亲生的，但我不会亏待他的。”梁玉娣

在收养小马长两年后，生育了一个儿子，取名福东。

刘德香却脸露愁容摇了摇头。过了一会儿他才说："我怎么不想让两个孩儿都念书呢?可是咱付不起两份读书钱啊！"梁玉娣叹了口气，低声道："这可就委屈小振东了。"

刘德香再次摇了摇头。良久，才对妻子说："我想让振东去念书，这孩子脑子灵，读书能读出来！"

梁玉娣一时呆住了。当她终于明白丈夫主意已定时，流着泪把一只书包交给了丈夫……

东北猛虎：刘亚楼

坚决跟党走

jianjuegendangzou

1922年，刘振东毕业于崇德初等小学，进入湘店高等小学。刘德香一家人节衣缩食全力支持振东读书。尽管如此，常常还是拖欠学费。刘振东不得不在课后为富家同学代做作业，甚至代做考卷，以换取几个铜板和几顿饭钱。就这样，他艰难地学习了两年，以优良的成绩考入了武平县立初级中学。

一个贫苦人家的孩子考入中学，这在20年代中国闽西山区是罕见的，在刘振东的祖地大洋泉村是前所未有的。乡亲们闻讯后聚集到刘德香家门口久久不肯散去。山窝里飞出了金凤凰，整个大洋泉村人的脸上都有光彩。

从刘振东居住的山村到武平县城有100里，刘振东要走两天时间才能赶到学校，十分不便。第二年，他转入长汀七中，离大洋泉村稍近一些。然而，无论刘振东怎样节俭，沉重的学费和生活费还是压得他在两年后辍学回乡了。

回乡后，崇德小学聘他当了教员。振东为人正直，工作积极，深得校长刘克模的赏识。刘克模是位共产党员，他渐渐地把刘振东引上了革命之路。在

刘克模的小阁楼上,刘振东捧起了《独秀文存》、《向导》、《新青年》等革命书刊,从中汲取革命理论,建立并推动了他民主革命思想的发展。

1929年,家乡成立了反抗恶霸势力的青年会,刘振东是青年会的领导人之一。他以青年会为基础组建了“铁血团”。

1929年 8 月中旬的一个夜晚, 他被带到刘克模楼上常人难得一进的书房,在镰刀斧头红旗下举行了庄重而简朴的入党仪式之后,刘克模将手搭在他的手上,语重心长地说:“革命需要你,我们欢迎你,希望你坚决跟党走,更上一层楼! ”

入党介绍人张涤新、李光也把手搭了上去。

握着这三双大手,刘振东感到自己有了一股无穷的力量,表示:“坚决跟党走,更上一层楼! ”

入党之日,刘振东正式更名为刘亚楼。

从此,刘亚楼将自己的一切交给了党,也因为有了党组织的关心和培养,刘亚楼由一个地地道道的农家子弟成长为一名军队的高级将领。

东北猛虎:刘亚楼

三年半,从连长升至师政委

sannianbancongliànzhangshengzhishizhengwei

刘亚楼入党 4 个月后,为策应毛泽东、朱德率领的红 4 军入闽,闽西特委决定组织农民举行武装暴动。刘亚楼遂参加了由刘克模、张涤新领导的,以铁血团为骨干的小澜暴动。

小澜暴动后,铁血团整编为闽西红军游击队武北第四支队。刘亚楼担任第 1 班班长,并随部队进入了古田,不久升为排长。古田会议召开时,刘亚楼获得了一个光荣任务——站岗放哨。

1929 年 12 月,刘亚楼被地方党组织选送,进入“红校”学习。

“红校”是红 4 军的随营学校,直属红 4 军前委领导,随军部直属机关行

☆古田会议旧址

动，是红4军培养和提高基层干部的重要基地。

4个月的“红校”学习，刘亚楼向党交了一份合格的答卷。毕业后，经过严格的考试挑选，刘亚楼当了连长。

随着革命年代的炮火硝烟，随着工农红军的步步壮大成长，刘亚楼的职务也一步一个台阶在往上迁升。长征结束时，刘亚楼已是一个堂堂师长了。下面是刘亚楼的成长足迹：

1930年3月，“红校”毕业，任红12军第3纵队第1营第2连连长。

5月，任红12军第3纵队第1营营长兼政治委员。

6月，任红4军第3纵队第8支队政治委员。

10月，任红4军第12师第35团政治委员。

1931年9月，任红4军第11师第32团政治委员。

1932年2月，任红4军第11师政治委员。

1932年6月上旬，任红1军团第2师第5团政治委员。

6月下旬，任红2师政治部主任。

10月,任红2师政治委员。

1935年7月30日,调任红1师师长。

11月3日,恢复红1军团建制时,任红2师师长。

从连长之任到师政委之职，刘亚楼一步一个台阶，只用了三年半的时间。当他升到师政委这个职位之时,年仅23岁。

东北猛虎：刘亚楼

做事一丝不苟，打仗胆大心细

zuoshiyisibugoudazhangdandaxinxi

长征结束后,为巩固和扩大陕甘根据地,并以实际行动表示红军抗日的决心，中共中央决定红一方面军以中国人民红军抗日先锋军的名义实行东征。并确定红1军团统一渡河时间为2月20日20时。

工作会议结束后，人们的思想几乎都放到了渡河前部队的准备工作上。只有强渡黄河先锋师师长刘亚楼向彭德怀司令提出了一个非同小可的问题：

“司令员,统一时间这很重要,可我们师部的这几块表总走不到一起,其他几个团长的表也快慢不一。我们常常为确定一个人是否准时发生争执。”

一句话,点醒了一个被大家同时忽视了的大问题。当时部队领导戴的表几乎都是从敌人手中缴获的旧表,走时误差很大。如果这个问题不能在准备工作时解决,渡河时间就不能形成一致。

问题自然有解决办法:下级服从上级,各级司令部机关每天早上7点向上级司令部对表,因林彪不戴表,所以军团司令部向聂荣臻政委对表。

几天之后,彭德怀、毛泽东以抗日先锋军司令员、政委的名义向部队发了一个特别军令:“渡河时间不可参差,一律20日20时开始,以聂荣臻之表为准。”

军令发出后,“谁的官大,谁的表准”的笑话一时在部队流传,聂荣臻对

此颇为得意，因为他那只忽慢忽快的旧表居然成了掌握渡河时间的标准表，无人与之争辩。

这就是刘亚楼，做事一丝不苟、打仗胆大心细的刘亚楼。

留　苏

liu　su

1938年4月，已是中国人民抗日军事政治大学教育长的刘亚楼，接到中央军委的命令——去苏联伏龙芝军事学院深造，成为我党第一批派往外国学习的军事人员。

由于他不懂俄文，刚到苏联时，听苏联人说话，就像牛听弹琴，鸭子听雷，一点也听不懂。即使是这样，组织上为了让他们早日度过语言关，不到半年就要求他们直接和苏联人对话。他遵照上级的要求，大胆和苏联人直接对话，不料闹出了个大笑话，惹怒了苏联人。

那是他刚到苏联不久，在黑海海滨索契疗养院度假时发生的事情。疗养院给他们每人指定了一张钢丝床，但床上仅有一个小枕头，睡觉很不舒服。

刘亚楼想要两个枕头。于是有一天指着床上的枕头对年轻女护士说："ОДИН ПЛОХ ДВА ХОРОЩО!(一个不好，两个好!)"怕女护士还不明白，他举起枕头打着手势。

结果女护士的脸刷地一下子红到了耳根子，二话没说，扭头就跑了。刘亚楼莫明其妙。不一会儿一个老护士长带着翻译来了，态度极为严肃，冲着刘亚楼质问道：你为什么随便拿年轻女护士取笑?!

这时，刘亚楼才明白过来，原来他们是误会了。以为他是嫌一个人睡觉孤单，要那个姑娘陪伴呢。经翻译解释清后，护士长笑着向刘亚楼道了歉。

这件事发生后，刘亚楼不但没有退却，反而知难而进，更加紧了刻苦学习，不懂就问，不会就学。他还常说：一个人谁也不是生下来就什么都会，不会并不可怕，可怕的是不会又不肯学。结果他很快度过了语言关。

东北猛虎：刘亚楼

差点被“枪毙”

chadianbeiqiangbi

1939年1月，刘亚楼正式进入伏龙芝军事学院学习。在这里，他有幸第一次系统地接受军事理论的教育，并接触到了当时最前沿的军事高科技。这种学习对于已身经百战、了解实地战况的刘亚楼来说可谓如虎添翼。在教员

☆抗日军事政治大学在延安的校址

的指导下，刘亚楼广猎各类期刊杂志和学术专著，开阔视野，军事学术水平大为提高。他那长于谋略、富于组织等方面的才智在课题推演中常常显露出来，博得教员的赞赏。

1941年9月底，德军中路经白俄罗斯突入莫斯科州，南路经乌克兰打到罗斯托夫，北经波罗的海沿岸包围了列宁格勒。伏龙芝军事学院的教员和学员们不可能再纸上谈兵，他们必须面对真枪实弹的战争。

经中共中央军委与苏军领导机关的磋商，刘亚楼等在伏龙芝军事学院学习的中国学员因回国的路线受阻被全部安排在苏军实习，参加苏军反对德国法西斯的卫国战争。

于是，化名撒莎的刘亚楼佩戴上少校军衔，1943年来到伯力，当上了苏联远东军区机关的一名见习参谋（苏军规定外籍军人只能当参谋不能当主官）。

在苏军见习参谋位置上干了两年，刘亚楼学到了不少东西，但也经历了差点“只好枪毙”的惊险。

1945年8月8日，苏联政府对日宣战。8月9日零时，苏联百万红军以迅雷不及掩耳之势越过中苏边界进入中国东北。刘亚楼化名王松，随苏联红军回到了阔别8年的祖国。

部队刚在虎林建立起指挥所，“王松”就摊开地图，准确地标出了部队的实际位置，看着进军路线图上展示的虎林——佳木斯——哈尔滨——长春……的地名，刘亚楼感到无比的亲切。

凌晨2时，“王松”从电话筒里接到了司令部参谋长维曼诺夫少将缓

☆在苏联伏龙芝军事学院期间的刘亚楼

慢而清晰的命令:空军部队轰炸佳木斯外围日军控制的“407高地”的时间定在6时50分,地面部队据此相机进入,请依作战命令通知有关部队。

放下电话,“王松”又拿起电话,向有关部队传达了命令的内容并记下了命令传达的时间及对方接听电话的值班参谋姓名。

7点钟,“王松”下班回到住处不大一会儿,几名苏军士兵突然闯了进来,将他押进了禁闭室。理由是:“贻误军令,造成损失,听候处理!”

原来进攻佳木斯外围据点的地面部队由于进展顺利,先头部队于6时40分已占领了“407高地”,当空军轰炸机6时50分准确投弹时,轰炸的已不是敌人,而是自己的先头部队,以至酿成悲剧。

“王松”听后也十分痛心,但这种悲剧不是自己造成的,他准确无误的传达了军令。

依自己在苏军生活了这些年的经验,他知道贻误军令之罪是死罪,只有枪毙一条路。

为了以防自己死于不白之冤,“王松”把心一横,给中共中央和毛泽东主席写了一封长信,把自己在苏联将近8年的体会、见闻和经验教训写了出来,作为上断头台前对党的一份贡献。末尾,工工整整地写上:忠于党的刘亚楼。

信写好后,他将它交给了关押自己的军务参谋马卡维奇上尉,让他在自己死后把信交给中共党的组织并请他们转呈党中央。

几天之后,雨过天晴,云开雾散,苏军经过查证核实,在报务员记录上找到了“王松”传达命令的内容和时间。他没有差错。

“王松”无罪释放,恢复原职。

随着苏军的顺利推进,苏军与中国地方政府之间出现了许多需要协调和交涉的事情,“王少校”自然充当起了双方的联络员。

刘亚楼又活跃了起来,他以公开的身份,合法的职务,奔走于苏军警备司令部与中共中央东北局之间,办了许多一般人办不到的事情,为抗战胜利后中国共产党在东北地区的活动创造了不少条件。

在苏军8年的学习和实习生涯，刘亚楼备尝甘辛，经受了严格的磨炼。尤有收获的是他增加了不少军事科学知识和现代战争条件下的作战指挥艺术，多了一份为党和人民工作的资本。

为确定辽沈战役方针立了一功

weiquedingliaoshenzhanyifangzhenlileyigong

1946年春，苏军逐渐撤离东北。

中国共产党领导的东北人民武装已发展到22.6万人。为适应斗争形势，东北人民自治军改称为东北民主联军。

千军易得，一将难求。在大连养病的罗荣桓通过大连市委书记韩光的联系见到刘亚楼后，了解到了他在苏联学习和实习的情况，立即向中央军委作了报告，并和林彪联名推荐，请求任命刘亚楼为东北民主联军参谋长。

5月，中共中央军委的命令经苏军司令部送到了刘亚楼的手里。

从此，刘亚楼变成了刘参谋长，协助林彪、罗荣桓指挥东北解放战争，成为著名的辽沈战役、平津战役的指挥者之一。

参谋是一个业务水准和道德水准都要求很高的职务。用刘亚楼自己的话说："当一个好参谋，不仅要有熟练的业务，而且要有高尚的道德。要做到功不自居，过不推诿，鞠躬尽瘁，死而后已；要和首长心心相印，想到一起，不能搞'两张皮'。"

刘亚楼这样说，也这样做。

为了在指挥作战、训练方面很好地发挥司令部机关的应有效能，刘亚楼征得林彪、罗荣桓的批准后，在哈尔滨办了一个参谋训练队。刘亚楼亲自任教，讲授《参谋道德》课程。不仅如此，他还将俄文版《红军野战参谋业务条令》一书译成中文，编辑出版，分发到东北团以上各级司令部参谋人员人手一册，为提高参谋的业务水准和规范参谋业务起了重要作用。

众所周知，在辽沈战役作战突破口的选择上，林彪与中央军委曾有过一个被人夸大的所谓“4A之争”。刘亚楼作为参谋长在平息这场纷争，促成林彪改变态度，保证毛泽东和中央军委的战略意图顺利实现上，起到了较好的参谋作用。

1948年9月7日，中央军委电示林彪、罗荣桓、刘亚楼：“你们现在就应使用主力于北宁线，而置长春、沈阳两敌于不顾。并准备在打锦州时歼灭可能由长、沈来援之敌。我们的注意力必须放在锦州方面，求得尽可能迅速地攻克该城。即使其后一切目的都未能达到，只要攻克了锦州，你们就有了主动权，就有了伟大胜利。”

9月12日，辽沈战役从北宁路山海关至唐山路打响。

9月29日，林、罗、刘致电中央军委，报告了攻打锦州的决心及兵力部署。

☆东北野战军参谋长刘亚楼在锦州前线指挥作战。中为刘亚楼

10月1日，林、罗、刘发出《准备夺取锦州，全歼东北敌人》的战斗动员令。

锦州，是东北通向关内的咽喉，解放军占领锦州，就能实现封闭蒋军在东北，加以各个歼灭的战略计划；蒋军若守住了锦州，就能控制辽西走廊，与华北的傅作义集团联成一气，取得战略上的配合，一旦失守，则东北数十万精锐之师就面临“关门打狗”之势。

蒋介石见解放军直取其咽喉，连忙决定新增4个师组编“东进兵团”，另以廖耀湘组成西进兵团，东西对进，援助锦州守敌。

蒋军的这一增援计划，本在毛泽东的预料之中。10月2日晨，前线指挥所抵达彰武车站时，电台收到一份中央军委发来的《敌情通报》：傅作义所属第五军共4个师经海运从葫芦岛登陆。

林彪收到这一情况后，陷入了沉思。他认为如果打锦州，我军有被沈阳、锦西、葫芦岛之敌夹击的危险。他手执电报，在房间来回踱步，“原本准备的是一桌菜，现在突然上来了两桌客人，这饭怎么吃呢？”

不一会儿，他向秘书谭云鹤口述了给中央军委的电报内容：由于傅作义部增援锦西、葫芦岛，在这种情况下，是继续打锦州，还是回师打长春，“以上两个方案，我们正在考虑中，并请中央军委同时考虑并指示”。

谭云鹤后来回忆说：他将林彪的口授内容整理后，由林彪确认，他再加上封页，并代林彪写上“请罗、刘核后发”的字样，然后派警卫送给罗、刘。

一来时间紧急，二来出于对林彪军事指挥的尊重，罗、刘都没有多想就在电文稿上划了圈。

经罗、刘圈阅后，电文以“AAAA”特级绝密电报发出。

当天晚上，刘亚楼反复考虑，辗转难眠，“正在考虑中”，这明显地反映林彪对目前正在付诸实施的方案发生了动摇。事实上，现在敌情的变化并不算大，不足以影响攻打锦州的原定目标。

第二天清晨，刘亚楼便匆匆赶到罗荣桓的住处，把自己的想法作了汇报。罗荣桓实际上也想了一夜，与刘亚楼的分析一致。于是，他们俩人一道火速赶到林彪的住处，由罗荣桓出面将不同意见委婉地提了出来。

林彪问刘亚楼：“参谋长，你的意见呢？”

刘亚楼毫不迟疑地回答：“我同意罗政委的看法。葫芦岛的敌军不足以影响我军战略决策，还是打锦州好。”

林彪站起身子，喊来秘书，要他“追回那份电报”。秘书回答：“电报已经发出，来不及了。”

经过紧急商讨，由罗荣桓起草，经林、刘修改，10月3日9时，林、罗、刘致电中央军委：“我们拟仍攻锦州。”

中央军委收到林彪10月2日准备攻打长春的电报后，于10月3日17时和19时，连续两封急电给林、罗、刘加以制止。

毛泽东发出两封急电后，方收到林彪他们“拟仍攻锦”的电报。10月4日立即回电：“你们决心攻打锦州，甚好、甚慰。”“在此以前我们和你们之间的一切不同意见，现在都没有了。”

就这样，辽沈战役的方针最终确立下来。

果然，东北解放军10月31日打下锦州后，全盘皆活。刘亚楼在走活这盘棋时从旁点拨，功不可没。

东北猛虎：刘亚楼

攻克天津只用了29个小时

gongketianjinzhiyongleershijiugexiaoshi

辽沈战役结束后，东北野战军既是胜利之师，也是疲惫之师。尽管这样，考虑到要加快解放战争的进程，中央军委也只给了他们一个月的休整时间。

11月3日，沈阳解放的第二天，东北野战军总部发布了部队休整命令，规定从5日起开始休整1个月。

祝捷会、战术评论会、英模功臣会、战斗总结会在休整期间办得热火朝天，人人脸上都堆满了笑容。

与此同时，在东北蒋军是全军覆没，在淮海战场看架式也是凶多吉少。蒋介石现在惟一能机动的兵力就剩下了傅作义集团。

11月4日，蒋介石为应付危局，急召傅作义到南京商讨对策，蒋的意见是要傅作义率部撤到江南，放弃平津，以加强长江防线。

但傅作义有他的想法，他对蒋介石并吞排斥异己深怀戒心，不愿南撤，想暂守平津，如果实在危急之时再率部西走归绥老巢。

于是，傅作义向蒋堂而皇之地提出“固守华北是全局，退守江南是偏安”

☆1949 年，刘亚楼（右）在天津战役中指挥天津战事。

的观点，摆出一副主战的姿态。因为按照傅作义的估计，东北野战军大战之后需要 3–6 个月的休整才能入关，华北的聂荣臻一时还吃不下他的 55 万之众。因而决定先固守平津，静观势态发展。

对于敌人的动态，毛泽东了如指掌，为了将傅作义集团扣留于平津，毛泽东果断决定：东野立即结束休整，提前行动！

11 月 23 日，休整仅仅 18 天的东北野战军征鞍未卸，又披战尘，告别白山黑水，开始了有历史意义的进军。

从 11 月 29 日至 12 月 20 日，在不到一个月的时间里，傅作义做梦也没有想到，东北野战军和华北野战军按照中共中央军委“隔而不围，围而不打”的战略部署，已将他们 60 万军队分割包围于张家口、新保安、北平、天津、塘沽 5 地。

当朱德把前线部署已经完成，“傅作义集团由惊弓之鸟变为

笼中之鸟”的好消息向毛泽东汇报后，毛泽东掐掉手中的香烟头，站起身来慢条斯理地又下了一个命令：“来一个掐头去尾，先拿下塘沽、新保安，后取中间，逐个歼灭。”

“掐头”好说，“去尾”一战却让林彪、罗荣桓、刘亚楼他们焦思苦虑。

塘沽，位于渤海湾，距天津约 45 公里，是华北地区的重要港口，也是平津国民党军出海的惟一通道。

战争形势需要打塘沽，中央军委也明令“先打塘沽，后取天津”，而且要快。

但是，负责攻塘作战的指挥员报告说：塘沽地区为水网地带，兵力很难展开，而且侯镜如把指挥部设在军舰上，很难全歼。请求推迟攻击时间。

为解决这道难题，林彪、罗荣桓、刘亚楼通宵达旦，一直在开会研究。

关键时刻，刘亚楼的调查研究作风和充分尊重部下的决策风格体现了出来。

他决定亲自到塘沽一行，去战地了解情况。

12 月 26 日，刘亚楼一到塘沽前线的东野第 7 纵队指挥部，立即开会听取了邓华、吴富善两位战将关于塘沽敌情、地形和打塘沽得失利弊的分析。

听完汇报，刘亚楼又冒着刺骨的寒风，踏着积雪，察看地形。刘亚楼亲临前线实地察看的结果与吴、邓介绍的情况完全一样：先打塘沽得不偿失，利少弊多，而先取天津则把握较大。从战地回来后，刘亚楼连夜给林彪发出了电报，详细陈述了塘沽的地形和敌军守备情况，正式提出了将中央军委先打塘沽的意见，改为先打天津的建议。

29 日，林彪、刘亚楼共同签署了给中央军委的电报，将他们的意见提了出来(此时，罗荣桓已去西柏坡参加会议)。刘亚楼深知毛泽东一贯是按照实际情况决定作战方针的，对于前线指挥员的建议，只要理由充分、正确，对全局有利，他会尊重。刘亚楼相信以他对战场情况的透彻了解，中央军委应该会同意自己的建议。

果不出所料，当日，中央军委就来了复电："放弃攻击两沽(塘沽、大沽)计划，集中5个纵队准备夺取天津是完全正确的。"

收到电报后，林彪是如释重负。可刘亚楼因此却背了一个重重的任务——任天津前线指挥部总指挥。

天津，东距塘沽45公里，西距北平120公里。周围是广阔的沿海洼地，多为易守难攻的水网地带，对大兵团多兵种的战斗行动十分不利。天津市区地形复杂，北运河、子牙河、南运河、金钟河、新开河、墙子河把市区分割成许多片断。

早在日军占领时期，天津就修有水备工事。

1947年秋天开始，国民党天津警备司令陈长捷又加大了城防力度，抓夫10万，环市挖了一条护城河。河长45公里，宽10米，深4.5米，水深经常保持3米左右。扩城河内侧筑有土墙，墙高5米，上设有电网，每隔20-30米有一碉堡。护城河外则有碉堡群，除了铁丝网、鹿砦、梅花桩外，并埋了数以万计的地雷。

陈长捷凭借着复杂地形、坚固工事和13万兵力，夸下海口"大天津堡垒化""固若金汤"，有固守"绝对之保证"。

辽沈战役期间，蒋去沈阳、葫芦岛亲自指挥时，曾两度路过天津，他视察了这里的城防工事后，对陈长捷大加赞赏。

刘亚楼深知夺取天津将会是一场极其艰巨的攻坚战。而且中央军委限定10天以内完成天津战役的准备工作。

一个人独立指挥这么多人，指挥这么大的战役，承担这么艰巨的任务，这对刘亚楼是生平第一次。他心里十分明白，天津之战在平津战役乃至全国解放战争中的地位，他决心以优秀的战果向党组织献上一份厚礼，以报答她的培养和再造之恩。

天津地形：东西窄，南北长。

天津守敌：北部，兵力强；中部，工事强；南部，薄弱。

我军的作战部署是：东西对进，拦腰斩断，先南后北，先分割后围歼，先

☆1949年2月12日，在庆祝平津解放大会上，刘亚楼代表中国人民解放军接受北平各界的献旗。

吃肉后啃骨头。

凭着自己过去指挥战争的经验和苏联8年的学习和实习所得，刘亚楼很快地划出了一幅天津战役的形势任务图。

从1948年12月30日至1949年1月2日，刘亚楼仅仅用了4天的时间就指挥34万大军对天津来了个重重包围。

虽然我军兵临城下，但中央军委仍希望能力争陈长捷放下武器，以使天津免遭炮火。林彪、罗荣桓1月6日亲笔签署了一封给陈长捷的信，劝他仿效长春郑洞国弃暗投明。但遭到了陈长捷的复信拒绝。

1月14日上午10时整，天津前线总指挥刘亚楼向部队发出了总攻击令。

随着3颗绿色信号弹腾空而起，顷刻间，500多门大炮一齐怒吼，开始了“破坏射击”……

1月10日在总攻击令下达前，林彪、罗荣桓、聂荣臻平津战役的三人前委就攻下天津所需时间与刘亚楼进行过研讨，下面是他们的一段对话：

罗荣桓对刘亚楼说：“军委限令3天拿下天津，你需要几天？”

刘亚楼回答说：“我不好讲，3位首长定。”

“48小时怎么样？”林彪用征询的口气问。

“要我说，30个小时就够了。”刘亚楼满有把握地回答。

“军中无戏言喽！”聂荣臻十分严肃。

不管刘亚楼如何充满信心，林、罗、聂还是向中央军委上报了一个保守估计：3天。

战斗的结果是：从发动攻击，到攻克天津，全歼守敌，刘亚楼真的只用了29个小时，其神机妙算，不得不让林彪、罗荣桓、聂荣臻他们也佩服起来。

☆平津战役后，罗荣桓、聂荣臻、谭政、肖华、刘亚楼(后右一)在北京合影。

东北猛虎：刘亚楼

居功不骄傲，有功不贪功

jugongbujiaoaoyougongbutangong

1949年3月13日，七届二中全会闭幕。

中共中央机关、中央军委机关决定由西柏坡迁往北平。

北平是傅作义“让”出来的，但没有东北野战军他不可能“让”得那么“爽

快”。现在北平控制在东北野战军手上已有两个月了。为迎接党中央、毛主席、朱总司令入北平,东野上下早就在悄悄进行准备。

3月 20 日,罗荣桓、刘亚楼派东北野战军保卫部长钱益民、参谋处副处长尹健率领汽车团去西柏坡迎接,并对中央机关和军委机关迁移途中的安全保障工作做了周密的部署。

刘亚楼十分清楚这不是一般意义上的安全保卫工作,而是一个重大的政治任务,因为它事关全党、全军和全国人民的利益。工作会议上,刘亚楼向东野部队的领导反复强调要“绝对保密,绝对保密!。绝对安全,绝对安全!”

为接受毛泽东等中央领导对驻京部队的检阅,东北野战军第 4 纵队等部队在西苑机场举行了阅兵仪式。毛泽东主席、朱德总司令站在敞篷吉普车上,神色庄严。为防万一,刘亚楼决定亲自站在毛泽东所乘车上专门负责保护安全。

西苑机场阅兵具有划时代历史意义。共产党领袖以胜利者的姿态和心情检阅部队这对毛泽东、朱德来说也是第一次,这为成功地举办开国大典的阅兵式提供了经验。

历史的画面自然要摄入历史的镜头。但当我们找到这张极具珍贵史料价值的照片时,我们会发现一同站在毛泽东所乘车上的有两个人身,但只有毛泽东一个面孔,从而给不知晓历史者留下了诸多的猜测。

有一天,刘亚楼的秘书高晓飞无意中在刘亚楼家发现了他也珍藏着这张照片。他这才知道这个只露半截身子,没露脸的人就是自己的首长。

高晓飞不解地问过刘亚楼,这么珍贵的历史镜头,他为什么不露脸。

“拍照时,我是故意把脸转到主席身后的。这张照片是要载入党史、军史、中国革命史的,一定要突出毛主席,我怎么能在这样重要的照片上露出脸来呢!”

这就是居功而不骄傲,有功而不贪功,言行一致的刘亚楼。

东北猛虎：刘亚楼

坚持真理，敢于修正中央的方案

jianchizhenliganyuxiuzhengzhongyangdefangan

组建空军是为了准备战斗的。空军创建之初，战斗目标和作战对象都十分明确——退守台湾的国民党军队，解放台湾。

实事求是地说，最初毛泽东对进攻台湾的艰巨性是缺乏足够估计的，他没有充分认识到没有海军，跨海作战的困难，将进攻台湾的技术手段准备问题寄托于空军身上。

1949年7月，刘少奇率中共中央代表团访问莫斯科。

7月26日，中央给刘少奇发出专电，提出了请求苏联援助，组建中国人民空军的"7·26"方案。

援助主要有三方面：

(1)拟向苏联定购战斗机100—200架、轰炸机40—80架，并配足各项备份机件及日式或德式重磅炸弹；

(2) 拟请苏联航空学校代我训练空军人员1700名，其中飞行人员1200名，机械人员500名。如便，拟请续办3年。如果同意，1700名学员拟于9月底集中，10月即可动身出国，一切费用当由我们负责偿还；

(3)拟请苏联派出高级空军顾问3—5人，于9月来华参加中国空军司令部及航空学校工作等。

接到中央专电后7月27日，刘少奇拿着"7·26援助方案"拜会了斯大林等苏联领导人。并谈了中国共产党准备于1950年进攻台湾的设想。

斯大林非常痛快地答应了中方的请求，只是说航空学校不必设在苏联，可在中国设立。

☆刘亚楼与彭德怀、聂荣臻、叶剑英元师观看空军部队飞行表演

周恩来接到刘少奇的复电后，立即将往来电报内容告诉了刘亚楼，通知他在8月1日前从北平出发赴莫斯科，完成争取苏联援助的任务。

欣闻喜讯，刘亚楼禁不住激动万分，能得到苏联的援助，人民空军建设将大大地加快进程。

但当他看到周恩来总理转来的“7·26援助方案”后，刘亚楼的脸上又出现了一丝愁云。

受命组建空军以来，刘亚楼一直在收集资料、研究筹划、探讨建立空军的最佳方案，根据自己的研究和设想，中央“7·26方案”明显有些不妥当的地方需要更改。

为了谨慎起见，他找来了王弼、吕黎平，一方面是要向他们传达中央决定，另一方面是他们有渊博的航空知识，王弼是30年代在苏联学过航空机械的工程师，吕黎平是抗战初期我党选送到新疆盛世才航空学校学习过飞行的红军干部。有些专业上的问题他们最有发言权。

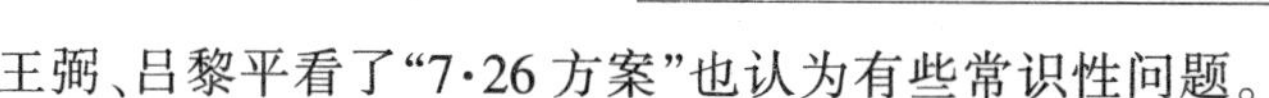

王弼、吕黎平看了“7·26方案”也认为有些常识性问题。

7月31日下午，刘亚楼、王弼、吕黎平一起走进中南海，见了朱德和毛泽东。

毛泽东了解刘亚楼，他不是一个唯唯诺诺的干部，他有主见，有胆识，敢于坚持真理。天津战役时，他就根据实际情况大胆地修正过中央军委的作战方案。善于察言观色的毛泽东从刘亚楼一进来的脸上表情就一眼看出，这一次他又有话要说。

果然不出所料，刘亚楼很快提出了他深思熟虑的六条：

(1)逃到台湾的国民党空军现有兵力4.5万人，飞机330余架，其中战斗机130余架，轰炸机近70架，侦察机近20架。这是我们将来渡海作战的空中作战对象；

(2)我们现在的主要家底：飞行员202人，领航员30人，机务人员2373人，工程师3人，技师97人，其他保障人员103人；现有战斗机43架，可参战的只有20余架，有轰炸机12架，可参战的7架；

(3)渡海作战、解放台湾，需要建立一支由300—350架飞机组成的空军作战部队；

(4)中央提出的请苏联训练飞行员1200名、机械员500名的比例不切实际，应是飞行人员少，地勤人员多，比例1:2较为合适；

(5)一名飞行员要飞150—200小时才可达到作战水平，一个航校能训练60名飞行员。因此，除现有1所航校外，还要组建6所新航校，速成训练时间10个月到1年，东北、华北地区机场多，交通方便，开办航校有利于速成训练；

(6)应从陆军中选调政治条件好、具有高小、初中文化程度，年龄在20岁左右、身体健壮的连排党员干部到航校学习飞行。

关于组建空军的具体意见，刘亚楼汇报了半个小时，毛泽东认真听后，

终于清理思路,听出了刘亚楼的弦外之音,温和地问道:

“你们是觉得中央在电报中提出的飞行员太多了,地面机械人员又太少了,飞机数量不够,不能夺取制空权,是不是这个意思?”

“主席,您说的完全正确。”刘亚楼笑答。

毛泽东思考片刻,说:“你们谈的意见,比较符合实际情况,修正了中央7月26日电报提出方案中的一些问题。我看就以你们的意见作为正式方案,同苏联商定具体计划。”

有了毛泽东授予的这把“尚方宝剑”,8月1日,刘亚楼及夫人翟云英、王弼、吕黎平一行四人登上了去远方的列车。

谈判中,苏联空军总司令维尔希宁元帅被刘亚楼等中国同志熟悉的专业知识和中国空军的宏伟计划所折服,谈判气氛融洽,充满友好情谊。

谈判的结果:苏联同志帮助中国建立6所航校(2所轰炸机航校、4所歼击机航校)及1所飞机修理总厂,卖给中国各型飞机434架,派出来华协助工作专家878名。

刘亚楼终于不负重托,满载而归了。回国后,刘亚楼和他的战友们与苏联专家密切合作,办航校,定规章,组建航空兵部队,“摆开摊子,敲起锣鼓”,一步一个脚印干了起来……

东北猛虎:刘亚楼

指挥空军参加抗美援朝,提出“边打边建,边打边练”的口号

zhihuikongjuncanjiakangmeiyuanchao
tichubiandabianjianbiandabianliandekouhao

1950年10月,中国人民志愿军入朝作战后,美国空军对中、朝地面部队和后方交通运输线进行狂轰滥炸,给中、朝军队的作战行动造成很大困难。为此,党中央和中央军委决定组成志愿军空军参战。

刚刚组建的人民空军首战对象为美国空军,而且要在异国他乡,这是刘

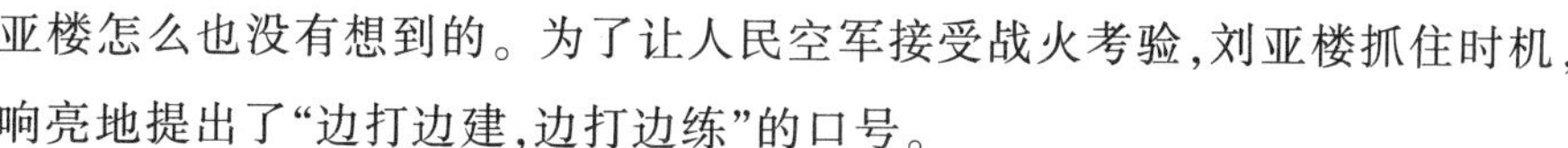

亚楼怎么也没有想到的。为了让人民空军接受战火考验,刘亚楼抓住时机,响亮地提出了“边打边建,边打边练”的口号。

当时,敌我双方空战实力悬殊较大。年轻的人民空军,面临着严重考验。

敌方:空军和海军舰载总兵力 14 个联(大)队,各型作战战斗机 1100 余架,飞行员大部分参加过二战,飞行时间多达 1000 小时以上。此外,英国、澳大利亚、南非联邦在朝鲜战场上也投入了部分空军兵力。

中方:人民空军仅有新组建的 2 个歼击航空兵师,1 个轰炸机团,1 个强击机团,共有各型作战飞机不足 200 架。飞行员仅有几十小时的空中飞行时间,且无战斗经验。

10 月底,刘亚楼主持召开空军党委常委扩大会议,专门研究作战问题。

1950 年 12 月 4 日,刘亚楼把最先进行实战练习的任务交给了空 4 师 10 团 28 大队。

这个大队的飞行员,都是来自陆军的年轻的优秀干部,他们都是东北老航校培训出来的,都是共产党员。参战前,28 大队的全体指战员集体上书宣誓“一定打好第一仗”,“宁愿血洒蓝天,撞也要把敌机撞下来!”

真所谓初生牛犊不怕虎,28 大队第一次参战,没有丝毫胆怯,并取得了击伤 1 架美机的战绩,从而初步取得了空战经验。

之后不久,他们又取得了击落击伤美机各 1 架,自己无损伤的胜利。

继 28 大队之后,空 4 师 10 团 29、30 大队和 12 团的各个大队,也先后进行实战。至 3 月 2 日完成任务止,空 4 师共实战 72 天,全师共战斗出动 28 批 145 架次,其中 4 批 24 架次与美国空军进行了空战。战斗结果是:击落美机 1 架,击伤美机 2 架,被美机击落 2 架,牺牲飞行员 1 名。

虽然他们付出了代价,但初次开战即能取得这样的成绩已经是大大地出人意料了,并且他们的实战经验为后续部队的胜利起了重要的作用。刘亚楼赞扬说:“第 4 师飞行员虽然都是新手,但敢于参加上百架飞机的激烈空战,这本身就是个胜利。尤其对飞行员的战斗锻炼,更有极大的价值和意义。”

1951年10月上、中旬，空4师又连续打了6次大规模空战，一次比一次打得好。此次出战38天，取得了击落美机20架、击伤10架的战绩。

11月，刘亚楼将空4师调回后方休整，迅速地让空3师给顶了上去，轮番参战。

从1951年11月16日起，第3师开始了与美空军大机群作战。

因为有了空4师的实战经验，空3师一上阵就打了漂亮仗，连战告捷。至1952年1月14日止，空3师共参战86天，出动飞机2391架次，进行大小战斗23次。战斗中，击落美机55架，伤8架，自己被击落16架，伤7架。

空3师的战果不但让刘亚楼振奋，也让毛泽东激动不已，亲笔写下了"向空军第3师致祝贺"的批语。美空军参谋长范登堡更是不敢相信这个事实，大呼小叫："共产党中国几乎一夜之间就变成了世界上主要空军强国之一。"

之后，空14师、空6师、空15师也参加了实战，均能凯歌高奏而还。

两年8个月的参战，志愿军空军共击落敌机330架，击毙美国"空中英雄"乔治·阿·戴维斯，击落美国空军"双料王牌驾驶员"哈罗德·爱德华·费席尔。

在抗美援朝作战期间，刘亚楼带领空军广大指战员走过了"边打边建，边打边练，在战斗中锻炼成长"的艰苦道路。至1953年底，空军的部队和装备已有很大发展，建成了一支由各种航空兵组成的有战斗力的空中力量。正是因为有了这支力量，我们的国土防空才有了安全保障……

东北猛虎：刘亚楼

多次在党委会上和支部大会场上检讨自己

duocizaidangweihuishanghezhibudahuichangshangjiantaoziji

1957年，党的整风运动开始后，在空军政治部的大字报中有这样一张："刘亚楼同志您批评人太尖刻。有时令人难以接受。给人的感觉是，您不是冬天的太阳，而是夏天的炎日，使人感不到温暖，却感到一种咄咄逼人的煎烤……”

刘亚楼站在这张大字报前,认真地读了一遍又一遍。发自内心地说;“这个批评很中肯！我应该改正！”

事后，他多次在党委会上和支部大会上检讨说:“我这个人喜欢一针见血,命中要害地批评。我主张把话说在明处,当面可以骂娘,但背后不能捣鬼。我最憎恨那种当面拍肩膀,背后动家伙的小人!可是我批评人的口气尖刻了一些。批评人应该注意效果。这好比种花和治病一样。给花浇水施肥,本来是件好事,可是,水浇多了,把花淹死了,肥施多了,把花烧死了。看病也是同样。医生给病人吃药,目的是为了让病人康复,如果药量大了,就会适得其反。批评人应该让人感到温暖才对。在这方面,罗荣桓元帅是我的榜样。他善于批评人。有时骂你都使你感到心里热乎乎的。我要向罗帅学习。同时,我也非常感谢写大字报的同志们帮我治了病。”

东北猛虎：刘亚楼

分哈密瓜,分稿费

fenhamiguafengaofei

1957年8月1日,苏联红军军报《红星报》为了纪念中国人民解放军建军30周年,发表了一批纪念文章。其中有一篇《年轻的中国空军在成长》,是刘亚楼根据总政决定写的。文章发表后,《红星报》报社给寄来了900卢布稿费。当稿费交给刘亚楼时,他坚决不收。他说:“我只出了一点思想。秘书起草,反复多次修改很辛苦,打字员多次打印,很吃力,翻译译成外文,费劲不小,要按劳取酬,分给大家。”

秘书不同意地说,“司令员,主要是您抓的,何止只出个思想呢?! 从头到尾逐字逐句,连同标点符号在内,您不知推敲了多少遍,甚至很多段落都是您执笔写的。您花的心血最多……”

“算了,就这样定了！”刘亚楼打断了秘书的话。钱全部分给了大家,他一

戈比也没要。

1958年秋的一天，很多人聚集在空军司令部办公室值班室堆放的哈密瓜周围，议论纷纷。

有的说，“哈密瓜是新疆驻军首长为了感谢帮助他们完成训练任务给空军首长捎来的。应该赶快给首长们送去。”

有的说：“这么多瓜，说不定咱们也能尝尝呢？”

也有的说：“别想好事了，再多也轮不到咱们这些小兵……”

你一言，我一语，说东道西，好不热闹。正在这时，办公室的电话铃声响了。原来是刘亚楼的秘书打来的。他说：关于哈密瓜的分配问题，刘司令员指示，拣最好的送给中央首长，剩下来的分给各个单位，让大家都尝尝。千万别忘了印刷厂、打字室、司机班和警卫连的同志。至于空军首长，和大家一样，各家一份。他还说：这是他个人的意见，如果其他首长同意，就这样办。

对于这件事，有人认为；司令员多此一举。既然是指名送给首长的，首长吃了就算了，何必这么个分法。再说司令员也没有必要管这等琐碎小事。可刘亚楼却认为：大事，原则问题要认真，小事也不能马虎，也要处理好！因为，大事是由小事积累成的，小事中也含有大道理。

这次分哈密瓜，给同志们留下了比哈密瓜更甜美的回忆。

东北猛虎：刘亚楼

同甘共苦，以身作则

tongggangongkuyishenzuoze

20世纪50年代后期，有一天，北京航空学院的学生联名给刘亚楼写了封信。邀请他到北航为全体师生作形势和空军发展远景的报告。

没想到，刘亚楼工作如此繁忙，却还是欣然去了。

那一天，北航师生早早地挤坐在学校大操场上，焦急地等待着聆听空军司令员的报告。

刘亚楼按时来到露天会场。他像一个大演讲家，风度翩翩，出口不凡，风趣幽默，一下就像磁石一样把大家吸引住了。

会场上热气腾腾，不时传出阵阵掌声、笑声。

正当群情激昂时，天公也感动地流出了“眼泪”。

院长马上叫秘书撑开雨伞，为刘司令员遮雨。刘亚楼有意躲开雨伞，一面对院长说：“同志哥！几千人都淋着雨，怎么能光给我一个人撑伞呢？”一面又转向麦克风，面对听众诙谐地说：“还是让我们大家同甘共苦吧！”

话音刚落，台下就响起了长时间的雷鸣般的掌声。

1959年，刘亚楼被任命为国防部副部长。国防部行政经济管理局按规定给他准备了一辆“大红旗”轿车。他知道后，即刻把办公室主任叫来嘱咐道：“现在我坐的‘吉姆’车已经很好啦，不要再换‘大红旗’了，在这些问题上，一定要特别注意。”

可巧，事隔不久，他去杭州开会。“吉姆”车送厂大修，直到他回京时车子还没修好。在这种情况下，办公室主任就向管理

☆1959年10月1日，刘亚楼等在天安门城楼上。右起：韩先楚、吕正操、刘亚楼、陈伯钧、陈锡联、肖华、肖向荣。

局要了辆“红旗”。刘亚楼返京那天，办公室主任高高兴兴乘坐着那辆“红旗”车到机场去接。

刘亚楼走出机舱，一眼就看见机前停放着一辆“大红旗”。顿时收起了笑容，开口便问：“这辆车是来接谁的?”说着，他向前走了几步，往车里望了望，看见了他的司机，便气愤地说：“原来是给我要来的。”

主任忙解释说：“您的车送厂大修了。”

刘亚楼反驳道：“我的车送厂你可以从空司汽车队派个别的车嘛，这不是要车的理由。主任，你说呢?!”

主任无言答对，呆呆地站在那里。刘亚楼看了他两眼，又接着严厉地说：“你擅自要车是错误的。你一点也不爱护首长。你以为给我要‘大红旗’我应该表扬你，不!我要批评你。一升官就伸手要待遇，这是什么作风?!你想过没有?一个领导者应该带什么头?有什么品格作风?你也是一个老同志，怎么能如此轻率地处理问题呢?!这辆车是你要来的，我坚决不坐!请您坐回去吧。”说完，他搭乘王秉璋副司令员的车回去了。

1961年，刘亚楼在杭州领导编写空军条令教材，参加编写的有十几个组，上百个人，每天需用很多纸张。当时是我国三年困难时期，纸张极度缺乏。甚至连小学生课本用书都难免不用“更生纸”印刷。

空军管理部门，为了保证编写的需要，通过正当渠道，搞到一些好纸。刘亚楼考虑国家困难，给编写组规定了一条纪律;除最后定稿本以外，一律使用更生纸，谁也不准例外。

秘书和其他编写组同志认为;刘司令员眼睛不好，每天要亲自审查几万字稿子，更生纸太费眼睛，所以给他送的审校本用的全是好纸。刘亚楼看见后，非常生气。当即退回稿子，并在稿本上批注着：“为什么我就应该特殊!让我带头破坏我的规定，这不是关心我，是陷害我!我郑重宣布：以后，凡单独用好纸给我印的稿子，我一不看，二要批评。”

当他发现秘书放在他办公桌上的纸是比更生纸好些的纸时，就找来秘书，严肃地说：“如果因为我是司令员就可以随便使用好纸，那就等于自动撤

消了我的命令。一个领导者要想坚决贯彻他的命令，必须以身作则。"

为了让大家理解领导者以身作则的重要性，有一天晚饭后，他邀大家一起散步。边走边给大家讲了这么一个故事。他说："大家都知道三国里曹操治军是严格的。他为了不失民心，曾规定队伍行军不准践踏禾苗，违者斩首。这项军令颁布后不久，在一次行军中，他的坐骑误入庄稼地，践踏了禾苗。怎么办?他的左右将士都替他开脱说：'这并非丞相之过，而是因马惊造成的。'但他并不因此原谅自己，当众宣布；丞相犯法与将士同罪，于是拔剑想自刎示众，后被左右群臣百般劝阻。但为了严明军纪，他亲自当众斩发示众。这件事一直传为佳话。他手下的将士看到丞相能如此带头执行军令，心悦诚服，都严格执行了他的命令，结果深得民心，打了胜仗，可见，一个领导者以身作则是何等重要啊！"

做有心人

zuoyouxinren

有一天，刘亚楼看一篇报道，题目是《断了的琴声》便津津有味地读了起来。

这篇报道主要是写一个飞行大队，其中有个飞行员每天总爱在饭后休息时弹弹琴。可是，突然有一天这琴声断了。正巧，这一天飞行大队政委路过这里。当他听不见那熟悉的琴声时，便疑虑起来，想弄个究竟。于是，他一方面访问周围的人，了解情况，另一方面找到那位飞行员推心置腹地谈心，顺藤摸瓜寻查原因。最后他对症下药，帮助那位飞行员解除了思想中的烦闷，从而消除了事故隐患。

刘亚楼读完这篇报道十分高兴，他为空军有这样的政工干部欣慰自豪。后来，他还经常对同志们说："那个飞行大队的政委注重调查研究，仔细观察周围的每一细小变化，工作做的很深很细，他真是个有心人。我们都应该向他

学习，做一个关心他人的有心人。”

1961年，刘亚楼访问苏联，到莫斯科后住在了列宁山的中国驻苏联大使馆。但为了工作，他几乎每天都要往返两次去市内的“北京饭店”。

有一天，刘亚楼把秘书叫到跟前问：你知道从我们住处到“北京饭店”有多少公里吗？走最近的路要过几个路口？经过几条街？哪条街容易堵塞？下雪天路面滑，吉斯车一般保持多少公里时速？平时路上需要多长时间？汽车司机有什么习惯？……连提了许多问题。

结果秘书张口结舌，一个也答不上来，刘亚楼安慰他并一一耐心做了解答。

☆60 年代刘亚楼与家人合影。

秘书很纳闷，一起来的，每天一起出出进进，司令员怎么知道这么多？

刘亚楼看出了他的心思，告诉他说："咱们第一天坐车从大使馆到'北京饭店'时，一上车我就看了看表，然后开始计算时间、车速、汽车流量、平时车速、高峰车速、雪天车速，几天下来心里就有了个小九九。这就如同俗语说的'处处留心皆学问'。你要想当好秘书、参谋，就要处处留心，做有心人。生活就是战斗！只有平时养成了细心观察的习惯，战时才可能得心应手。不要以为这是小事，要知道战时分秒之间都会决定胜负，弄不清时间，分秒之间就有可能给部队造成无谓的牺牲，这是人命关天的事呀！"

秘书不住地点头，牢牢记下了刘司令员的每句话。

在弥留之际

zaimiliuzhiji

刘亚楼的一生是战斗的一生，是忠于党，忠于人民，为中国人民解放军空军的创建呕心沥血的一生。

正当刘亚楼为党和人民全力工作以期报效祖国的时候，不幸患上肝癌。

1965年春夏之交，刘亚楼住进了上海华北医院。

他的病情急剧恶化，多次休克，吃不进一点东西。可是，就是在这个时候，他想到的依旧是工作。

1965年4月23日，晚期肝癌使他剧痛难忍，额头上流淌着豆粒大的汗珠。他支撑着身子，一只手拿着军队建设的教材和条令，仔细地审阅着。突然他停下来，用另一只手吃力地拿起笔，在条令旁边写道："这本书应有一页'内封'，不然使用书的人包上书皮看起来就很不方便"。

进入5月，他经常休克。有一天，他刚从休克中清醒过来，就看见总参谋长罗瑞卿代表中共中央和中央军委首长来看他，顿时眼眶里涌出了感激的

泪花，他断断续续深情地说:“感谢中央首长……关怀……请中央首长保重……”没说完又陷入了昏迷。

当又一次被抢救过来以后,他要见教材编写组的秘书长姚克佐。姚克佐走到他的床前时，他恳切地说:“条令要编……出来，上八宝山……送一本……”姚克佐的眼圈一下子红了,热泪不住地流淌,光是点头,一句话也说不出来。

5月 7 日,死神逼近了。

刘亚楼在这即将诀别的时刻，看着孩子们的照片，握着夫人翟云英的手，意味深长的说:“再见吧……都交给你了……我没有留下什么……只有……对党……对人民的忠诚……教育好孩子们,替我照顾老人……”

1965 年 5 月 7 日,下午 15 时 15 分,这位驰骋沙场、出生入死、战功卓著、身经百战的将军,忍着肝癌的剧痛,默默地闭上了眼睛,离开了人世。

★旋风司令:韩先楚★

韩先楚(1913–1986),湖北省黄安(今红安)县二程人。1929年加入中国共产主义青年团,1930年参加游击队,同年转入中国共产党。土地革命战争时期,任红25军225团排长、连长、营长,红15军团224团团长,78师副师长、师长。抗日战争时期,任八路军115师344旅688团副团长、689团团长,344旅副旅长、代旅长,新3旅旅长兼冀鲁豫军区第三军分区司令员,抗日军政大学第一大队大队长。解放战争时期,任东北民主联军第4纵队副司令员,第3纵队司令员,第四野战军第12兵团副司令员兼40军军长和湖南军区副司令员。建国后,任中国人民志愿军副司令员,志愿军第19兵团司令员,中南军区参谋长,中国人民解放军副总参谋长兼福州军区司令员,中共福建省委第一书记,兰州军区司令员,中共中央军委常委。1955年被授予上将军衔和一级八一勋章、一级独立自由勋章、一级解放勋章。是第一、二、三届国防委员会委员,第六届全国人民代表大会常务委员会副委员长,中国共产党第七次全国代表大会代表,第八届中央候补委员、中央委员,第九、十、十一、十二届中央委员。

从“刀枪不入”的红枪会手中夺枪

congdaoqiangburudehongqianghuishouzhongduoqiang

1913年，韩先楚出生在湖北黄安县二程区的吴家村。贫困的家庭只能送他读了一年私塾，为了活命，年幼的先楚讨过饭、给人家放过牛，给地主家做过工。

黄(安)麻(城)起义的胜利，使韩先楚懂得了穷人为什么拚命干活，还吃不饱、穿不暖。他16岁参加了农民协会，担任了童子团团长，1929年加入了中国共产主义青年团。

当他知道穷人也有自己的队伍后，1930年10月，他走东家串西家，动员了村里10多名小伙子，告别了家乡亲人，参加了红军游击队。

1930年春，鄂豫皖边区的斗争日益高涨，由黄麻起义点燃的革命烈火，已形成燎原之势。

韩先楚所在的游击队，在黄陂、孝感一带活动，向农民群众宣传革命，他们张贴“打倒土豪”、“农民政府万岁”、“共产党万岁”等标语口号，还完成搞枪支、资金的任务。

“我们参加游击队了，是战士了，怎么还只用大刀、木棍?”一些游击队员埋怨手中没有枪。

游击队领导把大家集中起来，解释说：“同志们，你们当中还有很多人手中没有枪，不能等着靠上级给你发，要主动去向敌人要。”

于是，游击队开展了各种夺枪的活动。

“韩委员(韩先楚入伍前任过乡苏维埃土地委员会委员，所以仍有人这样称呼他)，找机会你搞一支好枪，把你的旧枪给我。”这是一位与韩先楚一起入伍的老乡提出的要求。

韩先楚鼓励他说：“只要我们想办法，勇敢战斗，就能从敌人手中夺到

枪。”

游击队的打击对象是地主土豪豢养的红枪会。他们的武器装备比游击队好多了。地主土豪打仗前让红枪会的人喝朱砂酒，欺骗他们说：“喝了朱砂，刀枪不入。”不了解他们的人，往往被吓住。

游击队刚组建起来，没有经过多少训练，只有十几只旧枪，大部分人使用土枪、大刀、木棒，还没有与红枪会枪对枪、刀对刀地干过。一些人入伍前就听说过红枪会吃朱砂，刀枪不入，对打败红枪会的信心不足。

游击队的党组织还没有来得及进行教育，土豪头子便带领100多名红枪会会众，嗷嗷吼叫着向游击队驻地扑来。

游击队仓促集合队伍应战，刚一与敌人接触，就有一些小战士被凶相毕露的红枪会会众吓退，一些人没放一枪就往后跑。有好几个游击队员在奔跑中被红枪会会众射中，倒在血泊中。韩先楚的姐夫也被红枪会的人用大刀砍死。

在生死存亡的关键时刻，韩先楚盼望指挥员扭转战局，便疾步跑到队长面前请求说：“你快组织大家反击，不能后退。”

队长脸色惨白，畏缩不前。“我们是革命战士，不能死在红枪会这般龟孙的刀下，要同他们拼！”韩先楚咬牙切齿向队长大声吼着。“砰，砰，砰”，他连放几枪，“刀枪不入”的红枪会连倒几人，有的血流满面，有的被击伤后苦苦求饶。

韩先楚身边的两个战士，看到韩先楚击毙了三个敌人，便说：“谁说他们刀枪不入！”边说边用刀猛力向敌人砍去，顿时，只见两名红枪会会众头身分家，血涌一地。

游击队长看到韩先楚等几名战士已击毙了几个敌人，立刻挥着手里的枪，怒吼起来：“都给我往前冲，狠狠地打呀！”

游击队战士听到队长的命令，一齐扑向敌人，有枪的瞄准敌人射击，拿刀的猛砍敌人。游击队战士越战越勇，锐不可当。

韩先楚从敌人手里夺过一支枪，交给曾向他要枪的战士。那战士接过枪，咧嘴笑了。

好几位原来拿刀的战士，现在都从敌人手里夺得了枪，更是奋不顾身地

杀向敌阵。

红枪会会众目睹自己的弟兄死伤不少，惊恐万状，任凭在后面督战的红枪会头子怎样吼叫，也没有人听。这家伙见势不好，掉头混在逃命的人群中跑了。

这一仗打死了20多个敌人，缴到了10多支枪。在总结会上，游击队长拉着韩先楚的手说："我过去对红枪会也不甚了解，这次多亏你带头出击，我们才打垮了敌人。"韩先楚听了表扬，反而有些不好意思，低下头说："我当时也是急红了眼，心想只有豁出来拼了。你如果不出来指挥大家拼杀，要战胜敌人也是困难的。"

这一年的秋天，游击队改编为独立营，韩先楚被任命为一连排长。不久，他又被调到营部负责通信班的工作。

旋风司令：韩先楚

十分钟夺取了关键碉堡

shifenzhongduoqueguanjiandiaobao

1934年春，蒋介石任命张学良为鄂豫皖三省"剿共"副总司令，调东北军到鄂豫皖革命根据地，继续对红军进行"围剿"。

☆反"围剿"中的红军战士

由于敌人的封锁，红军经费、粮食极为缺乏。上级派人侦察到罗田城里囤集了大量的粮食和武器弹药，还有一个金库，遂决定拿下罗田县城。

攻城前，韩先楚、丁平喜等10余人被抽调

到侦察小分队，全部化装成赶集的老百姓，从豫鄂边界山沟里的部队驻地出发，向罗田侦察前进。侦察小分队经过一天一夜的跋涉，赶到了罗田县城外。

韩先楚、丁平喜、姜华庭3人组成一个小组进城侦察，他们背了一些山货，混进了城。冒着生命危险，夺取了金库，又引导主力部队攻城，缴获了7000多块银元。

不久，上级决定夺取敌人防守薄弱的太湖县城。太湖县城位于皖西的大别山南麓，像卧在山边的一只老虎。要夺取太湖，就必须先控制附近的小镇，拔掉老虎的“牙”。

上级把拔虎牙的任务又交给了韩先楚等人组成的小分队，要求他们巧取，而不要强攻，因为小镇一面靠山，一面濒河，地势险要，易守难攻。

“打进小镇，一不准开枪，二不准暴露，韩大哥，你看这任务咋完成?”与韩先楚在一个小组的丁平喜，向韩先楚提出了问题。

“你先说说你的想法。”韩先楚说。丁平喜将嘴贴在韩先楚耳旁，讲出了一个主意。韩先楚点了点头，表示同意。

第二天赶集时，有一对农民兄弟，提着鸡、鸡蛋、瓜子、香烟等物，夹在赶集的人群里，匆匆向小镇走去。

他俩到了镇口，快要接近敌人碉堡时，丁平喜有点紧张，韩先楚小声对他说“平喜，一定要镇静，不能让敌人识破。跟着我，不要怕。”丁平喜轻轻地“嗯”了一声。

他俩沉着地来到碉堡前，见一个懒洋洋的哨兵正打着哈欠，“这真是一个好猎物。”韩先楚想。

敌哨兵看了韩先楚、丁平喜一眼，见他俩穿的很破旧，跟赶集的贫穷人没有两样，便丝毫也没产生疑心。

“老总，我这鸡又肥又嫩，买只下酒吧！”韩先楚毕恭毕敬地对哨兵说。

哨兵接过鸡，故意说：“进去问问班长买不买。”他是想将韩先楚、丁平喜引进碉堡，好白要这只鸡。

韩先楚不露声色地说：“好，跟你去。”进了碉堡，韩先楚发现没有别的敌

兵，心中暗喜。

"班长不在，鸡我要了，钱明天给你们！"敌哨兵抓住鸡，恶狠狠地说。

"老总，我们要现钱买米。"韩先楚靠近哨兵。

"我们家里有病人，几天没有粮了。"丁平喜故意去夺鸡。

"少啰嗦，快给我滚出去。"敌哨兵这时只是一门心思抓紧那只鸡。韩先楚向丁平喜使了个眼色，两人迅速从篮子里抽出刀，一人一刀刺死了敌哨兵。接着，他俩又冲到碉堡门口，外面的敌哨兵听到动静，刚一进门就被韩先楚结果了性命。

韩先楚、丁平喜两人不到10分钟就夺取了这个关键的碉堡。韩先楚说："丁平喜，快拿上武器，控制前面的要道，接应我们的队伍。"

这时，其他小组也夺取了敌人的碉堡。所有碉堡都插上了红军的信号旗。

红军主力部队已按预定方案到了离小镇不远的地方埋伏，指挥员得知"虎牙"已拔，立即命令部队进太湖城"打虎"。

经过短兵搏斗，当场击毙了100多敌人，击伤80余人，生俘63人，缴获重机枪1挺，轻机枪3挺，其他枪支200多支，子弹15000余发，取得了重大胜利。

不久，韩先楚升任225团3营9连连长。

旋风司令：韩先楚

坚决执行命令和决定"违抗"军令

jianjuezhixingminglinghejundingweikangjunling

1934年，韩先楚当上了连长。自从当上连长以后，韩先楚指挥部队作战的能力日益显露出来。那一年11月，红25军向西挺进，一路上接连遭到敌军的阻击。红25军一路冲杀，进入陕北。韩先楚身先士卒，每次作战都是冲在连队的最前面。1935年到陕北时，他已是营长了。

韩先楚刚当上营长就赶上了劳山战役，他奉命带部队进入预定伏击阵

地。

能否诱使敌人进入伏击圈,是能否全歼敌人的关键。韩先楚亲临阵地检查战士们的埋伏情况,要求部队必须隐蔽好,不允许暴露目标,违者军纪论处。

从早晨到中午,从中午到黄昏,从黄昏到晚上,又从夜晚等到天明,道路上始终没有看到敌人的影子。

“敌人知道我们埋伏在这里了吧?”

“情况判断错了吧?敌人不从这里走了？”

“也许敌人根本就不会来!”

战士们议论纷纷。有的干部沉不住气了,来找韩先楚。韩先楚叫他们耐心等待。

又开始了等待,从清晨到中午,从中午到黄昏,敌人还是没有来。战士们都看着指挥员,看韩先楚如何处置。两天了,敌人没有来,再等下去会不会错过战机?

韩先楚下达了命令:“认真执行伏击命令,坚守阵地,违者军纪制裁!”

又等了一夜,第三天早晨,敌人果然来了,进入了红军的伏击圈。韩先楚率全营战士与敌激战5个小时,终于将当面之敌全部消灭。

此战结束后,韩先楚被任命为团长。

1936年5月,继红军东征后,中央军委又发布了西征的命令,以15军团为右路军,侧击定边、安边、靖边一线之敌;以红1军团为左路军,夺取陇东的曲子、环县,扩大红军根据地。

此时,韩先楚已经升任红15军团78师师长。

当78师行至定边城关时,侦知城内守敌是马鸿逵的一个骑兵营。他们既不出击,也不逃走。先行路过此处的红军部队也都没去触动这股敌人。

倘如拿下定边,对扩大陕北根据地,保证红军后方联络都具有重要意义。韩先楚策马绕城一圈,详细察看了地形,随即发电报给总部和兵团:“敌惧我歼,攻城可克,望速核复。”

很快,军团转来西征总指挥彭德怀指示:置定边于不顾,继续绕道

☆1936年5月至7月，红一方面军发起西征战役。图为西征红军一部。

前进。

彭德怀当时顾虑若攻取定边不下会影响整个作战行动。

韩先楚犹豫了，打定边则违抗了彭总的军令；而不打则太可惜，将来攻取定边一定要付出大的代价。

左思右想，韩先楚决定违抗军令了。

上级的特派员见状，出来阻止，对韩先楚说："彭总有指示，要我们绕过定边继续西进。"

韩先楚回答道："我们现在消灭敌人完全有把握，彭总来了看到这种态势，他也会主张打的。"

6月17日清晨，韩先楚下令攻城。由于准备充分，一举突破城防。韩先楚随即进入城内指挥作战，全师密切协同，分割围歼敌人，遂将敌骑兵营全部消灭，定边城宣告解放。

彭德怀得知胜利，来电嘉奖了韩先楚的果断指挥。

旋风司令：韩先楚

朱老总表扬韩先楚："打得好"

zhulaozongbiaoyanghanxianchudadehao

1938年春，八路军总部命令115师344旅增援晋东南，配合129师粉碎日军九路围攻。

徐海东旅长接到总部命令后，率687、688团的第一梯队，由娘子关以西过正太路分两路南下。旅政委黄克诚率旅直和689团为第二梯队，自平山县出发，尾随主力跟进。

689团在团长韩先楚、政委崔田民(崔调任旅政治部主任后，由康志强任政委)率领下，迅速转移到外线涉县一带待机。

日军的多路进攻分别遭到八路军的阻击，日军行动困难，不得不退回武乡。

☆一二九师部队行进在晋东南。

当韩先楚率团赶到武乡县城后，日军放火烧了武乡县城，已逃离1个多小时，部队帮助群众扑灭了大火。而后，八路军4个团兵分3路沿浊漳河两岸平行追击日军。16日上午8时许，八路军两翼先头追击部队以神速的行动在马庄、长乐村一带追上了日军。韩先楚在电话线中断、接到追敌命令比较晚的情况下，带领部队跑步前进，赶在日军前头，在马庄堵住了敌人的去路。

马庄是一个地处半山腰只有10儿户人家的小村庄。日军一个分队占领马庄下前方一座百米高的小山头，固守待援。此山是日军的一个重要支撑点，居高临下，易于发挥火力，对八路军进攻主力威胁很大。刘伯承师长命令韩先楚团夺取此山头，斩断日军左翼。

韩先楚、康志强接受任务后，由康政委向部队进行政治动员。韩先楚带领各营连长隐蔽到阵前看地形、观察敌情。随即韩先楚进行了战斗部署：2营营长颜东山、教导员贺大增率领全营攻取山头。

在颜营长的带领下，2营迅速进入阵地待命。上午10时左右战斗打响，但一直打到下午2时，仍未能攻下山头。日军用轻重机枪

☆1938年4月，日寇集结3万兵力分9路向我晋东南根据地进攻。在朱德、彭德怀等同志指挥下，我根据地军民粉碎了敌人的围攻。这是当时八路军某部在举行动员大会。

以密集的火力阻击。2营牺牲了两位连长，5名排长，伤亡100多人。进攻受挫，韩先楚下令2营暂停攻击。

这时，作战参谋张竭诚向韩先楚建议说："我和史参谋去侧翼侦察一下道路，看能否从敌侧后进攻，配合正面部队消灭敌人。"

韩先楚思考了片刻，说："你俩快去快回，要特别注意隐蔽，千万不要被敌人发现。"

张竭诚和史参谋戴上了伪装圈，迅速上了路。经观察，发现有一条小路可以到达敌侧后阵地，他们还发现了日军重武器阵地。两人立即返回向韩先楚报告。

听了报告，韩先楚派了一个连翻越小山沟，迂回到日军后面进攻敌人。他要求正面攻击部队挑选掷手榴弹远的战士编成一个组，在轻重机枪掩护下匍伏前进到敌人阵前，投出手榴弹掩护部队冲锋，但仍被日军火力压制，攻击未奏效。

到了敌我决胜的关键时刻了，韩先楚在望远镜里看到部队进攻又受阻，骂了一声："我就不信攻不上去!"他抬头望了一眼日军占领的山头，将吊在背后缴获日军的钢盔往头上一扣，要警卫员把手枪拉开了栓，子弹上膛(因他左手在战斗中残疾用不上力)，提着枪向2营阵地上冲去。

团部参谋人员和勤务人员见团长往前冲，大家也不约而同地跟着团长。韩先楚到了2营，向部队下达命令：跟我冲呀！"

颜营长见团长带头冲了，也向部队大喊一声："跟我冲啊！"顿时，全营指战员奋不顾身地冲向敌人。

这时，喊杀声、枪声、手榴弹声、号声，像山崩地裂，像海涛咆哮，像惊雷轰顶，敌人终于溃退了。当敌退到半山腰，遇到了侧后攻来的八路军。日军前后受攻，又遭两侧攻上来的八路军夹击，除了三四十人逃走外，其余六七十人，都被击毙。

两军鏖战时，朱德总司令、刘伯承师长、邓小平政委、徐向前副师长等正聚集在戴家墩北侧山坡上观察战情。当首长们用望远镜观察到689团与日

军拼杀时，都为689团指战员英勇顽强的战斗作风和一往无前的献身精神而感动,连声赞扬“打得好！”

日军被追歼,急电求援,战场形势发生变化。

日军气势汹汹,以猛烈的炮火掩护,向马庄东南韩先楚的689团1营阵地攻击。激战了17个小时后,又来了1000余名日军增援。这时师首长鉴于李庄、邢村之敌已基本被歼,再战于己不利,便下令撤出战斗。师指挥所下令689团和769团各派出1个连队展开游击战,从侧翼阻击和迷惑日军,掩护主力迅速撤出战斗。

这次战斗,韩先楚率部配合129师作战,给日军108师团以沉重打击,为粉碎敌人九路围攻作出了重要贡献。

战后第三天,朱总司令亲自到689团视察、慰问。全团集合在一个遍地是卵石的山沟里,热烈欢迎朱总司令讲话。朱总司令说:“祝贺你们在长乐村战斗中取得重大胜利！这一仗,689团打得硬、打得好！打了一个很好的胜仗。689团是很有战斗力的,要保持这个无坚不摧的战斗作风。你们团伤亡很大,但不能伤元气,总部决定给你们团补充500名新兵,让你们保持满员。你们将要接受新的任务,希望你们再接再厉！”

朱总司令的讲话,使全团干部战士受到了很大鼓舞。

在总结战斗经验时,大家积极发言:“打仗硬不硬,要看干部硬不硬。咱团能打硬仗、打胜仗,主要是韩团长敢打硬仗。”

“团长打仗不怕死,咱就更不怕死了。”

“我们跟着韩团长,刀山敢上、火海敢闯。”

旋风司令：韩先楚

“黑虎掏心”，拿下老爷岭

heihutaoxinnaxialaoyeling

1946年冬到1947年上半年，是共产党在东北黑土地上最困难的时期。

这一时期,蒋介石军队连续向民主联军进攻,占领了东北许多城市,共产党力量基本处于守势。

1946年初至10月中旬,杜聿明为了实现"先南后北"战略,调集了8个师,从沈阳地区出发,向我南满根据地进犯。杜聿明采用兵分三路的战术同时向西进逼,妄图将在南满的民主联军4纵和3纵逼上长白山。

辽东军区根据敌人的部署,决定集中兵力打击中路52军之敌,这个任务交给了4纵。

中路敌军又分左右两翼。左翼由52军军长赵公武率领第2师和军直属队,由正面向安东推进;右翼由25师师长李正谊率全师(欠1个团)向赛马集进犯。

4纵决定先打号称"千里驹"的25师。

10月21日,4纵代司令员胡奇才在纵队司令部里召开了作战会议,制定了歼灭25师于新开岭的计划。

围歼25师的地方在新开岭东面一条东西走向的袋形谷地里, 两边是高山,一条公路从谷地穿过,只要控制了谷地周围的制高点,千里驹跑得再快也跑不出去了。

29日,25师进入了4纵设下的口袋阵。不等李正谊转过神,四周的枪炮声已经响了起来,谷地里硝烟弥漫。李正谊只得命令部队迅速抢占山头。尽管被围,"千里驹"师毕竟不同寻常,几次冲锋后,便突破了4纵11师的部队阵地,占领了老爷岭和部分高地。

为了夺回制高点,4纵10师28团向敌人占据的老爷岭发动了7次攻击,伤亡了500多人,仍然没有攻下。

这时,从各方侦察得到的情报,让人焦虑不安:敌人的各路援军越来越近,具体情况是:从安东,风城出发的2师已进至宽甸城郊,西路敌22师,已进至双岭子地区,距新开岭只有15公里了:北路的195师、88师,已占领桓仁、通化,已处在4纵的后方。

进攻受挫,三路援敌又疾速推进,作为纵队主官的胡奇才、彭嘉庆不能不

考虑战斗的全局，能否继续打下去？

11月1日晚，4纵首长在一起紧急碰头，有人认为仗不能再打下去了。原想打歼灭战，现在变成了消耗战，再打下去得不偿失，并且敌人的援兵正在靠近，如果继续与敌在此纠缠，等大队敌人围上来了，4纵将面临与敌优势兵力死战的困境，其后果不堪设想。

韩先楚当时任纵队副司令，他坚决不同意撤出战斗。

他说："不能撤！一撤就前功尽弃了。我们伤亡大，敌人比我们更惨，他们的弹药已经不多了，我们只要一鼓作气拿下老爷岭，主动权就在我们手里了。"

胡奇才也说："不能撤，现在撤出战斗太危险，一撤，快瘫的'千里驹'就会蹦起来，我们的部队就可能被打散。"

几个纵队领导一咬牙，横下一条心：打下去！

在作战讨论会上，10师师长杜光华提出的是"腹内开花"的打法，建议集中主力，猛插进去，直捣敌人心脏黄家堡子。这样不必与敌人在山头上纠缠，是个速战速决的办法。

一阵讨论过后，多数人还是赞同杜师长的意见，认为这个战术思想，本身就是一把利剑，是在短时间内解决战斗的上策。

还是韩先楚提出反对意见。他略思片刻，说："我提出两点小情况，请大家考虑。一是从侧翼观察，在老爷岭的后山坡上，白天有敌人约1个营的兵力集结；天黑以后，又增添了一些人。根据判断，这是敌人的总预备队。敌人是要全力防守的，可见这一高地的重要性。二是在黄家堡子周围，敌人一直在层层构筑工事，显然，敌人对我们的'黑虎掏心'是有所戒备的。"

韩先楚提出了这两个"小情况"，立即引起了大家的激烈争辩。逐渐地，众人感到了"腹内开花"的危险性。

韩先楚放下了手中的红蓝铅笔，回到自己的位置坐下，又说："据我看，地形不好，敌人的工事和火力很强，这确实是摆在我们面前的不利因

素。但是,如果从我们自己方面检查一下,我们的炮火零打碎敲,部队随到随上,这种加油战术,也是攻击不利的重要原因。"他扫了众人一眼,不等大家答话便说:"'黑虎掏心',正面强攻,在目前情况下这两种打法哪种更合适呢?我看后一种打法把握更大些。我们一鼓作气到底,胜算更多些。"

他随后又询问了炮弹的剩存数量,建议把各种火炮统一组织起来,以所有的榴弹炮和迫击炮射击山后的敌人预备队;以所有的野炮和山炮压制山头上的敌人,掩护强大的突击队,强攻老爷岭。只要拿下老爷岭,解决战斗就有十分把握了。

"就这样决定吧!"胡奇才说道。他接着对众人说:"把预备队全部拿出来,坚决拿下老爷岭!"

11月2日拂晓,4纵10师加入战斗,攻击老爷岭。

此刻,金色的太阳已经升起,老爷岭犹如骆驼的脊峰,在群山中耸立。从山腰到山顶敌阵地前沿,4纵的突击分队成梯次地隐蔽着。

3颗信号弹升上了太空,我军强大的突击再一次发起。

在老爷岭上,火光迸发,我军的野炮、山炮猛烈地轰击敌人的工事;在山后,浓烟滚滚,我军的榴弹炮和迫击炮大显神威。它们再也不是前两天那样零打碎敲了,显示出强大与猛烈。

不等炮火转移,勇敢的突击队员就发起了冲锋。在10师进攻的路上,师作战科副科长段然高举着手枪,带头向敌人冲去。这位年轻的指挥员,以模范的战斗行动来指挥部队。在他的率领下,战士们一跃而起,如万箭齐发,直向山顶飞奔。

28团率先冲上了老爷岭,与敌人展开了肉搏战。5连副连长王喜庆带领4名战士,摸进敌人的碉堡,将正在射击的敌人全部活捉。

在我军强大的冲击队伍里,有一位手执红旗的战士,他飞快地将一面鲜红的旗帜插上了老爷岭的最高峰。见到这一场面,指挥所里的人都叫喊了起来:

"冲上去了!我们胜利了!"

失去最后依托的敌人，像受惊的羊群，乱作一团，东一头西一头地乱撞。向南突围，被4纵11师截住；向西退却，又被4纵12师打回。4纵的10师乘胜从山顶猛压下来，敌人被压至黄家堡子的山沟里。

这时的黄家堡子已是一片火海。4纵的战士如同下山的猛虎，追逐着乱了阵的敌人，满山沟里都是"追呀！""捉活的！"的吼叫声。蒋军士兵见如此威势，吓得魂飞魄散，纷纷举手投降。

被打伤了左腿的25师少将师长李正谊，化装成伙夫企图逃跑，可是没走多远就被解放军捉住了。这个曾经趾高气扬的"驹长"，连同他的"千里驹"师，在民主联军的"铁军"面前，只能断了马腿。

新开岭战役结束的第二天，中央军委发出嘉奖令。延安的《解放日报》专门发表了题为"第25师的毁灭"的社论，予以祝贺。

旋风司令：韩先楚

新官上任谈方案

xinguanshangrentanfangan

1947年9月底，韩先楚调任第3纵队司令员。肖劲光司令员找韩先楚谈话以后，要他尽快到职，因为3纵缺主将，原来的正副司令员已调任其他工作。

韩先楚到3纵任职的当天，纵队政治委员罗舜初就把民主联军总部关于秋季攻势的作战指示和3纵的作战任务、有关敌情通报等材料交给了他。

在卧室里，他睡不着，反复看上级的有关指示和敌情资料，实在困倦了，打一会儿盹。

在作战室里，他坐不住，一会儿看看地图，一会儿来回踱步，琢磨着、思考着，到了废寝忘食的程度。

韩先楚耳边又响起罗舜初政委的声音：我的想法是，全纵队集中兵力，

先歼驻守西丰之敌,尔后向纵深扩大战果。

韩先楚走近地图,俯下身子细看:驻守西丰的敌人只有116师346团团部加上第2、3营,还不够1个整团的兵力。心想:这个方案是稳妥的,但消灭敌人太少,影响不大,再说,也不完全符合上级指示精神。上级指示在秋季攻势中,1个纵队起码要消灭国民党军1个师。

先歼灭西丰之敌,再扩大战果……这是一种稳妥的打法,但有没有更好的方案,消灭敌人1个师的方案呢?韩先楚在反复思考着。

要是首先攻打敌116师师部呢,虽然远一些,但敌师部驻守的威远堡只有1个营,好打,还可以围点打援,只要一围住敌师部,其他各团必然回兵援救,这样就可以选择有利地段设伏,各个歼灭敌人,最后消灭敌人整个师。有了此方案,韩先楚如释重负。两天来食不甘味,现在却感到饥肠辘辘,警卫员拿来饭菜,他狼吞虎咽地吃完了。

韩先楚觉得方案有了眉目,就去找罗政委交换意见,但罗政委还是认为该先打西丰。他们各抒己见,谁也没有说服谁。争论来争论去,“一比一”。最后,两人同意召开纵队党委扩大会讨论决定作战方案。

由于韩先楚刚到职,还没有同多数干部见过面,所以,会议自然由政委主持。他传达了上级关于秋季攻势的指示,谈了自己关于打西丰的设想。最后说:“这一次上级没有给我纵配属打援的部队,要靠自己组织力量打援,而西丰、威远堡距离沈阳不到200公里,又位于铁路、公路线上,敌人机械化运输,说来就来,所以要加倍警惕沈阳方面的敌人增援。”

大家都知道罗政委原在山东同王建安司令员一起打了不少胜仗。现在3纵的大多数干部也都是他从山东带来的,因此,对政委比较了解,认为政委办事一向稳妥,所以,罗政委发言后,许多人不假思索便表示了赞同。

“我说说意见。”韩先楚一发言,会场上一双双睁大了的眼睛,都集中到了这位新来的司令员身上。

韩先楚环视了一下与会人员, 然后直言不讳地说:“我不同意罗政委的

方案。我不同意先打西丰，因为这样一开始就是攻坚战，纵然攻下来，也只能算一个小胜利，就是全部把敌人消灭，也不到1个团，还会造成比较大的伤亡，划不来。搞得不好，可能使53军集中力量，与我形成对峙局面，在我未消灭西丰敌人之前，敌就向我反击，这样，难于达到上级提出的趁敌主力西调之际，在中长路大量消灭敌人的目的。我的想法，我们要以主要力量，采取远距离的奔袭，直插敌人驻威远堡的116师师部，歼灭敌师部及驻师部附近的一个营、师属特务连等，打掉其指挥。还可围点打援，该敌各团闻其师部被围，必然要出动增援，脱离工事依托，我们在敌必经之地选好地段设伏，在运动中消灭敌人，将116师全歼，尔后扩大战果，威胁开源，断敌中路之联系，破坏敌维护中长路的计划。"

韩先楚发言后，7师政委李伯秋、8师副师长杨树元等少数同志表示同意韩的意见，其他多数人不吭声。

在意见难以统一的情况下，罗政委没有采取少数服从多数的简单表决方法来解决。他想如采用表决通过的形式，肯定多数人同意自己的方案。因为自己在纵队时间长一些，熟悉的干部多一些。韩司令员刚来，大家对他还不了解。

想到这些，罗舜初说："虽然多数同志支持我提的方案，但我这方案也不能保险就是百分之百的好方案。韩先楚同志的方案虽然支持的人少，他的方案不一定不好，也可能真像他所预料的那样：一下子能搞掉敌人一个整师，这也是我们大家所希望的。故此，我建议将两个方案同时上报，上级批准哪个方案，就坚决按哪个方案打。"

听到政委的意见，大家心悦诚服，一致表示赞同。

散会后，韩先楚和罗舜初分头起草电报，因为两位主官意见不一，不好叫秘书或参谋起草。罗政委有文化，很快就将电报内容写出来了，发报之前送给韩先楚看。韩先楚说："各写各的，各报各的。"

韩先楚思考问题、发表意见可以，要他用笔写成文字材料就比较难了，有的字不会写，要不然就写成错别字。他花了很大功夫才把电报写

出来。

使译电员孙敏感到意外的是，韩司令员来纵队后，发了两次电报，都是同罗舜初政委同时署名，都是以“韩罗”名义发的，这次怎么各署各的名，各发各的报？

韩先楚把电报送到机要科已经是下半夜了，科长看到字虽写得歪歪扭扭，但意思完全表达出来了。科长给改了错别字。韩先楚一直坐在那里，等到发完报他才离开机要科。

旋风司令：韩先楚

提前10个小时执行命令

tiqianshigexiaoshizhixingmingling

1948年1月1日，东北民主联军遵照中共中央军委指示改称东北人民解放军。司令员兼政治委员林彪，副司令员吕正操、周保中、肖劲光，副政治委员罗荣桓、陈云、李富春，政治部主任谭政，参谋长刘亚楼。下辖第1、2、3、4、6、7、8、9、10共9个纵队另10个独立师。

在这之前即1947年底，北满2、6、7纵队，南满3、4纵队，突然包围法库，克彰武，数日内歼敌一个多师。接替杜聿明为东北国民党军主帅的陈诚紧张了，为确保沈阳的安全，他调集了15个师的兵力，从新民、沈阳、铁岭一线，兵分三路气势汹汹地压来。

韩先楚奉命，率3纵开至法库与新民之间的公路以东，切断了国民党军新5军的退路，并负责警戒沈阳方向的援敌，配合兄弟部队围歼新五军。

当包围部队向新5军发起攻击时，该军军长陈林达指挥195师、43师龟缩在水口、安福屯、五道屯和文家台拼死据守。这些村子地处平原，有房屋作依托，加上正值天寒地冻季节，尽管打得很激烈，但攻击进展缓慢。沈阳方向及左翼的新6军并无增援新5军的动向。

韩先楚率3个师设伏打援，看来没有事干。一向求战心切的韩先楚，不甘心光看着人家打。他想：等不到敌人来，可以主动去找敌人打，只要能配合兄弟部队尽快围歼新5军就行。

韩先楚把自己的想法向纵队其他领导同志讲了，大家都表示支持。罗舜初政委起草了主动找仗打的报告电报军区，获军区首长批准。

1月5日，部队迅速开到了前线，向新5军发起了猛烈的进攻。3纵8师连续攻克北岗子、水口，李家窝棚等屯子，主力直逼新5军军部所据守的安福屯，消灭了195师一部，切断了深井子与安福屯敌人之间的联系；9师攻占了姚家屯及其西南地区，形成了对新5军的包围态势。7师攻克深井子后，接着向叶家窝棚进行猛烈进攻，21团遇到敌人负隅顽抗，部队打得英勇顽强。8师22团8连在攻打安福屯时，与敌人拉锯，四进四出，最后在村内进行巷战。

1月6日下午15时许，7师和8师向安福屯新5军军部发起攻击。敌军

☆1947年12月15日至1948年3月15日，我东北民主联军(1948年1月改为东北人民解放军)向国民党军发起冬季攻势。先后解放城市18座，人口600余万，歼敌15.6万余人，将敌压缩在沈阳、锦州、长春等地区。图为我军占领北镇。

长陈林达决定立即撤离。趁黄昏来临,陈林达率195师残部及43师全部,退缩到文家台村及附近地区。

“陈林达为什么把部队收拢到文家台呢?他是固守待援还是准备逃跑呢?”韩先楚琢磨着,他对陈林达还是比较了解的:陈林达有一个特殊本领,就是善于逃跑。在临江战斗中,他就逃脱过一次,韩先楚想:这一次绝不能让他再溜掉!

韩先楚立即要作战科长给各师打电话,要求发扬连续作战的精神,准备围攻文家台。

正当韩先楚积极准备攻打新五军军部时,东北军区来电:敌新5军军长陈林达率43师及195师残部等,退守文家台村内,明早(7日)8时,你纵与2纵在炮纵的炮火支援下发起攻击,全歼新5军。

6日晚8点,两天两夜没合眼的韩先楚睡着了。但他只睡了大约半个小时,突然睡眼惺松地问:“现在几点钟了?”

“8点多。”警卫员小声地说了一句。

韩先楚一听,离第二天攻击时间还有10多个小时,他想,在这10多个小时内会不会出现什么变化?陈林达要是在这个时间内趁夜色跑掉怎么办?他想到陈林达善逃跑的特点,越发心神不宁。

韩先楚一骨碌爬了起来,想现在就应该派支部队进攻文家台,把敌人粘住,把新5军逃跑的路堵死!韩先楚披上大衣,冲出房门。天寒地冻,朔风刺骨,使他连打寒战。他推开了罗舜初政委的门,一头钻进去,把自己的想法跟政委说了。罗舜初马上表示支持。

韩先楚立即带领参谋和警卫员向7师驻地走去。到7师指挥所,给7师领导下达了立即组织全师向文家台进攻的命令。

邓岳师长突然接到这一命令,有些不理解,说:“上级的电报要我们纵队明天早上8点配合兄弟部队一起向敌人发起攻击，怎么现在又命令我们1个师今天晚上就提前攻击呢?再说,只我们1个师能消灭新5军1个军吗?”

韩先楚一听，觉得自己没有把问题交代清楚，于是便向邓师长解释说："不是叫你们去立即消灭敌人，而是让你们去把敌人粘住，把陈林达的两条腿给捆住，不让他带着部队跑了。"

部队行进在刺骨的寒风中，战士们艰难地向文家台扑去。3路进攻部队都进入预定位置后，同时向文家台发起了猛烈攻击。

这天夜里，陈林达刚收到陈诚发给他的电报，同意他连夜将部队撤出文家台，开进沈阳待命。正当陈林达下令部队突围、趁夜撤离时，突然遭到解放军三面猛烈攻击。

"他妈的，难道共军真能神机妙算。要不然我内部有探子？不会啊，我刚收到电报，还没有传给别人，即使他们与我同时得到情报，动作也不会有这么快。"陈林达自言自语，在指挥室里踱来踱去。

"妈的，走不了，也不能坐以待毙！"陈林达对其参谋长说。他听到外边枪声越来越急，眼看快打到指挥所来了，便急忙下令说："立即把冲进村内的共军赶出去；要马上组织人在村子四周修筑简易工事，加强火力，保卫文家台；要组织军官团参战、督战，一定要顶住到拂晓。"

午夜，韩先楚来到设在文家台附近一个小村里的20团指挥所，团领导在汇报时谈到：3营在进攻中伤亡较大，敌人火力很强。

韩先楚判断陈林达一定在村里，敌人在垂死挣扎，只要歼灭新5军军部，他的全军必乱，其两路援军也会动摇、瓦解。现在关键是我们要千方百计地拖住敌人，这样才有可能和兄弟部队一起歼灭新5军。韩先楚勉励干部们说："我们现在虽然有一些伤亡，这是以小的代价去换取更大的胜利，也是为全局着想。"

纵队司令员亲临战场使部队受到很大教育，20团重新调整了兵力，由1营营长赵兴元率领全营接替3营阵地，继续向村内突击。战斗时紧时松，主要是钳制敌人，不让他跑了。

天快黎明了，纵队和各师的炮火开始向敌人轰击。20团1营2连的战士们，迅猛地冲过一片开阔地，进入前面一条干河沟，逼近了一栋平房。经过一

☆在炮火掩护下，步兵向敌人冲锋

场激烈的肉搏战，消灭了敌人，占领了平房。后续部队不断跟进，冲到了村子附近一座土坡边。营长赵兴元借着敌人的照明弹，看清了一群群、一堆堆的敌人，麇集在村边一道土墙下。

"他妈的，等着死吧！"赵兴元骂了一句，领着2连战士向村边隐蔽接敌，想夺取村边的这一重要阵地，为总攻做好准备。

当距离敌人20多米时，一阵手榴弹掷了过去，敌人倒下一片。但由于敌人太多，又有土墙作依托，经过一阵激战，双方伤亡都很大。

陈林达受到又一次攻击后，不知道到底有多少部队在围攻他。他深知局势严重，凶多吉少。他已几次给沈阳陈诚，给左路的新6军、新3军，中路的新1军等部发报，请求火速增援。但新6军和新3军并不积极来援，只有新1军想拉他一把，却被解放军1纵、4纵阻在辽河东岸。

总攻在7日早晨展开，战士们从四面冲进村里。20团1连3排副排长李永凤带着1个班的战士，最先冲进新5军军部指挥所，他手里掐

着一个鸭嘴手榴弹,两眼瞪着敌人大声喊道:“谁不老实,我就打死谁!”

一群正在更换衣服的敌军官被吓破了胆。一个个扔下手上的东西,乖乖地举起手。

“谁是陈林达,快站出来!”李永凤大声喝道。

沉默了一会儿,敌军官不约而同地盯着一个蹲在地图下面的人。那个人只好站起来哆嗦着说:“本人,本人就是陈林达。”

这次战斗,全歼国民党新5军军部及第43师、第195师,俘该军军长陈林达,第43师少将师长留光天,少将副师长谢代蒸、阎资筠,少将参谋长陈士杰等人。

旋风司令:韩先楚

奇怪的招数:炮兵“上刺刀”

qiguaidezhaoshupaobingshangcidao

辽沈战役最先在北宁路打响。首克义县,揭开了辽沈战役的序幕。

3纵担当攻克义县的重任,打响了辽沈战役的第一炮。

义县是锦州北部的屏障,是我军长驱直入攻锦州的必经之路,所以范汉杰在这里投下了他的嫡系部队第93军暂20师。

义县的工事十分坚固,城墙高10米,碉堡群外是3米多深、3米多宽的壕沟,沟外布满了地雷、铁丝网、鹿砦等障碍物。加上锦州的国民党军随时可以增援,所以暂20师师长王世高对自己被围困并不感到紧张。他认为解放军仍会采用围城打援的老办法,主要攻击目标是出来增援的部队,攻城只是装装样子。

韩先楚根据敌人的部署,区分了各师的攻城任务,他要求各师的炮兵一律推到距敌阵地二三百米处抵近射击。炮兵“上刺刀”,让炮兵感既到惊讶,也感到刺激。

韩先楚对炮兵指挥员说:“你别把城墙都给我轰塌了,你得让城墙上面

塌，下面成斜坡，好让步兵进城！”

这又是奇招，让炮兵接受挑战。

☆10月1日，我军第三纵队和第二纵队五师攻克义县。这是尖刀班向敌纵深大佛寺宝塔一带运动

为破坚固城墙，韩先楚还命令步兵分队采取挖掘坑道的方式向城墙逼近。经过几天连续作业，3纵在义县外围挖掘的坑道已是四通八达，有的距蒋军的前沿仅百米了。

坑道逼近战术，令国民党军大伤脑筋。暂20师师长王世高把团长们召集到城墙上观察情况，问众人："各位有何高招对付共军的坑道？"

团长们面面相觑，一个个显得束手无策。

王世高叹道："看来只有用迫击炮轰它了。"

炮轰了3天，消耗了大量的弹药，仍然无法阻止3纵的坑道逼近作业。

炮弹快打光了，王世高就要求空投炸弹。28日，3架国民党军的飞机临近义县上空，立即遭到解放军的猛烈射击，飞机只好飞到高空投掷炸弹。结果大部分落到解放军的阵地上了。

王世高又气又急，只好组织部队强行出击，3 纵利用坑道充分发扬火力，打得国民党军丢盔卸甲，狼狈窜回。

9 月 29 日，3 纵发起总攻，所有的炮火喷出的火舌，以排山倒海之势覆盖在敌人的炮楼、城墙及各个据点上，很快就炸开数条通道。

当我军各部队突入城后，韩先楚的“老习惯”又出现了，他抓起电话，向兵团首长请示：“我要到前面去看看。”

兵团司令员一口拒绝：“不行，不准你去！有事派参谋去。”

韩先楚没法子，只得安排作战参谋带了几个人到交战第一线去了。

30 日深夜，国民党暂 20 师师长王世高在掩蔽部里召开紧急会议，商议退路。副师长韩润珍汇报说：“锦州也遭到共军的攻击，援军看来一时到不了，只有突围才有生路！”

王世高这时不再鼓气了，说：“杀出重围，冲出一个算一个。”

但是已经晚了，3 纵已经攻破城垣。

3 纵攻下义县后，韩先楚又率领部队赶至锦州城郊，准备攻打锦州。

31小时全歼蒋军 10 万

sanshiyixiaoshiquanjianjiangjunshiwan

攻克义县不久，东北野战军司令员林彪、政委罗荣桓于 9 日到了 2 纵指挥所，检查了纵队的战斗部署情况后，他们要 2 纵司令员刘震找 3 纵司令员韩先楚，商谈 2 纵、3 纵攻打锦州的协同问题。

东野总部确定在一个星期内攻克锦州，命令 2、3、7、8、9 纵，6 纵的 17 师和炮纵作为主力，2、3 纵队及 6 纵的 17 师，配属炮纵、战车团从城北突破，由韩先楚统一指挥。

韩先楚接受任务后，马不停蹄地连夜赶到锦州城北。听了侦察人员汇报后，又亲自带领纵队作战科长尹灿贞、侦察科长郑需凡和司令部一些参谋到

☆我军离开义县,向锦州方向前进

前沿阵地勘察地形、了解敌情。

在向各师布置任务时,韩先楚强调指出:“大家要有充分准备在外围同敌人打硬仗、打恶仗!只要大家很好地解决外围战斗,锦州就算攻下来了。”3纵一到锦州北郊,立刻加大了对国民党军暂编第22师的压力。该师正面重要据点配水池82高地、大亮甲山等处的战斗,逐步激烈起来。

82高地工事坚固,是敌暂22师第1团经过半年多的时间集中全力构筑的。自9月战斗以来,攻打锦州的几个纵队夜袭过几次,均未攻克。

10月12日,炮纵对锦州之敌实施猛烈的轰击,各突击部队随即开始发动攻击。

3纵在进攻中遇到配水池守敌的顽抗,这是锦州北唯一的一个制高点,距离市内大约有3000米,控制着进入锦州城内的公路。这里的工事原是日本侵略军修筑的,国民党军占领锦州后又进一步加固。国民党军自认为固若金汤,在配水池一座白楼上狂妄地写了一条醒目的大标语,称配水池是“第二个凡尔登”。据侦察,守配水池的是一个加强营,800余人,配有重机枪、战防

炮。阵地后面有一条通往城内的暗沟,可以随时从城内增兵。

3纵由邓岳师长率7师攻打配水池敌核心阵地。战斗打得很激烈。敌凭借有利地形、坚固工事、强大火力死守。

3纵8师24团攻打距配水池700多米远的亮甲山。山周围是壕沟，配有各种火力发射孔和掩体，壕沟外围有屋脊形铁丝网,山上还有很多暗堡,临城一面有一条通向城内作增兵用的交通壕沟。

3纵部队攻打了一天,没有攻下这两个据点。眼看部队攻击受挫,韩先楚焦虑不安,反复思索如何拔掉这两个“钉子”。

☆我军某部在黑山胡家窝棚缴获国民党车汽军100多辆

当夜幕快要降临时,韩先楚带着参谋人员,不顾危险,亲自到20团进攻出发地配水池西北高地重机枪阵地观察了解情况。

韩先楚通过在火线实地观察,命令20团调整兵力,在敌人两阵

地配水池与12亩地之间，投入较多的兵力，攻敌兵力薄弱的地段，并从这里展开，分割包围两阵地之敌。20团按韩先楚的指示打，果然一举歼灭了配水池之敌。

攻占了配水池，控制了城北的制高点，韩先楚非常高兴，要立即去配水池阵地，觉得那里看得远，有利指挥。

突然，他的胃部一阵阵疼，警卫员们轮流背着韩先楚上了配水池阵地。韩先楚打了一会儿盹，清醒后，表扬部队攻克配水池，为夺取锦州立了大功。接着，他拿起望远镜，观察亮甲山的战况。此时，他好像忘记了疲劳和胃痛。

韩先楚通过仔细观察发现：亮甲山后有一条交通壕，敌人不断地向山上运送兵员和物资，便对作战科长尹灿贞说："你快给8师打电话，要他们立即派一个连，从侧后插到亮甲山后边，把敌人通向城内的交通壕截断、炸毁，切断山上和城内的联系。"

8师派出部队趁敌不备，迅速插到山后，切断了敌人的交通壕。而后，8师又增强了攻击兵力，经过几次争夺，攻下了亮甲山阵地。

这时，从各方面传来消息，2纵也在刘震司令员指挥下，将其他外围据点攻下来了。

韩先楚估计：部队全部占据了外围阵地，敌人会更加注意控制攻城的通道，加强火力的封锁，固守城内待援。为了减少攻城的伤亡，韩先楚要求部队利用攻打义县的经验，连夜向城内挖掘交通壕。于是，各部队投入了挖交通壕的紧张作业。到总攻前，2、3纵挖了近2万米的交通壕。

14日上午10时，打锦州的总攻开始了，900多门大炮一齐向敌军猛轰。攻城部队利用挖好的交通壕，迅速接近了目标。担任突破任务的19团和23团，争先恐后，勇往直前，两面红旗同时插在突破口上。部队很快突入城内。经过逐街、逐巷、逐院争夺，先后攻占了铁路管理处、车站、交通学校等一批重要据点，捣毁了中央银行大楼国民党军第6兵团指挥部和"剿总"指挥所。

☆10月15日,锦州宣告解放

到了14日下午，双方反复争夺阵地，城内守敌已无预备队可用了。守敌炮兵因没有弹药,完全停止了射击。

范汉杰等守城指挥官仓惶逃走。敌军失去指挥,韩先楚指挥3纵和兄弟部队从四面八方围歼残敌。

15日下午4时,范汉杰经松山向塔山陈家屯间山地小道逃窜。16日,尽管他化了装,仍被解放军潜伏哨兵抓获。

人民解放军经过31个小时的激战,全歼国民党守军10万余人,俘范汉杰。韩先楚指挥担任主攻的3纵英勇奋战,与兄弟部队一起，为攻克锦州立下了卓著的功勋。

旋风司令：韩先楚

国民党军称3纵为“旋风部队”

guomindangjunchengsanzongweixuanfengbudui

锦州攻克以后,韩先楚立即和纵队政委罗舜初、副司令员沙克、参谋长何振亚等人开会商量,决定留下少数部队配合接收锦州城市工作,其余大部队撤到城外休整,迅速补充弹药、物资。他预见到还要打大仗。

情报部门很快了解到,蒋介石想要把丢掉的锦州重新夺回来,便令廖耀

湘亲率兵团主力星夜渡新开河，进占新立屯，再向锦州攻击前进，并说："如再延误将以军法从事。"

东北野战军根据中央军委的指示，对部队作了全面部署，决定立即回师乘胜歼灭国民党军西进兵团。韩先楚要求各部队多烙饼，多蒸馒头、多晒馒头干，干粮袋要条条满，人人背干粮。

10月20日，韩先楚率领3纵出发，以急行军的速度涉过大凌河，直奔北镇。过了北镇不远，即可以听到黑山方向传来的隆隆炮声。快进入战场了，韩先楚命令部队停下来，查明情况后再投入战斗。

3纵的任务是攻击敌人的腰部。将敌人切成两节，以利于各兄弟部队包围，歼灭。

韩先楚听了侦察人员汇报，了解了敌人的活动情况。在黑山通往沈阳的公路中间，靠近黑山一边路旁有一个叫胡家窝棚的大村庄，大概有一两百户人家。侦察人员说敌人在这个村子活动频繁，人员和车辆不断进出，周围警戒比较严。韩先楚根据敌情判断：胡家窝棚，如国民党军的指挥机关不设在这里，他的补给点必定设在这里。把刀子捅进这里，肯定对敌西进兵团是一个重大打击。

从20日东进以来，在黑山城北的兄弟部队已经打垮国民党军第71军军部。国民党军发现解放军主力即将到达，企图向东南方向撤退。解放军与国民党军都处于运动中，韩先楚率3纵也处于行军状态中，有线联络还没有沟通，上级也没有指明具体攻打何处。在这瞬息万变的战场，韩先楚审时度势，抓住胡家窝棚主动找仗打。他立即叫人与7师21团取得联系，以便尽快命令部队投入战斗。

7师21团驻守在北镇附近白台子村。指挥所里的电话铃急促地响了，团长毛世昌抓起话筒，话筒里传出了韩先楚的声音。他一看表，已经晚上9时多了，急忙说："我是毛世昌，韩司令员，你有什么指示？"

"你团派一个加强营，带上侦察排、炮兵连，由你们徐锐副团长负责指挥，限26日拂晓前赶到胡家窝棚以西一带高地，查明敌情，选占有利地形，

为纵队和你们师投入战斗做好准备。”韩先楚声音有点嘶哑,但音量很大。

徐锐很快将部队集合起来,作了简短有力的动员,摸黑向目的地疾进。

徐锐率部潜至胡家窝棚村边时,7 师的山炮连赶到了。这时天将拂晓,徐锐帮助山炮连选好了阵地。

3 营营长命令 8 连 3 排在前面,顺着北山山脚下开阔地向村东边白沙河插去。3 排刚跃进到山脚下,突然被山上敌火力压制住了。

营长见情况突变,立即命令部队掉头攻打北山。徐锐要 3 营先隐蔽,待用炮火轰击后再进攻。

山炮连轰击了一阵后,3 营边打边冲,攻占了敌阵地。俘敌少将副军长以下 100 余人,缴获榴炮 18 门,汽车 100 余辆。

☆战士们发扬高度的革命英雄主义精神和英勇顽强的战斗作风,向廖耀湘兵团发起总攻

徐锐立即审问了几名俘虏,得知这胡家窝棚驻的是国民党军高级指挥机关。

这时,徐锐得知韩先楚司令员已率部来到附近,便气喘吁吁地跑去向韩先楚作了汇报。

韩先楚表扬了 3 营,要求徐锐率 3 营向东大屯方向搜索前进,见机行动。

26 日早上,当敌 71 军与新 6 军第 169 师及 207 师许旅在胡家窝棚以西交接防务未竣之际，黑山解放军守军与新投入战斗的韩先楚率领的3纵先遣队已发动攻击，战斗在胡家窝棚以西高地进行。

韩先楚率3纵主力赶到后，与胡家窝棚以北的兄弟部队，向胡家窝棚国民党军辽西兵团的前进指挥所、新3军、新1军及新6军的3个军司令部发起了攻击。由于这些敌军都处于行军状态，没有建立起通信联络体系，敌兵团部及3个军部被迅速攻垮，指挥官无法掌握部队，部队陷入瘫痪和分崩离析的状态。

26日黄昏时分，廖耀湘到达新22师师部所在地唐家窝棚。在这里，他与第49军军长郑庭笈通了电话。郑告诉廖，说卫立煌要他退回沈阳，并说不要在这里久留，行动越迟，危险越大。廖耀湘动摇了去营口的打算，下决心要退回沈阳去。

一路上，廖耀湘看到四周都发生战斗，退回沈阳的道路已被解放军切断，他感到兵团最后被歼的命运已注定了。

无论廖耀湘走到哪里，都发现有解放军，廖耀湘唯恐人多，目标大，便命令跟随他的特务连分成若干小组向各方隐蔽警戒。

☆我军某部在黑山胡家窝棚缴获国民党军汽车100多辆。

韩先楚命令3纵各师26日全面投入战斗后，哪里有敌人就往哪里冲杀。先后攻占了罗家屯、张家窝棚，郑家窝棚等许多村庄，歼灭了国民党军新1军军部及第50师一部，战士们顾不上吃饭、休息，继续追歼敌人。

国民党军辽西兵团各部队已无法组织大的战斗。韩先楚指挥的3纵7师在腰三家子以西地区与溃逃的敌第14师遭遇，歼灭了该师。8师在李家窝棚，9师在姜家屯，长子岗一带，分别将所遇逃敌歼灭。

廖耀湘此时只剩下周璞一人相随。他们原本化了装向沈阳走，后听说沈阳已解放，廖耀湘出了一身冷汗，马上决定往回走，到葫芦岛国民党军控制的地方去。但刚到黑山以西，便被解放军俘获。

廖耀湘被带到韩先楚处，他用畏惧的眼神望着韩先楚："韩先生，解放军的'旋风部队'就是阁下指挥的，领教了，领教了！"

"什么'旋风部队'，我们是东北野战军第3纵队。'旋风部队'，是你们嚷嚷出来的。"韩先楚不以为然地说。

"韩先生，我很敬佩阁下的指挥才能，也敬佩贵军的战斗作风。我多次告诫我的部下，要防备你们旋风部队，没想到……"廖耀湘说着说着，长叹了一口气。

11月2日，东北人民解放军解放了沈阳、营口。至此，东北全境获得解放。

☆沈阳人民集会游行，庆祝全东北解放

旋风司令：韩先楚

创造了用木船战胜军舰这一战争史上的奇迹

chuangzaoleyongmuchuanzhanshengjunjianzheyizhanzhengshishangdeqiji

1949年12月，第12兵团副司令员兼第40军军长韩先楚和第40军政治委员袁升平、副军长解方等人，在雷州半岛接受解放海南岛的任务回来后，立即将部队开往海康、徐闻、北海等地训练。军部驻海康。

几天来，韩先楚席不暇暖，一馈十起。白天，他带领参谋和有关师的领导到海边找训练场地；晚上，召集有关人员开会，研究战前的各项准备工作。夜深了，他仍在思考问题，深感肩上的担子很重。过去，从南打到北，再从北打到南，都是在陆地作战。攻山头，打城市，战平原，虽然积累了不少经验，可渡海作战这还是头一回。

中央军委对于渡海作战极为关切，多次发出指示电，要求四野首长吸取三野攻打金门失利的教训。在渡海作战中必须掌握潮水和风向；必须一次运载足够的兵力和给养；必须建立稳固的滩头阵地，不依靠后援。

毛泽东指出："海南岛与金门岛情况不同的地方，一是有冯白驹的配合；二是敌军战斗力较差，只要一次运两万人登陆，又有军级指挥机构随同登陆……就能建立立足点，以待后续部队的续进。""争取于春夏两季内解决海南岛问题。"韩先楚反复学习军委和毛泽东的指示，决心按时完成任务。

困难很多。部队人员大多来自北方，不谙水性，绝大部分人一上船就晕船呕吐；有的连队不懂海上气象贸然出海，遇到风暴，桅断船翻；部队中对用木船渡海也存在许多疑虑。

韩先楚带领机关人员深入部队，同战士们一起训练，一起研究解决各种难题，部队掀起了训练高潮。很快，利用汽车引擎改制出的"土炮艇"，也出现在训练场。许多战士学会了游泳，大部分人学会了划船和摇橹，由"陆地雄

☆我第四野战军第十二兵团率两个军，采取积极偷渡、分批小渡、最后主力强渡相结合的作战方针，于1950年3月上旬发起海南岛战役。在海南岛长期坚持斗争的琼崖纵队的有力配合下，我军于5月1日解放全岛，歼敌3万余人。这是指挥海南岛战役的诸首长合影

狮”变成了“水里蛟龙”。

一天，韩先楚把军指挥部移至海边，一边指导部队训练，一边进行实地调查。他走访有经验的老渔民、老船工，请他们当“顾问”，向他们了解风向、风速、潮汐、水流等情况。他派人在旧书摊买回《航海手册》、《潮汐表》等资料，认真学习、研究，终于摸清了季风和水流的一般规律，对大海有了进一步的认识。

正当韩先楚为船只焦急时，侦察部门送来一份情报：盘据在涠洲岛的“广东反共自卫军”劫持400多只民船，全是多篷多桅的大船，可作渡海作战用。韩先楚看了情报后，立即向上级请示夺取这批船只，很快得到批准。119师一个加强团，经过巧妙的战斗夺取了这批船只。加上多方收集到的大小帆船1000多只，使渡船这一难题基本得到解决。

薛岳觉察到了解放军渡海攻琼的意图。他从1950年2月起，在加强海岸设防的同时，增调兵力“围剿”五指山革命根据地，企图在解放军大部队渡海前消灭冯白驹领导的琼崖纵队。这一来，琼崖纵队处境更加困难。

韩先楚了解海南敌情变化后，考虑如何增援琼崖纵队，觉得派小部队偷渡是个好办法。3月5日。他亲自到灯楼角起渡点为第一支偷渡部队送行。把一面写有“渡海先锋营”字样的红旗授予首批渡海的800名勇士，鼓励他们克服困难，偷渡成功。

偷渡部队出发后一直比较顺利。可是行至半夜，风停了，航行速度减慢。

战士们奋力摇橹、划桨前进。6日拂晓，当船队行驶到预定登陆海域时，前面突然出现10几只敌帆船和4架敌机。指挥员立即用敌人的旗语、信号迷惑敌人，顺利登岸，与前来接应的琼崖纵队胜利会师，进入了五指山。

不久，43军也以1个营的兵力偷渡成功。

薛岳得知解放军偷渡，慌忙调整兵力堵缺口，把"围剿"五指山的部队抽回来加强东西两侧阵地。

不久，又传来43军第二批偷渡部队偷渡成功的消息。

几次偷渡成功，使韩先楚等指挥员看清了"伯陵防线"的实质。

在反复核对气象资料后，韩先楚决定把进攻时间定在1950年4月16日。上报后，很快得到了批准。

16日19时30分，韩先楚和副军长解方亲自登上了指挥船，率领40军主力启渡南进。

顿时，几百只载满全副武装解放军指战员的大木船，乘风破浪，直指海南岛。当船队接近海南岛海岸时，空中突然亮起了照明弹，敌军舰"海狗"号由东向西驶来，不断向我船队开炮；敌人飞机也来轮番扫射轰炸。

我军自制的"土炮艇"发挥出了威力，击沉敌舰1艘，击伤两艘。次日晨2时30分左右，第一梯队接近了海滩。敌人发现后，岸上、空中，舰上各种武器一齐开了火。韩先楚十分冷静，命令船队加速前进，做好登陆准备。

在船离岸还有五六十米处，韩先楚命令部队奋力抢滩。他身先士卒，跳入齐腰深的海水中，指挥部队冲锋。

敌人发现解放军已登岸，所有火力一齐向滩头倾泻。登上岸的战士们倒下去了，海水中泛起一片殷红。后面部队发起集团冲锋上了岸，消灭了敌人一个个火力点，紧接着向纵深发展。

17日晨，韩先楚指挥的渡海作战兵团第一梯队数万名官兵在琼崖纵队和先期偷渡登岛部队的策应下，将敌64军131师391团大部歼灭，击溃了敌392团，全部于临高角至花场港之间登上了岛，占领和巩固了这一带的登陆点。

薛岳的"伯陵防线"，被韩先楚指挥部队撕开了一个大缺口。

韩先楚亲自带领与指挥的第一梯队8个团登陆后，薛岳仍在“做梦”，说什么共军仍是小规模登陆。他想，只要集中一点兵力，就会很快将登上岛的解放军赶下海。于是，急调其暂编13师到福山，企图配合151师，乘我登陆部队立足未稳夺回失掉的滩头阵地。

43军登陆后，于20日进至黄竹、美亭地区，与敌252师的两个团遭遇。解放军128师迅速将敌包围在黄竹、美亭两个村内发起了猛攻。这时，薛岳才意识到此次解放军登陆与前几次不一样，来势很猛，是要同他决战。于是，他又急调其62军等部4万余人，对128师实施反包围，企图一口吃掉128师。

21日天刚拂晓，敌62军等部在飞机、重炮支援下，向128师发起疯狂的围攻。128师以少数兵力利用有利地形抗击外线围攻之敌，集中主力将被包围的敌252师歼灭。128师进行内外作战，战斗打得异常残酷、激烈，连128师师长也亲自端起枪反击敌人。

战至22日清晨，解放军同时在内线和外线向敌人发起猛攻。一举歼灭了敌32军252师，重创敌62军、暂编10师和教导师等部，薛岳“伯陵防线”的核心阵地琼北守备区被攻克。

薛岳这时才意识到厄运来临，他对身边人说，老头子几百万军队，在大陆都抵挡不住，我这点人马怎么能挡住他们呢?于是，他下令全线总撤退。

22日黄昏后，薛岳率他的海防司令部要员从三亚机场登上飞机，匆匆逃往台湾。

23日，韩先楚指挥的40军118师与43军127师先遣团，向海口发起攻击。守敌主力已于22日晚逃走，市内只剩下一部分残敌。短暂战斗后，俘敌600余人，海口解放。

这时，东路40军主力和43军128师，在琼崖纵队三总队、五总队和独立团的配合下，分别从海口、文昌等地经万宁、陵水直扑榆林、三亚地区。

战至5月1日上午9时，岛上的枪炮声基本平息，海南岛宣告解放。韩先楚等指挥渡海部队，创造了用木船战胜军舰这一战争史上的奇迹!

★能文能武：邓　华★

邓华(1910－1980)，湖南省郴县永宁人。1927年加入中国共产党，1928年参加湘南起义加入工农革命军。土地革命战争时期，任红4军宣传中队长、连党代表、干事、科长，红12军教导队政委、36师政委，红1军团1师3团政委、2师政治部主任，红1军团1师、2师政委。抗日战争时期，任八路军115师685团政治处主任、副团长、团政委，晋察冀军区第一军分区司令员，平西支队司令员，第4纵队政委，挺进第11纵队司令员，晋察冀军区第五军分区司令员兼政委，陕甘宁晋绥联防军教导第2旅政委。解放战争时期，任东北保安副司令员兼沈阳市卫戍司令员，辽西军区司令员，辽吉军区司令员，东北野战军第7纵队司令员，第四野战军44军军长，第15兵团司令员。建国后，任广东军区第一副司令员，第13兵团司令员，中国人民志愿军第一副司令员兼第一副政委，志愿军代司令员兼代政委，志愿军司令员兼政委，沈阳军区司令员，中国人民解放军副总参谋长，四川省副省长，军事科学院副院长。1955年被授予上将军衔和一级八一勋章、一级独立自由勋章、一级解放勋章。是第一、二、三届国防委员会委员，中国共产党第八届中央委员，第九、十、十一届中央候补委员。

能文能武：邓　华

痛恨帝国主义，在日记中写下“勿忘国耻”

tonghendiguozhuyizairijizhongxiexiawuwangguochi

1910年4月28日，邓华出生在湖南郴州永宁乡陂副村。

1919年9月，郴县的一批先进青年在接受马克思主义影响之后，也在郴县一带传播革命思想，开展革命活动。这一切，对于处在边远山村的少年邓华来说，虽然只是见闻而已，但他却朦胧地感觉到：外面有一个广阔的世界，那里正在发生着翻天覆地的变化。

1922年，12岁的邓华对父亲说：“煨在这个山冲里，没有出息”。他要到县城去求学，他要走出这个闭塞的角落，迎接那个新的变化。

1922年秋，邓华走出了山村，来到离家80里路的郴州县城，就读于新华学校高小部。

新华学校是美国教会办的，校长和主要教师是美国人。学校当局对学生学业抓得很紧，但思想禁锢也很严格，禁止学生参加爱国游行活动。有的洋老师对中国学生非常傲慢凶狠，对谁看不顺眼，就找岔子揪耳朵，打屁股，甚至拳打脚踢，邓华看在眼里，痛在心头。

在学校里，邓华最爱听中国教师讲历史课。一次，老师讲中日甲午之战，绘声绘色地介绍在黄海大血战中中国海军致远舰，在邓世昌指挥下勇敢地向敌吉野舰撞去，不幸中雷沉没，全舰200多名官兵为国捐躯的悲壮场面。邓华听得声泪俱下，义愤填膺。

下课后他找来袁世凯卖国政府同日本帝国主义订立的21条，逐条阅读，不觉怒火中烧，联系到帝国主义列强在中国攫取的各种特权，深感国家民族之所以任人欺凌、宰割，是因为腐败无能的卖国政府同帝国主义国家签订了不平等条约。在他的心头埋下了痛恨帝国主义的种子。

第二天，邓华同几个进步同学纷纷从自己的行囊中寻出日本货，统统丢

到茅坑里。

还有一次，有个同学在校园里指手划脚同另一个同学开玩笑，正巧洋人从这里路过，洋人不懂中国话，认定是讥笑他。不容分说，将这位同学拉到校长室，用竹板打了几十大板，方才罢休。当时，邓华曾赶上前去，要找在场的中国老师辩解，也被洋人驱走。他听得那同学被打得哇哇直叫，像是自己也挨了打一样，心情异常沉痛，不平等条约给予我们民族的屈辱，就是这样刺伤着中国少年的心。这一天，他在日记里写道："毋忘国耻!!! "

特别是当他从学习中了解到：帝国主义强迫中国政府签订不平等条约，割地赔款，划出租界，开辟口岸通商，还允许外国人在中国传道布教，开设学校——这新华学校就是这么建立的。联想到平日所见所闻，邓华对这所设施良好、环境优美的学校，顿生厌恶之情，自己置身这里学习，仿佛是一种莫大的耻辱。高小毕业后，他发誓再也不读教会学校，决然来到当时湖南省革命活动的中心——长沙。

在哥哥和姐夫的引导下投身革命

zaigegehejiefudeyindaoxiaotoushengeming

1925年，长沙，大规模群众革命斗争此起彼伏，工人、农民、学生和市民，不断举行罢工、罢课、罢市和示威游行，反对帝国主义的侵略暴行和军阀官僚的腐败政治。

这时邓华已15岁，他积极参加罢课和游行示威活动。他在一篇题为《论青年人生观》的作文中写道："嗟乎，天下兴亡，匹夫有责，青年人当舍身报效祖国，挽救国家危亡，解放亿万生灵涂炭! "表现了步入青年时代的邓华强烈的爱国主义情怀。

特别使邓华痛心疾首的，是黄静源的被害。黄静源，郴县良田人，是郴县最早的共产党员。邓华从进步青年中听到这位革命先躯的许多英雄事迹，十

分仰慕。没想到,这年10月16日,时任安源工人俱乐部主任的黄静源被反动派杀害了。他临难面不改色,高呼:“打倒帝国主义”、“工友们联合起来”等口号。遗体运到长沙后,邓华含着满腔悲愤参加了10月26日的万人追悼大会。当由16人扛抬的灵柩在面前通过时,他含着眼泪三鞠躬,然后紧握拳头,跟随大队呼喊“黄静源精神不死”等口号。

1926年,随着北伐军入湘,农民运动在湖南境内蓬勃兴起。这一年寒假,邓华带着北伐军入湘后热火朝天的群众运动激情,回到郴州。他惊异地发现家乡发生了翻天覆地的变化。他的哥哥邓多英、二姐夫何仰之已在激烈的革命斗争中参加了中国共产党。二姐夫何仰之还是永宁乡党的负责人之一。他俩给了邓华《共产党宣言》、《共产主义ABC》、《阶级斗争》以及《新青年》、《向导》等革命书刊,让他阅读,使他大开眼界。

在哥哥和二姐夫的教育引导下,邓华投身到斗争的第一线,他协助农会起草告示,写标语;扛上梭标,走进农民自卫队行列,清算斗争土豪劣绅。他亲眼看到了农民群众一旦组织起来,有着何等巨大的威力!

斗争实践,使青年邓华的思想产生了新的飞跃。

回到长沙,邓华为了“要革命必须进一步学习政治,武装头脑”,离开了岳云中学。他以初中二年级肄业程度,考入设有中共党支部、革命气氛浓厚的南华法政学校高中政治班学习。

邓华在南华法政学校学习期间, 不仅积极参加省城的各项集会和示威游行活动,而且关心事态的发展,认真学习革命理论,肯动脑筋思考问题。比如,对国民党省党部拼凑的“左社”组织散布的攻击农民运动的言论就很反感,也很担忧。及至中共湘南区委发表《对湖南农民运动的宣言》,驳斥“左社”的谰言,他就说:“驳得及时。”

当时政治班有个叫易蕴的同学,湘潭易家湾人,共产党员。他在自修室与邓华座位相联,接触谈心较多。那时中共湘南区委作出了发展党组织的计划,要求大力发展党员,易蕴便把邓华作为考虑对象。邓华在得知易蕴是共产党员,并且和上级党组织有着密切联系时,便向易蕴表达了埋藏在心底里

的愿望——成为一名共产党员。

经过上级党组织审查批准，邓华于1927年3月，在标有“CP”字样的红旗面前，宣誓加入了中国共产党。介绍人是易蕴、查夷平，党证号为22547。

邓华从一个热爱祖国、追求进步的青年，成长为一个具有共产主义理想的革命战士。

幸运的抉择：我看还是跟朱毛走吧！

xingyundejuezewokanhaishigenzhumaozouba

幸运的抉择：我看还是跟朱毛走吧！

1927年“马日事变”后，由于党的关系已经暴露，邓华在长沙无法安身。经党组织同意，他与两个郴县籍共产党员一道，返回郴县，继续坚持革命活动。在躲避反动派反扑的日子里，他思念着往日的战友，他想念着党的组织……

宜章暴动发生后，由朱德、陈毅领导的工农革命军第1师，于1928年2月4日占领郴州，郴县起义农民立即组建工农革命军第7师。邓华获息，立即连夜追赶部队，先在该师2团工作，不久被调到7师政治部任组织干事。从此，邓华便踏上了革命武装斗争的征途。

☆1928年4月，朱德、陈毅率领的工农革命军和湘南农军到达井冈山与毛泽东率领的部队在宁冈砻市会师。图为油画《井冈山会师》

1928年5月，邓华随同湘南起义

部队上井冈山，参加了朱，毛两军会师。他所在的工农革命军第7师，编为中国工农红军第11师第33团。

毛泽东率秋收起义部队到井冈山时，只有2个营7个连，不到1000人，经过1年的边界割据和两军会师，井冈山地区的红军一下子猛增到12000余人。而他们立足的地方，只是周围550华里的井冈山。这里人口不满5千，产谷不足万担，粮食供给发生了很大的问题。因此，红军决定：由永兴、资兴、郴县、耒阳来的农军返回湘南开展游击战争，创造革命根据地。邓华所在的33团奉命开往桂东山区打游击。

在开往桂东的途中，水口镇附近大路两边分岔，向西南通往郴州，向东南则去桂东。就在这个岔路口，邓华面临着当时他也许未意识到的关系他今后一生道路的决定时刻。

主要由农民组成的33团，由于远离家乡，加之生活极其困苦，部队又是新组建不久，在这个时刻，一些人便产生动摇情绪，想回家乡去。有的干部也吵吵嚷嚷说，到桂东打游击，不如回郴县打游击。一位副团长一声吼，拉着他家乡的两个连，径往西南走去，谁也制止不住，其他连队也纷纷自由行动，形成一个各散八方的局面。

这时，同在33团工作的表弟首培之也劝邓华一起回乡打游击，说是家乡群众条件好，情况熟悉，有枪有人有组织，能干出名堂。

邓华回答："不能回去，农民同志家乡观念重，回去会散伙的。"并毫不含糊地说："湘南暴动时，我们的人枪还少了吗?党的组织还不强大吗?要不是跟着朱毛撤到井冈山，恐怕是全军覆没呵！我看还是跟朱毛走吧！"

邓华未能说服表弟，首培之跟着大队人马往西南方向去了。

邓华回过头一看，岔路口上空荡荡的，除了朱德派来的军事干部和少数地方上来的政工干部，千把人的队伍一下子走光了。大伙儿一商议，桂东去不成了，还是回井冈山去。

不久，从湘南方面传来消息，散回家乡的农军，大部分走散，一部分同志也确实组织了一些战斗，但是很快被敌人打散。许多共产党员和干部，不是

遇害就是被关押，或者流落他乡。首培之和那位副团长则被敌人抓住残酷杀害，陈尸街头示众。

邓华他们从水口回到井冈山，毛泽东得知后，不但没有批评他们，反而派出 31 团 3 营 8 连连长李天柱前来迎接他们，并且立即编队，军事干部到 28 团，政治干部则到 31 团。邓华被编人 31 团一营，任党委干事，不久，调任 31 团党委组织干事。

连夜抄下《孙子兵法》

lianyechaoxiasunzibingfa

1929 年 2 月 10 日，经过大柏地战斗，红军狠狠打击了敌人，取得了红 4 军进军赣南闽西以来的第一个大胜仗，扭转了近一个月来连战失利的被动局面。

激战之后，大柏地之夜非常沉静，战士们带着猛烈厮杀后的疲劳，酣然入睡。只有偶尔传来哨兵游动的脚步声，显示着这里警惕的神经仍然紧绷着。

☆图为 1929 年 2 月 10 日，红四军来到瑞金城北的大柏地，在这里打了一个大胜仗，击毙大量敌人，俘敌八百余人，沉重打击了敌人气焰。

然而,在司令部驻地王家祠堂,红4军31团党委组织干事邓华,此刻还没有入睡,他就着马灯的微弱亮光,正在伏案抄写《孙子兵法》。这本《孙子兵法》,是从敌人的团部缴来的。

他早就盼望着有一本兵法书,今天终于得到了!邓华在报告团长伍中豪同意后,决定连夜抄写下来,缴获的本子明天再交上去。

孙子曰:“凡先处战地而待敌者佚,后处战地而趋战者劳。故善战者,致人而不致于人。”“敌佚能劳之,饱能饥之安能动之者、出其所必趋也。”

抄写到这里。他搁下毛笔,不由得拍案叫绝:“说得多神呵!”刚刚过去的厮杀,不正是这段文字的生动的注脚吗?

在大柏地战斗中,朱德军长和毛泽东委员选择有利地形,以逸待劳,指挥红军隐蔽集结在两侧大山陡立、密不透风的参天树林之中。在敌肖致平团尾追而至时,紧锁口袋,歼敌800人,缴枪800余支,活捉敌团长肖致平。这不正是“先处战地而待敌”,“出其所必趋”,正是“攻其无备,出其不意”,达到“致人而不致于人”的目的吗?

团部闹钟的时针指向凌晨3点。《孙子兵法》13篇,邓华已经抄到第6篇《虚实篇》了。他仍然没有丝毫倦意,他沉浸在孙子的博大精深的军事学说之中。

他记得中学老师在讲世界近代史时,曾绘声绘影地介绍过拿破仑横扫欧洲的军事奇迹,别的内容全模糊了,但是拿破仑熟读《孙子兵法》的故事却涌上心头。1812年6月,拿破仑向俄国莫斯科进军的途中,在他的“战地图书馆”中,就有他特别喜爱的两本书:一本是德国大文豪歌德的《少年维特的烦恼》,另一本便是法国神父约瑟夫·阿米欧翻译的《孙子十三篇》。

直到凌晨5点钟,5000余字的《孙子兵法》终于抄写完毕了。

邓华缓缓套好笔筒,轻轻舒了口气,似乎获取了最大的满足。

能文能武：邓　华

湘江战役中大难不死

xiangjiangzhanyizhongdananbusi

1934年10月下旬，红一方面军主力开始长征。

12月1日，红军经过奋勇拼杀，付出了沉重的代价，终于突破了蒋介石苦心设置的第四道封锁线。

午后，师部传来军团电令：部队节节抗击，向西转进。当时，在前面开路的刘瑞龙团长已经率部突过了封锁线；指挥断后的邓华，却遇上从后面和左右方向三面敌军的进逼，他所率领的3营(实际上只剩下200来人，一个多连的兵力)已经冲进到前方山包后面了，而邓华，还有一位参谋，一位警卫员，却被左右两方敌人密集的交叉火力卡住了。前面收割后的稻田被子弹打得屑片飞扬；后面的枪声也一阵紧似一阵。三人匍匐在一条田坎边，进也不得，退也不得。

☆1934年10月，中央机关和红一方面军自福建西部的长汀和江西南部的瑞金，于都等地进行战略转移，开始长征。图为于都一角。

狭路相逢勇者胜!

“冲过去! ”邓华向参谋和警卫员发出命令。

他随即纵身猫腰起跑,冒着前后左右穿梭的子弹,飞步跨过山丘田块,翻身滚到田坎下,他回望刚才起跑处,不见参谋和警卫员跟进。“冲呀! ”他再一次发出了命令,仍然不见他俩起步,也没有听到回话或任何回应的示意。这时,前面山包处响起3营同志接应他们的密集机枪声,邓华一个箭步,飞奔到山包边,终于脱险了。而跟随他多年的参谋和警卫员却再也没有回来。

邓华脱险来到团部,同团长刘瑞龙等人汇合。然后下去看望部队。那情景,比在战场上惨烈的厮杀还要使人肝胆碎裂。如今,朝夕相处的战友再也回不来了,亲如手足般的伙伴葬身在血泊里了,好端端的一个团由湘江之战前的1700多人,到现在只剩下八九百人! 许多干部战士在抱头痛哭,炊事班做好的香喷喷的饭菜,搁在那里原封未动,竟然没有一个人吃。

这哪里还像个部队! 邓华自语道。

他立时站在一个小山包上,向着自认为残兵败将的人们,大声说道:“同志们,我们牺牲了那么多的同志,确实痛心呵!”他的嘴微向左下方抖动,熟知他的人都知道,这是他激动时候特有的表情。但是,他没有眼泪,他立在那里,腰板铁硬,尖棱的古铜色的面庞向着大家伙,凹陷的两眼喷射着严峻的光束。

“但是,”他抬高了嗓音,“我们全团指战员都是铁打的好汉,都是英雄!我们胜利完成了军委给予的光荣任务! ”

他从被硝烟染黑的口袋里拿出一份电令:“这是中央政治局、中革军委、总政治部今天凌晨3点半发来的电报, 电报说,‘一日战斗……胜负关系全局……开辟西进的道路,保证我野战军全部突过封锁线,应是今日作战的基本口号’。告诉同志们,中央首长所在的红星纵队和红章纵队,已于今日全部渡过湘江,红军大部队都渡过了湘江。同志们流血牺牲,已经粉碎了蒋介石的第四道封锁线,我们已经胜利开辟了西进的道路。”

邓华顿了一瞬,两眼扫视全场,“同志们,吃饱饭,鼓足劲,迈开你的双

腿，让我们西进去同兄弟的红2、6军团会合吧！”

他示意随行参谋给他找来一个搪瓷碗，舀了一碗饭，顺手折了两支树枝当筷子，便大口大口地吃饭了。像闪电一般，在这个坡地里的数百名红军指战员，立时跟着行动，那一桶又一桶的饭菜，随之底朝天了。半小时后，嘹亮的军号声响了。

刚才似乎丧失了信心的2团，又踏着威严的步伐，向前，向前……

差不多20年之后，邓华指挥百万大军同以美军为首的“联合国军”作战的时候，一日，与战友聊天，当这位同志谈到，自己几次遇险，大难不死堪称福将时，邓华说：“我也是多次大难不死，也可以称为一员福将”，然而，他的话锋一转：“每当想起千千万万牺牲了的战友，千千万万普普通通的战士，肩上像压着沉重的担子一样，没有他们我这个福将是福不起来的。”

他的心中长留着那位警卫员和那位参谋的崇高的形象，他永远不能忘记千千万万牺牲的红军指战员。

能文能武：邓　华

打了没有命令却有把握的胜仗

dalemeiyouminglingqueyoubawodeshengzhang

1945年11月，邓华首任东北保安副司令兼沈阳市卫戍司令。12月任辽西军区司令员，率部参加了秀水河子战斗、解放四平战斗和四平保卫战。而后转战于辽吉广大地区。

1947年4月，邓华任辽吉纵队司令员。8月，辽吉纵队改编为东北民主联军第7纵队，辖19、20、21共3个师，邓华仍任司令员。

9月，东野发动了秋季攻势，力求大量歼灭蒋军，扩大解放区。9月27日，东总命令邓华率7纵挺进到新民、黑山、新立屯一线，担负破坏北宁铁路和阻止敌新6军北返的任务。

接到东总的命令后，邓华率7纵分三路向战场进发。邓华和司令部纵马

☆快速破坏北宁路

南驰，先期到达辽吉军区第一分区司令部驻地康平，这里接近战场，便于进一步了解敌情。

当时，国民党军暂编177师驻守法库，虽说是一个师，但不满员，仅有3000多人。国民党军暂编57师师部率2个团驻守新立屯，另有一个团驻守彰武。国民党军新编22师驻守新民。在国民党军这3个师中，新编22师属新6军编制，战斗力较强；驻法库的177师系地方保安队改编，战斗力较弱。

7纵的任务是破路和阻止新6军北返，这样需要越过法库和彰武。新6军是国民党的王牌军，与其交手必定是一场恶仗。交手时法库和彰武守敌若出动，将使7纵处于腹背受敌的威胁。邓华考虑良久后，决定先取法库和彰武。

这个设想是大胆积极的，但东总没有向7纵交待此项任务。

纵队其他领导有些担心：分兵法库，有可能影响破路和截击任务的完成，万一法库拿不下来，又延误了阻击新6军的任务，就会犯不执行命令的错误。

邓华说："林总我知道，只要打胜仗就行了。再忠实执行命令，打不了胜仗也不行。"

7纵决定先打法库了。

7纵21师在南下的途中接到了奔袭法库的命令，部队当即改变行军方向，一昼夜强行军180里，于10月1日拂晓突然包围了法库。此时驻守在法库的国民党军毫无觉察，还在悠然自得地吹号出操，被打了个猝不及防，仅一个小时就全师覆灭。

正如邓华所料，林彪对那些"擅自决定"但打了胜仗的部队大多是嘉奖的。对于7纵擅自打法库，林彪发来了嘉奖令，表彰7纵机动灵活，迅速攻取法库全歼守敌的胜利。

邓华敢打敢拼，并非一意孤行。他在分兵袭取法库时，仍派出两个师继续完成破路任务。攻取法库后，发现国民党新6军并无沿北宁路北返的迹象。于是邓华立即决断继续扩大战果：拿下彰武和新立屯。

当7纵攻下法库后，驻守在彰武和新立屯的国民党军认为7纵不会继续发动攻击，没想到邓华率7纵恰恰就是不顾疲劳连续远距离奔袭。当时天

☆西线我军收复梨树门沟、八面城，歼敌新一军1个团后，9月30日急行军160里奔袭法库，全歼敌1个师，收复彰武、新立屯、黑山、阜新等城。这是部队指挥员在彰战斗前作动员

降大雪，国民党军防备更加松懈。7纵一举拿下了彰武，紧接着冒着大雪赶到新立屯，一夜激战又拿了下来。

10天时间里，邓华率7纵长驱700里，横扫大半个辽西，夺占4城，歼敌8000人。

林彪再一次下令嘉奖，表彰7纵的主动果敢精神。

当时新华社专门发电评论，对7纵辽西作战给予高度评价。

7纵拿下彰武、新立屯后，即在北宁路新民至大虎山一线破路，等待与北返的敌新6军激战。可是连等几日，就是不见新6军的踪迹。

这一天，邓华与参谋长高体乾在棋盘上摆开了战局。邓华安下当头炮，直取对方的卒子，正准备调集双炮，来个重炮将军时，没想到参谋长杀出了连环马，踩掉了邓华的一门炮，还连带着吃掉邓华的一只车。

邓华输棋了。他突然有所感悟，对参谋长道："老哥，咱们还是'牵羊'去吧！"

参谋长笑了，说："我说你怎么又丢炮又失车，原来走神了！"

10月16日，邓华率领7纵主力直奔辽西著名煤城阜新。17日，攻克煤城，歼灭国民党军暂编51师1000余人。同日，7纵21师攻取阜新东北的新丘，端掉了暂编51师师部。

连同先前攻取的4座城市，这一路"牵羊"共拿下了6座城市，歼敌3个暂编师。若是东野总部布置的作战任务，那是责任内的事情，可这连取6城全是命令以外的仗，是邓华自作主张打的。全打胜了。

打胜了林彪就高兴，就下令嘉奖。

邓华自然也是高兴的。

能文能武：邓　华

火线成立京剧团

huoxianchenglijingjutuan

邓华是个能文能武的人。

在四野和志愿军高级将领中，邓华是一流的舞星。“慢三”“慢四”“中四”不但熟练，还会玩花样。他不但会跳舞，还会唱戏，尤其喜欢京剧。

1948年3月，7纵和其他纵队一起再度攻打四平——这是四战四平了。

攻城于3月12日8时开始，我军从5个方向实施突破。到中午时分，7纵与1纵在市中心的中山路会师。下午2点，铁道以西市区之敌被肃清。到第二天早上7点，我军全部占领了四平市，国民党军近2万人被歼。

攻克四平后，7纵俘获了国民党71军的京剧队。著名的裘派传人、净角方荣翔就在这个京剧队里。

方荣翔是北京人，他8岁学戏，拜尚小云为师，10岁又师事骆连翔等京剧名家，15岁时受艺于裘盛戎，开始专宗裘派。旧社会艺人地位低下，为生活所迫，方荣翔流落到东北卖艺为生。因地痞流氓经常到戏园子里滋事，在走投无路的情况下，方荣翔和他所在的戏班子只得投奔国民党71军88师，成为该师的京剧队。当71军被东野歼灭后，方荣翔等人一时又重新流落街头。

71军有京剧队的消息传到了邓华的耳朵里，打下四平后，邓华派人查找这个京剧队。当得知京剧队流落街头卖艺为生时，邓华指示纵队司令部和政治部派人看望方荣翔，并争取吸收其参军。

7纵的参谋长和政治部的一位部长，带着三驾马车，找到方荣翔等人的住处。3月的四平，仍然是冰天雪地，方荣翔一家人在寒风中冻得直发抖。我军战士见了，主动脱下自己的大衣，披在了怀抱孩子的方荣翔妻子和母亲身上。饱尝旧社会苦难的方荣翔，此时心情激动，泪水不由潸潸而下。自己从艺这些年，有哪支军队这般温暖过自己？温暖过自己的家人呢？

那一天，方荣翔决定参加中国人民解放军。

不久，邓华纵队成立了以方荣翔为主要演员的京剧团。

那一年，邓华38岁，是东野的一个军长。方荣翔23岁，是一名刚入伍的

解放军文艺战士。两人之间的年龄和地位,应当说是有代沟的,可是两人却很快成了亲密无间的朋友和战友。邓华成了方荣翔家中的座上客,他常常到方荣翔家去串门子,一进门就盘腿坐在床上,海阔天空地闲聊。邓华更多的是讲述他学唱京剧的趣事,兴之所至,邓华就要唱上两句,然后向方荣翔请教。

有趣的是,邓华和他的搭档们都是京剧爱好者。当时7纵的政委吴富善、副政委谭甫仁、参谋长高体乾都喜好京剧,也都能哼上两口。

东野总部曾指示7纵将京剧团移交地方政府。邓华明里答应了,却一直没执行。7纵走到哪里,京剧团也就跟到哪里,一直保留到全国解放。后来,邓华到了朝鲜,这个京剧团居然也赴朝"参战"了!成为了中国人民志愿军京剧团。

能文能武:邓　华

对毛泽东和中央军委的战略部署提出不同意见

duimaozedonghezhongyangjunweide
zhanluebushutichubutongyijian

东北野战军入关后,与华北野战军一同迅速包围了天津、新保安、张家口等地的国民党军。邓华受命指挥东野的第7、第2、第9纵队夺取塘沽,切断平津蒋军经塘沽出海南逃的退路。

当时毛泽东和中央军委认为塘沽最重要,说"只要塘沽、新保安两点攻克,就全局皆活了。"

1948年12月16日,邓华率部队来到了塘沽以北40里的北塘,建立攻塘前线指挥部。

然而,当他来到了北塘,展现在眼前的是纵横交错的盐滩堤坝和一望无垠的海面,他原本激昂的心一下子揪紧了。

塘沽的地形对进攻作战十分不利。

防守塘沽的国民党军充分利用了地利，他们在盐滩地上设立了层层防御阵地，以海军舰炮作支援火力，整个防御体系完整、稳固。

我军进攻时可以利用盐堤作掩护集结部队，但发起攻击后就进入了平坦的盐滩，没有遮蔽物，整个部队暴露在敌人密集火力之下，伤亡肯定要大。如果我军攻击猛烈了，国民党军就会向海上逃跑，国民党军第17兵团的司令部已经搬到了军舰上，随时可以溜走。这样，我军进攻很难全歼敌人。

就在邓华焦虑之时，中央军委又来电指示："我军应不惜疲劳，争取于尽可能迅速的时间内歼灭塘沽敌人。"

22日，邓华决定作一次试探性进攻，动用了1个营的兵力。发起冲击后占领了一段盐滩地，但伤亡高达400多人。邓华立即命令停止攻击。

"这个仗怎么能打呢?不能打的，不能打！"邓华对纵队其他领导说道。

众人一时无语。

现实看不能打，可是毛泽东和中央军委的指示是打塘沽"最重要"，应"尽可能迅速"地打。军令如山倒，怎么能说"不能打"呢?

以坚决执行命令为天职的军人，此时此刻能向司令员说些什么呢?

与邓华共事多年的参谋长高体乾，深深了解邓华决不盲从决不误举的性格，他终于打破作战室里的沉默，对邓华说："你看怎么办?"

邓华面对墙上的大幅作战地图，凝思了一会儿，用手在地图上拍了一下，说："强攻塘沽伤亡太大，打急了敌人还会从海上逃跑；如果我们先打天津呢……"他像似在问自己，又像似问其他人，说道："拿下了天津，同样可以封锁敌人出海南逃的通路。"

高体乾赞同邓华的意见，但还有点顾虑："怎样向上面提这个问题呢?"

邓华说："把塘沽不好打的问题说清楚了，我想总部会审时度势的。"

也就在这时候，华北野战军对新保安守敌发动攻击，激战11小时，全歼了傅作义的王牌军第35军。新保安被攻克，中央军委的注意力又转到塘沽方向上来，再次电示尽快拿下塘沽。形势逼人。

事关重大，邓华再次了解了敌情，勘察了地形。回来后，邓华的心情愈加沉重。他把自己想改变战役攻击方向的意见对两位纵队司令员说了，2纵司令员和9纵司令员均有相同看法。于是邓华说道：“那我就给‘东总，发封请示电。”

在这个关键时刻，对如此重大的战略部署提出不同意见，是要承担风险的。邓华决定独自承担责任。两天后，由他单独签名的电报发了出去。

当邓华反映攻打塘沽困难的电报送到林彪手中后，确实也给林彪出了一道难题。毛泽东的指示是先打塘沽，后取天津，而且要快打塘沽；邓华报告说塘沽地形复杂，难以展开兵力，难以全歼敌人，建议慎重从事。

打不打塘沽呢?是早打还是晚打?

冀东大地的子夜，寒风呼啸，黑沉沉的天空飘落着大雪。平津前线司令部的灯火彻夜通明，林彪、罗荣桓、刘亚楼难以入眠。

☆1948年12月，东北野战军第一、二、七、八、九、十二纵队迅速构成对天津、塘沽等地之敌的包围。图为部队陆续通过山海关，向天津、塘沽地区开进。

最后，刘亚楼说道："我再到塘沽前线看一看地形，与邓华他们进一步研究一下，看到底有没有办法拿下塘沽！"

12月 26 日，刘亚楼带着特种兵司令员肖华、作战处长等人到达 7 纵司令部。

进了作战室，听完邓华的汇报后，刘亚楼一行又冒着风雪察看地形。

看完了地形，刘亚楼、肖华的眉头也都紧锁起来，迈着沉重的步子回到 7 纵司令部。

吃晚饭时，刘亚楼以慎重地口气对邓华说："军委要我们先打塘沽，一是为了控制海口，防止平津守敌从海上逃跑；二是歼灭小的，孤立大的，做出个样子，迫使平、津守敌放下武器。但是现在看来，攻占塘沽有把握，全歼敌人则不可能，我军伤亡还会很大，确实不合算。"他停顿了一下，又说："先打天津，同时也不放弃对塘沽的包围，即使这 5 万敌人跑了，我看也无关大局，扭转不了傅作义集团覆灭的命运。"

☆1949 年 1 月 15 日天津解放，我参战部队在海河金汤桥上胜利会师。

邓华听罢一拍大腿，叫道："对啊！先打塘沽得不偿失，先取天津是有把握的！"

吃过饭，众人进一步仔细商议，然后共同签署了给林彪的电报，详细陈述塘沽的地形和蒋军守备情况，认定还是先打天津后打塘沽好。

第二天，刘亚楼启程赶回平津前线指挥部，向林彪详细地报告了塘沽前

线的地形和敌情，说明缓攻塘沽、先取天津的道理。林彪这时也下定了决心：先取天津。他让刘亚楼起草给中央军委的请示电。

当日，中央军委就复电给林彪："放弃攻击两沽计划，集中5个纵队准备夺取天津是完全正确的。"

平津前线司令部随即成立了天津前线指挥部，由刘亚楼任总指挥。

邓华指挥7纵立即指向天津。

1949年1月14日，总攻天津打响。邓华指挥7纵和8纵由东向西推进，进展顺利。到15日下午3点，天津完全解放。天津之战的胜利，不仅歼灭了国民党军重兵集团，而且一举切断了北平之敌出海南逃的通路，使傅作义集团成为瓮中之鳖。

能文能武：邓　华

创造了战争史上的一个奇迹

chuangzaolezhanzhengshishangdeyigeqiji

1949年4月，第四野战军组建第15兵团，邓华出任兵团司令员，辖第43、第44、第48军。5月，邓华率15兵团南下，与兄弟部队一起，先后参加湘赣战役、广东战役。11月9日，邓华兼任广东军区第一副司令员。这年12月，邓华受命统一指挥40、43军，准备在琼崖纵队配合下，解放海南岛。他的第15兵团指挥部成了渡海兵团的指挥班子。

渡海作战，这对人民解放军来说是一个全新的课题。面对茫茫大海，解放军参战部队一无渡海作战经验，而且战士大部分是北方人，不识水性；二无机械化渡海工具；三无空军海军支援。

渡海作战与陆地作战不同，搞不好，就有全军覆灭的危险。金门渡海作战失利便是前车之鉴。而海南守敌有5个军之多，连同地方武装共约10万余人，附有大小舰艇50多艘，飞机30多架，组成所谓"陆海空立体防御体系"。

对此，邓华反复强调指出：必须毫不动摇，坚决执行中央军委的指示，在春夏之交完成解放海南岛任务；但是，必须慎重从事，既要英勇果敢，又要稳扎稳打；必须实事求是，因时因地制宜采取得力措施，克服敌机敌舰和茫茫大海的阻拦，与坚持海南斗争的琼崖纵队紧密配合，才有可能使部队顺利登陆，胜利完成作战任务。

在广州海南战役会议上，叶剑英和邓华及兵团领导人一起商讨作战问题，决定采取“积极偷渡、分批小渡与最后登陆相结合的战役指导方针”。即在大规模登陆前，首先以小部队分批偷渡，到达海南后与琼崖纵队会合，逐步改变岛上形势，加强岛上我军接应的力量，创造大举登陆的有利条件；而后主力在琼崖纵队及先期登陆部队接应下登陆。

计划上报第四野战军前委，前委立即同意并报军委，毛泽东复电：“此种办法如有效，即可提前解放海南岛。”

在准备渡海作战的过程中，邓华总结登陆战斗的经验，向各参战部队发出电报指示：“必须教育全体指战员，坚决向敌舰展开斗争，只有勇敢地向敌舰进击，才能将敌舰威风打下去，才能缩小敌舰活动范围，争取我在海上的行动自由。”当时，邓华有一句在部队普遍传诵的名言：“遇上敌舰，要横下一条心：打！木船即使被打坏，抱着木头我们也要游到海南岛登陆！”

1950年3月，渡海作战部队先后两批四次偷渡成功，使岛上我军增加了近一个师的兵力，大大加强了岛上的接应力量，坚定了广大指战员用木船战胜敌舰、胜利跨越天险的勇气和决心。

邓华于是加快了对进攻海南岛的战役运筹。兵团指挥部由赤坎迁到东山，又迁到了雷州半岛最南端的徐闻。4月10日，邓华和两军首长研究后，定下了以主力实施大举渡海登陆作战的决心。决定在琼州海峡实施宽大正面强行登陆，与敌决战以求迅速解放海南岛。

4月16日，40军和43军共8个团2万人，分乘350只木帆船和机帆船，从雷州半岛南端并肩起航。途中，经与敌机敌舰彻夜激战，突破敌海空封

锁，于次日2时至6时，先后强行登上海南岛，与前来接应的两批偷渡登陆部队和琼崖纵队胜利会师。

第15兵团主力登陆后，邓华不失时机地迅速组织了美亭决战，粉碎了敌人企图乘我登陆部队立足未稳之际进行围歼的阴谋。而后，他又指挥兵团主力分东、中、西三路，乘胜向全线崩溃的敌军猛烈追击，5月1日解放海南岛全境。整个战役歼敌3万3千余人，击毁敌机2架，击伤敌舰5艘，击沉敌舰1艘。

从1949年12月底开始战役准备，仅历时4个月，邓华和海南岛战役的其他指挥员一道，在没有海空军支援的情况下，指挥人民解放军木制船队，战胜拥有海空军优势的敌人，渡过琼州海峡，解放海南岛，创造了战争史上的奇迹，开创了人民解放军胜利渡海作战的先例，被赞誉为“出色地完成了中央军委和毛主席赋予的光荣作战任务”。

能文能武：邓　华

在朝鲜战场上“两头冒尖”

zaichaoxianzhanchangshangliangtoumaojian

1950年6月，朝鲜战争爆发。

7月，中国组建了东北边防军，保卫边境安全，并随时准备渡江支援朝鲜人民军作战。东北边防军以四野的13兵团为骨干力量，中央军委调邓华担任13兵团司令员。

邓华接任13兵团司令员职务后，毛泽东在北京中南海召见了他。

邓华坐下后，毛泽东递给他一支烟，说道：“你们的任务是保卫东北边防，但要准备同美国人打仗，要准备打前所未有的大仗，要准备他们打原子弹。他打原子弹，我们打手榴弹，抓住他的弱点，跟着他，最后打败他。”

邓华停止笔记，兴奋地说道：“是的，抓住他的弱点，跟着打，美军的武

☆抗美援朝期间，邓华副司令员（右）和彭德怀司令员（中）、陈赓（左）在前线司令部合影。

器装备好，火力组织也好，从正面攻击不容易奏效。我军可以从侧翼和侧后迂回、渗透、穿插、包围，打近战、夜战。他打他的优势，我们打我们的优势。”

毛泽东脸上透露出欣喜。邓华把他的同美军作战的指导思想，发挥得这样具体明确，无疑是认真研究过同美军作战的战术问题的。毛泽东微微点头，又说：“你的报告说美军可能在朝鲜东西海岸中腰部实施登陆作战，很有见地。”

9月15日，“联合国军”在仁川登陆成功，28日即占领了汉城，随后迅速北进。10月1日南朝鲜军首先越过三八线，10月7日，美军也越过了三八线，与南朝鲜军一同进攻平壤。随着美韩军战果的扩大，美军统帅麦克阿瑟被胜利冲昏了头脑，10月17日他下达了第4号作战命令，取消原定的两支部队在元山蜂腰部汇合的计划，命令这两支部队继续前进，直到中朝边境的鸭绿江。

唇亡齿寒，中国人民不能眼见战火烧到自己的领土上。东北边防军13

兵团所部 4 个军、3 个炮兵师、1 个高射炮团迅速集结在鸭绿江畔，只待一声令下，立即奔赴朝鲜战场。

在中国人民志愿军出国作战前，志愿军司令员彭德怀在沈阳召开了首批志愿军军以上干部会议。这次会议，主要传达中共中央关于志愿军入朝作战的决策，确定入朝作战的指导方针。

会议结束已是深夜了，邓华、洪学智等 13 兵团领导人仍在一起商讨着，因为有一件大事牵挂在心头：入朝初战的兵力有些不足，必须具备优势兵力才能取得初战胜利。

按原定的作战部署，志愿军先派两个军过江，两个军约 12 万人，而此时的联合国军总兵力已达 42 万人，地面部队拥有 5 个军，其中美军为 3 个军。除了地面部队外，“联合国军”还拥有作战飞机 1000 多架，各型军舰 300 多艘。且不说对方的海空军优势，仅同它的地面部队相比，我军仅出动 2 个军，也不具备优势。

邓华和洪学智决定面呈彭德怀。

☆中国人民第 3 届赴朝慰问团贺龙总团长向志愿军献旗。右一为李达，右二为邓华，右五为杨得志

彭德怀见邓华和洪学智深夜叩门，知道必有要事，便说："军中无禁忌，只管说。"

邓华直言道："先过去两个军兵力太少，形不成优势，是不是考虑4个军一起过江?"

洪学智接着补充道："美军飞机已经发现我军在边境集结，一旦他们把鸭绿江桥炸了，我们部队再过江就困难了。"

彭德怀听罢点点头，说："这个意见很好，我立即向毛主席和中央军委报告。"

第二天，彭德怀即致电中央军委，建议志愿军部队全部过江。

毛泽东随即复电同意，并紧急调遣驻扎在天津的第66军加入志愿军序列。11月份，又调第9兵团3个军入朝参战。

这样，我军入朝参战兵力达到8个军，为第一次、第二次战役的胜利奠定了基础。

有人说，邓华带的部队"两头冒尖"，邓华在朝鲜战场上也是"两头冒尖"。

在朝鲜战场上前期"冒尖"，是指邓华领导的13兵团部直接改为中国人民志愿军司令部，邓华一跃成为志愿军第一副司令员。后期"冒尖"，是指朝鲜战争结束前邓华任志愿军代司令员，指挥打好了最后一仗。

1953年6月，朝鲜停战谈判的各项议程全部达成协议。6月15日，中朝联军司令部向部队发出命令：从6月16日起，一律停止主动向敌人攻击。6月16日，交战双方参谋人员按照实际接触线重新划定了军事分界线。双方的文字专家也在逐字逐段地最后审定停战协定的文本。

为即将到来的和平，在朝鲜战场鏖战了3年的邓华心中是欢欣的。6月16日晚上，他特意吩咐食堂加菜，拿出了茅台酒，与志愿军其他领导人同庆。

然而，6月17日深夜，南朝鲜当局却以"就地释放"为名，在南朝鲜军队的训练中心"就地释放"了2.7万名朝鲜人民军被俘人员。按照停战协议，双方战俘都需交还对方。南朝鲜当局"就地释放"，实际上是扣留战俘，蓄意挑

起事端,明目张胆地破坏停战协议。

消息传到志愿军总部,邓华拍案而起,对李承晚当局的猖狂行径极其愤怒,他对身旁的副司令员杨得志说道:“看样子还得给李承晚点苦头吃才行!”

考虑了一会儿,他在巨幅作战图上拍了一下,对杨得志说:“我们在这里狠狠给他一刀!”

邓华巴掌拍击的位置,是李承晚军队当时占据的一个突出部。它位于金城以南,向朝中一方伸出宽达25公里、纵深12公里。南朝鲜军在此配置了几个师的兵力。从军事角度看,这个突出部对中朝一方威胁较大,而打掉这个突出部,则能将双方实际停火线拉直。

6月20日,准备赴开城办理停战协定签字的彭德怀,从北京抵达平壤,在听取了邓华的作战设想后,立即于当天夜里给毛泽东发去电报,请示打击南朝鲜军队一事。

第二天,毛泽东回电彭德怀,表示同意打击李承晚集团。毛泽东说道:“再歼灭伪军万余人极为必要。”

已经准备和平签字的邓华和志愿军将士们再一次进入紧张的临战状态。

志愿军当时在金城地区有4个军的兵力,为了保证我军兵力和火力上的优势,邓华决定再增加一个军,并增调3个炮兵团。这样,志愿军无论在兵力上还是在火力上都优于对方了。

7月13日21时,金城前线乌云密布,大雨欲来。就在这时,金城反击战打响了,志愿军1000多门火炮突然发起猛烈轰击,顷刻间南朝鲜军队的防线山崩地裂,成为一片火海。志愿军6个军同时向南朝鲜军4个师25公里正面发起攻击,一小时内即全部突破其前沿阵地。

在作战室里密切注视前线情况的邓华,此刻是心潮澎湃,激动不已。同时对敌人4个师宽大正面进行战役反击,这真是大仗硬仗啊!这是何等巨大的变化啊!拿火炮来说,解放战争中天津攻坚战我军发炮7万发,在中国人民解放军历史上是空前的;随后进行的淮海战役,我军一共发炮20多万发。而到了朝鲜战场的上甘岭战役,志愿军一共发射了40多万发炮弹,令许多老

战士难以想像。而现在的金城反击战，志愿军一下子集中了1000多门火炮，准备了70万发炮弹。不到3年时间，中国人民志愿军强大起来了，可以硬碰硬地压制敌手了。

邓华真想跑出隐蔽部，去看看那满天的红火。

经过3天激战，志愿军在金城地区将战线向南推进了15公里，歼灭李承晚4个师大部，活捉敌"首都"师副师长；接着又击退敌大小反扑1000余次，至7月27日，金城战役歼敌5万人，向南收复了170多平方公里的地域，打掉了突出部，拉直了战线。

7月27日，朝鲜停战协定正式签字生效。历时3年零33天的朝鲜战争以朝中人民的胜利宣告结束，和平降临朝鲜大地。

停战协定签字后，彭德怀回国继续主持中央军委日常工作。邓华被任命为中国人民志愿军司令员兼政治委员。

为了表彰邓华在抗美援朝战争中的卓越功勋，1953年10月27日，朝鲜最高人民会议再次授予邓华共和国最高勋章——一级国旗勋章。至此，朝鲜方面已授予邓华一级国旗勋章3枚，一级自由独立勋章3枚。

能文能武：邓　华

强调军事训练是平时的中心工作

qiangdiaojunshixunlianshipingshidezhongxingongzuo

1954年4月，邓华被任命为东北军区党委书记和代司令员。1955年3月，任沈阳军区司令员。不久，又被任命为中国人民解放军副总参谋长。

在主持沈阳军区工作期间，邓华强调部队必须以军事训练为主，他要求全体指战员要以最大的努力来学习与掌握现代技术装备和诸军兵种合同战术。

为了提高部队文化素质，在他的倡导下，军区举办了高级干部文化补习

☆邓华为部队题字

班，轮流抽调师以上干部补习初中、高中文化课程。他还亲自布置并检查军区领导机关的文化教育，考核学习成绩时，他临场监考，严肃认真，谁也不准马虎。一个时期，军区广大指战员学习文化科学蔚然成风，为掌握现代技术装备提供了文化条件。

在指导部队训练工作中，邓华要求军区“各级领导干部和机关干部不要为会议、文牍、行政事务所纠缠，而应以大部人力、主要精力和时间用到军事训练和自己的(军事)学习上去。”

即使在所谓“大跃进”的年代，大炼钢铁高潮的时候，他对战备训练也毫不含糊。一次，邓华带参谋长曾思玉等人，驱车行进在东北大地上，下部队检查工作。他们来到一个师的营区，只见山脚下一座小高炉平地拔起，烈焰冲天。邓华立即叫停车前往察看，成百的战士正忙作一团，许多人衣服又脏又破，脸膛乌黑，眼里布满血丝。

邓华拉住一个战士问道：“你们矿石从哪儿来?”

“湾头角落去捡，各家各户去收，废钢废铁还好炼一些，杂质少，含硫量低。”战士强作精神答道。

“那你们放了‘卫星’了啰！”曾思玉参谋长顺着对方的意思说道。

“那还用说，首长讲了，要放一个特大‘卫星’，向省政府和军区报喜。”又拢来了几个战士，他们争相回答。

“你们辛苦了啊！”邓华不愿冷落战士们的热情，连忙抚慰道，“要劳逸结合啊！你们有几天没休息了？”

“四天四宿没合眼了。政委说，放了特大卫星后，轮班休息。”无需再问了。邓华随即命令驱车到军部去。

军政委见邓华表情严肃，以为是对他们人炼钢铁的成绩不满，急忙拿出材料，列举数字，说得有声有色。邓华越听眉头拧得越紧，突然，一摆手，打断他的汇报，问道：“你们的军事计划实施得怎样？”那个军政委吱吱唔唔答不上来。

邓华随即严肃指出：“部队要以训练为主，你们把战士搞得这样疲劳，把训练计划撂在一边，这样干不行！”

不仅对待大炼钢铁如此，对于当时曾被当作头等大事来抓的其它一些工作，也是如此。比如，他在部署工作时曾说道：“有些工作如除四害、讲卫生，挖中药、劳卫制等等就不能要先进指标，甚至不一定要指标，只有一个工作要求就行了。因为训练是我们平时的中心工作，施工是我们保卫国防的重要战略措施。”

当“大跃进”的浪潮也影响到军事训练之时，许多部队提出了不符合实际的训练跃进指标，邓华却强调训练质量，强调量力而行，“砍杀”了不少不切实际的指标和项目。他说：要“因地制宜地，有计划地，在物资器材许可和不打乱原有的整个工作规划。和提高训练质量的条件下，展开战斗训练的大跃进。”他一再叮嘱：“所谓跃进，不仅是靠数量上的跃进，而且要求质量上的提高。”“在训练中要特别注意质量，不要走过场，防止形式主义。”

在邓华等军区首长的领导下，沈阳军区的军事训练始终抓得很紧，特别是在多兵种合成训练中成绩显著。

能文能武：邓　华

“我拿人民的钱，吃人民的饭，就得为人民办事”

wonarenmindeqianchirenmindefanjiudeweirenminbanshi

1959年9月，邓华受到彭德怀错案株连，被撤销职务，调离军队。

1960年6月，邓华举家来到成都。中央决定他担任四川省副省长，省里安排他分管农业机械工作。上有主管农业的省委书记，下有身为省委常委的农业机械厅厅长，邓华的职位实际上是形同虚设。

有好心人来劝导他：“你不过是个挂名的副省长，还是少管点事，养养身体吧。”

甚至还有人说：“现在是‘困难时期’搞不好又会飞来横祸，睁只眼闭只眼过日子吧。”

而邓华回答说：“我拿人民的钱，吃人民的饭，就得为人民办事。除此之外，别的我什么也不考虑。”

从1960年7月到1965年底邓华在川工作期间，除身体条件不能远出外，大都活动在基层。

几年之中，他下乡下厂，深入调查研究，足迹遍及巴山蜀水。每次下厂下乡归来，他都要书面或口头向省委领导汇报，反映工作情况，也提出自己的意见。

在视察阿坝、甘孜两个藏族自治州时，他特地重访了当年红军长征故道，在草地徘徊，上泸定桥漫步。当他了解到由于工作失误，当年红军战斗宿营过的这些地方，生产下降，人民生活仍然很苦，一些农牧民连煮饭的锅子都没有，不得不用洗脸盆代替，有的两家共用一口锅，轮流使用……这一切使一个老红军、老共产党员的心情十分沉重。

邓华沉痛地说：“解放这么多年了，人民生活还很苦，我们有责任啊！”回到成都，他亲自执笔把所看到的情况和问题，如实向省委报告。据不完全统

计，邓华先后跑了170多个县市，几百个县属以上的农机修造厂，上千个农村社队。连一些地、县领导都未涉足过的边远山区和少数民族村寨都走访了。以致当时四川省委主要负责人在一次会议上当众赞扬道："邓华同志来川不久，跑的地方最多，接触面很广，了解情况深细，是一个很有发言权的同志。"

由于身心连受打击，承受了过多的精神痛苦，邓华体弱多病。他身患哮喘性气管炎、肺气肿、甲状腺功能亢进等。有时出外了解情况，途中突然发病，躺在床上还把人找来问东问西。

有一次，去泸州市工作，突然深夜发高烧，体温骤增至39.8度，打针服药后，刚降至38度，就要下厂。随行人员劝他休息一、两天，他却很不高兴。他说："工作像打仗，要一个战役一个战役打下去，要想到工作，不要只想到自己"。话虽简短，但十分坚决，随行人员只好陪他下厂。

1963年他因甲状腺功能亢进在重庆住院一年多。病愈回到成都，他立即投入工作。并对劝他少管事、以保养身体为主的同志说："现在国家这样穷，老百姓生活这样苦，我们不工作行吗?""只要我还有一口气，我就要为人民工作。"

邓华在四川工作十几年，他不顾自己在政治上处于十分困难的境地，也不顾自己体弱多病的身子，忘我地为党为人民工作。他和四川省农业机械战线的干部、群众一道，为四川省的农业机械建设和小化肥生产作出了重大的贡献。

能文能武：邓　华

把我的骨头烧成灰，也找不到我反对毛主席的问题

bawodegutoushaochenghuiyezhaobudao
wofanduimaozhuxidewenti

邓华在彭德怀错案的株连中，以至后来的"文化大革命"期间，被强加了许多莫须有的罪名，受到批判斗争。

“文化大革命”中，邓华多次遭到关押、批斗。1968年4月，江青、康生公开点名“邓华是坏人”后，对邓华的迫害迅速升级：拘留地转到城北临时监狱，囚室有岗哨把守，大小便时有人押着，裤带被搜走，夜晚不准熄灯，睡觉不许面朝墙壁，等等。对他的审讯、批斗越来越频繁，拷打和人格侮辱几乎成了家常便饭。

一次，在非法审讯中，审讯者蛮横地说：“邓华，交代你的罪行！”

“我没有做对不起人民的事，没什么可交代的。”

“胡说，交代你跟彭德怀的黑关系！”

“我的问题早处理了，毛主席、党中央都知道。来四川后，我和彭德怀没有见过面。”

“那么，交代你怎样勾结贺龙准备搞二月兵变的。”

“我早就没有一兵一卒了，还能搞什么兵变！”

一记耳光打在邓华脸上，鲜血从嘴角流出。

“你胆敢反对毛主席，就交待你如何反对毛主席的吧！”

邓华气得浑身发抖，霍地站立起来大吼：“我从18岁就跟着毛主席干革命，把我的骨头烧成灰，也找不到我反对毛主席的问题。”

顿时，巴掌拳头像冰雹般落在邓华身上，头上青包累累，肋骨损伤一根。

对于无穷无尽的审讯，数不清的游街批斗，邓华的心情十分沉痛，对党和国家的前途十分忧虑。但他相信党、相信人民，多次对他的夫人李玉芝说：“公道自在人心！历史将会做出结论。”

1968年10月，经毛泽东指名，邓华被宣布“解放”，到北京参加了中共中央八届十二中全会。

全会期间，有人对邓华说：“林总现在是副统帅了，黄永胜也是总参谋长了，他们一个是你的老上级，一个是你的老战友，你是不是去看看他们?”

邓华回答说：“不去。我不抱任何幻想。”

这时，黄永胜正通过成都军区司令员向邓华传话：要他在北京京西宾馆住一个时期。对黄永胜，他是非常了解的。对林彪，在东北战场就有所认识；

1959年庐山会议之后又深有领教。邓华坚决不同他们拉扯到一起！全会结束后，立即返回四川。

邓华回到成都，不少人来看望他，其中也有来拉关系的，要求他公开支持某一派，许以结合他在省革命委员会当副主任。不久，四川省党员代表大会在成都举行，邓华被安排作为“解放干部”在会上发言“亮相”。岂料他登台讲话，根本不谈支持哪一派的问题，而是强调团结两个百分之九十五，讲大联合，要求抓革命，促生产。这使台上台下那些指望他表态支持的人，大失所望。

走完无愧于党、无愧于人民的光辉一生

zouwanwukuiyudangwukuiyurenmindeguanghuiyisheng

1975年，邓小平主持中央和国务院日常工作。粉碎“四人帮”反革命集团之后，1977年8月3日，中共中央任命邓华担任中国人民解放军军事科学院副院长。8月12日至18日。新的中央军事委员会组成，他任中央军委委员。

邓华从被赶出部队到重返部队，经历了18个年头。在这漫长的历程中，他虽然付出了沉重的代价，但是，他昂着头，无愧于共产主义事业，无愧于人民群众，胜利地走过来了。

邓华这时已是67岁高龄，仍决心要好好干一场，他断然把吸了50年的烟戒掉了。

邓华回到部队，雄风不减当年。他如饥似渴地学习军事科学理论，深入了解各方面情况，他要努力填补被迫离开部队这段时间军事知识的空白。经过刻苦钻研，他很快掌握了人民解放军和外军的许多情况。他还深入到华北、华南一些地方，视察边防、海防，并着手研究写作《关于我军装备现代化问题》一文。

他在阔别近20年的军委会议上，就人民解放军装备现代化问题慷慨陈

词,重申20多年前在总结抗美援朝战争经验时说过的观点:物质基础与技术条件对战争是极为重要的。他说:“国防现代化,首先是军事装备现代化。因为军事装备的发展,决定战略、战术原则,决定军队的编制和训练,以及战场准备等等,一句话它是战争胜利的基础。”他建议人民解放军一方面积极改造现有装备,另一方面要有重点地积极发展新装备。他还在会上表示,准备就我军装备现代化问题以及未来反侵略战争和国防建设,继续进行专题研究,并向军委撰写报告。

然而,18年的逆境生活,身体上摧残,精神上折磨,使邓华的身心受到严重的伤害。重返部队后,他曾两度因病住院治疗。但只要病情稍有好转,他就抓紧时间工作。在完成关于装备现代化问题的论文后,又着手撰写《关于未来反侵略战争和国防建设的几个问题》。

1979年10月,邓华的身体更差了,他从北京去到广州,本意是到南方休养治病,而他虽在病中,仍然抓紧时间搜集海南岛作战资料,找人开座谈会共同回忆。经过几个月努力,他写成了纪念海南岛解放30周年的长文:《雄师飞渡天险,踏破伯陵防线》,发表在《军事学术》和有关报刊上。

邓华于1980年5月离开广州,取道上海回北京。谁知到上海不久,病情突然恶化,有时竟至昏迷不醒。

1980年7月3日,弥留之际的邓华,断断续续地说道:“我打了几十年仗,人民是了解我的。”

“将来打仗,我有我的想法,要和同志们一起研究,流血的经验是有用的。”

“多想为党、为军队建设再做点工作呀!可惜……可惜……来不及了!”

★高参大智:赵尔陆★

赵尔陆(1905-1967),原名赵尔禄。山西省崞县(今原平)北三泉人。1927 年参加国民革命军第 20 军,同年参加南昌起义,加入中国共产党。土地革命战争时期,任中国工农红军第 4 军 28 团连党代表、辎重队队长、营党代表。红 4 军 10 师 29 团政委、团长。红 4 军军需处处长。红 1 军团供给部部长,红一方面军供给部部长,红军前敌总指挥部供给部部长。抗日战争时期。任八路军总供给部部长,晋察冀军区第二军分区司令员兼政委,中共晋察冀第二特(地)委书记,冀晋军区司令员。解放战争时期,任冀晋纵队司令员兼政委,北平军事调处执行部驻张家口执行小组中共代表,晋察冀军区参谋长,华北军区参谋长兼后勤司令员,第四野战军第二参谋长。建国后,任中南军区暨第四野战军参谋长,中华人民共和国第二机械工业部部长、第一机械工业部部长,国家计委副主任,中央军委国防工业委员会副主任,国务院国防工业办公室副主任兼国防工业政治部主任。1955 年被授予上将军衔和一级八一勋章、一级独立自由勋章、一级解放勋章。是第一、二、三届国防委员会委员,第二、三届全国人民代表大会代表,中国共产党第八届中央委员。

高参大智：赵尔陆

辗转数千里寻找党

zhanzhuanshuqianlixunzhaodang

1905年，赵尔陆出生于一个破落的地主家庭，赵氏祖上在前清曾出过两名进士、两位举人。因而，直至解放后，乡里仍将赵氏祖坟所在地称为“官家坟”。

赵尔陆的祖父一代家中颇富。膝前二男，祖父偏爱幼子，所以在祖父去世后，赵尔陆的父亲作为长子只分得些田地和房产。加之父亲为人忠厚，不善管理，故家道日渐衰败。

当父母都去世之时，族人开会，决定正在上学的赵尔陆学做生意。赵尔陆守着母亲的灵柩，看着家人为分家产不均而互相吵骂，心痛欲裂。

赵尔陆向一位远亲借了200个铜子，只身赴省城太原投考当时省里的最高学府晋山师范学校。在小客栈里，每日两餐，一碗开水两个烧饼，忍受着掌柜的冷嘲热讽。及至面试，阎锡山亲自监考，考场如衙门。一身重孝的赵尔陆泰然自若，应答如流，考试成绩名列前茅。发榜之日，受命来接优秀考生的汽车停在客栈门前，掌柜的点头哈腰，口称“老爷”，一路将赵尔陆送上车。满心鄙视的赵尔陆想着，这样的世道非要变一变不可。这种想法，奠定了他作为一个理想主义者而风雨沧桑的一生。

☆朱德同志旧居。1927年7月，周恩来同志秘密来到南昌的当晚住在这里，和朱德同志筹划起义的准备工作。

1927年4月12日，蒋介石在上海发动了反革命政变。阎锡山紧随其后在山西搞起了“清共”。当时，赵尔陆一边学习，一边用业余时间做家庭教师，并且参加了党的外围组织的活动。一位好心的老师向他报信，说他上了逮捕名单。赵尔陆卖掉了自己唯一值钱的东西——一辆旧自行车，用卖车的钱作盘缠，离开了自己的故乡山西。

他辗转北京、上海、武汉，寻找党组织。当他到达武汉时，汪精卫也在策划公开叛变革命。赵尔陆找到了董必武同志，董老告诉他，我们党将在南昌举行武装起义，建立自己的武装力量，让他到南昌去找朱德同志，并给他写了介绍信。

20岁出头的赵尔陆一身热血都在沸腾，他带着这封比金子还要珍贵的介绍信赶到南昌，参加了贺龙任军长的国民革命军第20军学兵队。在20军与11军、4军各一部共同发动南昌起义时，他义无反顾地投入了起义的洪流。

就在革命陷入低潮的1927年下半年，赵尔陆加入了中国共产党。

红军、八路军的“粮草官”

hongjunbalujundeliangcaoguan

参加红军后，赵尔陆先后任红军第4军支队长、第29团团长、军需处处长、第1军团供给部部长、红军前敌指挥部供给部部长等职，参加了中央革命根据地历次反“围剿”作战和长征。其间，赵尔陆根据当时红军部队的实际情况，不断摸索总结后勤工作经验，组织制订了一整套的供给工作制度，利用战斗间隙，组织人员进行宣传，发动群众筹粮筹款，为红军作战保障做出了积极的贡献。

他严格要求供给部门，只要没有什么极意外的情况发生，都要按时发给部队伙食费，平时10天结算一次账目；行军宿营时，用晚上的时间结算；打仗时，要在战斗结束后马上结算；账目结算完，要及时公布，多余的伙食尾子要分给

个人;士兵委员会每天要派人值日,监督本部门、本部队的经费开支等等。

这些规定有的一直被沿用至今,有的在长期的革命实践中不断总结完善。而在当时,这些规定,正是形成我军官兵一致、经济民主等优良作风的良好开端,是红军区别于其他旧式军队的基本标志之一,也正是无产阶级建军思想、人民军队建军宗旨的具体体现。在红军以前的中国旧式军队里,不要说派士兵代表去监督本部门、本部队的经费开支,就连不被上司克扣军饷这一点,都不是件容易办到的事情。

1932年4月,中央局决定利用国民党军暂时没有力量组织新的进攻的空隙,把中央红军分成两路,打到外线去,发展根据地。其中东路军由红1军团、红5军团组成,西路军由红3军团组成。

东路军在毛泽东的建议下,于4月19日攻打漳州。经过一天激战,歼灭了国民党军第49师主力2个旅的大部分,俘1600余人,缴获枪支2000多支,飞机2架。时任红1军团供给部长的赵尔陆忙得不可开交,一边组织有关部门的人员进行宣传,发动群众打土豪;一边筹粮、筹款、筹盐,还筹集了大量的布匹,动员当地的裁缝给红军赶制服装。在不到1个月的时间里,参战部队全体人员都高高兴兴地穿上了崭新的军装。

赵尔陆在忙碌之中,发现了漳州城里的修械所、印刷厂和被服厂。国民党军仓惶撤退时,来不及把这些工厂的设备搬走和破坏。赵尔陆像是发现了无价珍宝一样高兴,他组织人员把凡是能抬走的机器设备和材料,都运往中央苏区,还动员了部分修械工人,缝纫工人参加到红军队伍中来,壮大供给部门的技术力量。

1936年12月,赵尔陆为给红军部队筹集武器、装备、粮秣和经费,还冒着很大的风险,秘密潜入敌占重镇武汉,在群众的掩护下,通过党的地下组织和各种渠道,订制服装和军需物资。

抗日战争时期,赵尔陆任八路军供给部部长。后改任军政干部,历任晋察冀军区第二军分区司令员兼政治委员,冀晋军区司令员,参加了晋察冀抗日根据地北岳地区反“扫荡”斗争。八路军主力开赴抗日前线时,赵尔陆以八

路军总供给部部长的身份前往太原，经过有理有利有节的斗争，从阎锡山那里争取到了一批武器、弹药和军用物资，充实到八路军各部队，有效地保障了前方需要，为狠狠打击日伪军，夺取抗日战争的胜利，作出了不可低估的贡献。

指挥清风店、石家庄、涞水战役

zhihuiqingfengdianshijiazhuanglaishuizhanyi

1947年7月奉中央军命令，赵尔陆出任晋察冀军区参谋长。他一到任就着手抓部队建设和军区机关建设，深入部队开展调查研究，亲自制定作战、训练计划，协助军区首长开展军事斗争。

此时，我东北部队对国民党军发动了夏季攻势，蒋介石为了缓和东北战局，一度调华北的国民党部队去增援东北，在此情况下，毛泽东明确要求晋察冀军区下一步作战必须钳制关内国民党军。

☆10月20日拂晓，我军向清风店以东的西南合村之敌发起攻击。

怎样才能拉住国民党军呢?赵尔陆和军区首长,经过周密运筹和策划,部署部队举行了著名的清风店、石家庄战役。

10月11日,以晋察冀野战军1个纵队围攻徐水,主力集中在徐水以北地区打援。14日,在徐水、容城之间,与北平出援的国民党军5个师打成对峙。

这时,石家庄守军第3军军部率1个师及第16军1个团沿平汉铁路北进,企图协同自北平南下的援军夹击晋察冀野战军于徐水地区。18日,晋察冀野战军首长抓住第3军主力孤军北进的有利时机,以一部兵力在徐水地区阻击北面援军,率主力6个旅以一昼夜100余公里的速度轻装兼程南下。

黄昏,河北大平原上阵雨初霁,清风送爽,空气含着浓重的秋露,湿润着西行的行军队伍,战士们迈着齐刷刷的步伐奔赴杀敌的新战场。

20日拂晓,将国民党军北进之第3军主力及第16军1个团包围在清风店地区,国民党第3军军长罗历戎发现晋察冀部队之后,多少有些突然,但他还是很自信地把部队收缩到西南合村为中心的几个村子里,形成了梅花形的防御部署。一面命令部队依托村庄顽抗,一面发电求援。

当解放军发起猛烈攻击时,一步步向敌人的指挥部逼近,万余名国民党官兵被压缩在不到400户人家的西南合村里,在解放军的强烈攻击下,国民党军急得像热锅上的蚂蚁,接二连三地发出求救电报。

在国民党第3军被围以后,保定绥靖公署主任孙连仲急令所部冲过徐水、保定,向南救援。

但是,晋察冀军区首长聂荣臻、赵尔陆早有准备,南援之敌被解放军阻击部队死死堵住,无法接近罗历戎。

战斗进行到22日,将其全歼,生俘中将军长罗历戎,共歼灭国民党军1.7万余人,创晋察冀歼灭战新纪录。这一战役,对扭转晋察冀战局起了关键作用。

清风店战役的胜利,不仅鼓舞了晋察冀野战军的士气,也削弱了石家庄守敌的兵力。之后,华北国民党军战略要点石家庄仅有第3军1个师及地方武装一部防守,兵力单薄、处境孤危。

晋察冀军区首长感到攻打石家庄的时机已经成熟。

一天，军区参谋长赵尔陆向司令员聂荣臻建议说：从兵家之说，石家庄现在实际上已经成了一个陆上孤岛，周围全是解放区，现在不攻，等待何时？

经俩人进一步探讨和研究，聂荣臻司令遂向中央军委发电提出：现在石门仅有3个团及一部杂牌军，我拟乘胜夺取石门。

毛泽东接到电报后，亲自拟电说：清风店大歼灭战胜利，对于你区战斗作风之进一步转变有巨大意义，目前如北敌南下则歼灭其一部，北敌停顿应现地休息10天左右，整顿部队，恢复疲劳，侦察石门，完成打石门之一切准备，然后不但集中主力几个旅，而且要集中几个地方旅，以攻石门打援兵姿态，实行打石门。

对毛泽东的这一指示，聂荣臻和赵尔陆进行了反复的研究和领会，领悟到了毛泽东的一个重要思想，就是石家庄一仗，一定要比清风店打得更漂亮。

随后俩人对兵力部署作了周密的计划。

石家庄位于石德、平汉、正太三条铁路的交会处，战略地位重要，国民党军队利用日本侵略军占领时的旧工事，连年加修，虽无城垣，却构有坚固的防御工事，从市郊到市中心，以外市沟、内市沟和市区主要建筑物为骨干，构

☆扫清外围战斗结束后，我军向石家庄守敌发起总攻。

筑了三道防御阵地,设置了铁丝网、电网、鹿砦、地雷、碉堡和纵横交错的地道、交通壕,用钢筋水泥构筑了大小碉堡6000多个,环市修有20多公里铁路,装甲列车昼夜在铁路上巡逻。国民党军师长刘英曾经扬言:没有飞机、坦克,共军休想拿下石家庄。凭石家庄的工事,国军可坐守3年。清风店战役以后,蒋介石别有用心地亲自给刘英打电报说,共军若敢进攻石家庄,兄当亲率陆空大军前去支援。

双方紧锣密鼓,大战不可避免。

石家庄是解放战争中要进攻的第一个大城市, 也是晋察冀军区打的一个大仗,聂荣臻司令员根据当年打漳州的经验教训,特别提出了进城纪律和保护市内工商业生产设施等问题,提出:这次攻打石家庄,除全军一致努力完成军事任务外,入城纪律与入城工作关系亦极为重要,力争解放石家庄与保证入城纪律优良,此为各参战部队的两大中心任务。

据此,参谋长赵尔陆组织机关人员,研究制定了"严禁破坏机器、工厂、医院、电灯、自来水,电话电线、玻璃及一切城市建筑及设备(军事行动必须除外)……;不侵犯城市工商业,不侵占学校,不私入教堂。尤应保护城市贫民的生命财产……;严禁个别人员徘徊闲游茶楼酒馆,尤其娼寮地区;不许大吃大喝,注意军纪与军装整齐……,等9项约法。

这9项约法经司令员同意后,在全军区公布。

经过紧张的准备之后,11月5日晚,晋察冀野战军各部队,遵照部署,按照预定的路线在夜幕的掩护下渡过滹沱河向石家庄逼近。

6日拂晓,一颗红色信号弹划破天空,顿时杀声四起,枪炮齐鸣,人民解放军对石家庄发起了攻击。

在战斗激烈地进行之时,赵尔陆守在指挥所里异常忙碌,听取着各方战况,运筹着各路部署,进行着多方面联络。

经数日激战,几天后英勇的人民解放军攻克石门,全歼守敌2.4万余人。

石家庄战役,是一个较大规模的城市攻坚战,开创了人民解放军夺取国民党据有的重要城市的先例,为全军提高城市攻坚战术提供了重要的经验,并使

☆1947年11月12日战役胜利结束,我军开入石家庄。

晋察冀和晋冀鲁豫两解放区连成一片,为而后合并成一个更大的战略区,发展生产支援战争,创造了有利条件。

12月底,参谋长赵尔陆又参加了涞水战役。

傅作义于12月1日就任国民党军华北"剿匪总司令部"总司令后,为确保北平(今北京)、天津、保定三角地区,调集7个军又1个师,采取"以主力对主力"的方针,对付我人民解放军的进攻。晋察冀军区首长为打击傅部,并配合东北民主联军的冬季攻势,遂决定以晋察冀野战军集中5个纵队和军区部队一部,于27日至29日对保定至涿县及北平至南口的铁路进行破击战。

又于1948年1月7日,以一部佯攻保定,迫使傅作义急调3个军又1个师自平津地区驰援该城。11日,晋察冀野战军首长改以一部强攻涞水城,主力分别位于涞水城以东、以南地区打援。

当夜,国民党军第35军率2个师由保定乘车增援涞水,并于12日下午进占庄疃、温辛庄等地。

晋察冀野战军于当晚调整部署,以一部兵力包围庄疃,经一天激战,全歼守敌1个师;另部在辛庄以西地区歼敌第35军军部。是役,共毙俘敌中将

军长以下官兵8000余人，给华北国民党军队以沉重打击。

针对国民党军华北“剿总”“以主力对主力”的方针，人民解放军晋察军区首长遵照中共中央军委关于把战争引向国民党区域和在宽大机动中大量歼灭敌人的指示，又集中5个纵队组成左右两个兵团，分别向察哈尔之蔚县和山西之广灵、天镇、阳高一线出击，以1个纵队和地方部队位于保定地区机动迷惑国民党军。

1948年3月20日至24日，晋察冀野战军攻占上述诸城镇，切断了大同至张家口间的交通。

华北“剿总”急从北平等地调集10个师(旅)进至柴沟堡、下花园一线，准备出援。

为创造战机，晋察冀野战军左翼兵团于25日至4月6日，连克丰镇、和林格尔等城镇，逼近归绥(今呼和浩特)，迫使国民党军以5个师(旅)自张家口地区西援，另以暂编第4军主力进至天镇地区。

晋察冀野战军右翼兵团即北上截歼暂四军。但因该军迅速撤回柴沟堡，仅歼其一部。

此役，共歼灭国民党军1.8万余人，解放了察南广大地区。

高参大智：赵尔陆

谋划大兵团作战

mouhuadabingtuanzuozhan

为适应战争形势的发展，1948年5月9日，中共中央及中央军委在河北省阜平县城南庄决定将晋察冀和晋冀鲁豫两个战略区及其领导机构合并，组成中共中央华北局、华北联合行政委员会(同年8月经过华北人民代表大会通过改称华北人民政府)和华北军区。以刘少奇兼华北局第一书记；董必武任华北联合行政委员会主席；聂荣臻任华北军区司令员，薄一波任政治委员，赵尔陆任参谋长，军区下辖北岳、冀中、太行、太岳、冀南、冀鲁豫6个军

区和野战军第1、第2兵团。

新的军区领导班子组成后，遵照中共中央军委关于出击冀东的指示，华北军区首长对所辖部队的部署进行了研究，会上赵尔陆发表了重要的建议。之后军区首长决定：

以第2兵团2个纵队共7个旅，向察哈尔南部及热(河)西、冀东出击，与东北人民解放军第11纵队协同作战；另以主力一部留置平汉路以西，策应兵团主力的行动。

12日，东北人民解放军第11纵队截歼由平泉向承德回撤的国民党军。

13日，第2兵团主力自蔚县向热(河)西出动，至6月2日，切断了(北)平承(德)铁路，与第11纵队分别攻占了隆化、丰宁及平泉等城镇，对承德形成了包围态势，严重威胁北平国民党军的侧背。

第2兵团即以第3纵队钳制平谷地区之国民党军，以第4纵队及第4旅出击冀东。自12日至15日，第4纵队等部攻克丰润等城镇12处。

国民党军又从平谷地区抽调7个师东援。

第2纵队乘机围攻古北口；第4、第11纵队则继续东进，于23日至25日连克昌黎、石门镇等多处。

为策应上述行动，第2兵团留置平汉铁路以西之两个纵队及北岳军区第1纵队，冀中军区第7纵队，于7月15日至20日，连续攻克涞水、新城、徐水等城镇。

华北第2兵团与东北人民解放军第11纵队在热西、冀东和保北的作战，共歼灭国民党军3万余人，迫使傅作义部往来奔波于北平、冀东之间，陷于被动地位。

1948年夏，解放战争进入了大兵团作战时期，再靠钻山沟，敲锣打鼓，放放鞭炮，是解决不了问题的了。经过战争锻炼的人民解放军，尤其是军事指挥员，此时已掌握并精于运用大兵团作战的特点，运用自如，得心应手，时刻抓着战争的主动权不放。

在参谋长赵尔陆脑海里，时而是大兵团的运动，时而是大兵团的攻击，

时而是大兵团的阻击打援，千军万马在奔腾，在奋进……。

为了歼灭国民党军太原绥靖公署主任阎锡山集团主力，华北军区以第1兵团附地方武装并指挥陕甘宁晋绥联防军区5个旅共6万余人，发起晋中战役。

6月11日，首先以地方武装一部围攻孝义以东之高阳镇。阎锡山急调其闪击兵团(共13个团的兵力)由介休、平遥等地南援。

18日，第1兵团主力乘虚向介休、平遥等段出击，于21日至24日，在祁县、平遥地区歼灭东返之国民党军万余人。

28日，太原绥靖公署副主任兼山西保安副司令赵承绶率20军及1个总队由太原南援，企图于祁县以南地区同人民解放车决战。

军区首长命令第1兵团先以一部兵力插入其侧背，切断退路。国民党军被迫向北撤退。7月6日，当国民党军进到太谷以北之大常镇附近时，第1兵团立即将其包围。

经过近10天的大兵团作战，狼烟滚滚，烽火连天。激战至16日，全歼南援的国民党军，生俘赵承绶，击毙山西省保安司令部中将前方指挥官元泉馨(日本军官)。

祁县、文水、忻县等地区的国民党守军纷纷逃向太原。

第1兵团乘胜追歼，连克14座县城，孤立了太原。

此役，人民解放军共歼灭国民党正规军、非正规军7.4万余人，另生俘民卫军等2.6万人，解放了除太原以外的晋中地区，为我军而后攻占太原、解放山西全省创造了有利条件。

晋中战役后，鼓舞了士气，锻炼了部队，人民解放军的指挥员们更加自信而坚定。

此时，赵尔陆的视线早已盯上了国民党军阎锡山的老窝——太原。

经过认真的考虑，周密的部署，深入的动员，遂决定以第1兵团并指挥西北野战军第7纵队及晋中地方武装共17个旅，准备于10月中旬发起太原战役。

也许是共产党利用智慧创造了机会，也许是国民党太愚蠢送上了机会。

10月2日，太原守军7个师沿汾河以东南犯，先后进至小店镇、南黑窑地区。

5日，第1兵团首长决心乘敌脱离阵地的有利时机展开进攻。经激战，歼灭国民党军太原绥靖公署主任阎锡山部2个师3个团又7个营，并突破太原守军南部防线，占领武宿机场。

接着，以攻坚手段对太原天然屏障东山要塞发起进攻。经过20余天的反复争夺，至12月4日占领城南、北郊和东山各要点，紧缩了对太原的包围。

随后，遵照中共中央军委的指示，为稳住平津地区守军，使其不因孤立而撤退，太原前线部队暂缓攻城，转入围城休整。

1948年11月2日，辽沈战役结束。

4天以后，淮海战役揭开了序幕。

作为华北军区参谋长的赵尔陆多少有些着急，华北什么时候动手？华北的50多万国民党军队，可不是一个小数，现在东北打完了，华东又包了“饺子”，华北怎么办，什么时候下手呢？

其实，华北的50多万国民党军队是守还是撤，蒋介石和傅作义也是各怀鬼胎。11月4日，蒋介石特意把傅作义召到南京，商议对策。当时，徐蚌大战一触即发，卫立煌集团被全歼的余波未散，为了加强长江防线，蒋介石曾经要求傅作义放弃平津，率部南撤，担任东南行政长官，而傅作义对蒋介石并吞异己的伎俩早有戒心，不愿南撤，即使平津危急，他也愿意西撤绥远，杀回老家去。为了保存自己的势力和地盘，傅作义对蒋介石说：辽沈战役结束后，林彪的部队至少需要3个月到半年休整，只要林彪不入关，聂荣臻奈何我不得。

然而，在中共中央军委首长的脑子里，此时，已是大局在胸。

在华北军区参谋长赵尔陆的沙盘上已是大军在动，频频出击，红蓝相交。11月24日，华北军区首长遵照中央军委指示，对所属部队进行了周密的部署。

命令第1兵团停止对太原的攻击，集中兵力进行平津战役。

第2兵团，由曲阳出动，至涿县、涞水以西地区，集中于易县西北紫荆关地区隐蔽待命。

第3兵团，撤围归绥，秘密东进，以奇兵突袭的方式进至张家口、宣化一带，等待东北主力入关。就这样，华北军区的3个大兵团进入了平津战役的洪流。战役分三个阶段进行：

第一阶段(1948年11月20日至12月20日)：华北军区以第2、3兵团和东北野战军第2兵团分别包围保定、张家口，攻克了密云、康庄、怀来等地；东北野战军主力包围了北平、天津、塘沽等地，将傅作义集团切为数段，完成了对傅作义集团的战略包围和战役分割，为各个歼灭国民党军创造了有利条件。

第二阶段(1948年12月21日至1949年1月15日)：华北军区以第2兵团第3、第4、第8纵队攻克新保安，歼灭傅系主力第35军2个师，共1.6万人。第3兵团第1、第2、第6纵队和东北野战军第4纵队攻克张家口，歼灭傅系第11兵团所属的7个师共5.4万人；东北野战军第1、第2、第7、第8、第9纵队及第12纵队一部和特种兵部队，于1949年1月15日攻克天津，歼灭3万人。塘沽守军惧怕被歼，于1月17日乘船南逃。

第三阶段(1949年1月16日至31日)：东北野战军第1兵团及第1、第2、第3、第4、第5、第6、第8、第9、第10、第11纵队，华北军区第2、第3兵团部及第1、第2、第3、第4、第6、第8纵队包围北平。

在人民解放军大军压境和政治争取下，傅作义接受毛泽东发表的“八项和平条件”率部25万人接受和平改编，31日北平解放，战役胜利结束。

平津战役，共歼灭和改编国民党军52.1万人，基本上解放了华北地区。

平津战役，是解放战争中三个有决定意义的最大战役中的最后一个战役。它的胜利，为推进新中国成立的进程，起了重要的作用。

在整个战役的2个月的日日夜夜里，作为华北军区参谋长的赵尔陆，废寝忘食、精密运筹，频频调动兵团运动，调整兵力部署。眼熬红了，人消瘦了。他守在指挥所里，连连收到各路部队的捷报，时时发出爽朗的笑声。他那开心的笑，自信的笑，感染着身边的同志。

高参大智：赵尔陆

挥师向中南进军

huishixiangzhongnanjinjun

1949年1月15日，中共中央军委发出指示，决定将部队番号改为按序数排列，对部队进行了调整。3月28日，东北野战军正式改称中国人民解放军第四野战军。受中央军委命令，赵尔陆出任第四野战军第二参谋长。

5月22日中共中央军委决定，将第四野战军领率机关、中原军区领率机关和华中军区领率机关合并，改称中国人民解放军第四野战军兼华中军区，林彪任野战军司令员兼军区司令员，罗荣桓任野战军政治委员兼军区第一政治委员，肖克、赵尔陆分别任野战军第一、第二参谋长兼军区第一、第二参谋长。

5月，遵照中共中央军委关于向全国进军的部署，赵尔陆协助军区首长率部向中南进军，解放并经营豫、鄂、湘、赣、粤、桂等6省。

7月上旬至8月下旬，人民解放军第四野战军先后发起宜(昌)沙(市)战役、湘赣战役和赣西南追击作战，歼灭国民党军近3万人，解放了鄂西、湘西北及赣西北、赣西南广大地区，接着进行短期休整。

8月4日，国民党湖南省主席程潜、第1兵团司令陈明仁率部起义，长沙、湘潭等地和平解放；

7月，中央军委就第四野战军南下作战方针和部署指出：对白崇禧作战不要采取近距离包围迂回方法，而应采取远距离包围迂回方法，方能掌握主动，即完全不理白部的临时部署而远远地超过他，占领他的后方，迫其最后不得不和我作战。

根据上述指示精神，野战军首长进行了专门的研究，遂决定在部署上：

以第13兵团为西路军，经湖南西部南下广西，切断白部向云南、贵州的逃路；

以第4、第15兵团为东路军，自江西进军广东，而后第4兵团迂回广西，

☆1949年春，根据战争的发展和向全国进军的需要，全军各部队陆续进行整编。这是我军某部正在召开整编大会。

成为合围白崇禧部的南路军；

以第12兵团为中路军，经湖南南部直趋广西北部。最后三路大军协同作战，聚歼白崇禧集团于广西境内。

赵尔陆协助军区首长完成作战决心之后，积极贯彻落实，指导部队，协调机关，做了大量而细致的工作。按上述部署，各路军分别于9月中、下旬和10月初开始行动。

9月13日发起衡宝战役。西路军由常德经沅陵向湘西挺进，于10月2日占领芷江；中路军向衡阳、宝庆(现邵阳)一线发起攻击。白崇禧部在人民解放军进逼下，全线南撤。

中路军随即发起追击，在西路军一部配合下，于10月11日和13日分别在祁阳、武冈以北截歼白崇禧精锐第7、第48军等部共4.1万余人，解放了湘南、湘西广大地区。

10月2日发起广东战役。东路军第4、第15兵团和两广纵队、粤赣湘边纵队等部，分二路向广州挺进。

13日，国民党政府迁逃重庆。余汉谋部开始向雷州半岛方

向逃窜。

14日，第15兵团解放广州，第4兵团立即向余汉谋部发起追击，于26日在阳春、阳江地区歼其4万余人。

11月6日发起广西战役，西路军开始向桂西挺进。10日东路军第4兵团改为南路军，开始迂回博白地区，并于12月1日在粤桂边境歼灭白崇禧部第3、第11两兵团大部。随后，南路军、西路军和由湘桂边境南下的中路军协同作战，至14日，歼灭逃入广西的白崇禧集团17.3万余人，仅一部逃入越南，广西全省获得解放。

在向中南进军中，人民解放军取得了歼敌40余万人，解放湘、鄂、赣、粤、桂5省的重大胜利。

剿匪斗争总指挥

jiaofeidouzhengzongzhihui

1949年12月，中共中央军委决定将中国人民解放军第四野战军兼华中军区，改为中国人民解放军中南军区兼第四野战军。林彪任司令员，罗荣桓任政治委员，肖克和赵尔陆分别任第一、第二参谋长。

此时，全国除西藏和沿海岛屿以外，均告解放。但是国民党反动派潜留下来一大批残余特务、土匪，妄图以所谓“大陆游击”的方式，同我党、我军进行长期较量。这些匪帮与反动会道门、地主、恶霸相勾结，疯狂地进行反革命骚乱，破坏新中国的建设。

1950年1月，中共中央决定展开大规模的剿匪斗争，令中南军区兼第四野战军以80%的兵力，分赴河南、湖北、湖南、江西、广西、广东6省，迅速开始进行剿匪。

当时，军区分工赵尔陆主要指挥剿匪工作。但不久，中南军区政委罗荣桓和第一参谋长肖克相继调至北京，而任司令员的林彪早已养病去了，实际

上中南军区的工作，主要由赵尔陆主持，落在他肩上的担子是沉重的。

那时，中南军区部队，剿匪任务相当艰巨，部队广泛分散在广西的十万大山、六万大山、大容山，鄂豫皖交界处的大别山，和湘西山区等这些地区作战。匪特根深蒂固，既狡猾又凶狠，时出时没，踪迹不定。

赵尔陆在军区领导人少的情况下，独当一面，指挥中南军区部队遵照毛泽东主席制定的军事清剿与政治争取相结合、镇压与宽大相结合的方针，紧密依靠地方党组织，通过揭露、控诉土匪所犯下的罪行，广泛发动群众；抓住匪徒活动的规律，给以狠狠打击；同时深入做土匪家属的工作，分化瓦解匪徒队伍，使剿匪工作得以顺利进展，并取得较大战绩。

☆剿匪部队翻越高山峻岭、荆棘丛林，搜索土匪，为民除害。

根据 1953 年全国大规模剿匪任务统计，全军歼匪 240 万，而其中中南军区歼匪就占 1/2。

剿匪斗争的胜利，巩固了新生的人民政权，安定了社会秩序，保证了经济恢复工作和生产建设工作的顺利进行。赵尔陆所领导的剿匪工作曾受到中共中央的表扬。

高参大智：赵尔陆

从外行变成内行

congwaihangbianchengneihang

1952年6月，赵尔陆到北京参加毛泽东主席主持召开的一次会议。

会议期间，毛泽东同他谈话，让他负责组建第二机械工业部，统一领导原来分散管理的国防工业。聂荣臻也很同意毛泽东的这一考虑，认为赵尔陆是合适人选。

赵尔陆心里清楚地知道：当时，我国只有战争年代建设起来的一些设备简陋的兵工厂，和国民党留下来的受到严重破坏的军工“烂摊子”，在这样薄弱的基础上发展国防工业，将会遇到许多想像不到的困难，特别是自己对国防工业是“门外汉”。但是多年来养成的接受任务从不讲价钱的习惯，使他像在战争年代一样毫不犹豫地服从了组织的决定。

上任伊始，他首先要求自己从外行变成内行。在不断深入军工系统作调查研究的同时，他出入北京的书店、旧书摊，为自己购置了大量的兵工技术书籍，包括我国古代兵器制造的线装书和外国的有关著述。

那时北京和平解放不久，一些反动势力仍很猖獗。有一次赵尔陆外出，与警卫人员分乘两辆汽车，他坐在后面那辆车上。在一个拐弯处，他所乘的车错跟在另外一辆车后，径直开出了城。直到前面的车停了，出来三四个戴礼帽墨镜、穿仿绸裤褂、腰里别着驳壳枪的人，大家才发觉情况不妙。司机立即调转车头，一口气开回城里。

赵尔陆却并不在意。他一边看书学习，一边向工程师、技术人员请教，走到哪儿，问到哪儿。

赵尔陆在二机部任职期间，很少呆在北京，他每年有四分之三的时间在基层，力求对工作能做到走一步看两步，不断发现和解决国防工业建设中的主要问题。

第二机械工业部刚刚组建，他就赶到军事工业有一定基础、技术力量比

☆50年代，赵尔陆(左四)与毛泽东(左六)在一起

较雄厚的东北，深入了解军工人员的素质、技术能力和厂房设备、生产进度以及职工生活条件等情况。根据调查结果，他和党组成员一起明确提出：首先对简陋的兵器工厂大力进行调查和技术改革，尽快试制生产出一批制式装备提供部队。他常常呆在工厂里，听取参与研制工作的技术人员和工人的意见，然后和他们一起具体研究、确定方案。在由仿制到自行设计和研制轻型武器的过程中，从制定方案，产品试制到批量生产，赵尔陆都事必躬亲。

由于他大多数时间在基层，妻子特意为他买了一只大号搪瓷碗和一把大饭勺。赵尔陆常常是拿着这碗和勺，出现在工厂食堂等侯买饭的队伍里，因此国防工业系统的许多普通工人不但认识他，而且还有过和他谈话的经历。

在那上下一心奋发图强的时代，国防工业系统仅用2年的时间，就完成了对老厂的技术改造，仿制出一批新型陆军武器，改善了部队装备，并在朝鲜战场上发挥了威力。

此后，赵尔陆又直接组织领导试制了陆用双管炮、舰艇用四联高炮、T54重型坦克、歼6式飞机等一系列轻重武器。1959年，我国自己生产的战鹰参加了建国十周年的盛大阅兵式。

高参大智：赵尔陆

“公家的东西一分也不能占”

gongjiadedongxiyifenyebunengzhan

1952年，赵尔陆奉调到北京担任第二机械工业部部长，住在北京站附近一处被没收的有钱人家的院子里。这家人走得匆忙，留下了不少的古玩字画，还有两架钢琴。

赵尔陆让工作人员把所有的古玩字画全部上缴。看着蹒跚学步的女儿，他吩咐留下一架钢琴，并交代管理部门的同志做个价，从他积存的津贴费中扣除。谁知管理部门的同志却把这件事拖了下来。

不久，“三反”运动开始了，有人为钢琴的事给赵尔陆贴了大字报。赵尔陆和夫人很快便用节省下来的生活费交了钢琴钱，这架钢琴成为赵尔陆家唯一属于私人的用品。

1954年，赵尔陆外出考察“三线”的三个月，管理部门的同志来为他家的住房搞修缮，刚把他的办公室墙壁喷成苹果绿色，把门窗和走廊刷完，他回来了。一见办公室被整饰一新，不但不高兴，反而火冒三丈。

他找到主管后勤的同志，沉着脸说：“你们拿公家的钱送人情倒很慷慨！这房既不破更不漏，有什么可修的！”最后，他请财务部门核算了材料成本，让他们开列出材料费和工人工资，自己拿出两千元的存款，付清了这次修缮的费用。

至于那些送来试用、试听、试坐的空调、半导体收音机、“红旗”轿车，则像过客一样匆匆涌进他的家门，又匆匆地涌了出去。赵尔陆一件也不准留下。“拿回去可以搞个陈列室，做样品保留起来，都摆在我这里算什么！”他说。

在60年代，按照规定，赵尔陆这级干部每月都有一点招待烟、招待茶的补助，家里用的扫帚和拖把也可以到管理部门去领取。在家里召开会议时，首长带来的秘书、司机等工作人员的餐费则可以实报实销。但是，赵尔陆从不许工作人员去领取和报销这类开支，他说，国家给了我比老百姓高得多的

工资,这些开销应该包括在工资里了。

中国共产党第八次全国代表大会闭幕后的一天，赵尔陆的大哥带着家乡崞县的领导到北京来找他,想请他为县里批几台拖拉机。

赵尔陆设家宴招待来自家乡的客人。酒过三巡之后,赵尔陆笑眯眯地对“县太爷”说:“我的权力确实不小,但是我不能用这个权力给自己的家乡开‘后门’。要是大家都这么干,那就乱套了,共产党就不是共产党了。我劝你们回去,把你们的情况和要求写个材料,报到省工业厅,按照组织系统来办。”

就这样,崞县人虽然为他们的同乡中出了一位解放军上将、共产党的中央委员而自豪,可是却没有从这位大官老乡那里得到过一点“实惠”。

赵尔陆非常喜欢陶瓷。江西的一位老战友送给他一只景德镇的薄瓷花瓶,壁薄如纸,小巧玲珑,赵尔陆经常在工作之余反复把玩。

一位警卫员在打扫卫生时，从书柜里取出这只花瓶擦拭，不慎用力过猛,把花瓶捅了个大窟窿。他知道躲不过去,心里十分懊悔,只好如实告诉赵尔陆,然后低着头准备挨骂。

赵尔陆却只是无可奈何地摇了摇头,笑着说:“你真是个二竿子! 已经破了就算了嘛,下次注意就是了。”

在赵尔陆身边的工作人员，都知道他是位不会骂人的首长。夏天的晚上,赵尔陆在没有事的时候,总是在院里摆上藤椅,把工作人员叫在一起切西瓜,聊家常。如果有人外出不在,他就不让切,大家等着,或是切下一大块给外出的人留着。

但是他也有发火的时候。一次他从沈阳出差回来,发现家里多了一把绿色塑料柄的水果刀,那时候,塑料制品还是比较少见的新产品。他一问才知道,是一个工作人员从沈阳招待所里顺手牵羊“牵”来的。他立刻正色道:“乱弹琴! 怎么拿人家的东西! ”

那位工作人员分辩着:“我看着挺好看,再说才七八角钱的东西……”

赵尔陆斩钉截铁地打断他的话:“不行!公家的东西一分也不能占!”他叫秘书写信向沈阳那家招待所道歉,并付上了水果刀的钱。

高参大智：赵尔陆

爱孩子也是有原则的

aihaiziyeshiyouyuanzede

赵尔陆爱孩子。50年代，他抚养的侄儿、侄女、外甥、外甥女共有六七个之多。无论住校还是走读，小点的挤公共汽车，大点的骑自行车，从不许用自己的专车接送。每年除旧迎新的时候，他会认真地蒙起眼睛，和孩于们一起玩“摸瞎子”的游戏，一起在院子里堆雪人，放鞭炮，好像他自己也成了孩子。孩子们自己组织小演唱会，他又成了最忠实的观众，从始至终，兴趣盎然地听孩子们唱《十送红军》、《上前线歌》、《游击队歌》、《莫斯科郊外的晚上》。

1957年夏天，赵尔陆的一位侄儿结婚，家里亲朋满座。他偶然听到6岁的女儿慷慨激昂地在屋里和表姐议论什么，经询问才知道，这个外甥女学校的一个烈士子女受了委屈，一个同学骂他的父亲“死了活该”，女儿正为这事气愤不已。

赵尔陆像发现了宝贝似的，牵着女儿的手，快步把她领到大家面前，向大家简单叙述了事情的经过，而后摸着女儿的头鼓励道：“女儿，来把你刚才说的话再说一遍。”

☆1960年，赵尔陆与女儿赵伽伽在上海。

女儿挺了挺胸脯：“他骂烈士死了活该。没有烈士流血牺牲，他今天能上学吗？红领巾不是烈士的鲜血染红的吗？我看他自己死了才活该呢！”

在场的人都笑着鼓起掌来，赵尔陆笑得最畅快，“我们家要出一个演说家了。”

赵尔陆膝前只有这么一个女

儿,他和夫人对女儿的爱护到了溺爱的程度。然而,他是有原则的。在60年代初,由于整个国家处于严重的经济困难之中,国家允许农民在自由市场出售自产的农副产品。

但是，赵尔陆向工作人员三令五申，绝对不许到自由市场购买任何东西。他说:“老百姓连肚子都吃不饱,我们怎么能吃鸡鸭鱼肉呢! ”

有一天吃饭的时候,10岁的女儿看见又是素烩白萝卜片,造反了,“天天是烩萝卜,烩白菜,我不吃! ”说着把筷子扔在桌上。

赵尔陆重重地把筷子拍在桌上,盯着女儿严厉地说:“这个不好吃,什么好吃呢,你到乡下去看一看,我们顿顿吃的是人家农民的过年饭!你已经这么大了,不是不知道我们国家正处在困难时期,连毛主席和周总理都每天吃一顿粗粮。像你这样娇气,不好好改造,将来不要说接班,非成修正主义苗子不可。”说罢拂袖离席,全家不欢而散。

事后,他把女儿叫到身边,逐字逐句地为她讲文天祥的《正气歌》,从文天祥讲到岳飞,从刘胡兰讲到江竹筠,最后讲到了苏联逼我们还债,我们宁可挨饿还债,也不能听人摆布。最后,他让女儿工整地把这首诗抄在白纸上,压在写字台的玻璃板下,每天默颂一遍。

高参大智：赵尔陆

“军转民”的先驱

junzhuanmindexianqu

当五星红旗在天安门广场第一次升起的时候,中国几乎没有工业,自己非但不能生产飞机、汽车,连钉子、火柴都是外国人造的。洋钉、洋火一类称谓便是鉴证。赵尔陆面对基础工业和国防工业这两个庞大的摊子,面对百废待兴的局面,第一大难题就是经费不足。

赵尔陆认为伸手跟国家要钱是行不通的,必须立足于自己解决问题。于是,他向中央提出了“平战结合,军民结合,以民养军,发展生产”的方针和一

☆1958年,赵尔陆(右三)与(左起)宋任穷、李富春、余秋里、张霖之等于广东合影。

系列具体实施的方案,得到了中央的批准。

50年代中期,军工企业即开始生产民用产品,从日用品到生产资料,品种繁多,有的在质量上还达到了当时的较高水平。仅航空工业局1960年的年产值,就达到了2亿多元。这些产品进入市场后,因其质量好而深受欢迎。

就在这时,军委扩大会议延续庐山会议的反"右"精神,批判了"军民结合",并上升到"破坏军工生产"的高度。在这次会议上,赵尔陆突发心脏病,会议虽建议撤销其党内外一切职务,但上报中央后却没了回音,这才不了了之。

重病的赵尔陆接到了陈毅元帅和李富春副总理的电话:"路遥知马力,日久见人心",让他安心养病。然而整个国防工业系统从此对民品生产谈虎色变,以民养军之路被搁置了18年。

高参大智：赵尔陆

"文革"风暴中的将军泪

wengefengbaozhongdejiangjunlie

在"文化大革命"兴起的那年深秋,赵尔陆受到了严重的冲击。然而,工

作不能瘫痪，运动也要搞。他的时间表似乎又回到了1954年，家里的会议室，亮起通宵达旦的灯光。

一天深夜，他离开烟雾弥漫的办公室，对妻子和女儿说，“从南昌起义到现在快40年了，我自信对党和主席是忠诚的，没半点私心，可现在，怎么到了没鬼也怕鬼的程度……”年逾花甲的他，流下了两行热泪，声音哽咽了。

但是，“文化大革命”愈演愈烈。尽管身体每况愈下，肺气肿使他几乎不能睡眠，心脏病在大量消耗着他的精力和体力，他仍不断地带着保健医生和氧气瓶去挨批斗，在家里躺在床上边吸氧边召开党委常委会。女儿流着泪劝他说：“爸爸你休息吧，不要管了，你管不了的。”

他挣扎着用微弱的声音说：“大家都不管了，还成什么话！你也应坚持去学校，不要总呆在家里。”赵尔陆就是这样，与那股误国、害党，殃民的潮流进行英勇抗争，在抗争中，走完了他生命的最后几个月。

1967年1月，“夺权”的风暴席卷神州大地。本来已被打翻在地的各级领导，又被“合法地”夺取了权力。赵尔陆被周恩来总理安排在西山疗养病体。当时，他又黑又瘦，本来合体的一号军装，此时穿在身上晃来晃去，显得过于宽大。离开了工作岗位的他，郁郁寡欢，度日如年。他每天与几位老帅联系，请示回到机关工作。

1月22日傍晚，他终于得到了聂帅和叶帅的首肯，神采飞扬地对妻子和女儿说：“两位老帅让我因势利导，做好群众工作，争取早点取得群众谅解。”又嘱咐女儿：“回家以后要积极到学校去，不上课了还可以学习毛主席著作嘛。‘一寸光阴一寸金’，不要总是晃来晃去。”

全家吃过一顿最后的晚餐后，他送妻子和女儿到门口，目送着她们返城回家。那时的他，想必心中充满了对工作的向往，因为，在妻女与他共处的这最后20天中，只有离别的这个夜晚，他给她们留下了永恒的微笑。而他们全家都无法知道，冥冥之中，死神也已向将军伸出了魔爪。

1967年2月2日上午9时许，机关的工作人员发现：赵尔陆在他的办公室停止了呼吸。他的生命凝固在一个坐着向前倾身的动作上，手里夹着一支曾经点燃而未吸一口的香烟。

★百岁上将:吕正操★

吕正操(1905-),字必之,辽宁省海战县山后村人。1922 年参加东北军,次年入东北讲武堂学习。毕业后历任东北军 53 军连长、营长、少校副官队长,沈阳同泽俱乐部主任,第 53 军 116 师参谋处长,53 军 647 团、691 团团长,东北武装同志抗日救亡先锋队总队长。1937 年加入中国共产党。抗日战争时期,任冀中人民自卫军司令员。八路军第 3 纵队司令员兼冀中军区司令员,冀中行署主任,冀中区总指挥部副总指挥,晋绥军区司令员。解放战争时期,任东北人民自治军第一副司令员,东北军政学校政委,东北民主联军副总司令兼西满军区司令员,东北军区副司令员兼东北铁路总局局长,东北人民政府铁道部部长,中共中央东北局委员,铁道部副部长兼铁道兵团副司令员。建国后,任中央人民政府铁道部副部长、代部长,中央军委军事运输司令员,总参谋部军事交通部部长,中华人民共和国铁道部部长,中国人民解放军铁道兵政治委员,中央军委委员。1955 年被授予上将军衔和一级独立自由勋章、一级解放勋章。1988 年被授予一级红星功勋荣誉章。是第一、二、三届国防委员会委员,第四届全国人民代表大会常务委员会委员,中国人民政治协商会议全国委员会第二、三届常务委员,第六届全国政协副主席,中国共产党第七届中央候补委员,第八、十一届中央委员。1982 年被选为中央顾问委员会委员。

百岁上将：吕正操

打定主意自己改名为“正操”

dadingzhuyizijigaimingweizhengcao

1905年1月，吕正操出生在辽宁海城唐王山山后村老吕家。他上面有个姐姐。

当时，日本和俄国正在中国东北境内开战。山后村在海城城南4公里唐王山北山脚下。唐王山是座小山，在南满铁路东侧。

日俄战争后，南满铁路归日本占有，吕家的菜地就紧挨着这条铁路。农民们到村西种地，路过铁道，经常遭日本人的蛮横辱骂和毒打。吕家这个小男孩的祖父和大伯，都因过铁道而被日本人砍伤。有的村民还被日本人用刺刀挑死后推到河里。

☆唐王山后村房子全是地震后新建的

吕正操是双眼噙着悲愤的泪水长大的。他常站在离家不远的南满

铁路边上，目睹日本侵略者对家乡人民欺压与残害的惨景。他打心眼里恨透了这些日本人，唯一的愿望就是：参军打日本。

他8岁开始读书，在唐王山山后村上小学。入学的时候，教师给他起了个学名“正言”，并解释说是言语的言。他听后感到不对心思，边走边想，走到家门口，坐在门坎上沉思起来：上学读书为的是求知识，长大要当兵，操练好了才能打日本。于是，他打定主意自己改名为“正操”。为了得到祖父同意，就说是老师给起的大名，是操练的操。他没敢提当兵的事，因为那时还是“好男不当兵，好铁不打钉”的年代，祖父最疼爱这个长孙，指望他光宗耀祖，怎么能让他当兵！

吕正操家境贫寒，在小学念了不到4年书，因为家庭经济困难供不起，不得不中途辍学。由于小正操记忆力强，过目成诵，老师华荫南非常喜欢他，觉得失学可惜，便在1917年初开学时要他附课学习，义务为他补习国文、数学、英文等课，争取免费送入县立中学。华老师还颇费心思地对他说，“再给你起个号吧，就叫必之，古书云操之必正。”

☆端端正正上课

吕正操附学半年后，因家穷没有能够上中学，又辍学了，在家跟着大人干农活。

1918年春天，由华老师介绍，吕正操到海城北关裕德号缫丝(柞蚕)厂当学徒。学徒生活很苦，起早贪黑地干重活，还得干杂活。在这样艰苦的环境里，他仍然坚持学习、练字、打算盘，一年四季从不间断。他如饥似渴地到处借书来读，读了《千字文》、《百家姓》、《论语》、《诗经》、《古文观止》、《封神演义》、

《东周列国志》、《西游记》、《三国演义》、《红楼梦》等许许多多的书，大大提高了文化素质。

1920年冬天，缫丝厂倒闭，吕正操被介绍到海城车站附近一家粮栈学徒。几个月后，因粮栈生意不好，吕正操被辞退，又回家种地。

1922年初，吕正操已满17岁，长大成人了。他，高大的身材，宽厚的肩膀，结实的胸膛，地地道道的东北汉子。他要到外面谋出路，干一番事业了。

这时，有一位在张学良部下当军医的远亲春节期间来他家串门，见他有文化，便介绍说："张学良的卫队旅是新式军队，重用识字的青年人。"

于是，吕正操果决地告别父母，离开家乡，参加了东北军，从而开始了他漫长的军旅生涯。

担任张学良的少校副官

danrenzhangxueliangdeshaoxiaofuguan

张学良是奉系军阀首领张作霖的长子。张作霖自1916年起，任奉天督军、东三省巡阅使等职，长期盘踞东北。当时，张学良是东北军新派领袖人物，思想比较开明，身边集中了一大批有知识、思想进步的青年，试图把东北军从一支封建割的据旧军队，改造成为新式的军队。他执掌的卫队旅，士兵精壮，服装整齐，器械精良，很有一股朝气。吕正操加入东北军，就在张学良的卫队旅1团3营9连当兵。

吕正操到卫队旅后，由于他精明强干，能读能写，勤奋好学，很快就考取了旅部的上士文书，到副官处工作。1923年，他又被张学良选送考入东北讲武堂深造。

东北讲武堂主要培训军事人才，创办于1906年。张作霖为增强自己的实力，培植干部，又于1919年重办，并亲兼监督。张学良为讲武堂第一期毕

业生,从第四期起,张学良即作讲武堂学监,以后又升任监督。

吕正操上讲武堂后,在学习上遇到过许多困难,但是他凭借着顽强的毅力和刻苦求知的精神,终于学完了几何、代数、三角及化学等课程。同时,他还利用课余到青年会学习英语。这使他的文化知识水平有了很大提高。

☆讲武堂第一期学员张学良(1919年)

在讲武堂学习期间,吕正操经常参加青年会组织的活动,开始阅读一些进步书籍,受到先进思想的影响。

1924年秋天,讲武堂停课,吕正操随张学良入关参加第二次直奉战争。他被分到由卫队旅改成的第2旅,在第1团第1营1连当排长,作战时代理连长。

仗打得很激烈,双方死伤惨重。在战斗中,吕正操负了伤。

1925年春天,讲武堂复课,吕正操即回校继续学习。同年10月毕业,正值奉军内部战乱,郭松龄倒戈受到挫败。这使吕正操产生了消极失望的情绪。

☆东北讲武堂

郭松龄是沈阳人在广州从军。张作霖做奉天督军，重办东北讲武堂时，把郭松龄请来做教官。郭松龄从此与张学良朝夕与共，先是师生，后又一起执掌卫队旅、2旅、6旅及一、三联军。郭松龄虽处于辅导地位，但始终担负具体工作。他思想比较进步，善于用兵作战，和张学良一样，同为东北军新派领袖人物。

两次直奉战争，张学良和郭松龄最为辛劳有功。江苏督办一职，张作霖原已允诺委任郭松龄，但一经发表却是杨宇霆。而当杨宇霆被孙传芳打回沈阳，请求张作霖出兵，再下江南，主力又是张学良和郭松龄所部的一、三联军。郭松龄深感旧军队的腐败无能，于是举起了“东北国民军”的大旗，倒戈反奉。

☆少帅张学良

郭松龄倒戈受挫，和夫人韩淑秀换装成乡农打扮，躲在农家白菜窖内，被拿获后就地枪毙。尸体运回沈阳，在万泉河体育场，陈尸三天。吕正操看到如此惨景，不禁掉下眼泪，心想：不再在东北军干了。因此，当分配他任新兵营长，他不愿意干就离队回家了。

12月，张学良在锦州成立三、四方面军司令部，派专人召吕正操回去，担任他的少校副官，主要是帮助张学良管理讲武堂毕业生的分配和使用。从此，吕正操就在张学良身边工作或在他的部下任职。

此后，他又担任过张学良的秘书、同泽俱乐部干事等职。

那时，张学良把东北讲武堂的一些知识青年送到日本去留学，有的在日本加入了中国共产党，有的则在回国后入了共产党。吕正操和他们常有接触。这些革命志士向吕正操介绍共产党的知识，讲述革命道理。有的人启发他，问道："你是讲武堂毕业的，为什么不下去带兵？"

有的人则直截了当地劝他说："你不要在城里上层社会混了，要到下边去掌握部队。"

这些话使出于民族仇恨从而倾向革命的吕正操沉思了好几天。于是，他多次向张学良提出："我还是下部队去吧！"

1929年春天，张学良终于答应了吕正操的请求，派他到116师任中校参谋处长。

百岁上将：吕正操

终生难忘的"五四"之夜

zhongshengnanwangdewusizhiye

1933年，吕正操任奉军116师647团团长。

1936年12月12日，震惊中外的"西安事变"爆发了。这时，吕正操在张学良公馆担任内勤工作，就住在张学良私邸东楼。

应张学良、杨虎城邀请，中共代表周恩来一行12人来西安共商大计，也住在张公馆东楼。吕正操和周恩来的随行人员罗瑞卿、许建国等常有接触，和参加西安事变的地下党员刘鼎、宋黎等朝夕相处。

在西安事变中，吕正操认识了周恩来，认识了中国共产党。

1936年底，吕正操刚从西安回到徐水，共产党人孙志远马上就赶来了。他一进647团团部，见屋内没有别人，就走到吕正操面前，郑重而兴奋地对他说："你多次要求加入共产党的申请，中共北方局已经同意了。"

吕正操听说这个消息，心里热乎乎的，十分高兴。同时，他也感到自己肩

西北文化日報

全國民衆迫切要求

爭取中華民族生存

張楊昨發動對蔣兵諫

通電全國發表救國主張八項

改組南京政府容納各黨各派

救亡領袖

救亡領袖

張楊等通電全國

發表救國主張

☆1936年12月12日《西北文化报》报道西安事变

上责任的重大，便立刻跟孙志远商量起如何在团内开展党的工作来。

1937年初，孙志远受周恩来、叶剑英派遣，与林铁等组成中共53军工委会。孙志远负责吕正操部工作。

经53军工委会介绍，胡乃超、杨经国、戈亚明等学生党员六七人，来647团下连当兵。为了便于开展党的工作，吕正操很快将他们提升为班长、排长。

2月初，中共北方局派李晓初来647团任中共总支书记，对外名义是上尉书记长。这样，党的组织在647团就逐步健全起来。

因为647团内共产党的工作迅速发展，引起了万福麟等人的警觉。1937年4月间，他们趁蒋介石缩编东北军的机会，把647团拆散，分编到2个师的3个旅里。当军部来人宣布命令时，这个团的官兵群情激奋，反对改编：

“为什么拆散我们这个团?”

“我们一定要和吕团长在一起！”

团内的共产党员和“东抗”(东北武装同志抗日救亡先锋队)队员，都找到吕正操、李晓初，纷纷表示：

“干脆把队伍拉出去算了！”

“你们带着我们西渡黄河去找红军吧！”

“不要让他们把革命力量瓦解了！”

怎么办?怎么办?

为了统一思想、研究对策，吕正操和李晓初当即召开党员和“东抗”干部会，决定派李晓初到北平请示中共北方局。

李晓初去后，很快就赶了回来，原原本本向吕正操和同志们传达了中共北方局的指示：

“647团千万不能拉出去，因为，第一，那样做会破坏党的抗日民族统一战线；第二，队伍拉不到黄河边就会被打散；第三，要服从改编，分到各师去扩大共产党的影响，发展革命力量。”

吕正操表示坚决拥护中共北方局的指示。

就这样，647团服从了改编。吕正操带着1个营的队伍，行进在从定县去石家庄的途中。他所带的这个营，要与119师654团的2个营合编为130师691团。他出任这个新编团的团长。

在行军途中，吕正操无心欣赏沿途的景色，一心思考着如何带好一支新改编的队伍，如何在691团中发展革命力量。这时，李晓初来到跟前，悄悄地对他说：“今天宿营后，党组织要举行接受你入党的仪式。”

吕正操很庄重地点了一下头。

这是吕正操终生难忘的日子——1937年5月4日。

在这个“五四”之夜，在行军途中的一个帐篷里。

在帐篷的上端悬挂着一面鲜红的党旗。虽然布置很简单，但气氛却很隆重、庄严。

党员同志坐在帐篷里，李晓初代表共产党组织，主持了这个接受吕正操入党的仪式。

“五四”之夜，在这个履行入党仪式的重要时刻，吕正操抑制不住内心的激动。他从一个贫苦农家的孩子，成为了中国共产党这个为全中国人民谋利益、求解放的组织中的一员，感到无尚的光荣。这时，32年来生活经历中的许

多情景，一个接一个地，在他的脑海里清晰地纷呈迭现：

在老家——辽宁海城唐王山山后村。村西就是日本人控制的南满铁路。刚上小学的吕正操，有一次看见老师过铁路人行横道，被日本兵用战刀砍得头破血流，气得直哭。还有一次，门前小河涨水，水深行人难以过往，日本兵又不许中国人过桥，有个乡亲从桥上走过，竟被日本兵一刺刀挑死就推到河里，亲眼见到这个场面的吕正操，眼里燃烧着愤怒的火焰。

在沈阳。为替乡亲们报仇雪恨，打击日本侵略者，吕正操参加了东北军。在讲武堂期间和在张学良身边任职时，他经常参加青年会组织的活动，接受进步人士的教育。随后，在负责同泽俱乐部期间，开始受到共产党的影响。他阅读了一些马克思列宁主义的书籍：巴比塞的《斯大林传：从一个人看一个新世界》，列宁的《两个策略》、《进一步，退两步》等。一些革命者还向他宣传党的知识和无产阶级革命的理想。他，茅塞顿开，领悟了许多革命道理。

在河北易县。吕正操与黄显声常有来往。在东北军的将领中，黄显声是最早而且坚决实行武装抗日的。他率领的骑兵二师驻防易县西陵、良各庄一带。骑兵二师，已有共产党员和进步学生当兵，进行抗日救亡活动。还有共产党的外围组织“反帝大同盟”。中共北方局53军工委成员刘澜波、孙志远等也在该师领导地下党的工作。吕正操在那里结识了刘澜波、孙志远。从此，他们便经常接触，交往日深。

在北平。吕正操和孙志远、刘澜波见面更多，团内的抗日救亡活动搞得十分活跃。孙志远、刘澜波这两位共产党人成为吕正操走上革命道路的引路人。吕正操，正是通过他们向中共北方局提出了加入中国共产党的申请。

今天，吕正操入党的愿望终于实现了！

这是吕正操自己多年努力的结果。他以实际行动表明：他拥护党的纲领，服从党的领导，遵守党的纪律，积极地为党的事业而工作，为实现党提出的目标而奋斗。

这也是中共中央纠正了白区党的“左”倾路线后的产物。在此之前，在旧军队中发展党的组织，一般是要兵不要官。刘少奇来北方局后，提出了在军

官中发展党员的重要意义，才使局面有了很大的改观。

面对鲜红的党旗，吕正操举起右手庄严地宣誓，决心把自己的一生献给最壮丽的无产阶级解放事业，为实现人类最崇高的伟大理想——共产主义而奋斗。

李晓初代表党组织的严肃讲话，党员同志们在发言中表示的殷切期望，极大地激励着吕正操，使他热血沸腾，斗志倍增，浑身都充满力量。他觉得自己的思想已经升华到了一个前所未有的崭新境界。

吕正操率领部队到石家庄后，就和李晓初等人，与石家庄市委陶希晋等取得了联系。691团协同石家庄市委开展抗日救亡活动。这个团的官兵和正太路的工人联合组织歌咏队，召开群众大会，宣传党的抗日主张。军民同唱抗日救亡的歌曲：《义勇军进行曲》、《五月的鲜花》、《大路歌》、《大刀进行曲》、《救亡进行曲》等。

在石家庄，一个群众性的抗日救亡运动蓬勃地发展起来了。

小樵改编，改称“人民自卫军”

xiaoqiaogaibiangaichengrenminziweijun

国民党顽固派对日军怕得要命，对坚定抗日的共产党人却恨之入骨。因691团有共产党组织，抗日救亡活动活跃，师长周福成总是有意把691团派往最艰险的地方，放在主力后面掩护大部队逃跑，企图借敌人的力量削弱这个团。一路上，691团历艰披险，几经激战。1937年10月10日，吕正操率团在半壁店袭击敌骑兵，经过近1个小时激战，毙俘日军少尉队长以下20余人，本团无一伤亡。随即全团进驻赵县附近梅花镇休息。

就在这天夜里10点多钟开始，691团又遭大批敌军围攻，战斗激烈。官兵坚守阵地，以猛烈的炮火歼灭敌人二三百名。经过1天战斗，攻镇之敌大部被歼。但敌援军陆续增加，并将1营阵地团团包围，然而始终未能突破1

营防守。全团官兵誓与阵地共存亡,村中老乡冒着枪林弹雨,送来慰问品,支援他们作战。

这时,53军已经跑得很远了,师长周福成和旅长丛兆麟分别打来电报,要吕正操留下1营不管,带其余部队去追他们。吕正操坚决不同意,派出3营9连,以团属重炮兵掩护,接应1营突围。这次战斗,691团毙伤敌近800人。

1营突围后,部队靠拢在一起。沙克来找吕正操。吕正操正在战壕里,手捏着那两份电报,观察战场上的情况变化,炮弹就在附近爆炸。沙克告诉他:"1营突围出来了!"

吕正操说:"军长万福麟跑远了,他想借刀杀人,把我们丢给了敌人"。两人皱着眉头,神色严峻。吕正操又说:"也好,这倒是个机会,就此脱离他们,北上找党,打游击去!"

当晚八九点钟,吕正操把各营、连的军官们召集在一间大房子里,商议今后行动。吕正操以激昂的声音对大家说:"诸位兄弟!我团的处境大家也清楚。今天师部和旅部都来了电报,让我们丢下1营去赶他们。诸位请想一想,1营是我们患难与共的兄弟,难道我们能丢下他们不管吗?"说到这里,吕正操十分愤慨,把电报晃了晃,放在桌上给大家看。

听到这些,军官们都非常气愤。特别是1营的军官更是火冒三丈:"他妈的!他们的心也太狠毒了,再也不能跟他们跑下去了!"

另外一些连长也怒不可遏地站起来,争先恐后地说:"再不能跟他们往南逃跑了,应该趁机北上抗日!"

"我们服从团长指挥,请下命令吧!"

"对,团长说怎么办,就怎么办!"

敌人攻打梅花镇的炮声还在外面急促地响着,震得门窗不住地颤抖。停了一会,吕正操对大家说:"感谢大家信任我,我也一定不辜负大家。我不能领着弟兄向火坑里跳。现在主力走远了,如果我们要去追赶他们,一路上困难重重,而且有被敌人包围的危险。依我之见,摆脱当前之敌,到晋县东北地

区去。下步行动，到那里再商量。”

大家相继散去，吕正操又和党员们在一起作了研究，决定发动和掌握群众，到小樵镇后再召开士兵代表会议，讨论北上打游击的计划。

当夜，狗在叫着，枪在响着。吕正操率领部队趁着漆黑的夜色，悄悄地从敌人空隙中钻出来，向小樵镇前进。队列中，骨干们跑前跑后，积极和士兵交谈，让党的意图深入人心。虽说是茫茫暗夜，人人心中都犹如亮起了明灯。北上打游击已成了士兵们的普遍要求。

小樵镇，当地人习惯称它为“小里小”，却是个有一两千人家的富裕村镇，只是战争给市面上抹上了一层冷落的阴影。官兵代表会议在一所小学的大教室里举行，每连有两个人参加，人们屏着气息，等待着这次庄严的历史性决择。

吕正操走到大家面前，燃起一支纸烟，铿锵有力的话语，伴着袅袅升起的青烟，缭绕在大家心中：

“今天不是普通的会议，而是商讨咱们的前途。近来时局令人心焦，还不到半个月，日本侵略军就占领了华北大片土地，可是中央军还是一味撤退。如果我们继续跟着跑，不但不能对抗日有所贡献，而且还有断送自己的危险。我们每一个爱国军人，都有保卫国土收复失地之责。”

他讲述了“九·一八事变”以后东北军的悲惨遭遇，讲述了在西安看到红军的情形。句句话语，有声有色，扣人心弦。大家听得聚精会神。最后，他说：“53军既然把我们甩下，不要我们了，形势已经不允许我们有任何别的选择，面前只有一条路：回师北上，像红军那样，到敌后打游击去。不知大家意见怎么样?”

一席话，像烈火点燃了干柴，教室里顿时震动了：“国民党不抗日，跟着它干什么?”有人历数起反动派一路上借刀杀人，设圈套，任凭日寇消灭杂牌军的阴谋行径。

眼看大势已定，吕正操趁热打铁，站起身宣布：“根据大家的意见，全团立即回师北上！”话音刚落，掌声雷动，群情振奋，吕正操挥挥手，“大家静一

静!从今天起,我们脱离东北军,成为抗日的革命队伍了!"紧接着又是一阵掌声和欢呼声。

接着,讨论改变部队的名称,一致建议坚决废除国民党军队番号,多数人希望改称红军,但因未和地方党、老红军接上关系,就主张另取一个名称。最后决定命名为"人民自卫军",并推选吕正操为司令。又决定了佩带长方形的臂章,白底、蓝边、上面有"人民自卫军"5个蓝字,中间是一颗红星。还约法三章,严明纪律,不准扰民,发动群众抗战,官兵平等。事后又由胡乃超创作了《人民自卫军军歌》。

决定北上的消息一传开,全团莫不欢欣鼓舞。因为臂章一时还制做不起来,士兵们就找来一些红布、红线,缝在挎包或碗套上,队伍里立时出现了大大小小的红星,以区别于国民党军队。群众见了,先是不解,后来是争相簇拥,伸起大拇指赞扬说:"干得对!"小樵镇一改往日的宁静,呈现一片欢腾。

这天晚上,皎洁的月光照耀着这支不寻常的队伍。吕正操率领着这支1600多人的队伍,站到了共产党的旗帜下,浩浩荡荡踏上了北上抗日的道路。

战斗在冀中抗日根据地

zhandouzaijizhongkangrigenjudi

1938年4月,根据中共中央和中央军委的指示,整编冀中部队为八路军第3纵队,吕正操任纵队司令员兼冀中军区司令员,孟庆山任副司令员,孙志远任政治部主任。之后,中央军委和八路军总部先后派王平、程子华来冀中任政治委员。同时,根据晋察冀边区政府的指示,又成立了冀中行政主任公署,吕正操兼行署主任,李耕涛为副主任。

自此,吕正操率部长期坚持了冀中平原的游击战争。这期间,冀中战事频繁。自成立八路军第3纵队和冀中军区,仅半年时间,就进行了100多次战斗。其中，有破坏铁路、炸毁火车；有攻打县城、袭击村镇。在敌人占领区域，寻找其弱点，四面出击，断其交通联络线，分散或抑留其大部兵力，截夺其辎重，消耗其物力、财力与人力，迟滞其增援与兵力的转移，不断取得大的或小的胜利，消灭敌人的有生力量。

1938年6月，中共冀中区党委及军政领导机关，从安平移至任丘城西北青塔镇，坐镇大清河岸，准备开辟大清河北地区。

开辟大清河北的工作，首先从进一步解决高顺成的部队着手。

高顺成的部队，实际是由一些流氓无产者组织起来的，有浓厚的土匪性。"七七"事变后，高顺成打起抗日的旗号，招兵买马，称自己的队伍为游击第1师。后来，经人民自卫军加委。

☆时任冀中军区司令员、冀中公署主任的吕正操

这支队伍，尽管对日伪军打过一些仗，但在政治改造、纪律作风等方面没有明显进步，甚至抢劫、掠夺事件也时有发生。高顺成对当年一起拉杆的伙伴和亲朋好友，采取姑息纵容态度，高本人也不愿受组织纪律约束，吸毒，嫖妓，为所欲为，给部队造成很坏影响。当军区决定改编游击第一师时，高顺成等人散布不满情绪，心怀逆反。高还派人到保定和敌人暗中勾结，准备投敌。因此，区党委和军区已决定处理高顺成，并彻底改编他的部队。

"七七"事变一周年之际，高顺成在任丘召开纪念大会，还特地请吕正操、黄敬等人去给部队讲话。吕正操想到高顺成的为人和平时表现，为防止他狗急跳墙，扣押军区领导，就命令王光文带上一个手枪排负责警卫，严密

监视高顺成等人的行动。

在纪念大会上,吕正操镇定自若地站在主席台前,激昂慷慨地对台下坐得满满的战士们发表长篇讲话。

热烈的掌声,一阵又一阵。

手枪排的战士们站在后面,眼睛一刻也没有离开过高顺成及其同伙。直到大会结束,高顺成一伙也未敢动手。

☆兵强马壮的华北第一个骑兵团——冀中骑兵团

会后,吕正操找高顺成单独谈话,严肃地说:“高师长,把你编成八路军正规部队,派来几个干部,你有什么意见?”

高顺成只得回答:“行,行。”

吕正操明确告诉他:“军区已经研究决定,游击第1师改编为八路军第3纵队独立第1旅,你任旅长,王光文任副旅长,张海春为参谋长。改编工作立即开始,在一周内完成。”

改编结束后，军区命令高顺成带旅部和其他驻任丘的部队到安平驻防。但是，高顺成迟迟不动，拒不服从命令。

几天后，军区通知王光文、张海春和高顺成到青塔镇开会。

高顺成去青塔镇时，心中有鬼，全副武装，带着警卫排20多人，还带上了骑兵连。

这时，吕正操和黄敬等已开会研究了如何扣留高顺成的事，在军区内布置了部队。

高顺成来到军区司令部门口，听随从警卫说军区院内有防备，就急急忙忙往村外溜。正好碰上前来开会的安平县邢县长和他打招呼，他顾不上答话，手一晃，溜得更快了。军区布置的警卫战士看高顺成要溜走，就开枪打伤了他。他爬到一个大梢门洞里不肯出来，负隅顽抗，结果被警卫战士击毙。

吕正操对王光文说："你去和高顺成的警卫人员讲，这是高顺成的事情，与别人无关。"

王光文按照吕司令的指示，妥善地处理了善后问题。

彻底改编高顺成部队以后，到9月间，大清河北及两岸地区便被我军打开。冀中军区抽调一批干部去那里工作，成立了一个新的军分区。

1938年秋天，国民党抬出早已不存在的河北省政府招牌，委任鹿钟麟为主席，张荫梧为民政厅长，成立所谓冀察战区，目的是分割和瓦解抗日根据地。

9月底，冀中军区驻在蠡县附近。这时，邱立亭以冀察战区司令长官鹿钟麟代表的名义，来见吕正操。邱立亭曾是吕正操在东北讲武堂的同学。

吕正操含笑问邱立亭道："老同学不辞辛苦来这里，有何公干？"

邱立亭略微有些自得地说："兄弟是奉鹿长官之命来的，专门与必之兄商谈有关冀察战区统一作战指挥的问题。"

"所谓'统一作战指挥'是什么意思？"吕正操按捺住内心的怒气，平静地询问道。

邱立亭开始兜售起"军令要统一"那一套东西来，竟胡说什么："你们冀中军区必须接受冀察战区统一指挥，军事行动要听鹿长官的……"

吕正操打断了他的话，并且明确告诉他："我是晋察冀军区的冀中军区司令员，又是八路军第3纵队司令员，归晋察冀军区聂荣臻司令员指挥。"

就这样，吕正操干脆利落地把邱立亭顶了回去。

10月间，鹿钟麟又邀请吕正操到南宫与他谈判，商谈河北省政权所谓统一问题。

行前，吕正操与黄敬商定了谈判原则。在谈判桌上，吕正操沉稳地说道："我这个冀中行署主任是晋察冀边区政府委任的，理所当然，我得听晋察冀边区政府的。"

当张荫梧跳出来叫嚷所谓军队也应该"统一"，还声言"要带部队回到冀中去"时，吕正操又厉言痛斥，并正告他："你随便闯入冀中，后果由你自己负责。"

12月初，张荫梧亲自率领他的3个核心团向博野进犯。我军被迫自卫，消灭了他的部队。

国民党顽固派在冀中制造摩擦，以失败告终。在开辟大清河北，并取得反摩擦胜利以后，冀中平原抗日根据地已发展为44个县，人口约800万。西迄平汉路，东至津浦路，北达北宁路，南界沧石路，广阔平原上的大小村庄，都处在抗日民主的革命热潮中。这时，冀中的部队号称10万人，并占有24座县城。除冀中抗战学院外，还有党、政、群和部队分别办起各类干部学校及短训班，培养各方面急需的青年知识分子干部。各种工作朝气蓬勃，蒸蒸日上。

平原上八方来人，歌声四起。冀中抗日根据地名扬中外。

这就是人们所说的冀中抗战的"黄金时代"。

写信的签名为难了毛主席

xiexindeqianmingweinanlemaozhuxi

1944年冬天，曾多次要求到延安学习的吕正操，作为中共七大代表与军区政委林枫一起，由晋绥边区向红色圣地进发。

没有了前线战斗的紧张激烈与工作的日理万机，一行人骑着高头大马，或纵马疾驰，或并辔而行，走在大后方边区的土地上，陕北的风貌风俗、黄河的两岸景色尽收眼底，自有一番难得的畅快。

每到一个地方都有人接待，吃住虽是粗茶淡饭、土炕棉褥，却格外甘香对口、安稳舒坦。一路上，遇见老朋友，结识新朋友，又是另一番欣喜愉悦！

大约走了 7 天，延安到了！

毛泽东和张闻天、周恩来、朱德等领导人，都分别住在城内的凤凰山东麓。传说很久很久以前，有一对美丽的凤凰在此处栖息。四周绿油油的庄稼，红艳艳的山丹丹花，好看极了！凤凰喜欢上了这片土地。可是，海龙王跑出来捣乱了。洪水泛滥淹没了土地，冲垮了房屋，人们无法安居，四处逃难。凤凰挺身而出，化作山脉，挡住洪水。老百姓才重又过上了平安的日子，凤凰山因此而得名。

在延安，吕正操先后住过联防司令部和杨家岭。到延安之后的两三天，毛泽东同志就通知要接见他们。这是吕正操渴望已久，也是意料之中的。因为早在 1939 年，贺龙离开冀中时，吕正操就给毛主席写过信，简要汇报了冀中的情况，当时在信里表示了想到延安学习和会见毛主席的愿望。来到延安以后，又听说毛主席为开好七大要找外地来的代表谈话。

吕正操一直等待着这一天，但当他来到毛主席跟前时，好多心里话却不知从何说起，倒是毛主席先开了口。他微笑着说："你那封信我是看了的。就是你那个签字为难了我，猜了半天，才认出是吕正操三个字。干吗要把三个字连成一个字呢！"吕正操笑了笑，没有回答。

尽管毛主席的神态、语气毫无责备之意，但吕正操却感到很不安。毛主席那么忙，为猜测自己的连笔字耽误时间，实在是太疏忽大意了。从此以后，不管是起草报告、签发文件，吕正操都力求写得工整些，以免再给任何同志添麻烦。

这天，毛主席留林枫和吕正操一家人在他的窑洞里吃了午饭。因时间关系未能详谈，毛主席让他们改日再来。

两天后的一个下午，毛泽东派人用一辆大汽车把吕正操和林枫接到枣园。吃晚饭时,大家边吃边谈。饭后,仍继续详谈。

谈话中,毛泽东说:“冀中、晋绥,用‘挤’的办法,快把日本人挤出去了。现在恐怕要有人来挤你们来了。”

吕正操说:“那就再把他们挤出去。”

毛泽东说:“对！你们冀中有800万老百姓,晋绥有300万老百姓,加起来力量可不小呢。”

深夜告辞。毛泽东端着蜡烛,给他们照明并送下山坡;看他们上了汽车,才转身回去。

在延安，吕正操见到了自西安事变后再没见过面的周恩来，还有刘少奇、任弼时、陈云、彭真、李富春,等等。此外,还与林枫一起见了林彪、康生和高岗。

在红色圣地,吕正操还见到了许多冀中来的干部。大家都是炮火余生的战友,感情尤深。东北军旧部流亡平津辗转来到延安的子弟也纷纷找来,听讲形势,讨论大局走向。大家摩拳擦掌,想要打回老家去!

百岁上将：吕正操

解放战争时的副司令

jiefangzhanzhengshidefusiling

1945年8月8日,苏联对日宣传,出兵中国东北。

朱德总司令发布《延安总部命令》第二号:命吕正操率部由山西、绥远驻地向察哈尔、热河进发。

8月14日,日本宣布无条件投降。

苍天不负。终于把妄图灭亡中国的日本法西斯打败了,打跑了!

抗日14年,吕正操回忆说,自己一人就打出过30多万发子弹,在抗日战场上,他极其英勇地跟侵略者战斗,得到冀中8百万人民的由衷拥护,连

敌方也不得不为此折服。他实现了自己的誓言。他说:即使1944年、1945年在延安的几个月里,不时会有舞会,但我都没有参加。此刻,吕正操想起小樵改编后不久,幽禁中的张学良还特地让弟弟学思转告他:"这条路走对了!"现在,是可以报捷的时候了。

在攻占晋北左云、右玉等城后,中央电告吕正操率队到内蒙商都,接收苏军缴获的伪蒙军武器。10月中旬接收了武器后,中央令吕正操先带一个团赶往东北沈阳。吕正操一行人先到张家口,向聂荣臻汇报了在绥远作战的情况,然后继续挺进东北。

吕正操到沈阳后,东北民主联军总司令部已经正式成立。林彪任总司令,彭真为政委,罗荣桓为第二政委,程子华为副政委;吕正操和李运昌、周保中、肖劲光为副总司令,肖劲光兼参谋长,伍修权为第二参谋长。

同时,还成立了中共东北局。

当时东北的形势还很混乱。吕正操在沈阳的一个多月里,工作极其紧张,连续外出:到北陵、东陵看飞机场,准备接收和布置部队驻守;到本溪、抚顺,了解日寇在冀中抓壮丁但用作当矿工的人员情况;到辽阳,看日军仓库,接收日军枪、炮等武器;到鞍山,了解逃散日军情况;到营口,了解国民党军队准备从营口登陆情况,计划在营口阻击;察看辽南地形,准备国民党军队如在营口登陆,在辽南阻止其进攻沈阳;还开办了军官学校,接受伪满军官学校的学生,吕正操兼任校长,并起用原副校长继续留任该职及兼教育长。

其后,东北局决定成立东、西、南、北满四个分局和军区,发动群众,建立根据地,力求控制中小城市和次要铁路。西满分局和军区由李富春、吕正操和张平化负责。

这样,吕正操和李富春、张平化一起离开了沈阳,经法库到吉林西南的郑家屯,建立西满分局和军区,开辟西满根据地,并准备逐步向白城子、齐齐哈尔方面推进。

西满地区,是指中长路沈阳至哈尔滨线以西的洮安、开鲁、阜新、双辽、扶余、乌兰浩特和齐齐哈尔其以北的北安、黑河等地。人口大约有770万。

按照西满分局的指示，在西满地区成立了贫民会，加强了政权建设，发展了党的组织和生产建设。1946 年 1 月，吕正操还和东蒙古人民自治军的阿思根就双方关系签订协议，议定东蒙古人民自治军接受东北民主联军西满军区领导，西满军区向东蒙古自治军派驻政工人员等，稳定了当时东北的局面，史称《吕阿协定》。

当时，西满地区土匪甚多，严重威胁人民生命财产安全和根据地建设。坚决彻底消灭土匪，成了创建和巩固东北根据地的首要条件。从 1945 年 12 月开始，我军经过三个月的剿匪斗争，先后解放了甘南、讷河、嫩江、泰来、龙江、景星、富裕、林甸、布西等县城。1946 年 4 月下旬，解放了齐齐哈尔市。

1946 年 7 月，为改善交通，更好地支援前线作战，东北局决定成立东北铁路总局。吕正操任总局长兼政委。

在整个全国解放战争时期，吕正操历任东北民主联军副总司令兼西满军区司令员，东北军区副司令员兼东北铁路总局局长，中共中央东北局委员，军委铁道部副部长兼铁道兵团副司令员。

修铁路，及时运送补给物资，是东北民主联军以至第 4 野战军作战行动的重要组成部分。吕正操此时虽然没有带兵与前方敌人直接较量，但担负当时东北铁路建设的总指挥官，从东北战争整体来说，他依然是一个战场指挥员。

东北铁路建设是在极端困难的情况下进行的，随着解放战争的胜利进展，解放区的铁路线也逐步处长。铁路工人们提出：解放军打到哪里，铁路就修到哪里，火车就开到哪里！到辽沈战役前，东北解放区通车线路里程达 9818 公里，占全东北通车线路里程的 98%，修复机车 885 台，为支援解放战争打下坚实基础。

1947 年春天，我军开始向国民党军反攻。

1948 年 8 月下旬，东北铁道部接到东北野战军总司令部的紧急命令：要在最短的时间内、最秘密的情况下，迅速从东线运送几个大部队到西线，出其不意地给敌人以打击。同时，还要运送千万斤粮食和作战物资到前线；并另从后方向吉林、四平运送 19 个独立团，以及几列列车随时供部队机动运输之

用。为此，东北野战军总部与东北铁道部联合组成了临时军事运输委员会。

1948年9月12日，东北野战军发动辽沈战役。大规模铁路军运从10日晚开始，东北铁道部迅速调集车辆，按计划正点发车；到10月15日锦州解放，共开行军列631列、使用车辆19561辆、运送物资58.7万吨，把近10万大军安全、迅速、及时地送上了前线，胜利完成了我军大兵团调动的运输任务。

吕正操回忆说：军运开始后不久，辽西大雨连绵，大水凶猛。一些线路被水淹没，路况不明。通辽工务段段长乔子龙，用手拄着木棍，趟着大水，顶着激流，一步一步地探查线路，慢慢地引导机车把长长的车列安全送过被淹区段。

在这样恶劣的自然条件和复杂的战争环境下，长距离、短时间、大规模地运送兵员和装备，而且没有发生什么事故，即使现在来看也相当难得。东北野战军总部为此发来电报，表扬东北铁道部的铁路员工战胜困难，顺利地完成了军运任务。

11月2日，沈阳、营口解放。历时52辽沈战役胜利结束，东北全境解放，1.1万公里铁路全部回到了人民手中。

接着，铁路兵团、铁路员工挥师入关，在不到两个月的时间里，从东北开出军列327辆、使用车辆9600多辆，把数十万大军及装备、物资运抵关内，投入11月底发动的平津战役。

可见，吕正操的铁路建设是随着第4野战军、全国解放战争的发展一起发展的。难怪1955年授军衔时，他被授予了上将军衔。人们谈起四野的著名战将时，吕正操总是名列前茅。

百岁上将：吕正操

出奇招：把新北京站的设计方案贴在餐厅边上的大厅里

chuqizhaobaxinbeijingzhandesheji
fangantiezaicantingbianshangdedatingli

1959年，正是新中国成立十周年。1月20日，新北京站破土动工，与人

民大会堂、民族文化宫等一并列为北京十大建筑,向国庆节献礼。

设计方案是 1958 年 11 月中旬完成的,亟待中央审批。但周恩来正在武汉召开全国省长会议。怎么办呢?同样出席会议的吕正操,便让北京铁路局的同志,把图纸贴在用餐必经之路的一个合适之处。

这天午饭时分,吕正操向总理汇报:新北京站的方案已设计出来并贴在餐厅边上的大厅里。总理高兴地说:吃完饭一起去看看。

周恩来看后认同设计人员以民族风格作车站主调的方案。他说:“北京是我国的首都,北京火车站是我们的迎宾门,应该建成全国第一流的火车站。”并说:“能不能考虑用些琉璃瓦来装饰,那会显得富丽一点。”当时的设计图上,主体建筑没有现在的两个塔楼。周总理提出,这样大的建筑,东西两翼有两个塔楼似乎好看些。设计人员根据总理的意见,在主体大楼的两侧增加了两个塔楼,使车站显得更加协调壮观,同时也扩大了使用面积。

第二天,周恩来批准了已作修改的示意性方案。他对吕正操说:“一定要保证质量,保证进度,注意节约。该花的钱要少花,不该花的钱,一文也不要花。”

吕正操将图纸贴堂之策,争取了时间,解决了问题,还得到了各省与会者的关心支持。北京火车站先声夺人,实为意外收获。

1959 年 9 月 10 日,北京站竣工。铁道建设者们只用了不到八个月的时间,就建起了一座既有传统风格,又严谨对称、宝顶飞檐不失动感、每天能接送 20 万人的崭新建筑。

13 日夜和 15 日凌晨,吕正操分别陪同周恩来、毛泽东到北京站视察。领袖们对新站工程相当满意,高兴地走进敞亮的中央大厅。大厅里有自动扶梯、自鸣大钟、自动扩音等设备,确实达到了高水平。毛泽东还连写了三张“北京站”的题字,供车站选用。

百岁上将：吕正操

“天堑变通途”

tianqianbiantongtu

长江素有“天堑”之称，过江全靠船渡。

1950年1月，铁道部受命修建武汉长江大桥。滕代远、吕正操即组织专家草拟修桥计划。1953年5月武汉大桥局成立。毕业于清华学堂又公费赴美留学取得普渡大学硕士学位、曾为钱塘江大桥正工程师的梅畅春任大桥设计组组长。由西林带领25人的苏联专家组，参加具体方案制定，到上地协助工作。茅以升任大桥技术顾问委员会主任委员，成员有：王度、李学海、赵深等。

吕正操还记得修建武汉长江大桥时，采用的是经中外专家共同研究提出的管桩基础。这种管桩钻孔法有明显优点，能在距水面37米以下施工，而且不影响工人身体健康。但是，这么大的桥梁采用管桩基础在我国是第一次，在世界上也是少有的。有关部门对设计方案经过三个月的讨论和半年的试验，证明确实可行，才采用了这项新技术建桥。后来的实践显示，该技术既保护了工人，又比原计划缩短了工期，节省了投资。

万里长江第一桥的武汉大桥为公路、铁路两用桥，1955年9月动工，1957年10月通车；中央实际投资1.38亿元，仅用了25个月，比原计划提前了15个月。“天堑变通途”，京广线、京沪线和南北公路，畅通无阻，被誉为新中国建桥史上的第一个里程碑。

长江大桥建成后的1958年9月，国家决定修建南京大桥。此时起，滕代远部长因病疗养。吕正操以代部长名义、代理部长职务主持铁道部工作，直至1965年被正式任命为部长。

1960年，南京大桥工程上马之初，中国遇到了严重的经济困难，加上苏联单方面撕毁合同，撤走专家，所有的设计、材料、施工都必须自己扛。

☆南京长江大桥

南京长江大桥江面宽阔，浪急水深，可达三四十米，地质条件比武汉长江大桥更为复杂。美国桥梁专家华特尔甚至认为：在南京造桥，不可能！

在正桥桥墩的施工中，曾发生过意外事件，其中一次是处于江心主流的5号墩悬浮沉井入水到14.2米时，沉井导向船组的边锚多根锚绳相继被秋汛洪峰冲断，巨大的浮体在江中连续严重摆动。几天后，4号墩也出现了同样的情况，危急险情在中国建桥史上从未有过。

工程师、技术人员在施工现场研究、修改，奋战一个多月，最后采用平衡重消能止摆法，得以稳定。时刻关注险情变化的吕正操这才和大家松了一口气。

1968年12月29日，铁路桥全长6788余米、公路桥全长4588米、江中正桥下层铺设双轨、上层桥面可并行四辆大卡车的南京长江大桥建成通车。过去，南北列车轮渡过江的时间是一个半小时，通车后仅为两分钟。

修建“钢铁长龙”

xiujiangangtiechanglong

在20世纪初，四川人民募集了资金，要在本土修建铁路，但清政府

却把路权卖给列强，引发了拉开辛亥革命序幕的保路运动。直到1949年，“天府之国”四川境内，尚未有正式铁路。

1950年春天，四川人民等待了几十年之久的铁路，被中央人民政府和铁道部首先列入议事日程，并在财政极度紧缺的情况下，专门调拨10万吨大米作前期工程的投资费用。

6月15日，成渝铁路正式开工。两三万名解放军战士半年间完成了89.9万土石方的施工任务后，被调往抗美援朝前线。铁道部和西南局迅速组织了10万余民工继续施工。钢钎铁镐，人抬肩挑，群策群力，热火朝天。老工程师蓝田的一项改线建议，节约资金150万元；沿路的一些农民还把自家的木材贡献出来。仅两年半时间，这条全长505公里的铁路就修通了。

成渝铁路是新中国自主修路的开端——自行设计、自行施工、使用自产材料的第一条长大干线。它的意义不仅在路网建设方面，而且还积累了建没经验。铁道部于1951年7月，针对新建线路问题，及时作出《关于加强今后铁路新线建设的决定》，就全国铁路管理原则、“先设计后施工”、私营承包商制度等，作了严格规定。

☆1950年，吕正操与苏联交通部代表叶洛果夫签订《中苏铁路联运协定》。

通车那天，老百姓像过节似的兴高采烈。他们说："盼了几十年，脖子都等长了。没想到新中国两年就把铁路修成了。"

1953年，鹰厦铁路开始勘测设计。线路从浙赣铁路鹰潭站，向南穿越武夷山脉抵达厦门，其中集美一段开创了我国海上筑堤修铁路的先例。朱德元帅欣然为此题词："移山填海"。

1958年，鹰厦铁路通车，横跨福建全省，成为华东出海的重要干线；随后的 1959 年，再修成连通鹰厦路的外福线。福建的交通大为改善，实现了当地人民和海外侨胞的冀望。营运之前，为了让海外侨胞感受新中国的进步，还特地允许他们到铺设好的线路上走走看看。

路通才业通，业通才能强国富民。在随后的经济恢复期(1949 年一 1952 年)里，相继新建了成渝铁路(成都至重庆)、天兰铁路(天水至兰州)和湘桂铁路来睦段三条西南、西北的干线。紧接着，穿插崇山峻岭、急流险滩的宝成、鹰厦、丰沙等线；跨越荒原、风沙的兰新、包兰、集二等线；飞渡林海雪原、高寒地带的牙林、汤林等干线和其他一些支线也建成了。旧线改造也不失时机地进行着。到第一个五年计划完成，全国铁路的布局得到有效改善，显现了良好的投资效益，国际往来也方便多了。

1964 年夏天，国家大规模的战略后方建设开始布局：划定沿海为第一

☆新中国修建的第一条铁路——成渝铁路通车，贺龙剪彩。

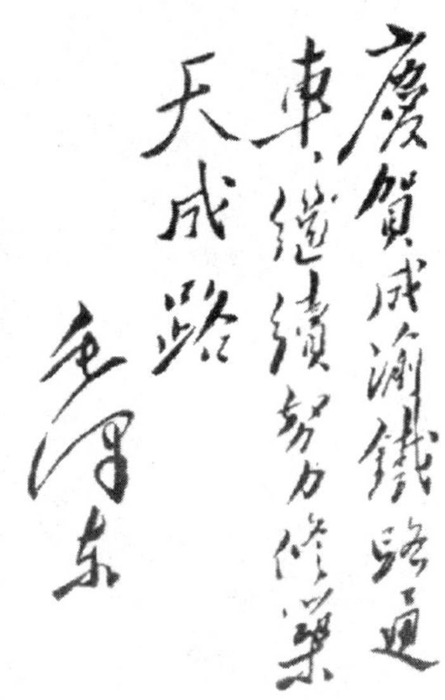

线，中部为第二线，后方为第三线。湘西、鄂西及云、贵、川为西南二线。

毛泽东发出“成昆铁路要快修”，“川黔、贵昆铁路也要快修”的指示。他说：“三线要着手搞，搞晚了不利。以攀枝花为重点，下决心搞起来。如果大家不通，下次会议到成都去开，然后骑毛驴到西昌去。”

西南铁路“三线”会战成为战略后方建设的重要部分。周恩来亲自调兵遣将：中共中央西南局第一书记李井泉任西南铁路建设总指挥部(在成都)总指挥，吕正操、刘建章、郭维城等任副总指挥；下设西南铁路建设工地指挥部(在贵州安顺)，吕正操任司令员兼政治委员，郭维城任副司令，刘建章任副政治委员，是统一领导铁道兵部队、铁路职工、民工的核心。在一个月时间里，各路人马共30多万人，陆续开到了工地。这样的机械化大兵团作战，在中国铁路建设历程里还是首次。

☆成昆铁路一线天拱桥

成昆、川黔、贵昆三线经云贵川三省，是西南铁路网主要干线。其中，成昆线全长1090.9公里；川黔线423.6公里；贵昆线639公里。三线特别是成昆线沿线，处于喜马拉雅山运动范围，地势、地貌、地质异常险峻复杂，溶洞暗河、泥石流、地震带、断裂层，“上有一线青天，下无立锥之地”；而且气候无常，常年阴雨，云雾缭绕，被称为“自然地质博物馆”；旅游者眼中的雄奇壮

丽，在筑路者面前都成为艰难险阻；仅成昆线就有344.7公里隧道，106.9公里桥梁，全线的122个车站，有41个不得不设在桥上或隧道里。其工程实施之艰巨，技术处理之高难，上下规模之浩大，为建路史罕见。

修成渝铁路时，吕正操就深入了解西南情况。1961年，他专门在西南特别是成昆沿线走了600多公里，视察了18个地方，看大桥，看车站，进入隧道开挖面，与工程技术人员座谈。任工地总指挥后，吕正操在三四个月内又走了几万里路。

他在其中一篇日记中写道："六天来走十个县，除南川外，武隆、酉秀、黔彭、咸丰、宣恩、恩施、建史全是山区，大部分为石灰岩地质，间有少数页岩。石多于土，有田皆沃。喀斯特很发育，溶洞、暗河、陷穴、漏斗、波立谷、石笋、蜡烛峰，到处都有。气候潮寒，凉湿侵肤，半年烤炭火，最易感冒，而蚊蝇四季不灭，晴天冬日亦可看到，蚊帐棉装四季必备，并非人们想像中的江南气候也。"一边走，一边细致观察、笔记，做到胸有成竹。他主持部里给中央的报告，能一语中的，有理有据有细节，给国家最高层领导提供了可信、可行的意见或建议，使之作出准确决策，甚至收回成命。比如，川汉铁路、青藏铁路的建设，等等。

抓大事而信任放手，是吕正操的领导原则。据刘建章回忆："吕正操同志本着统筹全局，力争主动，全面铺开，有所侧重，集中精力打歼灭战的原则，初步拟定了会战的部署和施工规划：以成昆线为中心，集中力量先取川黔，次取贵昆，然后会战成昆。当时，在工地指挥部给他安排了办公室，他说'我不去。在你身边一起办公，有事都推到我这里来了，你管比我管好！'"并说"部长不能什么事都管，谁分管的就由谁管。"在宏观和微观方面，吕正操都展现了一把手高屋建瓴的良好风范。

会战伊始，工地指挥部就实行研究、试验、设计、制造、检验、安装、使用七件事一贯到底负责制，配套采用60多项新技术，尤其是把运输能力从原设计的850吨提高到1400吨，确保全线质量和先进出色。

路靠人修。而参加西南铁路建设的人员来自全国各地，作风、习惯不一；

铁道兵和铁道部又军民建制不同，彼此作法各异，不免发生矛盾；加上三条干线建设任务繁重，物资供应困难，职工思想难免产生波动。指挥部首先要求干部指战员冲锋在前，起先锋模范作用，并协调、解决各单位各部门之间发生的矛盾，使之能协调一致，团结合作。同时，办起战地报刊，组织业余宣传队，活跃气氛，丰富精神生活。

会战期间，数十万筑路大军常年风餐露宿，以临战状态工作。他们付出的血汗艰辛，换来：川黔线于 1965 年 7 月修通；贵昆线于 1966 年 3 月修通；成昆线原定 1968 年 7 月通车，因“文化大革命”干扰，工程一度陷于停工状态，直至 1970 年 7 月才修通。

1985 年，成昆铁路获国家科学技术进步特等奖。吕正操告诉笔者，中国政府还把成昆铁路牙雕，作为国礼赠送联合国，在敞亮的展厅展出。

百岁上将：吕正操

决不能给子孙后代留祸害

juebunenggeizisunhoudailiuhuohai

铁路不是时装，不合时宜就换掉。吕正操反对赶时髦，也不图虚名，在建设上坚决杜绝假大空，不允许“豆腐渣”工程危害人民利益。

炸掉不合格桥墩。南京长江大桥位于长江下游，水深且流急。大桥桥梁基础的施工，格外困难。有个桥墩在混凝土灌注时出现了“蜂窝”、“狗洞”等问题，检验不及格。

大桥指挥部立即召开有关工程技术人员开会，研究补救措施，并上报铁道部。最后上下一致决定不再研究补救措施，炸掉重来，坚决从根本上消除隐患。

同时，以此为教训，进一步严格管理，不允许打马虎眼，道道工序都要先进行自检，再经工程队技术室检查质量，如隐蔽工程沉井封底、管柱填充深水基础施工等，还要经施工科、工程指挥部的监察工程师检查，使精心设计、

精心施工、百年大计、质量第一，成为每个建桥人员的行动准则。

如今这座中国人自力更生建造的大桥屹然雄踞大江南北，桥墩的稳固是可靠的基础。

青藏铁路延后。1955 年 3 月，周恩来总理主持国务院第七次会议，专门研究西藏问题。他在会上强调指出：要发展，就要修路；以后，国家每年都给西藏以财政补助。这次会议讨论通过了《国务院关于西藏交通运输问题的决定》。

当时的铁道兵司令员兼政治委员王震表示：公路能修到拉萨，铁道兵也能把铁路修到喜马拉雅山下。王震的雄心壮志，很受毛泽东、周恩来的赞赏。

1956 年 1 月，铁道部与铁道兵相关部门按一级干线标准开展了青藏铁路的勘测、设计工作。该路全线长 1946 余公里，自青海省西宁市起。经海晏、哈尔盖，过柴达木盆地的察尔汉盐湖至格尔木，再跨越昆仑山、唐古拉山、沱沱河、通天河入藏，过那曲，抵拉萨。根据计划安排，分三段建设，分段交付运营。

第一阶段于 1958 年 9 月开工，所经地区的自然条件，可用“高、寒、风、旱”四个字概括，这对于当年的技术、资金都是很大考验，至 1960 年仅铺通西宁至海宴段的 97 公里。以后，又修到了哈尔盖。

这期间，吕正操及铁道部领导向毛泽东汇报：目前修进藏铁路，最大的困难是科学解决冻土问题、建设人员高原缺氧问题和经济能力问题。

毛泽东说：我们目前修进藏铁路，是有一些困难。但有困难不等于永远不修。我想再迟也不能超过 70 年代。大家要有一个规划。

1961 年，青藏铁路大规模建设下马。但关键性的研究工作及配套补强工程，没有完全停下。

实事求是，该上就上，该下就下，不能给子孙后代留祸害，是吕正操主持建设工程的原则。他认为：不尊重科学，向国家交付病害铁路，最终只会造成更大的浪费，贻害无穷。并说：自然界是一个千变万化、充满矛盾的统一体，

而且不断变化和发展。因此，对于自然规律性的认识，需要不断地反复地实践，不断深化对客观世界的认识，才会由失败、犯错误，到少失败、少犯错误；从知之不多到知之较多，逐步扩大，不断进步，以至无穷。

这种坦荡和透彻，一些人做不到，也悟不到。

真理终将战胜邪恶，笑在最后的才是胜利者

zhenlizhongjiangzhanshengxiee
xiaozaizuihoudecaishishenglizhe

“文化大革命”开始前，中共中央在杭州召开政治局常委扩大会议。会上，林彪抛出阴险的“桃园三结义”，诬陷彭真、林枫、吕正操为“反林彪小集团”；污蔑吕正操1946年在东北时期追随彭真，反对林彪，要他向中央“还账”。

彭真受到批判，吕正操在劫难逃。

不久，铁道兵在北京召开会议。正在西南组织和指挥铁路大会战、兼任铁道兵第一政委的吕正操从西南回到北京出席会议。会议几天结束，正想立即返回西南，继续领导三线铁路的修建。不料却突然遭到批判。吕正操只得滞留北京，连篇累牍地触及灵魂写检查交代问题。

铁道部机关出现了揭发批判吕正操的大小字报，揭批他的所谓“罪行”：“吕正操的讲话没有突出政治”；“篡改铁道兵的建军方向”；“工改兵是篡夺铁道兵军权的阴谋”；“为右派翻案”；“技术挂帅”等等，围攻之势愈演愈烈。他的深刻检查也成了“反面教材”。

不久，红卫兵免费革命大串连。作为国家主要交通工具的铁路，客运量顿时狂飙式暴增：1966年8月18日–11月25日，毛泽东先后八次接见红卫兵和各地师生。据《新中国铁路50年》统计：铁路共运送了5600多万人，人均行程568公里；仅九十月间，全路加开师生专列6996列，其中发往北京

5493列。

正常的运输秩序完全被打乱,大批物资积压。吕正操一面挨批判,一面顶着重压,采取果断措施,在非常状态下,力稳失控,保证了红卫兵小将和革命师生的串连活动,保证了国家建设重点物资的运输。

在相当紧张的九十月,吕正操召开了全路电话会议,要求各级领导机关在党委统一领导下,立即成立两个班子,一个班子重点抓运动,一个班子重点抓运输建设;强调铁路职工要坚守生产岗位;宣布大多数党组织和铁道干部是好的,不能把所有的党组织和干部都打倒。

1967年1月,全国掀起了由造反派夺取党和政府各级领导权的狂暴行动——“一月风暴”。

1月13日,中央文革小组抛出“中断铁路运输”、“反林彪的反革命小集团”等罪名,公开点吕正操的名。造反派连推带搡把吕正操揪到工人体育馆召开万人批斗大会。据当年也参加了批斗大会的红卫兵回忆:那天寒风凛冽,被造反派折磨得身心疲惫的吕正操胸前挂着坠弯腰的黑牌子,他被反绑着双手,冻得鼻涕直流,也不给擦,都要结成冰了。造反派唾星直喷,指鼻戳脸,车轮式地辱骂,呼着震天的革命口号……

周恩来总理知道后立刻赶到会场,很气愤地对主持批斗会的坏头头们说:“你们不应该随便揪我的部长,吕正操即使工作中有错误,也应该让他工作,戴罪立功。”随后周总理亲自把他交给在会场执勤的铁道兵战士护送回家,并一再叮嘱,“要保证吕正操的安全和工作、生活条件,不准进家揪人。”

但被煽动的打砸抢分子和受蒙蔽的群众,还是肆无忌惮地到吕家揪斗、抄家、“破四旧”。家里的东西横遭洗劫,连自行车、手表也被掠走,书籍和一些小摆设更成了小将们的目标。“他们‘破’了我很多重要的东西。”吕正操后来说。他的笔记本、日记本以及各种资料等,都横遭损毁或不翼而飞。一家如此,全国有多少珍贵的史料都被愚昧地糟蹋了!家里再不能呆,三个大孩子已然离家,夫人刘沙也只有带着小女儿暂避老战友处。

在极端混乱时期，周恩来每天都要看《铁路运输简报》，每夜还要找吕正操到人民大会堂去开会，了解铁路运输情况，并亲自指示哪列车进京，哪趟车离京。吕正操回忆说：在周总理日夜操劳、亲自坐镇的指挥和多方保护下，我勉强支撑应付着急剧增加的计划外运输的艰难局面。周总理无奈地对某些造反派头头说："现在是我替吕正操当部长了。"

"文化大革命"一开始，毛泽东就跟周恩来说："要保吕正操。"周恩来还特地到大连找林彪，当面向其传达毛泽东的指示。林彪表面答应了，背地里却伙同江青、陈伯达、康生搞阴谋，煽动不明真相的群众批斗，迫害不断升级。

1967年7月，践踏党纪国法的林彪、中央文革小组及其帮派体系骨干，恶毒制造出"'东北帮'叛党投敌反革命集团"案，说吕正操、万毅、张学思等42人，在1946年曾联名给人民公敌蒋介石发电报，要求张学良回东北；"还密谋策划在国民党军队向东北进犯时，倒戈投敌，搞掉林彪作战指挥部，暗害林彪"，并据此认定："这是经过长期预谋，妄图叛党投敌的一起重大反革命案件。"问题起了质的变化，吕正操被斗得"一佛出世，二佛升天"。

1967年7月12日，吕正操"束手就擒"，被非法关押在京郊通县，由北京卫戍区警卫三师"监护"。他生命中第一次、也是惟一一次失去了人身自由。

开始，吕正操还把被批斗看成群众运动的冲击，虔诚地"斗倒'我'字，去掉'私'字，从头改造，重新革命"，但却怎样也过不了关："很不理解，很不得力，很不用心。对文革，毛主席批评的'三很'我都有。"

有一段时间，吕正操精神压抑，苦闷困惑，遗憾难受，辗转睡不着觉。他打鬼子出生入死，建铁路废寝忘食，不说有多大贡献，但尽心尽力，一片赤诚。党对自己也很信任。毛泽东曾评价他："既会带兵打仗，又能动脑子办事。"记得有一次，江青向他乱发脾气，毛泽东还让江青向他道歉。万万没想到竟被打成牛鬼蛇神，戴上叛党、反党的帽子，遭受非人的凌辱摧残，更让人忧虑的是国家大乱了。百口莫辩，百思不解，真是"念天地之悠悠，独怆然而涕下。"

随着迫害升级，深思宽阔的吕正操跳出凝重痛苦的反省，重新认识所遭

☆这是高崇民案卷中最后退回来的一张照片。林彪、康生、“四人帮”以此作为把他们打成“东北叛党集团”的“罪证”之一。右起：邹大鹏、高崇民、冯仲云、李立三、吕正操、张学思、钟子云、周而复。(1946年夏，哈尔滨)

受的迫害，察觉其中非同寻常：阴谋出自林彪、江青、康生之流那里。

信仰受到了考验。吕正操相信真理终将战胜邪恶，笑在最后的才是胜利者。吕正操顶住强大的政治压力，保持乐观心态，坚持炼狱中的抗争与锻炼。

看守仍然没完没了地提审，强迫他交代罪行、写揭发材料，白天如此，晚上如此，不让他休息，甚至跑进他的牢房呵斥，乌鸦似的鼓噪，损害他的精神健康。

关押吕正操的是原来营房的房子，约有12平方，因为是要犯，一人一间。里面有木板床、破桌椅和门窗各一。窗户关死了，里面用厚木板钉得严严实实，玻璃涂上了油漆；外面围着铁丝。牢房里不见日月，连无处不在的新鲜空气也仿佛被一同隔离，甚难透进。牢门紧锁着，门板上开了个用作监视的小洞。房顶上无一例外地亮着刺眼的灯光。睡觉被强迫平躺，以便监视者能一目了然。

室内的空气很混浊，放风透透气成了恩赐般的待遇。

有人甚至以此为题作对：洞房花烛夜；监牢放风时。放风处是几个被隔开的小天井，在押的人都单独放风。开始是十天半月放风一次，后来几天一次，再后来是一两天一次。

“大米发霉，没菜吃，老吃白菜帮子。”被监护时的伙食根本谈不上营养，还难吃难咽，但为了维持生命，吕正操总是全部吞进肚子里。

夏天的蚊子又多又凶，轮番来吸血。吕正操练出眼力、耐力，一打一个准。极度的营养不良和恶劣环境，吕正操体质不断下降，但生病吃药也被控制——“医疗为无产阶级政治路线服务”，对“叛党、反党分子”不施仁政。

自小就有一股犟劲的吕正操，“认罪态度”、“改造态度”一直不好，实际上专案组也找不到他的什么“叛党”铁证，提审次数渐少。他争取到看书读报的权利，还悄悄写了《显微镜》、《斥假证》、《逼、供、信》等诗。

1974年7月，毛泽东在武汉提出：要把吕正操、杨成武、余立金等放出来，让他们出席庆祝“八一”建军节的盛大招待会，名单见报。这是林彪事件后采取的一种“解放干部”的方式。

7月31日下午，周恩来抱病参加中央政治局成员接见得以恢复自由的吕正操等几位军队干部。吕正操没说多少话，只表示：“感谢毛主席、党中央，总算把我的问题弄清楚了。”

☆“文化大革命”后，吕正操恢复了写日记的习惯，但他说“我的日记里只有豆腐账，没有思想。”

百岁上将：吕正操

“得罪人不得罪人，我来承担”

dezuirenbudezuirenwolaichengdan

1978年10月，国务院、中央军委根据铁道兵党委的报告，批准：铁道兵的全部费用在军队总定额外单独计算，从国家铁路工程费开支，但仍属军队序列。铁道兵党委要求各部队，努力实现经费自给。

1979年，铁道兵部队的经费自给率达到了78.4%；1981年起，实现经费自给并有结余。

1981年，邓小平出任军委主席。他高瞻远瞩，判断本世纪不会发生世界大战，中国要抓住和平时期发展经济建设，提出：“虚胖子”打不了仗，“军队必须‘消肿’，减少人数”，以实现军队装备和人员的现代化，将国防工业和国防科技纳入整个国家计划，走中国的精兵之路。

从冀中抗战开始，就经历着人民军队成长壮大进程的吕正操，对于战争与和平，对于军队的现代化建设，有着清醒的认识和准确把握。他认为：未来战场的较量是军人和军队整体素质的较量；他深知，裁军绝非简单的裁员，而是全国一盘棋的战略性结构大调整。

作为铁道兵、铁道部的始创者和领导者，吕正操一直两栖其间，对铁道兵的编制、体制有着深入的研究和思考。建国以来也曾正式或非正式地实行过局部或大部的“工改兵”、“兵改工”，并根据形势调整部队施工与军训的比例，也为此遭受过“破坏备战”、“三和一少”的批判。面对新的形势和任务，这位以果断、坚忍、敢于和善于处理复杂局面著称的开国上将，提出裁减铁道兵——因为在相当长的时间里，铁道兵夹在军队和工程局之间，反而不利于人的发展和新时期的铁路建设。

他认为，铁路建设应该按经济规律办事，按全国路网规划、任务去统筹

铁道兵的工作，同时建立承发包关系等；他相信，无论从战略远见还是从铁道兵战士的切身利益着眼，都必须实行“兵改工”，而战时“铁道部就是铁道兵”；他感念，铁道兵战士修路架桥，穿林海跨雪原，哪里艰苦哪里先行，付出了人们难以想像的艰辛以至生命。但因为属义务兵，津贴少不讲福利，而“兵改工”可以使这种种都变得更为完善、合理；他预测，这支有着特殊素质、技术力量不弱的队伍，一定能够在经济建设大潮中站稳脚跟，乘风破浪。他对这支部队充满信心。

邓小平作出决策：撤销铁道兵建制，铁道兵并入铁道部。

1982年4月，经国务院、中央军委批准，成立交接工作领导小组，吕正操为组长；铁道兵司令陈再道、铁道部部长刘建章为副组长。

对所属部队而言，人们都面临着新的选择和被选择，军人和他们家庭的实际利益也都会被触动。一些人失去了平衡。

吕正操坦然地说：“得罪人不得罪人，我来承担。”

据报载，1984年元月，铁道兵官兵在“百万大裁军”的战略部署下，惜别军营，集体转业，整体并入铁道部，组建中国铁路建设总公司(简称“中铁建”)，并以其军人的纪律和胆识，崛起在建筑市场。以后，经国务院批准，“中铁建”与铁道部脱钩，由中央企业工委管理。

21年来，“中铁建”修铁路、筑公路、建水电枢纽、机场、码头……领域拓展，技术精尖，市场份额逐年扩大，并立足港澳、东南亚、中东等各国。当初，有人担心“兵改工”会越改越弱，事实证明：越改越强，越改越活。诀窍在怎么改，怎么立，怎么用人。吕正操令人折服地为他的军旅生涯划上了圆满句号。

1983年的全国政协六届一次会议上，吕正操被选为全国政协副主席。

担任了全国政协副主席的吕正操，工作重点转到了统一战线、民主协商方面。这期间，他为落实爱国华侨、港澳同胞政策(如解决爱国人士顾叔＊家族的被占私产等)，为促进改革开放，为两岸实现和平统一，为加快现代化物质文明和精神文明建设做了大量工作。他代表党和国家去见张学良，代表邓颖超慰问法卡山战士，出访美、加等国家和港、澳地区，广泛团结各界人士。

同时，通过政治协商，对教育、法制、妇女权益、惩治腐败、党的执政能力建设诸问题建言献策，促进问题解决。他坦言："我就是要说。听不听在你，说不说在我。好事要说，坏事也说。"

百岁上将：吕正操

最喜夕阳无限好，人生难得老来忙

zuixixiyangwuxianhaorenshengnandelaolaimang

1988年，吕正操因年事已高离职休息。

离职后的吕正操，对国内外大事仍极为关切，常外出考察，进行调查研究，向中央坦诚地陈述自己的意见和建议。他曾出访罗马尼亚、瑞典、加拿大、美国，还去上海、南京、苏州、南通、武汉、株州、杭州、常州等地调查。1995年6月和1996年1月，吕正操虽已是90岁高龄，仍不顾旅途劳累，两次前去察看正在修建中的京九线(北京至九龙)铁路，充分表现了他对铁路事业矢志不渝、一往情深的拳拳之心。

吕正操在《川滇之行》一诗中写道：

蜀水滇江共铿锵，
轻云嫩雨浥群芳。
最喜夕阳无限好，
人生难得老来忙。

最后两句可看作是他晚年生活的格言，也是他革命情操的真实写照。

人生进入老年，尤其是耄耋之年，尽管随着时间的流逝，历史的久远，许多往昔的人事会渐渐变得模糊不清，以至完全淡漠，但是，那些久萦于怀的令人刻骨铭心的人和事则是永远不会被忘却，相反地，会更加历历分明地凸现出来。吕正操一直系念着冀中这块曾为之浴血奋战的热土，始终不忘那些曾和他生死与共的冀中人民。

1985年6月，吕老将军重返冀中探亲了。

这次探亲，历时 8 天，走了 12 个县，11 个村镇。如今 50 岁以上的人，几乎都知道他，当年的情景记忆犹新，历历在目。

吕正操走在青塔街上，一位当年的自卫队员，如今已近 70 岁的老汉，看到他走路有力的步伐，喜兴地抢上前去，拍着肩膀亲热地说："你还这么壮实呀！"

在安平黄城，吕正操热情地拉住一位老汉的手，问他多大岁数。

"我比你小两岁，"老汉用手比划着，一字一顿地说："你是老大哥，咱哥俩有年头不见了。"

一句话，说得人一股温暖流过心头。

冀中最壮观的风景，要数平原碑林了。每个县都有陵园，到处都有烈士的墓碑，铭刻着先烈的英雄事迹。

吕正操每到一处，总是先拜谒陵园，向英勇牺牲的战士们默哀致敬。然后，默读碑文，神情专注而恭敬，又总是感叹道："多好的革命传统教材，要永久保存，教育后人。"

☆1991 年 5 月，吕正操(右)赴美国参加张学良 90 寿辰庆典时，与张学良(中)合影。左为阎明光。

为教育后人，他撰写长篇回忆录，并经常接受报刊和电视台记者采访，重温往事，唤起回忆，总结历史的经验教训。“前事不忘，后事之师。”他总是以自己参加的熔铸着血与火、眼泪与欢笑的抗日战争的史实，反复地教育人们，鼓舞大家的斗志。

1995年，是中国抗日战争和世界反法西斯战争胜利50周年。吕正操，作为一位老战士、老将军，参加了首都各界人民的纪念活动。他在一次会上对老同志们说，“我们经历了抗日战争的炮火”，“都是战火中的幸存者”，“要牢记过去，珍惜现在，创造未来”。他尤其希望老同志们“向下一代讲清楚”“中华民族这段屈辱的历史”，“忘记过去就意味着背叛”。

吕正操将军对无产阶级革命事业和社会主义祖国的无限热忱和高度责任感，正是我们今天需要大力弘扬的宝贵精神，中华民族自立、自强于世界民族之林需要的也正是这种精神。

★威震四方:刘　震★

刘震(1915-1992),原名刘幼安,湖北省孝感县小悟乡人。1930 年参加赤卫军,1931 年参加中国工农红军,1932 年加入中国共产党。土地革命战争时期,任红 25 军连指导员、营政委,红 15 军团 75 师 225 团政委,75 师政委。抗日战争时期,任八路军 115 师 344 旅 688 团政治处主任、政委,344 旅独立团团长,八路军第 2 纵队 344 旅旅长,第 4 纵队 4 旅旅长,新四军第 4 师 10 旅旅长,新四军第 3 师 10 旅旅长兼淮海军区司令员,新四军第 3 师副师长。解放战争时期,任东北野战军第 2 纵队司令员,中国人民解放军第 14、第 13 兵团副司令员兼 39 军军长。建国后,任中国人民志愿军空军司令员,空军副司令员兼东北军区空军司令员,空军副司令员兼空军学院院长、政委,沈阳军区副司令员,新疆军区司令员兼新疆维吾尔自治区党委第三、第二书记,中央军委委员,军事科学院副院长。1955 年被授予上将军衔和一级八一勋章、一级独立自由勋章、一级解放勋章,1988 年被授予一级红星功勋荣誉章。是中国共产党第八届中央候补委员,第十一、十二届中央委员,1985 年、1987 年被选为中央顾问委员会委员。

威震四方：刘　震

参加红军的第一次战斗就抓了两个俘虏、缴了两支枪

canjiahongjundediyicizhandoujiu zhualelianggefulujiaoleliangzhiqiang

湖北省孝感县东北的小悟乡，有个地方叫刘家嘴。1915年3月3日(农历正月18日)，刘震在这里的一个贫苦农民家里诞生，原名刘幼安。他是家中的独生子。

1920年，刘震的母亲积劳成疾，离开了人世。才五岁多点的刘震，与父亲相依为命。从此，他就成了父亲唯一的小助手，拣粪、拾柴、放牛、一些家务劳动都是他的事。

1922年，刘震7岁的时候，父亲送他去私塾念书。1925年，由于父亲病重，他不得不辍学回家帮父亲种田、砍柴。

1926年年底，父亲要儿子去学木匠手艺。刘震常听人说，当徒弟不仅挣不到分文，还要挨打受骂，就向父亲表示，自己不愿意去。但又确实没有别的出路，在父亲苦口婆心地劝说下，只好答应学木匠试试看。

1927年，在党的“八七”会议精神指引下，孝感东北部的民主革命运动如火如荼，各区乡纷纷建立起苏维埃政权，相继扩大了农民协会、妇女会和儿童团等群众组织。刘震于1925年参加了儿童团，他和小伙伴们手持木枪，常在白羊岭、土地岭等高山路口站岗放哨，防止奸细，监视地主劣绅，干得挺带劲。1930年春，孝感赤卫队大发展，并改称赤卫军。刘震就在这个时候参加了赤卫军，年仅15岁。

1931年3月，为了粉粹国民党对鄂豫皖根据地第一次“围剿”，在配合红军主力部队的作战行动中，刘震所在的赤卫军协同陂孝北县游击队对进至松林岗、小河溪地区的敌人进行夜袭、阻击，一直打到小河镇以北，使敌人疲惫不堪，为红军歼灭该敌创造了条件。

随着革命形势的发展，刘震在赤卫军中受到更多的教育，在思想上萌发了参加红军的想法。1931年9月，乡苏维埃动员赤卫军和青年农民参加主力红军，他第一批报了名，10月被分配到陂孝北县红军游击大队(后改为独立营)当战士，从此成了中国工农红军的一员。

刘震到部队的第三天即投入战斗。当时，鄂豫皖根据地军民正进行第三次反"围剿"，陂孝北县游击大队驻在花园东松林岗附近，准备反击孝感、花园的反动武装、民团和红枪会的进攻。

刘震虽然在赤卫军中参加过一些军事行动，但毕竟是配合红军主力袭扰敌人，如今真刀真枪同敌人打仗，一时心里还没有底。班长郭家栋似乎看出了他的心情，便说："小刘!你不要怕。民团、红枪会同我们打过好多次，他们进攻时，我们先要沉住气，让他们冲到跟前二三百米时再开枪，接着一个冲锋打下去，他们就垮了。我们猛打穷追，管保抓俘虏缴枪。"

刘震记住了班长的话。战斗开始后，让敌人冲到二三百米时才开枪，接着一个反冲锋就把敌人打垮了。他在这次战斗中抓了两个俘虏，缴了两支枪，高兴极了，当场受到上级的表扬。

1932年春，刘震从县独立营调到鄂东北道委和游击总司令部特务四大队1分队1班当战士，和韩先楚同在1个班，班长是陈先瑞。这个大队共有一百二三十人，都是从各区、县游击队作战勇敢的干部战士中选调来的，装备比较好，主要任务是侦察敌人动向，筹备经费，并接送来往于党中央和鄂豫皖根据地之间的干部。

刘震在多次遂行战斗任务中表现机智勇敢，经党组织考查，由傅家义、刘玉春介绍，1932年8月部队驻河南光山县柳林河时，刘震被吸收入党。

一两天过后举行入党宣誓会，在当地老乡的一间堂屋里，墙上挂了面党旗，参加宣誓的同志站在党旗面前，由大队党支部书记带领大家宣读入党誓词："……牺牲个人，服从组织，严守秘密，永不叛党……"连续读了两遍，刘震的心情无比激动。

威震四方：刘　震

只身奋勇追歼逃敌

zhishenfenyongzhuijiantaodi

1935 年夏，敌军调动了 20 多个团的主力，分三路向活动在陕南的红 25 军围攻而来。只有 3000 余人的红 25 军避实就虚，采取“先疲后打”的方针，在一个黑夜急行 130 公里，跳出了包围圈，并直取荆紫关，端掉敌肖之楚部的留守处，缴获了大批军需物资。

红军路过漫川关附近时，正向荆紫关前进的敌陕军警备第 1 旅也赶到这里。红军虚晃一枪，又来了几天急行军，到达陕西山阳县袁家沟口一带停下，布下“口袋阵”，单等敌人入网。

☆1935 年 9 月，红 25 军由鄂豫陕苏区长征到达陕甘苏区，与红 26、27 军在延川县永坪镇胜利会师，并合编为红 15 军团。图为会师时的情景

部队住下的当天，刘震和营长参加了团里的会议，接受了率领全营在“口袋”中间拦腰切断敌人的任务，决定各连除留 1 个排作为后备力量外，其余的部队都放到第一线上。

第二天清晨，营长带领排以上干部看地形去了。刘震负责进行政治动员，检查武器弹药，准备干粮。战前准备工作紧张而有条不紊地进行着。

7月 1 日凌晨，盼望已久的时候到了。部队进入袁家沟口埋伏起来。

10 点钟左右，敌人果然来了，有的倒扛着枪，有的敞着怀，有的

边走边扇扇子，累得东倒西歪。有几个看样子热得受不住了，脱下裤子就在溪水里洗起澡来。人马渐渐都进入了"口袋阵"。

这时，我军指挥所的冲锋号吹响了。顿时，军号齐鸣，枪声怒吼，红旗猎猎。无数路红军战士高喊着杀声向敌群扑去。敌人被这突然的打击惊呆了，混乱了，有的从马上滚到马下，有的东奔西跑找不到藏身之地，也有的拼命往山上冲，企图夺路而逃。

刘震率3连冲到半山腰时，迎头遇到一伙一律使用手枪的家伙。战士们劈头盖顶就是一顿手榴弹，把他们压了下去，乘胜抓俘虏夺手枪，激战了一阵。

忽然，刘震看到散兵中有一个军官模样的敌人，拼命往山下跑，他急忙紧追而去。

那家伙发现有人追击，就躲到河沟边一个大石头后面，回身射击顽抗。这样捉迷藏般地枪来弹去，相持不下。

刘震的手枪里只剩一发子弹了，他机警地观察动静，趁敌人向枪里压子弹的一刹那，"嗖，嗖"几个箭步窜上去，一下子把敌人抓住。两个扭打起来，一个拼死挣扎，一个则牢牢扭住不放。

刘震用尽全力把敌人摔倒，不料敌人慢慢别过枪来，一发子弹穿透了他的左臂。正当他全身无力、难以支持的紧急关头，营里的掌旗兵赶到，把旗杆下的铁旗脚对准敌人的脑门猛戳下去。敌人嚎叫一声，手枪掉落了。后来才知道，被戳死的这个敌人是敌旅部的卫队长。

敌人1个旅被一举全歼。旅长唐嗣桐也被活捉了，战斗胜利结束。刘震只身奋勇追歼逃敌的故事也在部队传开了。

威震四方：刘　震

三次讨伐国民党顽军石友三

sancitaofaguomindangwanjunshiyousan

抗日战争爆发以后，国民党政府迫于全国人民的压力，同我党建立了抗

日民族统一战线，但是蒋介石从来没有放弃反共反人民的立场。武汉沦陷后，由于国民党军队在正面战场的失败，和日本帝国主义的诱降，蒋介石对抗战更加消极，更加推行反共反人民的政策，于1939年末发动了第一次反共高潮。

盘踞在冀南地区的国民党第39集团军总司令石友三顽固不化，于1940年1月下旬伙同孙良诚部向冀南我军发动进攻，遭我军还击，受到重大伤亡。2月中旬，石部在日军策应下，于大名、临漳间渡过漳河，进至清丰东南地区，向丁树本、高树勋部靠拢，并联合朱怀冰、庞炳勋部，企图对我太行、冀南发动新的进攻。为了粉碎敌人的进攻，打破其据守太南，连接冀南、鲁西，隔断我华北、华中联系的阴谋，保卫我根据地，冀鲁豫支队在冀南部队配合下三次讨伐石友三部。

☆抗日战争时期，任新四军第三师第十旅旅长的刘震

2月20日，支队拟将主力集结于清丰一带，堵截石部于卫河、猪龙河西岸，配合冀南部队将其歼灭。当我军开始行动时，石部先窜至清丰。

21日，我军在固城集、柳格集将石部截住，展开激战，石部向鲁西南日占区败退。

28日，刘震奉命指挥1大队和2、3大队一起突破石部防御，歼其一个营。

3月6日，我军又突破黄河天堑，攻克高屯集、菜园集，并于桥口歼敌一部，石部逃到菏泽，在日军庇护下休整。至此，第一次讨伐石部的战斗结束。

4月5日，石部与日军勾结，分三路进犯濮阳，其部署是：石部主力及菏泽专署10000多人由东明北上，日军1000多人由菏泽经高庄集过黄河经胡状集，丁树本之保安旅8个团从两门取道韩集。

根据支队的决定，刘震令1大队一部和地方武装在黄河以北，以班为单位展开"麻雀战"，村村阻敌，牵制日军和石部两路；支队主力于濮阳西南先歼丁部，再攻石部之侧背。

5日，我军突然发起攻击，歼丁部1000多人，随即回师迂回石部。6日夜，我军分六路向八公桥、王坝、坝头集间之石部侧翼进袭，石部连夜逃窜菏泽。

7日，我军收复黄河以北地区，并以一部前出东明，摧毁了伪县府，从而粉碎了石部第二次进犯。

在此以前，中央军委于1940年1月底决定组建八路军第2纵队。3月，纵队政委黄克诚率纵直机关和344旅到达冀鲁豫边区，继续完成各部队的组编和干部的调整，刘震被任命为344旅旅长。不久，又成立冀鲁豫军区，由纵队兼军区，部队包括344旅和新2、新3旅。

为粉碎石部的进犯，恢复鲁西南根据地，纵队决心以3个旅共7个团的兵力对石部发起第三次讨伐。

5月15日战役开始，各部队徒涉黄河后，午夜与石部全线接触，新3旅向菏泽东南之道肖集、新2旅向马山集、344旅向东明之敌发起进攻。石部遭打击后，大部南溃。

刘震奉命率344旅追歼逃敌。石部181师一部退至东明集西之郝士廉，凭借预先构筑的坪壕工事顽抗，344旅687团3营连续攻击，几次未能奏效，伤亡较大。当夜，刘震赶到团指挥所，查明敌情后，重新组织战斗，令3营副营长郑本炎率领"奋勇队"，于第2天凌晨4时再次发起攻击，终于突破敌防御工事，战斗至9时结束，全歼石部一个加强营。17日战役全部结束，共毙伤俘敌2000多人，缴获武器装备一批。

经过三次对顽军石友三的讨伐，基本肃清了冀鲁豫边区的国民党顽固派势力，使这块根据地扩大到南北300多华里、东西160多华里，境内设有8

个抗日民主县政府和几十个区政府,人民群众进一步发动,抗日民族统一战线逐步扩大,主力军和游击队都得到了发展和壮大。

威震四方:刘 震

以很短的时间突入敌坚固城防据点

yihenduandeshijianturudijianguchengfangjudian

1945年1月,华中局调刘震兼任淮海地委书记。为了加紧建设淮海根据地,作好战胜日军的准备,刘震除继续抓分区主力和地方武装的建设外,根据上级指示精神,着重抓了整风运动、政权建设、发展生产、财政金融和文化教育等工作,为淮海区迎接大反攻作了全面的准备。

同年8月,10旅免兼淮海军分区,部队经过补充改编,辖28团、29团和30团,准备迎接新的战斗任务。日本政府宣布无条件投降后,苏北伪军接受国民党加委,仍盘踞淮阴、淮安等重要城市,拒绝向抗日军民缴械投降,并构筑工事,企图顽抗。在新四军3师发动两淮战役的统一部署下,刘震奉命组织指挥10旅、师特务团和地方武装攻打淮阴城。

淮阴是一座历史古城,历来是苏北政治、经济、文化中心,水陆交通枢纽。1937年宁沪沦陷后,国民党江苏省政府曾迁移至此,1939年2月,国民党军一弹不发把它让给日军。从此,这里成了日军的屯兵要地,成为钉在我苏北根据地的一个钉子。

刘震和副旅长钟伟及几位团长详细侦察地形,分析了淮阴守敌全部情况后,深深感到:攻取淮阴城将是一场非同以往的攻坚战。为了确保这次战斗的胜利,刘震决定采取两个步骤:第一步,快速扫清外围敌人,步步逼进,紧紧将城包围;第二步,摸透情况,正确地确定主攻、助攻方向,选择好突破口,以有效手段突破坚固城防,分割歼灭城内之敌。

第一步扫清外围敌人已完成,根据敌人的兵力部署情况,大家一致认为:东门外花街房屋较多,便于我军荫蔽接敌;南门和西门外地势开阔、低

洼，城内守敌力量较强；北门紧靠运河，易守难攻；城东南角和西北角各有一些建筑物可以利用。

经过反复思考，刘震最后定下决心：用6个团的兵力对敌实施多路攻击，以城东北角和东门为主攻方向，28团主力为第1梯队，该团3营和36团为第2、3梯队；南门为助攻方向，由师特务团负责，29团一部尾特务团跟进；29团主力由城东南角攻击；射阳独立团和分区新2团由城西门和西北角担任佯攻。

随即，各种攻城的准备工作日夜不停地进行着，强大的政治攻势更加猛烈地展开了。各部队利用船桅杆滑轮把芦席做成的活动标语牌："放下武器，回到人民怀抱！"、"不要再为潘干臣卖命！"等，高高吊起，像拉洋片一样，一幅一幅展现在敌人面前。用各式各样的喇叭进行的阵前喊话，此起彼落；一包又一包用弓箭、风筝传带的宣传品，纷纷飞进城里。然而，守敌头子潘干臣死不悔悟，竟然残忍地把为我军送最后通牒的张老汉杀害，更加激起了围城军民的无比义愤。

9月6日拂晓，我军隐蔽的大炮怒吼起来，淮涟民兵英雄王风山的土炮也在北门阵地上发出隆隆巨响。刘震来到东门外炮兵阵地，只见28团的炮手们正用猛烈的炮火轰击着东门城楼。城门两侧高高竖着的炮楼，像恶狗伸出的两个牙齿，封锁着我军前进的道路，在我炮火的闪光中被摧毁了。敌人以为我军就要攻城了，也用炮向我阵地狂轰。

围城以来，敌人最害怕我军夜间攻城，每当黄昏、入夜、黎明就严加戒备，不少地段还安装了照明灯，而在白天则有些松懈。针对这一情况，刘震决定将总攻时间出敌不意地放在下午两点。整个上午我军炮火时紧时松，敌人紧张了半天不见我军有什么动静，便慢慢松懈起来，恰在这个时刻，总攻就要开始了。

刘震从望远镜里看到，担任突击任务的指战员们个个像急欲出镗的炮弹，只待总攻信号一响，就立刻猛发出去。这时指挥所的电话急促地响起来，他接过耳机一听，原来是南门助攻阵地郑贵卿报告：由于运送爆破器材的车辆在前进中被敌打坏，目标暴露，请求提前发起攻击。刘震同意了他的意见。这时，南门守敌像野兽一样，疯狂叫喊、扫射，枪弹、手榴弹夹杂着石头、砖瓦

一齐倾泻下来。师特务团的指战员以大无畏英雄气概,直向城墙猛冲过去。尖刀班第一批冲上去的倒下了,第二批又奋起冲了上去,战斗异常激烈。

不一会,总攻开始了。轰隆隆一声巨响震撼全城,在东门担任主攻的28团发起了炮火急袭,城东北角突破口的重磅炸弹也爆破成功了!守卫在该处的一连伪军全部被震昏。各个阵地上机枪、大炮,像山洪暴发一样怒吼起来,冲锋号响亮的声浪在枪炮声中翻滚。各路突击队、红旗手、投弹手、爆破手,一个个龙腾虎跃,冲锋向前。

刘震在指挥所里,听到不断地传来各部队胜利前进的消息。在城东北角,28团2连5班长曾家良高举红旗,顺着云梯,像箭一样射向城头,第一面红旗顿时在东门城头上高高飘扬。继28团全部突入城内,30团也紧跟突入,直插敌纵深。

与此同时,29团的炮兵在城东南角轰开了一段城墙,突击队像潮水般涌入城内。29团和28团并肩猛烈地向城西发动进攻。

南门阵地上,敌人火力太猛。7连尖刀班徐佳标第一个登上城墙,负了重伤,他眼见敌人机枪疯狂地扫来,挡住我突击队前进,便猛地扑上去,用自己的身体挡住敌机枪眼,为突击队登城开辟了道路。南门终于被突破了,特务团迅速向城内纵深急进。

西门部队发起冲锋后,射阳独立团的尖刀连5连连长牺牲了,2排长李云龙立即代理指挥,迅速扫清突破口残敌,冲入敌教导营营部,活捉了敌营长“赵老虎”,同时又抓住一个号兵,供出敌号谱。曾经当过司号员的李云龙,夺过敌军号,吹起了敌人集合号,号声把七零八散的“老虎营”集合起来了,就这样敌教导营全部当了俘虏。

向纵深奋勇冲杀的28团4连连长张昌义带领战士,在一个熟悉情况的理发工人的向导下,直冲敌28师师部。其他连队也相继赶到。张昌义和一名战士冲进一间房子里,只见一个肥头大耳的家伙正对着电话机发脾气,理发工人认出他就是潘干臣。

张昌义持枪厉声喝道:“潘干臣,举起手来!”敌人放下电话正要掏枪顽抗,张连长手扣板机,就把这个双手沾满苏北人民鲜血的汉奸击毙了。此时,

在敌师部另一间房里，副连长刘子林一把抓住敌师参谋长刘绍坤，喝令他打电话要部队投降，刘绍坤颤抖地拿起话筒，命令他们的部队停止抵抗。

15时13分，多处残敌都放下武器，举手投降。少数顽敌企图从西北方向突围，也被新2团和射阳独立团截歼。战斗胜利结束，共歼敌9000余人(其中俘敌8000余人)，缴获各种枪6000余支、汽车18辆、汽艇4艘，其他军用物资甚多。

淮阴城解放了！新四军首长致电嘉奖："淮阴之战赖我指战员奋勇用命，于短促时间内突入敌伪坚固城防据点，击毙敌酋，解放淮阴城，使我苏北、苏中、淮南、淮北打成一片，殊堪嘉慰。"

威震四方：刘　震

打赢夏季攻势第一仗

dayingxiajigongshidiyizhang

为了打通南满、北满之间的联系，以利于而后集中主力更有利地打击敌人，从根本上改变东北战局，并策应关内我军作战，东北

☆1948年，刘震与夫人李玲在哈尔滨

民主联军于 1947 年 5 月 13 日发起夏季攻势。攻势重点指向沈阳、长春之间敌人的心脏地带。首先切断敌人沈阳、长春的战略联系，孤立长春之敌，为而后全歼东北敌军创造有利条件。

根据民主联军总部对夏季攻势的作战部署，2 纵队协同 1 纵队从西线进行侧击，向长春、四平间敌新 1 军和 71 军接合部进攻，首先以远距离奔袭，包围敌孤立据点，而后向四平南攻击前进。5 月 8 日，2 纵队从大赉、前郭旗地区出发，分左右两路沿中长铁路西侧南进，右路为 4 师、纵直、6 师；左路为 5 师、独 2 师。

刘震根据侦察得知，怀德仅有敌 2 个团的兵力防守。他建议总部，以 2 纵队主力奔袭怀德。在基本了解敌情之后，未等总部复电，即令 4 师、6 师迅速奔袭怀德，要求 4 师务于 14 日拂晓前严密包围怀德城。纵队指挥所随 4 师跟进。

☆1947 年 5 月至 7 月，东北民主联军发起夏季攻势，歼灭国民党军 8.2 万余人，打通了南北满联系。图为民主联军攻占公主岭

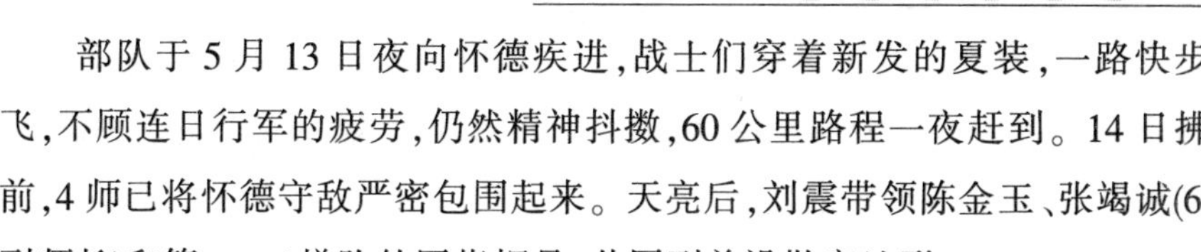

部队于5月13日夜向怀德疾进，战士们穿着新发的夏装，一路快步如飞，不顾连日行军的疲劳，仍然精神抖擞，60公里路程一夜赶到。14日拂晓前，4师已将怀德守敌严密包围起来。天亮后，刘震带领陈金玉、张竭诚(6师副师长)和第一、二梯队的团指挥员，共同到前沿勘察地形。

经过仔细观察，刘震立即将情况和拟定的攻城决心电报总部。总部回电：抓住新1军很好。目前敌人四处挨打，不可能有兵北调，你们放开手脚打。并特别强调：攻击怀德，一定要作好准备。这是夏季攻势的第一仗，首战一定要打好。同时令1纵队迅速开到长春以西警戒，歼击长春可能出援之敌。

接到总部回电后，刘震在作战会议上下达了作战命令。

4师10团、12团在赵家窝堡北侧占领进攻出发阵地，从城西南角突破敌防御；6师16团、17团在二道岗附近占领进攻出发阵地，从西门北侧突破敌防御。

4师11团为纵队预备队，位于城东南刘家屯地区，随时准备阻击敌人突围；6师18团位于城北郊刘家洼地区，向北门佯攻，并准备阻击敌突围。

5师主力必须于16日前赶到怀德东南二十里堡一线，连夜构筑工事，准备打击四平方向援敌。

整个攻城战斗部署及一切攻城准备(包括师、团、营、连至步兵排、班的一切战斗准备)，务必于16日拂晓前完成，并隐蔽进入阵地待命。

16日下午，怀德城东南方向突然响起了激烈的枪炮声，有些炮弹打到二十里堡与怀德之间来了。5师师长钟伟向纵队指挥所报告：16日清晨敌71军88师先头部队正向我疾进，闯到大黑林子以北地区，与我师前哨部队接上了火，敌人自恃兵力雄厚和美式装备，上有飞机支援，下有坦克掩护，来势很汹。有些阵地几经失守，但还是被我夺了回来，敌人没有越过二十里堡一步。

敌71军来援，原在我军意料之中，但来得这么快，却不能不引起刘震的思考：对怀德的总攻还未发起，是否按原计划执行呢？还是用两个团把包围的敌人监视起来，先集中纵队主力打援敌，然后再攻城？万一攻城不下，又挡不住援敌，我将陷入被动；如果两边都粘住，也对我十分不利……。

太阳渐渐西落，纵队指挥所里反复研究着各方面的情况。

原定的总攻时刻就要到了，作战科长向刘震请示："是否按时发出总攻信号?"

4师师长向司令员报告："一切准备就绪，下命令吧！保证今晚全歼守敌。"

6师首长说："请纵队转告5师，只要今晚挡住敌71军，怀德一定能拿下来！"

5师首长表示，叫4师、6师放心打，只要5师还有一个人在，敌71军休想越过二十里堡一步！

上下一心，众志成城。在短暂而又紧迫的时间里，刘震再次认真地分析形势，认为部署是适当的，准备是充分的，攻城兵力占绝对优势，全体指战员情绪饱满，士气高涨，一夜攻下怀德是有把握的，不会打成"夹生"仗。

☆我军在怀德与敌人展开巷战。

再说，我军善于夜战，而敌71军战斗力逊于新1军，按一般规

律是不敢夜间前进的，晚上敌可能停止对我5师的进攻。如果敌进攻，我将预备队投入，也可以完全顶住敌人。更重要的是总部早有攻城打援的部署。胜利就在眼前，何需犹疑?经过分析，刘震更加坚定了决心，他看了看表，时间已到，即令发出总攻击信号。

18时55分，炮火准备开始。霎时，大地猛烈一震，所有火炮同时怒叫起来，无数发炮弹呼啸着掠过天空，好象长上了眼睛似地一齐飞向突破口及其浅近纵深，一阵阵沉雷般的巨响，城西门北侧及西南角顿时成了一片火海，映红了黄昏的天空。敌人的鹿砦、碉堡凌空纷飞。战士们见到自己的炮发出这无比的威力，兴奋得无法形容，恨不得马上发起冲击。

炮击35分钟，摧毁了突破地段内的工事，打开了两个缺口，被摧毁的城墙土块落到外壕里，工事内的守敌有的被炸得血肉横飞，有的被震昏了，但残敌仍顽抗还击，我炮火继续加以摧毁。这时，我步兵已发起冲击，炮火向纵深延伸150米，打成一个半园形

☆我军解放怀德后，将敌掠夺之粮食分给无粮的群众

的拦阻火墙，护送突击部队冲锋。随着信号弹升起，隐蔽在突击出发阵地的12团7连、16团9连和17团1连在炮火掩护下顺着冲锋沟插向突破口。7连6班管国仁小组冲在前头，连续炸飞几个暗堡。仅仅几分钟就突破成功，营、团主力相继投入战斗。

此时，刘震即令二梯队投入纵深战斗，冲过突破口按预定路线向前疾进，在城内展开了激烈的巷战。几分钟后，炮火再次延伸200米，射击2-3分钟。第三次延伸250米，射击3-5分钟，阻拦敌人二梯队、预备队反扑。

敌防御纵深支撑点密布，地堡重重，大街小巷布满路障，我军战士毫不畏惧，英勇冲杀，机枪打得像雨点一样，炮弹、炸药包、手榴弹的爆炸声响成一片，分不出点来。3个小时后，城内敌人的许多抵抗点燃烧起来，战火浓烟吞没了整个城池。

为了迅速分割敌人纵深防御体系，各个击破，4师、6师集中主力沿城墙向东北方向穿插迂回，发展进攻；以小部兵力沿大街前进，从正面吸引拖住敌人；并以一部兵力利用大街两旁的小街小巷，挖墙凿洞，多路逐街逐屋地切割穿插。

这样，一条条街被打通了，一条条巷被敲开了，敌人的防御体系被搅得支离破碎。敌官兵拼死顽抗，逐街、逐巷、逐屋与我争夺。我军战士打得更加英勇顽强，机智灵活。胜利进展的消息，一个接一个向指挥所报来。

激战大半夜，守敌大部被歼。敌团长项殿元率400余人退守在城东北角关帝庙大烧锅院内的团指挥所里负隅顽抗，妄图等待援兵。这里是敌城内最后一个据点，地势较高，四周开阔。

这股残敌绝大多数是反动军官，企图凭借高大围墙和坚固房屋拼死顽抗。临近拂晓，战斗打得非常激烈，我军两次进攻，均未得手。

这时，刘震再次分析战况，考虑将这股残敌暂留一下，还可以吸引敌71军。于是，他命令部队停止攻击，用一个团的兵力将残敌团团围住，重新部署兵力火力，由16团和12团各一个营加上两个山炮连，在16团3营长薛复

礼统一指挥下，再次组织攻击。

17日上午，歼灭怀德残敌的战斗继续展开了。一声令下，炮声隆隆，硝烟蔽空，敌人的工事一下子大部被摧毁，围墙被打开几个缺口。冲锋号吹起，2个营的战士犹如猛虎下山，冲入突破口，向关帝庙里冲杀。

庙里有个相当大的院子，敌人依托套院，正殿厢房、走廊逐屋顽抗，死不缴枪。战士们急得咬牙切齿，恨不能一口吞了这些反动家伙。手榴弹打完了，用炸药包投向敌人；刺刀拼弯了用枪托打，好一场惊心动魄的肉搏战。

战士们越打越勇，越杀越威风，一直打到中心殿，冲进敌团指挥所，当场击毙敌团长。残敌见势不妙，有200余人向东南突围逃跑被我堵截部队追击，歼灭于牛家屯、冯家屯地区。至15时，怀德守敌5000余人全部被歼，战斗胜利结束。

指挥2纵31小时突破锦州

zhihuierzongsanshiyixiaoshitupojinzhou

根据东北野战军总部的作战部署，2纵队5师配合3纵队攻打义县，纵队主力进至黑山、大虎山地区，阻止沈阳之敌向锦州增援，并随时准备参加攻锦作战。

受领任务后，刘震和吴法宪去四平向5师交待任务并进行了动员。25日，2纵主力到达黑山、大虎山地区后，刘震立即作了防御部署，准备阻击沈阳之敌向锦州增援。

按东北野战军总部决定，2纵队和3纵队并肩从锦州西北方向突破，2纵队的突破地段是西北门。1948年10月8日晨，刘震召集各师及第一梯队团指挥员看了地形后，立即召开作战会议，具体研究突破锦州的战斗部署。

经过作战会议讨论，大家一致认为，2纵的突破任务分为三步：第一步是

夺取外围据点，逼近城下；第二步是攻城突破；第三步是纵深战斗。根据野战军总部对肃清外围和总攻时限的要求，刘震决定以4师和6师肃清外围之敌，5师担任突破任务。6师从右翼首先夺取合成燃料厂，然后扫清敌西北门外(“团管区”、“师管区”一线)各据点，直逼西北门西侧城下；4师从左翼先夺取十二亩地，并扫清十二亩地以南各据点(包括“团管区”、“师管区”东侧各据点)，直通西北门东侧城下。同时，两个师沿自己的进攻地域，各挖一条直逼城西北门两侧的交通壕，以便5师突破城防和4师、6师进入纵深战斗。

10月10日，2纵开始肃清城西北外围据点。11日，6师18团、4师12团分别攻下合成燃料厂和十二亩地两个据点。

6师18团在攻击合成燃料厂战斗中，步炮协同密切，指挥灵活，打得顽强。该师用山炮打敌钢筋水泥碉堡时，先用两发不上引信的炮弹撞垮碉堡外壳，然后用一两发带引信的炮弹就可摧毁这个碉堡，但三发炮弹必须打在一点上。这个方法可行，刘震立即予以推广。

4师12团攻打十二亩地，在纵队和师属炮兵支援下，发扬勇敢战斗、不怕牺牲的顽强作风，遇到外壕水深无惧色，勇敢的战士用自己的身体作桥墩搭起一座人桥，保障部队迅速攻克了敌人的据点。

上述两个据点被攻克之后，敌城西北外围最大据点——“团管区”便暴露在我军面前。该据点地势较高，长约500米，宽约300米，周围有宽4米、水深2米的外壕及铁丝网、鹿砦、梅花桩、地雷场等障碍物。据点内约1个团的兵力，凭借两座坚固楼房和地堡群组成完整的防御体系。

刘震令6师16团从西北、西南，4师12团从东面选两点突破，而后合击歼灭该敌。11、12日夜，部队进行了紧张的近迫作业和战斗准备。

13日10时开始炮火准备，10时30分发起冲击，至15时全部肃清该据点守敌。

接着，刘震令4师、6师攻占“师管区”。正当部队紧张准备攻击时，该据点守敌向城内逃窜，4师11团察觉后跟踪追击，在城边截歼逃敌一部。

至此,2纵夺取了城西北的敌外围据点，并挖通了两条直通西北门两侧的交通壕,锦州城垣已暴露在我军铁拳下。

12日,刘震向野战军参谋长刘亚楼报告外围战斗进展情况时,刘参谋长说14日准备总攻。

13日夜,担任攻城突破的5师隐蔽进入攻城地域,部队冒敌猛烈炮火连夜紧张地构筑了抵近射击的炮兵阵地和步兵突破冲击阵地。14日拂晓前,连以上指挥员均逼近敌前沿观察了地形,熟悉道路,弄清突破口的位置。各尖刀连占领了冲击出发阵地，火炮都进入抵近射击阵地,9时前完成了一切突破城防的准备工作。

10月14日10时，全线发起总攻。刘震指挥配属的炮纵2个团和2纵队炮兵团实施炮火准备，并令配属的一个坦克连适时进入指定地域，隐蔽待机。持续50分钟的炮火准备后,步兵即发起攻击。左翼14团和右翼15团并肩在炮火支援下，于11时突破敌城垣防御。为了护送主突部队，及时打垮敌人的反冲击，他令炮兵进行三次延伸射击(第一次延伸150米,第二次延伸200米,第三次延伸250米),顺利地护送5师突破后进入纵深战斗。

5师师长吴国璋从电话里向刘震报告了部队突破的情况:14团、15团跨过铁路后,从惠安街、良安街向前发展,楔入市内。突入市区后,敌出动坦克、装甲车阻我前进,并实施密集的炮火拦阻。突破敌拦阻后,14团向东猛插,攻占了国际仓库;15团控制两条街道后,进至静安街,歼灭了据守在红十字医院的敌人。

刘震听了吴师长的情况报告后,要该师迅速将二梯队投入战斗,并说明4师、6师将相继进入纵深战斗,3个师齐头前进，向市区东南发展进攻,进去的兵力越多越能扩大战果,就可尽快攻克,打破蒋介石调兵驰援锦州的企图。

突破城防后,2纵副司令员吴信泉提出去5师加强指挥，刘震说:“我们现在不能中断指挥,你带指挥所一部人员先去,我随后就到。”

纵深战斗的情况不断向纵队指挥所传来：

13团从14团、15团之间加入战斗，对据守监狱的敌人实施攻击。10团尾11团进入纵深后，经定安街、保安街，迂回到红十字医院北侧。当据守监狱的敌人向南突围时，11团、13团互相配合，前后夹击，将其歼灭，俘敌千余人。

14团在天德合烧锅大院遇敌顽抗，2营在坦克和炮兵支援下，经40分钟激战，全歼敌1个团部1个营而后继续向东推进。

15团继续沿惠安街穿墙打洞攻击前进。刘震令该团向高等法院方向发展，协同13团将据守高院之敌全歼。

17团进入市区后，在邮管局和伪市府公署歼灭敌通讯营和装甲兵一部，又打退了据守税务局大楼之敌的连续反扑。接着，会合3纵队7师聚歼了伪辽西公署敌6兵团指挥部。

☆我军占领敌东北"剿总"锦州指挥所。

各部队在市区战斗中，同心协力，大胆穿插，包围迂回，各个歼敌，胜利完成任务。

10月15日，从市区退入老城之敌仍在顽抗，总部令2纵和7纵协同攻取。14时，2纵4师10团由西北角突破，7纵部队附坦克6辆由东南角和东面突破。10团由于准备不周，指挥不当，组织协同不好，部队冲击受挫，后组织兵力火力继续攻击，配合7纵将老城之敌全歼。18时，战斗胜利结束。

锦州守敌依其7次增修的坚固工事，经过31小时激战，终于被我东北野战军将其全部歼灭。2纵队共歼敌15200余人，缴获各种火炮137门、各种枪6200支、汽车49辆、装甲车6辆，其它装备甚多。

分到一块难啃的骨头

fendaoyikuainankendegutou

1948年12月28日，第四野战军第13兵团第39军接到攻打天津的命令后，部队从塘沽地区向天津西北开进。30日，115师集结于津西之曹庄、刘家园、李家房；116师集结于义古港、鱼霸口；117师集结于南运河南岸之马家庄、锅店子；152师集结于大马口、王庆坨子、大范口；军部位于安光。

1949年元旦，天津前线指挥部于杨柳青召开作战会议。

针对天津地形、守敌兵力(10个师13万人)和部署特点(北部兵力强，中部工事强，南部较平常)，总指挥刘亚楼最后宣布决心：东西两面为主攻方向，以西面为重点，由38军和39军自西向东攻击；44军和45军自东向西攻击；46军和49军一个师自南向北助攻。东西两路会师金汤桥后，向南发展会同46军、49军歼灭老城东南核心地区之敌。概括说，就是东西对进，拦腰斩断，先南后北，先分割后围歼，先吃肉后啃骨头。

讲到这里，刘亚楼突然把目光转向刘震说："你的对手是62军，是块难啃的骨头！"。邓华插话说："他牙口好，没有问题！"刘亚楼和其他同志都哄堂大笑起来。

刘震也笑着说："虽然骨头不如肉可口，但用力嚼也有味道。"

刘震会后立刻回到军部，紧接着召开军党委会，会上根据前线指挥部的作战意图，分析当面敌人的情况，确定了各师的具体作战任务是：

115师、117师为第一梯队，协同38军在和平门地段并肩突破；

116师、152师(欠454团)为第二梯队，随第一梯队跟进，突破后沿南运

☆我爆破组向天津守敌城防工事冲击。

河以南街区向东发展进攻，和由东向西攻击之44军、45军会师于金钢桥、金汤桥后，再向两翼扩大战果，协同46军、49军歼灭老城东南核心区之敌；

115师及152师主力歼灭子牙河以北之敌后，继续向北肃清北洋大学守敌；152师454团及野司警卫团在丁字沽、里塔寺地区积极行动，向运河以西、子牙河以北地区助攻，箝制敌151师不使其向南退缩，并阻止该敌西逃，相机于15日黄昏前自人爱门突破，会同主力歼灭北运河以西、子牙河以北地区之敌。

会议结束后，各师抓紧进行政治动员和战前各项准备工作。

14日10时，总攻击开始。

各种口径的火炮同时怒吼；炮弹带着刺耳的呼啸声，准确地命中在预定的目标上，"轰轰轰"的爆炸声震撼着大地。顷刻，敌阵地上火光闪闪，烟柱四起，硝烟弥漫，鹿砦、铁丝网伴随着尘土腾空而起。敌人多年苦心构筑的防御工事土崩瓦解。

炮火准备约一个小时，117师349团、350团在南运河南侧的第9号、10号碉堡之间与和平门南侧并肩突破。同时，115师343团在南运河北侧第19号与20号碉堡间突破。

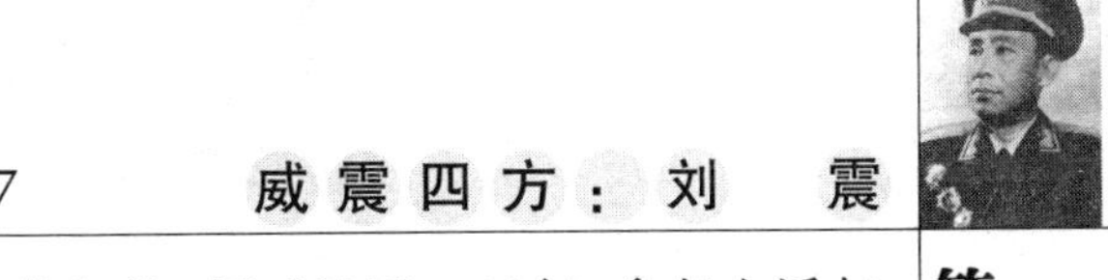

没过多久，刘震看到城头上飘扬的红旗，顿时松了一口气，拿起电话与115师师长王良太通话："进展怎么样？"

"很顺利！"王良太又粗又高的嗓门震得他耳朵嗡嗡直响。王师长接着说："343团已攻下华北炼油厂，现在协同345团向火车西站发展。团长王扶之腿部负伤，仍在指挥战斗。"

这时，117师师长张竭诚来电话报告：349团、350团突破后正沿芥园大街向鼓楼方向发展。

14时许，刘震命令二梯队116师、152师投入战斗。早就憋足了打劲的指战员们，如虎下山，猛冲向前。街道人多堵塞，就翻墙打洞，多路纵队一起向前，谁也不甘落后。

此时，军指挥所移至三元村，部队进展情况频频传来：115师345团夺取三星钮扣厂后，向东猛插，进至面粉公司大楼附近，遭该据点守敌67师一个多团的顽抗，两次强攻均未奏效。

刘震立即命令152师456团协助345团拔除这颗钉子。345团组织火炮掩护2营强行爆破，4连9班年仅17岁的战士鞠海青带领两名战士扛着三包炸药冲抵5层高楼楼下，不顾个人生死，放好炸药包，毫不犹豫地点燃仅4寸长的导火索，"轰"的一声巨响，大楼四分之一倾刻倒塌。残敌惊恐万状，弃楼逃命，被我歼俘。

夜幕降临，战斗继续在进行，枪声、爆炸声此起彼伏，这正是发挥我军夜战近战优势的大好良机。

116师348团1营沿忠庙大街向东推进，攻势凌厉，势如破竹，先后攻占大丰桥、金华桥、金钟桥、金钢桥。前卫3连副连长带领2排经火柴公司、转盘街，于15日5时许攻抵金汤桥。

桥头堡守敌的轻重机枪不停地疯狂射击，形成交叉火网。副连长见正面难以突破，就令5班长谢永林带8名战士迂回到南侧桥头堡侧后，2排长赵永发带9名战士迂回到北侧桥头堡侧后。副连长一声令下，两侧同时发起攻击，打得敌人措手不及，狼狈逃窜。5班长带领战士乘胜猛追猛打，拿下了桥

西端碉堡,并利用敌工事连续击退敌人两次反扑,牢牢控制住了金汤桥。44军突击部队抵达后,2军胜利会师,拦腰斩断天津守敌的任务至此完成。

117师350团2营夺得自来水厂后,一鼓作气连续占领千佛寺、北洋火柴厂、铃铛中学。15日拂晓,协同351团攻下青年会大楼,随即转向南攻,沿罗斯福路向城南老区推进时,遭敌3辆装甲车掩护一个步兵连的增援阻击。6连连长铁占山身先士卒,抓起爆破筒冲向敌装甲车,炸毁了头一辆,他也壮烈牺牲。副连长趁敌混乱之际指挥火箭筒射手迅猛射击,敌另两辆装甲车也随即趴下了。350团包围了盘据在耀华中学内的敌326师指挥部,军事打击和政治攻势双管齐下,敌迅速瓦解。与此同时,351团拿下了中国银行。

115师345团和152师456团夺取酒精厂后,实施穿插包围,割断了敌151师各团之间的联系,集中兵力猛攻寿丰面粉公司内之敌师部,处于孤立无援之敌已陷入绝境之中,被迫从大楼窗口打出白旗,并要求与我345团团长颜文斌谈判,异想天开地要人民解放军承认他们起义。

颜文斌电话请示刘震,刘司令回答道:“你告诉他们,现在他们没有权利谈判,更谈不上起义,只能是无条件投降。否则,全部消灭他们。”该敌无可奈何,师长陈桓只好乖乖地命令所属部队投降。中午,

☆傅作义部队开出城外接受改编

345团攻占了北洋大学。

16时，全城战斗结束，天津解放，共歼守敌天津警备司令陈长捷以下官兵13万人。其中39军歼敌2万8千余名（俘敌师长李学玉等5名将级军官），缴获各种炮277门、各种枪1万多支以及大批弹药器材。

天津的解放，切断了傅作义集团从海上南逃的通路，北平完全陷入孤立，使傅作义拖延谈判、企图南逃和待援的梦想彻底破灭。他不得不接受我党中央提出的8项和平条件，从而迅速推进了北平及华北其他地区的和平解放。

朝鲜战场实施大机群空战

chaoxianzhanchangshishidajiqunkongzhan

1950年6月25日，朝鲜战争爆发，美帝国主义于27日出动大量陆海空军部队侵入朝鲜。到11月份，美国用于朝鲜战场的空中力量增至15个联队，连同英国、澳大利亚、南非联邦等国的空军部队，共有作战飞机1200余架。

中国人民志愿军入朝作战后，美国空军活动十分猖狂。为了协同地面部队作战和掩护北朝鲜交通线，中央军委决定组成中国人民志愿军空军。年轻的中国人民解放军航空兵部队，积极响应党中央、毛主席“抗美援朝、保家卫国”的号召，志愿参加志愿军空军，在苏联空军的密切配合下，同朝鲜人民空军一道狠狠打击美国侵略者。

刘震于1950年10月被任命为中南军区空军司令员，随即于11月初又奉命调东北军区空军任司令员。

1951年3月15日，志愿军空军领导机构在辽宁安东(今丹东)正式成立，当时的名称是中朝人民空军联合司令部。刘震被中央军委任命为志愿军空军司令员，并担任党委书记。领导机关成立后，即以战斗姿态投入了战前准备工作。一方面，抓紧熟悉将要参战的志愿军空军部队的情况，了解朝鲜战

场上美国空军的活动，拟定作战方案；另一方面，将指挥系统的各类人员、各种电台、雷达迅速组织起来，科学分工，明确职责范围，进行图上作业和示范演练。

志愿军空军的指挥机关和部队，经过短期的突击训练，即开始参加实战锻炼，以便尽快在实战中摸索一套适合自己情况的空战战术原则和组织指挥的方法。

根据毛泽东1950年12月4日批示“采取稳当办法为好”的精神，决定在大批空军部队投入战斗之前，先由空4师以大队为单位开赴前线，在苏联空军部队带领下进行实战练习。该师从1950年12月21日至1951年3月2日，共出动飞机28批145架次，其中4批24架次与美国空军进行了实战。10团28大队大队长李汉首开记录，创造了击落敌F-84战斗轰炸机1架、击伤2架的战绩，揭开了空战之“谜”。

1951年9月9日为了粉碎美军的“绞杀战”，掩护我铁路运输，刘震分析了朝鲜战场的情况，认为敌我空中斗争必将越来越激烈，必须充分动员参战部队，做好迎击敌大机群作战的思想准备，并利用战斗间隙加紧飞行技术战术训练。遵照中央军委确定的“逐步前进”、“轮番作战”的方针，志愿军空军组织部队轮番作战，把朝鲜空中战场当作一个大学校，不失时机地锻炼大批部队。

为了适应大机群空战指挥的需要，志愿军空军及时调整雷达部署和通讯网络，重新划定作战空域，进一步明确组织指挥的有关问题。根据我军的指挥原则、指挥关系和空中战斗的特点，为便于集中指挥，每次战斗起飞的架次、兵力区分(攻击队、掩护队和第二梯队由哪个部队担任)、起飞时间等，统由志愿军空军指挥所决定；每个编队(从中队到师)从出航、接敌到投入战斗、退出战斗和返航，均由刘震通过空中指挥员实施指挥，特殊情况下他还指挥到师、团编队中的某个大队长。

志愿军空军于9月25日开始与敌进行激烈的大机群空战，首先参战的仍是经过初战锻炼的空4师。

25日15时许，敌机出动5批112架，其中战斗截击机和战斗轰炸机102架，轰炸机10架，高度4000至8000米，活动于顺川、安州、平壤等地上空，企图对我铁路、公路运输线进行轰炸破坏。

志愿军空军和友军共起飞144架直奔战区。空4师12团1大队长李永泰迅速发现敌机，率先冲向左下方8架F-84战斗轰炸机，2号机、3号机、4号机紧紧相随，5号机、6号机掩护，向左下方4架敌机扑去。敌机见势不妙，急速四散摆脱。

这时，敌8架F-86分别从左右后方袭来，刘震指挥李永泰，立即爬高占位准备反击，但李机突然中弹，恰在此时敌机另4架F-86也从后上方俯冲过来，处境非常危急，幸好僚机权万太马上向敌猛冲，将敌机驱散。

在李永泰长机组与敌激烈混战过程中，僚机组陈恒、刘涌新奋不顾身进

☆在反"绞杀战"斗争中，我志愿军年轻的空军也显示了强大的威力。这是正在起飞迎击敌机的我空军机群

行掩护，激战中队形分散，刘涌新单机与敌4架F-86展开格斗，死死咬住一架敌机穷追不放，一阵猛射，将敌击落，首创击落美国最先进的F-86飞机的战绩。他不幸随后被敌击中，壮烈牺牲。李永泰摆脱了困境，驾驶着负伤56处的飞机安全返回了基地，后来被同志们称为"空中坦克"。

26日和27日，敌我双方又连续两天进行了大机群空战。3天内共击落敌机26架、击伤8架。敌空军连日受挫，称"这3天战斗是历史上最长最大的喷气式飞机战斗"，不得不承认我方空军"严重地阻碍着联合国军的空中封锁

铁路线的活动”。10月2日，毛主席看到战报后，当即写了“空4师奋勇作战，甚好甚慰”的批语，给予志愿军空军极大鼓舞。

10月上、中旬又进行了6次大机群空战，其中5日、10日战斗打得最为出色。5日上午，刘震令空4师先后起飞42架，飞至清川江上空迎击敌机，掩护地面部队渡江。空战中全体指战员英勇奋战，基本保持双机、四机攻击，长僚机密切协同，击落敌3架F-80、击伤2架，我机被击落1架。

10日下午，空4师分两个梯队出战，10团起飞18架为第一梯队，至安州上空与敌空战，2大队将10架敌机误认为我机，因而陷入敌阵，经奋力拼搏，将敌驱散，大队长李宪刚击落敌机1架，2号机胡树和击伤敌机1架。第二梯队15团起飞20架到清川江一带，掩护第一梯队退出战斗，空战中大队长华龙毅击落敌机2架，3号机击落敌机1架。这天的战斗打得干净利落，共击落敌机4架，击伤1架，我无损失。

在这个月里，我方空军和高炮部积极配合，英勇作战，沉重地打击了敌人，他们不得不承认，这个月我方空军“在北朝鲜的活动达到高潮，而联合国军的空中优势陷入危险境地。”敌B-29轰炸机被迫改在夜间活动。

11月4日，敌F-84、F-80战斗轰炸机20架飞临价川上空，刘震指挥空3师起飞22架投入战斗。空战中，大队长牟敦康指挥果断，抓住有利战机穷追猛打，首先击伤敌机1架；副大队长赵宝桐连连开炮，先后击落敌机2架，余敌逃窜。

9日，空3师9团18机出战，在镇南浦上空1大队4号机刘德林击落敌机1架。10日，敌机两批32架进犯平壤，3师7团起飞24架出击，1大队长刘玉堤连续击落击伤敌机各2架，6号机王昭明击落敌机1架。

敌遭我几次打击后，遂回避与我空战，因而我机战斗出动虽多，但战机甚少。针对这一情况，刘震召集参战部队指挥员及各级干部研究，分析敌情，制定对策，确定把陆军打游击的战法运用于空中，即根据敌机活动规律——出动时间、批次、架次、活动空域等，提前起飞，隐蔽待机，突然攻击。在而后

大机群空战的同时，志愿军空军组织精干的小编队插到大机群侧后，对被我冲散的敌单机、双机和四机进行大胆攻击，取得了较好效果。

11月 18 日下午，敌机数批侵入安州、清川江一带，袭击我铁路目标。隐蔽于肃川上空 8000 米的空 3 师 9 团，发现敌 20 余架 F-84 正沿海岸线北进，刘震向空中指挥员林虎率领的编队及时发出命令：“迅猛俯冲、扑向敌群”。林虎乘敌机不备，以突然猛烈的动作，率领编队从 8000 米俯冲下来，一举冲乱了敌机队形，造成了各个击破的有利态势。

这时，1 大队长王海发现左前方低空敌 60 余架 F-84 正袭击清川江桥，遂率领 6 机冲上去。我机的出击完全出敌不意，敌编队慌乱，匆忙投掉炸弹，仓促应战。王海乘势充分发挥我机垂直机动优势，令编队作了几次俯冲、爬高动作，将敌进一步分割，搞得敌人队形大乱，接着他频频瞄准开炮，一连击落敌机 2 架，其僚机焦景文和 4 号机孙生禄也发起攻击，相继击落敌机 3 架。敌人见势不妙，纷纷溃逃，我编队迅即退出战斗，胜利返航。

志愿军空军部队越战越强，越打越精，11 月 23 日又取得了 8:1 的战果。当天，敌机数批袭击肃川、清川江铁路运输，刘震指挥空 3 师 7 团出动 20 架迎击。我机群在空中指挥员孟进率领下，火速飞向战区。当机群飞至肃川上空时，发现了北窜的敌 20 余架 F-84 战斗轰炸机，我机群立即投掉副油箱，有攻击有掩护地投入战斗。空战中，1 大队大队长刘玉堤打得机智灵活，勇猛泼辣，创造了一次空战击落敌机 4 架的记录。2 大队、3 大队亦相继击落敌机 3 架、击伤 1 架。整个空战打出了高水平，共击落敌机 7 架、击伤 1 架，我机仅轻伤 1 架。

侵朝美国空军改装 F-86E 型战斗截击机后，妄图凭借装备优势，组织一二百架大型混合机群对我侵袭。刘震考虑，年轻的志愿军空军经过一年的空战锻炼，已迅速壮大，指挥机关和部队都取得了一些经验。在战术技术上、不仅能打敌 F-84、F-80 战斗轰炸机，也敢打敌最先进的 F-86 战斗截击机；不仅能打小机群，也敢和敌大机群交锋。空 3 师参战后，刘震要求该师坚决打敌大机群，在 12 月 2 日、5 日、8 日的空战中，该师参加了敌我双方达 300 架

喷气式飞机的大规模空战，指战员越战越强再接再厉，取得了击落击伤敌机11架的战绩。1952年2月1日毛主席看到战报后，欣然写道“向空军第3师致祝贺”，该师和志愿军空军深受鼓舞。

在空4师、空3师先后参加大机群空战取得初步经验后，志愿军空军确定由这2个师带领新部队参战，以加速各部队的轮战锻炼。1951年12月至1952年1月，空14师、空2师；空6师先后参战，均取得一定的战果。随后，空15师、空12师、空17师、空18师都相继投入战斗。

截至1952年5月底，志愿军空军共有歼击航空兵9个师18个团按计划进行了轮战。这些部队每次空战之后，志愿军空军都要求他们认真总结经验教训，发扬军事民主、技术民主，开展了战前“出情况，想办法，订方案”，战后“评指挥，评动作，评纪律”的活动，做到打一仗进一步，吃一堑长一智。许许多多的战例反复说明：凡是我机能够保持编队作战，指挥协同得好的，几乎每次都取得了胜利；反之，就会失利。

随着志愿军空军部队的战斗力逐步加强，战术思想逐步提高，美国空军遭受的打击也越重，在清川江以北的空中优势受到很大削弱，被迫放弃对“三角地区”的封锁。美国空军参谋长范登堡惊呼：“共产党中国几乎在一夜之间就变成了世界上主要空军强国之一”。美方还承认“米格曾把战斗轰炸机逐回清川江以南”，“对铁路线进行历时10个月的全面空中封锁，并没有将共军挫伤到足以迫使接受联合国军方面停战条件的地步”，“绞杀战是失败了”。

威震四方：刘　震

击落美“成绩最高的喷气机王牌驾驶员”

jiluomeichengjizuigaodepenqijiwangpaijiashiyuan

1952年春，美帝侵朝空军为了加强其空战力量，增调了一批参加过第二次世界大战的校级飞行员和“王牌”飞行员到朝鲜作战。在经过一年实战锻

炼的志愿军空军面前,敌人一开始就遭到惨败。

2月9日晚,刘震在指挥所召集有关人员,一起研究作战指挥部署。他们分析敌机活动规律,发现敌每天早晨总要起飞30多架飞机到鸭绿江以南进行活动,侦察天气,而志愿军空军部队在前一段实战锻炼中,却没有在早晨和敌人打过空战。

因此,刘震决心出敌不意打一仗,遂令作战部队的飞行员明天不吃早饭,只用些点心,于凌晨4时半以前作好一等战备,听令出动。他们完成作战预案的制定,到9日24时才结束。刘震休息了三个小时,10日凌晨3时又进入指挥所,检查了作战部队的战斗准备,了解了天气情况,并作了补充部署。

10日5时,空气清冷,薄云蔽日。我雷达发现美机数批先后侵入平壤、沙里院和价川地区,其中16架F-84、F-80,在18架F-86掩护下直向铁山半岛飞来,刘震判明企图后,令空4师起飞2个团,按作战预案出动,并令空3师作好二等准备。空4师依令起飞34架,10团16架为攻击队,12团18架为掩护队,急速飞往战区。

当时气象条件比较复杂,刘震在指挥所不时向空中通报敌情,发出命令:"加强戒备,注意搜索敌机!"飞行员们聚精会神,高度戒备,一双双犀利的眼睛严密地监视着四周。

忽然,12团3大队大队长张积慧隐约地发现远方海面上有一些小黑点。"是敌机!"他一面报告刘震和空中指挥员,一面叫自己的僚机单子玉爬高。狡猾的敌机忽高忽低,时而贴近海面,时而钻入云层,鬼鬼祟祟地向我机群靠近。张积慧和僚机同时猛拉操纵杆,爬高占位,准备攻击敌人。当他们抢占到高度优势时,敌机却不见了,反而使自己脱离了编队。一时找不到敌机,他们只好加大油门,追赶编队。

"敌人钻到哪里去了呢?"张积慧四处搜索着。突然,他从右侧后方云层间隙中发现8架敌机直窜下来,为首的两架敌机已经猛扑到了尾后。原来,敌人发现我机群时,想先发制人,给我机群一个突然袭击;后来发现我机群早已摆好了威严的阵势,占据了有利高度,便避开我机锋芒,来了个急转弯,

☆1952年2月10日，志愿军空军一级战斗英雄张积慧，在空战中，机智勇取地击落了美国"王牌"飞行员戴维斯驾驶的喷气飞机。

绕到我机群后面伺机偷袭。

敌我机的距离越来越近了，张积慧提醒僚机："注意保持双机！"并继续沉着地向前飞行。这时，气焰嚣张的美国飞行员得意忘形，断定我机已经逃不脱他们的毒手，又加大了油门，凶神恶煞地扑向前来。就在这千钧一发之际，张积慧带着僚机猛然一个右侧上升，敌双机冷不防扑了空，"刷"地从我机腹下冲到了前头。敌人见势不妙，连忙左转占位，我双机也向左急速反扣过来，紧紧咬住了敌带队长机。

在张积慧和单子玉双机紧紧追赶下，敌人使出了浑身解数，拼命摆脱，先是来了个急俯冲下滑，张积慧也猛侧下去；敌见此计不成，又向太阳方向作剧烈垂直上升，我双机因对着太阳不便跟踪，遂向右侧拉起，迅速跟了上去。

敌机仍见我尾追其后，又俯冲逃脱，张积慧也立即冲了下去，紧紧追击，步步进逼，眼看着到了开炮距离，他一按炮扭，"咚……"发射出了一串串炮弹，可惜由于角度不对，只从敌机旁边擦过，没有命中。但敌长机已吓得魂飞魄散，急剧俯冲，仓皇逃跑。

张积慧在单子玉掩护下也跟着追了上去，在与敌600米的距离上瞄准

射击，三炮齐发，敌机立即冒出一股浓烟，瞬即变成一团烈火，螺旋着向下掉去，坠毁在朝鲜博川郡青龙面三光里北面的山坡上。

张积慧击落敌带队长机以后，迅速拉起，稍抬机头，又瞄准了敌僚机。此时，敌僚机眼见自己的长机被击落，惊慌地做着不规则的飞行动作，企图摆脱我机攻击。当张积慧向敌逼近，正准备开炮时，敌僚机突然来了个上升转弯，扭头就跑。张积慧充分发挥我机垂直升降的优越性能，敏捷地上升转弯，从内圈切半径追了上去。在400米距离上瞄准射击，一次开炮，就打得敌机凌空解体，七零八落地向下坠去。

空战结束时，气象员突然向刘震报告："司令员！海上云层急速向大陆上空飘移，再过15分钟，沿海各机场将被云层封闭，我机不能着陆。"此时，敌机第二梯队正向战区增援，情况紧急，如何处置？

刘震思考：如今空4师返航，敌人的第二梯队机群势必向我机追击，可能会遭受大的损失；。如空4师不及时退出战斗，又不能安全着陆。他当机立断，决心起飞第二梯队，在鸭绿江对岸上空阻挡敌机追击，以掩护空4师返航；并令该师以大队为单位分别在青椅山、浪头、大东沟、大孤山等机场抢时间着陆，如果还有一部分不能着陆，油料够用，可到辽阳、沈阳等二线机场着陆。当时刘震心想，万一有些飞机不能安全着陆，就只有让飞行员跳伞，由他向上级负责。幸好空4师飞行员听从指挥，有几个机场在最后几架飞机着陆时，能见度只有1000米，刘震要他们特别沉着、细心，结果全部安全着陆。这一天紧张的空战指挥，使刘震疲劳不已。

这次空战后，从敌机残骸中找到了飞行包、机号和一枚证章，上面刻着：美国空军第4联队334中队中队长乔治·阿·戴维斯少校的名字。原来，这是美国空军中有着约3000小时的飞行经历，在第二次世界大战中曾参加战斗飞行266次，美国吹嘘为"百战不倦"的"特别勇敢善战"的"空中英雄"，"成绩最高的喷气机王牌驾驶员"，他来朝鲜后，异常疯狂，到被击落时为止已进行59次战斗飞行，两手沾满了朝鲜人民的鲜血，这次落了个可耻可悲的下场。

☆美国“王牌”驾驶员戴维斯和他的军号。

打掉戴维斯，大大鼓舞了志愿军空军各部队，而且在政治上、军事上给了敌人以沉重打击。1952年2月12日，美帝远东空军司令威兰中将在一项特别声明中，不得不悲哀地承认：戴维斯的被击毙，“是对远东空军的一大打击”，“是一个悲惨的损失”，美国空军是在“和一个厉害而熟练的敌人作战”。美国国会也因此大为震动，参议员、共和党头子勃里奇在国会会议上大发雷霆说：以目前这样方式进行的朝鲜战争，“是美国历史上最为绝望的战争”，“战场上的士兵们大为丧气”。

威震四方：刘　震

创办空军学院

chuangbankongjunxueyuan

空军学院是在以刘伯承为院长的军事学院空军系的基础上创办的。

1957年10月，刘震奉命开始组建，当时空军系还在南京继续施训，而空军学院的院址定在北京，他就在南北往返中抓紧各项筹建工作。

12月，刘震率空军代表团对苏联进行参观访问，着重参观学习了苏联空军院校的经验，结合我们的实际情况，认真研究建立空军学院的有关问题。经过一段时期的准备工作之后，1958年9月空军学院正式组成，刘震被任命为空军副司令员兼空军学院院长和政治委员，并担任党委书记。

在建院初期的边建边训中，刘震着重抓教材编写，提出编写教材的方针是以毛泽东军事思想为指针，以保卫祖国的战略方针和作战指导原则为依据，以空军的建军和作战训练经验为基础，参照苏联及其他兄弟国家的先进经验，并研究敌人的战术和技术，从我军现实情况出发，并照顾到将来可能发展的情况，来编写我们自己的教材。这也是当时的教学工作必须遵循的方针。

在编写和教学过程中，始终坚持了领导与群众相结合、理论与实际相结合、编写与学术研究相结合、编写与教学相结合的原则。刘震对重要的学术问题，善于在群众研究讨论的基础上进行概括提炼。1959年5月以后相继提出了：空军在未来卫国战争中的3项任务、6条使用原则和各种情况下的各种打法，并经上级同意在教材编写和教学工作中试用。

但是，由于那个时期“左”的思想影响，尤其是林彪、吴法宪一伙的严重破坏，是非颠倒，使一场学术研究和教材编写工作的活跃空气被窒息了，正常的教学和其它工作也受到种种刁难，直至“文革”初期学院竟遭到撤销。尽管如此，学院按计划培训了空军各级干部，锻炼了教员队伍，为人民空军的发展作出了贡献。

进者勇进，退者乐退

jinzheyongjintuizheletui

“文化大革命”中，刘震更遭林彪、江青反革命集团的残酷迫害。

1966年6月，吴法宪主持召开空军党委三届十一次全会，因刘震揭发批判了他的错误，他怀恨在心，捏造刘震所谓“反毛泽东思想”、“彭黄反党集团成员”，“在空军搞罢官夺权”等罪名，于8月20日用空军党委名义上报，经林彪批准于9月12日令刘震停职反省。

1967年1月13日，江青根据林彪阴谋意图，召集空军直属机关和空军院校万人大会，点名指使揪斗刘震。9月21日吴法宪把持的空军党委常委又私立专案，对刘震进行残酷审讯，并于10月押送农场监督劳动，使其身心受到严重摧残。

直到1971年“9·13”事件以后，在周恩来总理纠正“左”倾错误、落实干部政策的关怀下，刘震才于1972年6月回京治病。

恢复工作后，刘震关注的还是党和国家的命运，对自己的遭遇无怨无悔，一心扑在工作上，努力把失去的时间夺回来。

1973年5月以后，刘震在任沈阳军区副司令员4年期间，深入调查研究，对全区部队训练工作，特别是干部训练和部队夜间训练等问题，提出了一系列的建议，收到了较好的效果。

☆1978年8月，刘震在新疆军区传达党的十一届全国代表大会精神

1977年7月，刘震调任新疆军区司令员、新疆维吾尔自治区党委第三书记(后为第二书记)。

1980年1月至1985年底，刘震任军事科学院副院长，在分管的学术研究工作中，与研究人员一起刻苦钻研，付出了辛勤的劳动，做出了重要贡献。

1982年9月，刘震出席党的十二次全国代表大会，并被选为中央委员会委员。在十二届四中全会期间，他和许多老同志一起请求退出中央委员会，并在1985年9月13日的《人民日报》上发表了《老同志要有点乐退精神》的文章，抒发了自己的心情：

“三年前，在党的十二次代表大会上，当我看到中央委员会候选人名单上有我的名字时，我就曾经诚恳地提出过退出中央委员会的请求。我说，少我一个人，可以为较年轻的同志让出一个位置。因为我迫切地感到，要完成党在新时期所制定的伟大任务，保持党的马克思主义方针政策的连续性，没有一个富有生气活力的中央领导机构，是难以当此重任的。因此，我有个想法：在实现干部年轻化势在必行的历史关头，为适应社会主义现代化建设的需要，应当在我们这些老同志中间，提倡乐于退下的精神风格。”

“做到乐退，首先要正确地估量自己。我们这些从战火中闯过来，从动乱中走过来的人，谁不想再为社会主义现代化建设出把力呢?然而，岁月不饶人。谁也不愿老，谁也不能不老，自然规律是不可抗拒的。余热虽有，毕竟非同熊熊燃烧的旺火了。不服老，不行啊！不少同志喜欢曹孟德‘老骥伏枥，志在千里。烈士暮年，壮心不已’的名言，而照我看来，暮年浩气，固然可喜，但要冲锋陷阵，终归还要靠年富力强的骁将……过去，南征北战，是历史赋予我们的使命，而今，为着党的事业让位、让贤、让能，让继往开来的一代新人走上领导岗位，搞好新老交替与合作，同样也是历史赋予我们的使命。我们当初出来干革命，不过是赤条条一个穷汉，何名之有？何位之有?没有党的领导，我们一无所有。如果说名誉地位应当珍惜，那么真正的珍惜乃在于忘我。不忘我，即无乐。心底无私天地宽嘛！”

“我们共产党人，因为深知人类的进步要靠一代又一代人的不断努

力,坚信自己的事业是正义的、有光明前景的,所以我们是革命的乐观主义者。乐退精神,乃是这种乐观主义的题中应有之义。……为此,我愿进者勇进,退者乐退。而老同志的乐退,也正是为着我们的事业永远年轻、兴旺发达。"

刘震的文章确实道出了一批老同志的共同心愿,许多人读了很受教益。就在 1985 年 9 月党的全国代表会议召开之时,他退出了中央委员会,同时被增选为中央顾问委员会委员。1987 年 10 月党的十三次代表大会时,他继续当选为中顾委委员。对于中顾委要求的学习和调研任务,尽管他晚年体弱多病,总是尽力去完成。

1992 年 8 月 20 日凌晨 4 时 20 分,刘震因病逝世。

★赣南一面旗:陈奇涵★

陈奇涵(1897–1981),江西省兴国县人。1919 年入韶关滇军讲武堂分校学习。曾任赣军排长、连长、代营长。1925 年入黄埔军校,任队长、连长、政治大队长,同年加入中国共产党。1926 年被派往江西从事群众运动。1927 年任南昌军官教育团参谋长。土地革命战争时期,任中共赣南特委军事部部长兼省军事部办事处主任,中国工农红军第 3 军教导团团长,红 3 军、红 4 军参谋长,红 1 军团参谋长,江西军区参谋长,教导师参谋长,军委随营学校校长,红 15 军团参谋长。参加了长征。抗日战争时期,任军委教育局局长,绥德警备司令,军委参谋部部长兼延安卫戍司令,中国人民抗日军政大学第三分校校长,军委情报部第三室副主任。解放战争时期,任冀察热辽军区、东满军区副司令员,辽宁军区司令员,东北军区参谋长。中华人民共和国成立后,任江西军区司令员,中国人民解放军军事法院院长,中华人民共和国最高人民法院副院长。1955 年被授予上将军衔。是第一、二、三届国防委员会委员,第三、四届全国人民代表大会常务委员会委员,中国共产党第七次全国代表大会代表,第八届候补中央委员,第九、十、十一届中央委员。

赣南一面旗：陈奇涵

立“先天下之忧而忧，后天下之乐而乐”之志

lixiantianxiazhiyoueryouhoutianxiazhileerlezhizhi

1897年9月23日，陈奇涵出生于江西兴国县五里亭乡坝南(又名竹坝)村一个普通的客家农民家庭。字圣涯，小名祖福。

陈家虽然家境贫寒，但为摆脱困境，在小祖福9岁那年，家里借钱供他在本村私塾就读，从《三字经》开始破蒙点读，直至读完《千字文》、《百家姓》、《幼学琼林》和《增广贤文》等启蒙读物。中国传统的儒家文化教育，使他得到了初步的品德训练，有了一些文化知识的基础。

祖福10岁那年，兴国遇到了罕见的天灾，大片农田毁于虫害，兴国一时满目疮痍，哀鸿遍野，大批灾民涌入县城，沿街乞讨。小祖福家“聚隆昌号”也因为没米可卖，濒于倒闭，就这样，祖福被迫辍学在家帮助母亲劳作了。

在新的革命思潮冲击下，1905年间，清朝政府下达诏令，废除科举制度，在州、县普遍设立学堂。1909年，陈奇涵考入兴国县城背街陈家祠的“五四制”北汇小学堂读高小。

1913年，陈奇涵在陈家祠小学堂毕业后，考入赣州府中学(后改名为“江西省立第四中学”)，这是赣南仅有的三所省立重点中学之一。苦读四年毕业后，因无钱升大学，只得返回家乡。

在陈奇涵读书的十余年间，正是中国政治风云变幻，新旧思潮急剧交锋的动荡时期。中国大地疮痍满目，帝国主义列强横行无忌；劳动人民在封建军阀的压迫下痛苦地呻吟；国民经济长久萧条，民不聊生，怨声载道。陈奇涵目睹国家此等惨状，悲愤交集，痛苦探索，寻求光明。他深切地认定，要使祖国外不受强虏欺侮，内不遭官僚压榨，就必须立志改革，发奋图强。于是，他毅然产生了“教育救国”的念头。

1918年秋，时年20岁的陈奇涵邀了江西省立赣州第四中学毕业生胡灿、

肖以儒、肖以佐、吕煌、李启浩、李世鉴、王思莲、李世熔、肖荫元、肖正清，宁都省立第九中学毕业生鄢日新，南昌私立心远中学毕业生陈昌浚，兴国简易师范毕业生吕延、李景清等十五位学友和乡友，会集于兴国县城赤勘小学内，座谈教育救国。与会者都是热血青年，凭着书生意气，各抒己见，个个感慨不已。

陈奇涵激昂地说："我们不忧家贫，而忧国之不富；不忧人穷，而忧道之不公。"

经过一番筹划和思索，陈奇涵提议说："我们就取'君子忧道不忧贫'之意，立'先天下之忧而忧，后天下之乐而乐'之志，创办一所'忧道小学'，怎么样？"

"讲得好！"他的倡议得到大家的赞同。于是决定创办一所平民学校，取名"忧道小学"。校址选在兴国县城横街明伦堂。大家怀着颗颗火热的心，为着一个目标，就是要把"忧道小学"的学生教育培养成为反帝反封建的中坚分子，为争取民族独立，民权自主，民生自由而奋斗。

1919年春夏之交，北京的"五四"运动像一声春雷响彻神州大地。革命声浪迅速席卷全国，唤起了千百万青年的觉醒。反帝反封建的浪涛汹涌澎湃，民主革命思潮迅速在赣南各地传播开来，也传到了偏僻的山城兴国，得到了兴国人民的热烈响应和支持。

在"五四"新思潮的影响和激励下，面对北洋军阀的专制统治和横征暴敛，兴国县有知识的热血青年在彷徨中觉醒了。陈奇涵终于醒悟到："教育救国"这条路是行不通的，"秀才造反十年不成"，要救国救民，只有另辟路径。陈奇涵遂决定投笔从戎。

赣南一面旗：陈奇涵

革命到底，死不回头

gemingdaodisibuhuitou

1919年6月，陈奇涵为了寻找救国救民的真理，借了百余元盘缠，携带1斤作为路费的蚕丝，只身南下广东，投考滇军云南讲武堂韶州(今韶关)分

校。在通过严格的考试后，他被录取了。

1920年，陈奇涵又转入护国军第二讲武堂。在此前后，马克思主义理论开始在中国广泛传播，俄国十月革命的胜利鼓舞与影响了许多革命者。陈奇涵如饥似渴地阅读革命书刊，秉烛于房内，舞剑于屋前，寻求救民的真缔，并自觉地接受艰苦的军事训练。

随后，陈奇涵参加了第二次粤桂战争、第一次北伐战争和护法战争，先后任排长、连长、代营长。

1924年2月，陈奇涵脱离赣军，在广州受聘为广东警卫军讲武堂区队长。

不久，在黄埔军校的影响下，驻粤各军也先后设立了军事学校。陈奇涵因广东警卫军讲武堂停办，于10月下旬被聘为桂军军官学校区队长，张治中任上校大队长。

☆我党曾先后派周恩来、肖楚女、恽代英、彭湃等许多干部到农讲所授课。这是恽代英同志

1925年初，陈奇涵跟随张治中转入黄埔军校。他先担任该校第三期学生总队第一大队第三队上尉连长，后担任少校政治大队长(营长)。这个时期是陈奇涵一生的转折时期。

陈奇涵在黄埔军校工作积极，热忱待人，为人耿直，深得学员的爱戴。他开始有计划地阅读革命理论书刊。每逢星期日，便去东皋大道农民运动讲习所聆听毛泽东、周恩来、肖楚女、恽代英等同志的政治专题报告。

在农讲所，毛泽东讲授《中国社会各阶级的分析》，周恩来主讲《革命形势》，恽代英讲授《帝国主义侵略中国史》，肖楚女讲授《阶级斗争问题》，任卓宣讲授《辩证唯物论》，邓中夏、张国焘、陈延年也作过专题报告。向警予还来讲习所介绍过第三国际第六次代表大会的情况。在这里，陈奇涵直接受到革命思想的熏陶，逐步接受了共产主义人生观，走上了与工农相结合的革命道路。他立志为民众谋解放，决心为共产主义事业奋斗终身。

周恩来领导的“中国青年军人联合会”，是黄埔军校的一个进步团体组织。陈奇涵在此结识了周恩来、聂荣臻等人，并积极参加该组织的活动，进行了反对国民党右旅组织“孙文主义学会”和反对“戴季陶主义”的政治斗争。

然而，当他郑重地向党组织提出加入中国共产党的申请时，有人却对陈奇涵有偏见，认为陈奇涵是旧军队出身的军官，需要考验，迟迟不予接受。

陈奇涵拍案而起，毅然表示：“入不了党，我就回家修水利、种稻田！”他的好友陈赓、许继慎都是中共党员，非常了解陈奇涵的脾气和为人。他们邀请陈奇涵一起来到珠江边，三人边走边谈。陈赓、许继慎说：“奇涵兄，我们志同道合，今天就结个兄弟，为了解放民众，革命到底，死不回头。”三双有力的手紧紧地握在一起。

☆1925年，陈奇涵在黄埔军校任少校大队长，加入中国共产党

1925年2月，经陈赓、许继慎介绍，陈奇涵秘密地加入了中国共产党。随后参加东征。

1926年3月20日，担任黄埔军校校长并兼国民革命

军第一军军长的蒋介石，为了打击共产党和国民党左派，迫使共产党退出黄埔军校和第一军，有预谋地挑起"中山舰事件"。

不久，蒋介石又独揽党政军大权。珠江之畔风云突变，历史处在一个转折点上。陈奇涵此刻也面临着人生的重要抉择。此时，他已是黄埔军校少校军官，如果脱离势单力薄的共产党，留在占统治地位的国民党内，则待遇丰厚不言而喻，飞黄腾达也指日可待。但陈奇涵不改初衷，毅然保留共产党员的党籍，宁愿丢掉高官厚禄，而去承担清贫和风险。

陈奇涵立定革命志向，毅然辞去官职，秘密接受党的指示，在国民革命军总政治部主任邓演达和总政治部留守处主任孙睿明的支持下，他脱下皮鞋换上草鞋，带领一批黄埔军校和农民运动讲习所的共产党员，以国民革命军总政治部特派员的名义，准备离开黄埔军校，返回故乡。

1926年6月，陈奇涵带领肖韶(上海大学毕业后入黄埔军校第4期政治科毕业)、钟赤心、肖万侠、钟友仟、陈奇洛(陈奇涵三弟)、鄢日新(黄埔军校第3期准尉特务长)、曾新全等，8人结伴同行，经香港、潮州、汕头、梅县，几经周折，于月底到达江西的会昌。由于北洋军阀的杨如轩尚盘踞赣南，陈奇涵等人未能顺利回赣州公开活动，便暂时隐蔽在会昌县的谢家祠一个印刷工人的宿

☆1926年，陈奇涵(左四)从粤返赣，在江西抚州建立共产党组织时合影

舍里，开展地下活动，做好回家乡开展工农革命运动的准备。

陈奇涵等人根据在广东所接受的革命知识，自己动手，边写边印，首先印发了《工人运动宣传大纲》和《农民运动宣传大纲》，在工农群众中进行宣传鼓动。

1926年9月，在陈奇涵的带领下、胡灿、鄢日新、肖以佐、凌甫东、黄家煌、余石生、肖以儒、谢云龙、洪雨龙、张佑汉等，陆续返回老家兴国，各自利用合法身份，深入到各个乡村圩镇，在群众中宣传马克思列宁主义，筹备建立兴国党组织。对此，毛泽东曾称赞陈奇涵为："赣南农民运动的一面代表旗帜"。

羊山会议、兴国暴动的主要组织者

yangshanhuiyixingguobaodongdezhuyaozuzhizhe

大革命失败后，国民党"清党军"进驻赣南后，大肆抓捕共产党员。7月30日，中共赣州地委书记张世瞻惨遭杀害，中共赣州地委遭到破坏，被迫停止活动。这时，中共江西省委从九江、南昌等地，分别来函指示兴国的陈奇涵、胡灿、肖以佐、鄢日新等，要

☆江西省会南昌城一瞥。

求响应江西暴动计划。胡灿与陈奇涵商议,决定上羊山开会,研究贯彻中共江西省委指示。

10 月 5 日,陈奇涵在羊山后山的一座庙堂里,主持召开了中国共产党兴国县党的活动分子会议,即“羊山会议”。

会议针对当时形势,研究了行动方针,作出了五条重要决议:

一、立即恢复党的组织和群众团体。

二、实行革命的五抗(抗租、抗粮、抗税、抗债、抗息)政策,以发动群众。

三、采取“白皮红心”的斗争策略,利用封建势力之间的矛盾,分化打击敌人,以利于革命势力的发展。

四、建立革命武装,开展武装斗争,随时给反革命势力以有力的打击,并派出共产党员打入敌人内部,去争取改造封建帮会“三点会”组织,控制与瓦解反动的靖卫团。

五、团结各氏族的革命人士,扩大革命的统一阵线,在城乡建立革命阵地。

会上,决定将中共兴国支部改为中共兴国特别支部。

陈奇涵主持召开的“羊山会议”,是中共兴国党组织从遭受挫折到恢复发展的转折点,在兴国革命斗争史上具有重要意义。

1928 年 10 月,陈奇涵与中共兴国区委的领导人认真分析了兴国当时的情况,一致认为在兴国举行武装暴动的条件已经成熟。

兴国反动派面对热火朝天的革命形势和迫在眉睫的人民起义,日益惶恐不安,纷纷密报赣州官府,甚至呈报“中央”,乞求派兵来兴国“剿匪”,“密拿匪首陈奇涵”。

陈奇涵、胡灿等中共兴国党组织的负责人,抓住敌人惊慌未定的有利时机,抓紧部署和领导兴国县城的革命武装暴动,决定以红 2 团和红 15 纵队,组成暴动队伍,进攻兴国县城。

12 月,红 2 团离开东固革命根据地,向北进攻乐安城,取得攻城战斗的胜利。原计划攻取永丰苻田,返回东固根据地休整。因遭永丰靖卫团的阻击,于是,根据陈奇涵的布署改攻兴国。

12月17日，红2团与红15纵队在东村街口会合。

此时，担任兴国靖卫团教练的胡灿，将靖卫团在槲武、江背、东村等地隔沟设防的警戒线，改调瑶岗垴、佛祖岭，北五里亭，高兴圩方面设防，使部队能够顺利从敌人的背后攻城。陈奇涵派人将驻在城里的“兴国四十八乡联乡自治会”的招牌摘下砸了，并放风说是商会所为，使素有间隙的联乡自治会与把持县靖卫团的商会之间的关系产生破裂，致使兴国暴动时，各乡靖卫团竟袖手旁观，按兵不动，不肯救援。

12月19日下午，中共兴国区委交通员肖华，将驻槲武的红2团20多个便衣战士，悄悄地带进城，隐敝在东街肖屋村，准备里应外合。

午夜时分，一道亮光从兴国城头闪过，顿时县城枪声大作，杀声震天。暴动队伍由肖华、谢象晃等引导，突袭东门，蜂涌入城。红15纵队直扑县署，红2团由北郊直捣商团。驻城北的靖卫团从梦中惊醒，仓促鸣枪顽抗，一边垂死挣扎，一边向赣州方向溃逃。

国民党兴国县长黄健被枪声惊醒，趁着夜色朦胧，悄悄溜出西门，经埠头桐溪鼠窜而逃。肖华、蔡馥兰、王大海等共青团员，事先在一个个贪官污吏、土豪劣绅家门口用木炭划上叉，作了记号，暴动队伍举着梭标、鸟铳、大刀攻入城后，按图索骥，挨家逐户搜捕，罪大恶极的反动分子一个不漏，全部落入法网。

20日清晨，红军控制了县城，鲜艳的红旗在兴国城墙上飘扬。上午，四乡农民协会会员络绎不绝开入县城，参加群众大会。

会上，宣布了被捕的警察局长肖正安等十几个反动分子的罪状，立即押往脑滩枪决。红军砸开监狱，释放了所谓的“罪犯”，并放火烧了县衙门的监狱。红军还押着商团团长沿街挨户叫开商家的门，收缴了商团分散的武器200余支枪和几箩筐子弹，分发了官仓(“太平仓”)积谷几千担，没收了城里“荣大”和“济大”两家最大的当铺，让穷人取回了典当的被子、棉袄、家俱、农具等抵押品，并且散发张贴了“打倒贪官污吏！”“打倒土豪劣绅，”“实行土地革命！”“取消苛捐杂税！”等标语、传单。

兴国暴动是一次有组织、有计划的革命群众运动，也是兴国前所未有的

一次革命武装暴动。革命红旗第一次在兴国城的上空飘扬。从此,兴国的革命由秘密走向公开,使得许多反革命分子惶惶不可终日,有的甚至跑到赣州、南昌长期“避难”,不敢回来。

1929年2月,红2团、红4团第二次攻占兴国城,收缴了反动武装,摧毁了兴国的反动政权,沉重地打击了兴国的封建势力,为兴国红色政权的建立,扫清了障碍,奠定了基础。

陈奇涵作为兴国暴动的主要组织者,在兴国革命斗争史上,写下了光辉的一页。

长征路上与死神相伴

changzhenglushangyusishenxiangban

左倾冒险主义者发誓要扫除一切贯彻“进攻路线”的障碍,把整个中央苏区拥护和执行毛泽东正确主张的干部,统统打下去。1933年冬,厄运终于降临到陈奇涵的头上。

正在前线指挥部队与“进剿”的敌第一路军薛岳部打得激烈的江西军区兼西路军参谋长的陈奇涵,突然被不明不白地宣布“撤职”。他被武装押回宁都,送江西保卫局“查办”,罪名是莫须有的“贪污浪费”。

后由于李富春不畏高压,坚持真理,进行了公正的干预,才使陈奇涵未被判极刑。但王明“左”倾错误领导者仍不把他放过。1934年春,陈奇涵从江西军区兼西路军参谋长一下子降职到红军总政治部武装动员部当科长,在部长罗荣桓的领导下,负责扩红工作。

遵义会议后,毛泽东指示要起用受王明路线打击排挤的干部,陈奇涵调任红1军团司令部任教育科长。陈奇涵跟随毛泽东四渡赤水,抢渡金沙江,摆脱了几十万敌军的围追堵截,彻底粉碎了蒋介石企图围歼红军于川、黔、滇边境的狂妄计划,实现了渡江北上的战略意图。

1935年6月初，陈奇涵随红1军团从泸定桥渡过大渡河后，翻越了终年积雪、空气稀薄的夹金山，于6月14日到达懋功地区的达维镇，与红四方面军胜利会师。6月26日，中央政治局在两河口开会，决定红军北上，创造川陕甘苏区。

8月4日至6日，中共中央在毛儿盖沙窝寨召开了政治局会议。会议讨论了一、四方面军会合后的形势和任务，重申了北上抗日的战略方针，对张国焘在红四方面军的工作提出了批评。同时，会议还解决了组织问题，增补了红四方面军的一些干部为中央委员，并决定陈昌浩参加政治局。

沙窝会议后，党中央为了迅速北上，根据新的情况，调整了红军指挥机构，决定朱德任中国工农红军总司令，张国焘任政治委员，刘伯承任参谋长，还将一、四方面军混编为左右两路军北上。左路军由红军总司令部指挥，辖红5军、红9军、红31军、红32军、红33军、军委纵队一部，以马塘、卓克基为中心集结，先占领阿坝，再北向夏河，向东发展。右路军由前敌指挥部指挥，总指挥徐向前、政委陈昌浩，参谋长叶剑英，辖1军(原1军团)、3军(原3军团)、4军、30军、军委纵队和红军大学，以毛儿盖为中心集结，拟占包座、班佑地区，再往夏河前进。

8月21日，陈奇涵随右路军红1军的前卫部队，从毛儿盖出发，开始踏上茫茫草地的艰难历程。

☆红军走过的水草地。

穿越草地时,部队严重缺粮。陈奇涵每天只能吃一点炒麦充饥,不仅吃不饱,还难以消化。于是,陈奇涵就去采些野菜,揪些野草,用脸盆煮着吃。没有干柴,就捡一些小柳树枝对付着烧。晚上,草地上寒气袭人,冷彻骨髓,战士们燃起一堆堆篝火取暖。然后,各自找一块干地,铺上油布、斗篷或光板羊皮坎肩,将就着宿营。

陈奇涵每到夜晚,便找一块高地,铺上雨衣,随便睡上一觉。由于草地气候恶劣,环境艰苦,加上给养不足,部队非战斗减员相当严重,仅红1军团掉队长眠在草地上的红军官兵就达400余人。

陈奇涵严重的关节炎病又犯了,膝盖肿得像个馒头,死神时刻都在威胁着他。他硬是靠坚强的意志,经过五天五夜的艰苦跋涉,行程250多里,神奇般地走出死神日夜游荡的茫茫水草地。到达班佑地区。其艰难的程度是可以想像的。这时,他高烧仍未退下,神志变得恍惚。

朱总司令听说陈奇涵快不行了,特地赶来看望。当医生从陈奇涵肚里打出一团野草裹着的蛔虫,他的烧才退了一些。朱德笑着说:"陈奇涵这个老俵,有股子顽强劲儿!"

过草地后,陈奇涵又奉命接替陈士榘的工作,调任红1军团教导营营长。军团教导营实际上是一所军队干部学校,负责训练军队干部的职责,下分1、2、3连,1连培养连级军事干部;2连培养连级政治干部;3连培养排级干部,全营共300余人。除特殊情况外,教导营一般不担负战斗任务,它的主要任务一是训练,二是保护供给部的金子和银元;三是在必要时担任警戒。

与陈奇涵同时调到教导营的邓飞,接替蔡书彬任政委。

陈奇涵和邓飞走马上任后的一项重要任务,就是要做到北上途中全营不减员或少减员。他俩千方百计弄一些吃的东西,尽可能使教导营的学员恢复体力。同时,号召大家在行军中发扬互助友爱精神,互相搀扶,互相帮助,努力巩固部队。陈奇涵与邓飞身体力行,带领教导营在以后20天的行军中,基本上做到了部队不减员。

9月10日凌晨2时,正当部队休息时,教导营突然接到命令:"立即出

发，到甘肃省迭部县的俄界待命。"陈奇涵感到非常意外，因为头一天晚上并未预先通知，一点思想准备都没有。但军令如山，只能依令而行。

不久传来消息，张国焘不想北进，而要右路军南下，分裂红军。陈奇涵当即表示反对张国焘的分裂主义，坚决拥护中央北上抗日的方针。陈奇涵所在的教导营随1军团作为先头部队，走在前面，红3军团断后，毛泽东嘱咐走在后面的彭德坏说："不要被可能出现的麻烦所纠缠，立即北上。"红1、3军团悄然北上，脱离了险境。

9月11日，教导营在俄界买了几口肥猪，杀了加餐，可是，没有盐。陈奇涵与邓飞在营部一起吃，望着白花花、油腻腻的猪肉，二人你看看我，我看看你，心里想吃，可嘴里却怎么也咽不下去。

邓飞问陈奇涵："你吃过没有盐的猪肉吗？"

"没有。"陈奇涵反问道："你呢？"

"我也没有。"邓飞倡议说："那我们就闭着眼睛吃一回吧！"

这样，陈奇涵与邓飞在俄界吃了平生第一次也是唯一的一次终身难忘的无盐猪肉。

9月17日，红1、3军团攻占天险腊子口，歼灭守敌鲁大昌部两个营。接着，又翻过岷山，于9月18日到达甘南的哈达铺。9月20日，根据中央政治局俄界会议决定，将中央红军改编为中国工农红军陕甘支队，彭德怀任司令员，毛泽东任政治委员，叶剑英为参谋长。下辖3个纵队，第1纵队司令员林彪、政治委员聂荣臻、参谋长左权、政治部主任朱瑞；第2纵队司令员彭雪枫，政治委员李富春、参谋长肖劲光、政治部主任袁国平；第3纵队司令员叶剑英，政治委员邓发、参谋长张经武、政治部主任蔡树藩。

红军学校特科团改为随营学校。陈奇涵调任第1纵队教导队队长兼随营学校校长，宋任穷任随营学校政委。陕甘支队在哈达铺时，毛泽东从国民党的报纸上了解到陕北有相当大的一片苏区和相当数量的红军。他兴奋地对团以上干部说：我们首先要到陕北去，那里有刘志丹的红军。大家要振奋精神，继续北上。陈奇涵、宋任穷率领学员一方面准备和参加战斗，一方面结

合作战、行军、宿营、警戒、侦察等实际情况，进行教育训练。

赣南一面旗：陈奇涵

总结出“半渡而击”和“主动出击”的战法

zongjiechubanduerjihezhudongchujidezhanfa

抗日战争爆发，1938年2月，太原失陷后，日军大举南下。3月，进犯晋西北驻汾阳至离石公路沿线的日军，向边区河防发动进攻，企图配合同蒲铁路南下之敌的正面进攻，打开西北门户，摧毁抗日的中心堡垒——陕甘宁边区。

2月25日，毛泽东致电朱德，就河防作了如下部署：由北向南，自河合村至大会坪为第一防区，黄罗斌负责；自大会坪至丁家畔为第二防区(碛口对面)，贺晋年负责；自丁家畔至沟口为第三防区(军渡对面)，文年生负责，自沟口至河口为第四防区，阎红彦负责。以上4个防区统归陈奇涵指挥。

☆抗日战争时期，陈奇涵任绥德警备区司令员

延安，留守兵团总部，正召开作战会议。

肖劲光司令员说：“单靠留守兵团的少数兵力，这么长的防线，当然是难于固守的。但是，我们要和整个华北地区的抗日斗争形势联系起来看，在黄河东岸，无论是晋西北、晋西，还是晋东南的敌后，都有我八路军的主力和部分友军在不断打击日军，破坏日军的进攻计划，牵制日军侵犯河防的行动。”

陈奇涵说：“绥德警备区当面，黄河水流湍急，易于守而难于攻，只要充分作好战斗准备，构筑坚固工事，充分发动群众，就一定能完成保卫黄河的神圣使命！”

陈奇涵立即指挥绥德警备区所属的部队警备第8团、警备第1团、警备第3团投入紧张的战前准备工作。加紧进行军事训练，加强部队的政治教育和战斗动员，进行兵要地理调查，熟悉地形地物，以便作战时心中有数；构筑强固的有纵深配备的土木工事，加强各主要渡口的前沿阵地。

在我军河防阵地对岸，陈奇涵还派出了游击侦察部队，密切注视日军的动向，破坏敌人的交通及通信联络。陈奇涵根据这些侦察部队发出的联络信号，能够及时采取行动，对付敌人的突然袭击。而且，游击侦察部队还能直接牵制和打击敌人，配合河防部队作战。

河防部队虽然兵力单薄，由于对日军的进犯采取了积极防御的方针，以主动、灵活、机动的游击性运动战，配合正面的阵地战，进行了大小七、八次战斗，坚决而巧妙地击退了日军的屡次进犯，使日军望河兴叹。

绥德警备区管辖的宋家川、军渡渡口，是太原通往延安的交通要道，也是日寇进攻的主要目标之一。日军每次投入的兵力少则2000人，多则2万余人，而我军在主要防御方向上的部队最多为一个团、1000余人。日军每次投入的重炮均在20门以上，有时还派飞机助战，而我军仅有迫击炮2门。敌我力量虽然相当悬殊，但我军民同仇敌忾，众志成城，每次河防战斗均以敌败我胜而告结束。

1938年4、5月间，日寇频繁进攻宋家川、军渡渡口达五、六次之多。5月，日军占领河东离石后，集结约一个旅团兵力，大炮30门，经柳林向军波进犯。日寇企图占领渡口，截断边区与晋绥地区交通线，并过河强占宋家川。

陈奇涵判明敌人的图谋后，立即命令警备第8团文年生率主力东渡，在汾离公路沿线伏击、袭扰敌人。5月10日，警备第8团在敌进抵柳林一线时，选择刚进到王老婆山的敌人一个联队，乘敌立足未稳之际，派一个加强连的兵力，发起夜袭，我军悄悄地爬上敌人酣睡的窑洞洞顶，将洞顶上的敌哨捕获后，向窑洞里猛掷手榴弹，经数小时激战，歼敌200余人，缴枪40余支，以及电话机、望远镜等一批军用品。日寇在我军突然打击下，未到黄河边即行

溃败,慌忙向后撤退了几十里。

经过几次河防战斗后,陈奇涵发现了日军进攻方式的规律。即:日军先用数十门大炮直接向我阵地袭击,十数架飞机沿我上空轮番轰炸,然后以摆在炮兵阵地之后的骑兵部队,在火力掩护下泅渡过河。日军在占领河东阵地后,先用重炮猛轰我河防阵地,以摧毁我军防御工事,接着在强大火力掩护下集中强渡。

陈奇涵针对日军入侵的进攻方式,及时总结出“半渡而击”和“主动出击”的战法,抵御日军的入侵。“半渡而击”,即待敌人渡河当中,突然以各种火力猛烈开火,大量杀伤敌人,歼敌于上岸之前。在敌人未到达我火力地带之前,要善于隐蔽,顶住敌人大炮、飞机的狂轰滥炸;待敌人进入我火力网之后,最大限度地发挥我军火力,大量杀伤敌人。或击敌人于岸边上船处,或击敌于航渡中,或击敌于登陆之际。

“主动出击”的战法是,派出部队乘敌部署混乱时,迂渡河东,袭敌侧背。具体部署为把山上作战和山下游击结合起来,当敌人进攻时,派出兵力前出至文水、交城到军渡公路沿线,袭扰、牵制敌人,配合正面的防御战。但不能采取单纯防御战术,择时机,于战斗前,或于敌人溃逃时,派出精悍得力部队,到河东去主动袭击敌人,以配合正面的防御部队,这一条,关键在于准确地获得情报,我们边区自卫军不时派出小分队,过河去侦察敌情,与河防部队派出的侦察人员一道,构成了一个严密、有效的情报网,使我河防指挥机关耳聪目明,能够随时掌握敌人的动向。

陈奇涵总结的河防战斗经验,在留守兵团作战会议上作了介绍,也在《八路军军政杂志》刊发了专文。肖劲光带领留守兵团机关参谋人员赴绥德警备区检查战备工作时,除了察看附近的河防工事外,还与河防部队指战员一起探讨对日作战问题,肯定了这些成功的经验,并向整个河防部队推广。

1939年,日军为配合对晋西北抗日根据地的“扫荡”,又对河防军发动了更大规模的进攻。日军由太原增调两个师团至汾阳、离石,有1万余人进犯柳林、军渡一带。军渡是河东的一个重要渡口,以往日军入侵该渡口时,都是在飞机、坦克的掩护下,沿公路大摇大摆地往前推进。这次日军改变了战术,

只派出一部分兵力，以炮兵开路，沿公路缓缓推进。主力则分成两路，在两翼山地中轻装迂回前进。在柳林驻防的阎锡山3个步兵团和1个炮兵团根据以往的经验，只注意公路正面的防御，而忽视对两翼的侦察警戒，致使日军阴谋得逞。6月4日.阎军一部被日军包围，柳林、军渡相继失守。

日军在黄河东岸得逞后，连忙在各山头构筑工事，并以大炮轰击宋家川、枣林坪一线阵地。6月6日，日军又以15000人占领孟门、碛口，以飞机向我河西李家沟阵地及内地城市狂轰滥炸；另有隰县、大宁之日军约一个联队附炮20门，分两路各约千余人于6月6日强占东马头关与凉水崖对岸阵地。日军企图寻找适当渡口，实行重兵强渡。

面对日寇重兵压境，陈奇涵沉着应战，河防军队严阵以待。绥德警备区全体军民都动员起来，群众准备物资，赶运军粮，组织担架，放哨站岗。日军终日以飞机、大炮轰炸我河防阵地，河防阵地及附近山头被打得硝烟弥漫，

☆1940年，任军委参谋部长的陈奇涵(右三)与延安留守兵团部分领导同志合影。肖劲光(右一)、周士第(右二)、肖向荣(左三)、莫文骅(左二)、耿飙(左一)、曹里怀(左四)

黄土变色。河防部队在群众大力支持下,沉着镇静,日夜坚守阵地,在宋家川三昼夜与敌隔河对战,并依托工事,不断以火力控制对岸渡口和通往渡口的道路,封锁河面,使渡船始终不能超过河心。日军被迫退往军渡后山。此时,马头关、凉水崖东岸之日军强渡也未得手。

日军正面受到我军沉重打击的同时,我河东部队又猛烈袭其侧背,破坏日军的交通运输线。日军腹背受敌,补充困难,被迫全线撤退。攻击宋家川之日军一部于6月8日退穆村,9日,全部缩回柳林。孟门、碛口之日军也退大武镇。我河防军一部东渡,收复了李家垣,6月10日,又收复柳林。6月8日,东马头关日军撤退时,我军乘日军集合之机,突然以火力猛射,毙日军30余人。9日晨,日军全部退到蒲县黑龙关地区。

陈奇涵欣喜地说:“日军最大的一次进攻被彻底粉碎了。”

9月、11月和12月,日军又发动了三次较大的进攻,但在我边区军民筑成的铜墙铁壁面前,只能望河兴叹,徒唤奈何。日军后方不宁,自顾不暇,加上屡次进犯河防,均遭失败,只得放弃对陕甘宁边区的进攻。

在近两年的河防保卫战中,河防军胜利地进行了大小战斗78次,打退了敌人23次进攻,获得河防保卫战的辉煌胜利。

陈奇涵回顾绥德警备区二年的反顽抗敌斗争,他将取得的成绩归功于党中央、中央军委、留守兵团总部的正确领导。

对于警备区军民在反顽抗敌斗争中所取得的胜利和成绩,毛主席给予充分肯定,赞扬他们“保卫了延安的东北大门。”

赣南一面旗：陈奇涵

一手抓教育,一手抓生产

yishouzhuajiaoyuyishouzhuashengchan

1943年初,陈奇涵被调到中国人民抗日军事政治大学总校工作。

1月,党中央决定由何长工副校长率领抗大总校由敌后返回陕甘宁边

区。抗大百余名员工踩冰踏雪历时40多天，行程2000多里，终于在3月上旬西渡黄河，胜利到达离开4年的陕甘宁边区——陕北的绥德县。

抗大总校到达陕北绥德后，奉命与先期抵绥德的抗大第三分校、第七分校合并。学员共6000余人，统称“抗大”第8期。徐向前为代校长，李井泉为政治委员，何长工、彭绍辉为副校长，陈奇涵为教育长。

☆1939年7月，抗大总校东渡黄河，翻过吕梁山，通过同蒲路、冲破日伪顽的层层封锁，历时3个月，行程2500里，终于胜利到达了晋察冀边区。这是总校同志行进在晋察冀的山岭中

总校从敌后迁回陕北，先与第三、七分校合并重新编制，所以一时难于投入正课学习，致使干部和学员的思想极为混乱，甚至于出现了一些无组织无纪律的行为。针对这种情况，徐向前、陈奇涵等抗大总校领导确定第一阶段的中心任务是“整编机构，端正思想，建家立业”，时间是4至6月。

首先抓整编机构。根据精兵简政的原则和教学需要，统一组织编制，进行干部配备。校本部机关力求短小精干，除政治工作专设政治部，下属组织、宣传、干部、保卫、总务五个科外，教学工作设军事教育科、政治教育科，后勤工作设供给处、卫生处，直属校首长领导。学员以原建制为基础，编为五个大队，46个队。大队设大队长、政治委员、政治处。队设队长，指导员。

接着，端正学员学习态度，严格组织纪律，进行树立“团结、紧张、严肃、活泼”的校风教育。数千人初来绥德，思想混乱。有的认为在前方打仗光彩，入学不光彩；有的认为自己是犯了错误入校的，准备来挨整；有的看到学校

白手起家，一无校舍，二无教材，三无毕业期限，心里凉了半截。

徐向前、陈奇涵等学校领导，针对这些现象，采取了有效措施首先从加强思想教育入手，要求学员端正入学态度，树立正确的革命人生观，开展批评与自我批评。反对无组织无纪律，反对个人主义、自由主义、主观主义，用无产阶级思想克服小资产阶级思想和农民意识；强调工农干部与知识分子加强团结，互相学习，互相尊重，使知识分子工农化，工农干部知识化。严格管理，严格规章制度，一切行动与正规部队一样，达到军事化、战斗化的要求。要求领导干部要以身作则，不论资格新老，违犯纪律均严肃处理。经过一段时间的教育，纠正了无组织无纪律现象，学员情绪趋于稳定。

学校在进行整编的同时，政治部发出了《关于四、五、六月份政治工作的指示》，强调在加强政治思想教育、迅速稳定情绪的基础上，必须进行生产建设。要求自己动手，建家立业。徐向前，陈奇涵等校领导提出“首长负责，亲自动手，建立革命家务”的口号。陈奇涵等亲自动手，带领全校教职学员，掀起了建校和生产热潮。宿舍不足，新挖了近200个窑洞；课堂不够，自己盖；操场不够自己开。

为了解决粮食、蔬菜等生活上的困难，就开垦荒地，大家创造了“麻雀战”的方法，在驻地周围五里之内寻找可以开垦种植的零星边角土地，东一丘，西一垄，大的几方丈，小的几方尺，各大队共开垦土地700多亩。全校除了农业生产，还

☆开垦荒地。

加上捻毛线、织麻袋、做鞋、编筐、养蚕等副业生产,改善了学校的物质生活。

整编就绪之后,从 1943 年 8 月至 1944 年 11 月,抗大总校进入第二阶段,中心任务是整风审干和开展大生产运动。

为了加强领导,经中央批准,由徐向前、李井泉、何长工、彭绍辉、陈奇涵、徐文烈以及各大队长、政委组成抗大总学习委员会,以徐向前为书记,负责领导全校的整风运动。总学委会下设秘书处,在政治部办公,负责总学委会的日常工作。校部直属队和各大队,分别设立学委会分会。直属队以党的分总支委员会作为学委分会,由分总支书记为学委分会书记;各大队则由大队长、政委、政治处主任等 3 至 5 人组成学委分会,由政委任书记。各连队党的支部委员会即为整风学习干事会,领导整个连队的整风学习。

1943 年 8 月 14 日,总学委会发出《关于学校整风学习的决定》,确定了“清算思想,清算历史,检查工作,审查干部,四种工作有机的密切的配合进行”的总方针,整风运动开始在抗大拉开帷幕。

徐向前与李井泉、何长工、陈奇涵、彭绍辉等商定:“抗大的整风,要稳不要急。以学习文件,对照检查,开展批评和自我批评,提高学员的马列主义水平,改造世界观和思想方法为主要目的。结合整风,对干部进行审查,弄清一些人的问题,该使用的使用,该处理的处理,保证党和军队组织上的纯洁性。”在总学委的领导下,全校教职学员认真学习毛泽东的《改造我们的学习》、《整顿党的作风》、《反对党八股》以及刘少奇的《论共产党员的修养》等整风文献,联系思想工作和教学工作实际,运用“团结——批评——团结”的公式,开展认真和和风细雨的批评与自我批评,批判个人主义、自由主义、名利地位观念、教条主义等错误思想自觉地对照检查。同时,各人本着对党忠诚坦白的态度,写出自传,个别历史上有些政治问题没有交待清楚的人,也主动作了交待。整风运动的初期,由于领导思想比较清醒,方针、政策也比较对头,运动进行得比较正常。

12 月下旬,中共中央和毛泽东及时发现延安审干中的反特扩大化倾向,并及时作了纠偏的指示。12 月 28 日,抗大总学委又召开了整风工作总结会

议，认真传达贯彻8月15日中共中央《关于审查干部的决定》，根据党中央提出的“采取首长负责，自己动手，领导骨干和广大群众相结合，一般号召与个别指导相结合，调查研究，分清是非轻重，争取失足者，培养干部，教育群众”等9条方针，总结经验教训，反对主观主义的“逼、供、信”的错误方法，作出了纠正扩大化的决定。徐向前、李井泉、何长工、陈奇涵商定：对抗大的甄别平反，必须坚持实事求是的原则，搞错了要大胆纠正，不要有顾虑。同时，要耐心做好善后工作。从此，抗大停止了群众性的审查运动，转入以专职保卫干部与骨干、积极分子相结合的甄别复查工作。接着，召开大会，宣布摘掉被错斗的一些同志的帽子，并赔礼道歉；对有些历史问题的同志，实事求是地作出结论，让他们放下包袱，积极工作；对少数政治历史问题复杂，一时难以弄清的干部，另外将其编成干训第四队，继续甄别审查。大多数教职员则继续组织学习文件，听报告，座谈讨论，提高马列主义水平。1944年11月，整风学习胜利结束。

整风运动的同时，抗大掀起了大生产运动。陈奇涵等校领导也积极响应党中央和毛泽东“自己动手、丰衣足食”的号召，坚持半天整风学习，半天生产劳动。驻地附近的土地被群众开垦完了，抗大学员不与民争利，便开赴到几十里以外的山沟里去垦荒。由于领导带头，人人动手，个个参加，起早摸黑地干，全校共开荒耕种7000多亩土地。

1944年12月至1945年8月，抗大中心任务是军政训练。抗大第8期的教学计划，建校初期就有一个轮廓，后经校领导反复讨论、修改，才确定下来。1944年6月12日，正式颁布了《抗大总校第8期的教育计划》，由于整风审干的关系，延至年底才付诸实施。《计划》积累了抗大各期教学经验，是一个比较系统完整的教育计划，体现了为战争培养干部、为军队建设服务为主的指导思想。

教育的总方针，即毛泽东讲的三句话：“坚定正确的政治方向，艰苦朴素的工作作风，灵活机动的战略战术。”在这个总方针下，徐向前、陈奇涵等校领导，从实际出发，参照以往的办学经验，规定了七条教学原则：一、根据敌后作战的需要决定教学内容；二、在教学实施过程中照顾对象的特点；三、军事、政

治、文化教育相互结合；四、教学与实践相结合；五、教学与生产劳动相结合；六、发扬批评与自我批评的精神；七、坚持教学上的群众路线。教育计划尽可能做到中国化、大众化，做到理论与实际的一致性。

抗大学制定为二年，第一年为预科，第二年为本科。预科以学习政治、文化课为主，占70%，军事课学时占30%。本科则以军事课为主，学时占70%，政治、文化课占30%。陈奇涵在学员中倡导学习互助运动，很快掀起了学习文化的热潮。毕业时，从部队来的干部基本上扫除了文盲，不少干部达到高小程度，能够看书报，做笔记，写书信。为进一步学习军事、政治，提高工作水平，创造了有利条件。

1945年4月23日至6月11日，中国共产党第七次代表大会在延安举行。陈奇涵当选为“七大”代表，光荣地出席了大会。在会议上，陈奇涵列举了许多历史事例，阐述了“左”倾路线给党和革命事业造

☆毛泽东同志在“七大”上讲话

成的巨大损失，不同意王明进入中央委员会。会后，又来到毛泽东住的窑洞，再一次向毛泽东陈述了自己的观点。毛泽东仔细地听取了陈奇涵的意见，对陈奇涵坚持真理，疾恶如仇的品德，留下了深刻的印象。建国以后，毛泽东曾多次谈及此事。“九大”时，毛泽东提议陈奇涵当中央委员还提起这件事。

党的“七大”会议刚结束，陈奇涵等校领导立即对全校教职学员进行传达，组织大家学习大会文件，使大家明确，当前中国面临着两个前途和两种命运的挑战，一定要坚决执行党的正确路线，随时准备接受党给予的战斗任务，竭尽全力去争取光明的前途和光明的命运，反对黑暗的前途和黑暗的命运，为打败日本侵略者，建立新中国而英勇奋斗。

抗大第8期学员经过长时间的学习，军政素质和文化水平都得到全面提高，成长为战略反攻阶段和解放战争中一支坚强的骨干队伍。1945年“八·一五”抗战胜利前夕，为了大反攻的需要，也为了迎接抗战胜利后开创新局面的需要，抗大第8期学员6000余人全部毕业，分赴各个抗日战场，参加对日寇的最后一战。

至此，历时9年多的抗大为我军培养了近20万名军事指挥员与政工干部，胜利地完成了它伟大的历史使命而宣告结束。然而，抗大光荣的业绩和艰苦的历程却永载史册，一直鼓舞和教育着革命后代。

赣南一面旗：陈奇涵

领导辽南部队进行新式整军运动

lingdaoliaonanbuduijinxingxinshizhengjunyundong

1948年4月，东北局决定撤消南满军区，所辖地区和部队分别改为安东军区和辽南军区。陈奇涵被调任辽南军区司令员。自此，陈奇涵离开东满，转战辽南。

陈奇涵一到辽南军区，就领导辽南军区部队进行新式整军运动。1948年

6月初，根据东北局精简整编，缩小机构，充实连队，以求得大量人力、物力、财力支前为原则，陈奇涵对军区进行第一次整编。除独立第2师有战斗任务未进行整编外，军区司、政、供、卫，第一分区等其他机关部队于6月中旬整编完毕。7月，辽南军区改为辽宁军区，陈奇涵仍任司令员。

8月初，针对当时辽宁军区部队庞大，武器缺少，干部缺而又能力弱，又没有地方武装的配合，对敌进行游击战争就比较困难。根据这一情况，在陈奇涵的领导下，辽宁军区进行了第二次整编。到8月中、下旬，独立第2师、独立第1团、独立第3团、独立第7团、辽阳大队，盘山县大队，已经完成初步的整编。经过这两次部队整编，提高了辽宁军区部队的战斗力，有利于在以后大规模战斗中灵活机动地打击敌人。

陈奇涵在领导辽南、辽宁军区部队整编的同时，还亲自建二线兵团工作。从1947年5月东北我军实行战略进攻开始，战争规模不断扩大，仅靠战争间隙临时动员参军或抽调地方武装补充主力部队的办法，无论在数量上或质量上，都已不能适应战争发展的需要了。因此，东北军区决定各省军区必须有计划有组织地组建大批的二线兵团，并规定了组建二线兵团的数量。

☆解放战争后期，陈奇涵任东北军区参谋长

陈奇涵领导辽南军区部队到5月份就组建了第二批二线兵团的8个独立团，超额完成了任务。他还亲自抓这一批二线兵团的练兵工作。从5月25

日开始实行政治练兵，主要是诉苦和阶级教育，解决为谁当兵、为谁打仗、不当糊涂兵等思想，从6月28日进入军事练兵。陈奇涵还主持制定了练兵计划，提出了6条练兵方式：

⑴贯彻执行群众路线，把练兵造成群众性的运动，坚决反对形式主义，反对守旧，打破教育上的陈旧，实行教育革命；

⑵反对单纯命令式的注目式的教育，从思想上弄通依靠政治动虽和自觉使骨干与群众相结合，实行启发式的、自觉的发动竞赛；

⑶在教育上实行三评，“评教”、“评学”、“评生活”，发扬革命军队的“军事、政治、经济”三项民主管理方式；

⑷操场与战场相结合，多吸收战斗方面的经验，配合进行教育；

⑸除战术教育，技术教育外，使部队每个战士养成勇敢、顽强、动作迅速、吃苦耐劳、严格执行命令的作风；

⑹练兵先练干部，在每个课目实施前，干部要光学会研究新兵的特点，抓住新兵特点有针对性地进行教育。

他还针对二线兵团中干部的军阀思想、贪污浪费现象、官僚主义的作风等问题，召开干部、党员会议，使干部从思想上认识到自己的错误，并要求各级干部要起到模范带头作用，从而提高整个部队的战斗力。

在我东北野战军进行休整时期，敌军经常出动部队抢粮。7月正值麦收季节，敌县彰仪站的新编第1军第50师，经常以一个营的兵力配合骑兵一部活动于朱家房子、代家房子、于家房子(辽中南五十里)一带，进行抢粮抢米，破坏人民政权，镇压人民群众。驻县华子沟、陈相屯一带的敌新编第3军常以一个连兵力，配合谍报队五六十人，活动到双庙子、取家屯、高崖(辽阳东20里)一带，有时还一度活动到县吊水楼姑嫂城(安平北)对我军进行侦察活动，企图抢我粮食。7月10日，敌步骑兵500余人进至三尖沧、黄沙跎(牛庄西北60里)一带抢粮。陈奇涵领导辽宁军区军民奋起打击敌军，掀起了护麦斗争。

为保障即将到来的大规模战役的顺利进行，陈奇涵还率领辽宁军区部

队抢修铁路、公路、桥梁，恢复交通运输。到1948年8月中旬，基本上使辽南地区交通得以畅通，保证了战争中的军运。同时，他还在辽南设立兵站，医院、供应站，保障战役中物资供应和伤员救护。这些工作，在整个战役期间，发挥了重要作用。

赣南一面旗：陈奇涵

领导武装剿匪

lingdaowuzhuangjiaofei

江西匪患有数十年的历史和反动的社会基础，匪首多为地主恶霸、贪官污吏，即“官、绅、匪”三位一体，代代相传。据当时调查和不完全统计，全省有大小股匪240余股，3.76万人。其主要股匪分布在：

鄱阳湖区有李逢春、石镜平、李运辉等为首之匪“青年救国军第5纵队”、“青年救国军赣北游击队都昌、湖口指挥部”共约1600人；赣北永修云山地区有：熊扬鹰为首的匪“青年救国军赣北义勇总队第22支队”，300余人；赣西北之幕阜山、九宫山区有车正为首的匪“湘鄂赣边反共自卫救国军第6纵队”，2000余人；赣中有盘踞在南丰、乐安、宜黄、峡江边境的汪澜、李彬等为首的“豫章山区游击队宜乐支队”、“豫章山区游击第7总队”1000余人。

赣西有井冈山区贺维珍、肖家璧、陈振华等为首的“赣西绥靖司令部反共自卫军第1纵队”、“赣西绥靖司令部”，1400余人；武功山区有罗光华、谢明远为首的“青年救国军赣西北义勇总队”，800余人。赣南有翠微峰山区黄镇中为首的匪“豫章山区绥靖司令部”，2000余人。大余、崇义县边区有张南洋为首的“粤赣军区第二分区第一支队”，350余人。

江西境内盘踞着的土匪活动如此猖獗，严重地扰乱了社会治安，威胁着广大人民生命财产的安全，妨碍了党和政府各项工作的顺利进行。消灭匪特，安定民生，成为全省广大人民的共同要求。

陈奇涵从江西这种实际情况出发，根据中央军委和华中军区指示，审时度势，果断地作出了开展武装剿匪的决策，及时地部署了剿匪作战，向全军区部队指战员发出了“为民除害”的号令。

1949年7月7日，陈奇涵主持江西军区召开了第一次高级干部会议。他在会上传达了华中局、华中军区关于开辟新区、建设地方武装的指示，提出了处理各种类型武装的方案，全面分析了省内匪情，具体部署了剿匪工作。会议确定“以军事打击为主，政治瓦解为辅，集中力量打击股匪”的方针，并计划分三期实行进剿。

☆1951年，江西军区司令员陈奇涵在军区医院（现九四医院）营建工地上，右一为李炳宣。

7月7日，陈奇涵发布了“江西军区关于第一期剿匪方针和部署的命令”。命令规定争取用1个月至1个半月的时间“首先

巩固赣东、赣北一部或大部地区为立足阵地，维护水陆交通安全，确保产粮区，以便配合主力相机向赣西赣南推进”、“首先歼灭政治上最反动的大股的主要的土匪”，“采取政治瓦解与军事进剿相结合双管齐下的原则”。命令还对各军分区的营、连以上部队进剿地点、方位、任务，作了有计划、有步骤地详尽部署。

命令发出后，各部队立即行动，向指定地区进剿土匪，并配合主力部队进军。经过40天的战斗，共歼匪9200余人，缴枪1万余支，并收编和废除了保安团队，游杂武装4000余名，初战告捷。但随着战斗胜利向南扩展，在新区继续发现土匪1.1万余人，估计全境土匪共有2.79万人，中心区域也尚未巩固。

于是，陈奇涵决心在第二野战军、第四野战军数十万主力云集江西之时，乘胜猛烈追击，发起第二期剿匪作战。

8月17日，陈奇涵签发了“江西军区关于第二期剿匪方针和部署的命令”。命令指出：“现第一期剿匪已告一段落，获得初步成绩，但对以鄱阳湖为中心，首先巩固鄱阳湖、南浔路水陆交通计划未能完全实现”，因此，“第二期剿匪在赣北仍以鄱阳湖周围为中心，以第161师主力配合鄱阳、九江、南昌3个军分区展开围剿。其余各军分区也应首先肃清中心区内当面股匪，收缴地主反动武装，力求首先巩固中心县区”。命令对各军分区和第48军剿匪的兵力和任务作了具体部署。在赣北方向，要求部队于9月1日集结完毕，立即开始在鄱阳湖周围围剿土匪，并限于20天内完成任务。

第二期剿匪经过50天的战斗，取得重大战果。歼匪1万余人，缴获各种武器15000余件。活捉了匪首黄镇中、肖家壁、李逢春等，攻下了被称之为高不可攀的翠微峰。基本上扑灭了江西腹心地区的主要股匪。打乱了土匪指挥系统的组织机构，残匪日益混乱和动摇。至10月初，全省尚有残匪83股，13700余人。为此，军区党委决定进行第三期剿匪。

10月19日，陈奇涵发出了“江西军区关于第三期剿匪方针及部署的命令”，命令指出：“残余之股匪，除一小部逃入邻省边缘，须待与邻省会集，一

部分已由集中公开活动转为分散小股的隐蔽活动，与特务、恶霸、在乡伪军人，封建会门等互相勾结，隐蔽的组织力量。”因此，第三期剿匪主要是结合反霸斗争，发动群众，清剿散匪。“决定将过去重点进剿之部队，有计划地分散到各县，在县委一元化领导下，挖匪根，捣匪窝，消灭空白点，扫除散匪，并建立县区武装。”

第三期剿匪贯彻的是以政治攻势为主，以军事围剿为辅的方针。经75

☆1952年，陈奇涵(左二)及夫人卫彬(左一)与江西省省长邵式平(右一)及夫人胡德兰(右二)在南昌合影。

天战斗，共歼匪62股，11700人，缴获各种武器23000余件，另收缴地主武装枪支2万余支。为此，江西境内50人以上股匪基本肃清。第156师部队在云山击毙了匪首戴登宠、熊扬鹰。江西省委向党中央、华中局写报告称，全省成股土匪已基本歼灭，计歼灭股匪4万余人，缴获各种枪98000余支，轻重机枪2000余挺。

赣南一面旗：陈奇涵

筹备军事法庭

chou bei jun shi fa ting

中华人民共和国成立之后，经过全党全国人民的三年努力奋斗，到 1952 年底，完成了国民经济恢复的任务。从 1953 年起，我国进入了大规模的社会主义改造和开始了有计划的经济建设的时期。

1954 年 1 月，中央军委决定成立中国人民解放军军事法庭，统一管理全军军事审判工作。基于陈奇涵资历深，威望高，廉明公正，懂得军法，中央军委毛泽东主席于 2 月 28 日发布任命书，任命陈奇涵任中国人民解放军军事法庭庭长。同年夏天，陈奇涵来到北京走马上任。

军事法庭是军事法院的前身，是一个刚成立的新单位。陈奇涵来时，一切俱空。与其说是调陈奇涵来上任，还不如说是调他来当筹备组长更为确切。他身边只有少数几个工作人员，一切都得白手起家，从头做起。经过他的努力，军委把一处院子拨归军事法庭。院内有一幢二层楼房作办公用房。从此，“中国人民解放军军事法庭”的牌子就挂起来了。

陈奇涵为筹备军事法庭(院)，更多的精力还是放在法庭(院)的组织建设和业务建设上，放在考虑法庭的工作方针、任务、内容、方式等重大问题上。他叫人翻译有关苏军军事法院方面的资料，又派人到图书馆、档案馆查阅我国有关的历史材料，结合我军历史上的审判工作经验和组织形式，形成了自己的一套看法与想法。

1954 年 9 月 15 日至 28 日，第一届全国人民代表大会第一次会议在北京隆重开幕。毛泽东主持会议的开幕式并致《开幕词》，刘少奇向大会作了《关于中华人民共和国宪法草案的报告》，周恩来在大会上作了《政府工作报告》。代表们经过认真讨论后，一致通过了《中华人民共和国宪法》。大会还制定了《中华人民共和国全国人民代表大会组织法》、《中华人民共和国国务院

组织法》、《中华人民共和国人民法院组织法》等五个重要法规。

同年11月1日，根据第一届全国人民代表大会第一次会议通过的《中华人民共和国宪法》和《中华人民共和国人民法院组织法》有关成立专门法院的规定，中央军委决定将中国人民解放军军事法庭改为中国人民解放军军事法院，并同时颁布军事法院暂行编制表。1955年1月11日，中央军委决定陈奇涵改任中国人民解放军军事法院院长。

按照当时情况，军事法院是一个机构小而规格高的单位。论编制，它不超过百人，但它直属中央军委领导。代表军委与陈奇涵联系并指导军事法院工作的是罗荣桓副主席。按编制表上规定，军事法院院长必须是上将，副院长必须是中将，第一、第二军事审判庭庭长都是少将，甚至有的处长也是少将，其他处长为大校。

☆1955年，军事法院院长陈奇涵(中)与副院长钟汉华(左)、袁光(右)合影

1955年8月8日，中央军委向毛主席、刘少奇并中央呈报关于《军事系统法院、检察院人员任免问题的报告》，建议中国人民解放军军事法院院长、副院长由最高人民法院报请全国人民代表大会常务委员会任免。各级

军事法院的干部，由中国人民解放军军事法院任命。毛主席阅后批示："照办"。8月31日，国防部命令全军各级军法处改名为军事法院。这样，就形成了中国人民解放军军事法院和一级、二级、三级军事法院(分别设在大军区、军、师级单位)的军事审判机构体系。

为了便于工作，在北京还成立了直属军事法院，国防部颁布了中国人民解放军直属法院的编制。根据陈奇涵的意见，直属军事法院在军法工作上的管辖范围是：各总部驻京直属机关、部队、学校、研究院及未设军事法院之防空军、装甲兵、工程兵、炮兵领导机关与其驻京直属机关、部队、院、校等单位。而各总部下属驻各军区之机关、部队、院校等单位的军法工作，则均由所在军区军事法院负责。

根据军事法院编制人员少的情况，陈奇涵对军事法院内部的机构设置，主张精干高效。军事法院只设第一、第二审判庭(后来增加了第三审判庭)、研究处、组织处、办公室。审判庭负责审判工作；研究处负责整理研究部队纪律及犯罪行为，并提出处理意见和建议；组织处负责法院的设置、编制、培养干部，管理犯人等；办公室负责处理日常行政等工作。各军区军事法院的机构设置也按此例，只是人数更少。由于陈奇涵对各处、室的职能分工规定明确，也就使各部门各司其职，办事效率较高。

在定编制、定机构的同时，陈奇涵就抓军事法院的班子和各级军事法院干部的配备。根据他的提名，1955年3月，西南军区政治部副主任钟汉华被任命为军事法院副院长；铁道兵政治部副主任袁光被任命为军事审判庭庭长。他向中央军委建议，按编制调给军法战线1200名营以上干部；在已有500多名团以上干部的基础上，再另调70名有一定政治文化水平并适合做军法工作的团以上干部，从事军法工作。他认为现在军法干部量少质低，要求给予调整配备，并实行轮训。

军委对陈奇涵提出的意见和建议极为重视，随即发出了《军委关于建立和健全军事法院工作的指示》。军委指示说：要按新的军事法院编制将干部配备起来，不要简单地将原来军法处的处长、副处长和军法助理员一律改成

院长、副院长和审判员，而应按编制军衔抽调一些政策水平较强和有一定资望的干部去担任各级军事法院的院长、副院长和审判员。同时也应选择一些政治文化水平和素质较高的干部去充实军法部门。

经过半年多的努力，陈奇涵于1955年5月向中央军委及最高人民法院董必武院长写出《军事法院筹备经过报告》，表明“我院筹备工作已告一段落”，从军委到大军区、军、师四级组建军事法院的工作胜利完成。

1955年3月，中国共产党全国代表会议在北京召开，会议决定成立中共中央监察委员会，以董必武为书记。陈奇涵出席了这次会议。9月29日，经解放军监委呈报中央军委讨论通过和中央批准，陈奇涵任解放军监察委员会委员。

1955年9月，陈奇涵被授予上将军衔。1956年9月15日至27日，具有重大历史意义的中国共产党第八次全国代表大会在北京举行。陈奇涵作为军队系统选出的八大代表出席了这次代表大会，并当选为中共中央后补委员。不久，他又担任中共中央政法小组成员，中共中央监察委员会委员，协助董必武抓全国政法工作。1957年4月，全国人大常委会任命陈奇涵为最高人民法院副院长。在法院领导的分工上，他分管军事法院系统的工作，同时还担任军事法院院长职务。

1956年12月6日，中央军委召开第92次会议，讨论最高人民法院副院长高克林关于将解放军军事法院改为最高人民法院军事审判庭的建议。这是学习苏联的体制。军委最后同意将解放军军事法院改名为最高人民法院军事审判庭，但对内的工作职责仍然不变，组织领导、工作关系归总政治部。军事审判庭的领导配备，同意由钟汉华任庭长，袁光任副庭长。次年4月，全国人大常委会任命钟汉华为最高人民法院军事审判庭庭长，袁光为副庭长。

趁名称改变之机，陈奇涵向中央军委举贤让能。军委开会的前两天，即12月4日，他向军委写信表示：“一、我身体十分软弱，很难坚持工作；二、法学知识太浅，临时来学太困难了；三、汉华同志在这一个时期的工作实际全部都担负起来了，无需另设一副院长专门管理最高人民法院军事审判庭的

工作，建议由钟汉华同志任最高人民法院副院长兼庭长是适当的。”信的最后恳请军委批准他的要求。

军事法院名称的改变，反映了人们对法院体制的不同认识。当时最高人民法院领导认为，解放军设最高军事法院，体制上不大合适，与全国最高人民法院有些重复，主张参照苏联，在最高人民法院内设军事审判庭。但陈奇涵和军队的同志认为，根据我国我军的情况，解放军还是可以设军事法院。后来彭德怀表示同意董老的意见，提交军委讨论。于是，军委决定把军事法院改为军事审判庭。

1965年4月，根据将近10年的工作实践，最高人民法院和总政治部联合向中共中央报告，请求恢复中国人民解放军军事法院。经中央书记处讨论。5月22日，中国共产党中央委员会批复：“同意将最高人民法院军事审判庭恢复为中国人民解放军军事法院。”军事法院的名称与体制问题基本确定下来。

“文化大革命”中，军事法院于1969年被撤销，直到粉碎“四人帮”后，1978年才得以恢复。

赣南一面旗：陈奇涵

就是要当高级“泥瓦匠”

jiushiyaodanggaojiniwajiang

“文化大革命”的兴起，使中国陷入一个长达十几年的动荡不安的时期。陈奇涵虽已身居二线，但他关心党和国家正在发生的事情，在这场错误发动的运动面前，他保持了冷静的头脑和坚持真理的信念。

1966年8月18日，陈奇涵在天安门城楼上参加毛主席接见红卫兵。毛泽东和他握了手，但没有说话。他看到康生，问：“贴大字报的聂元梓是什人？”康生满脸不高兴地说：“反正不是反革命”。陈奇涵看着转身离去的康生和城楼下汹涌如潮的红卫兵队伍，心中泛起阵阵涟漪。

国内政治局势以令人难以置信的速度发展，各地各阶层各行各业的群众纷纷起来“造反”，仅短短几个月时间，全国许多党政机关处于瘫痪、半瘫痪状态。从中央到地方，各级领导干部普遍受到批判和斗争，陈奇涵所熟悉的在革命战争年代一起战斗、生活过的一大批党、国家和军队干部被揪斗，被打倒，这使他非常忧虑和不安。在历史上曾深受“左”倾路线之害的陈奇涵，虽然此时已不掌实权，但他在自己力所能及的范围里，尽力保护干部，维护党的团结和稳定。

1966年10月的一天，一位身裹破旧军大衣、蓬头垢面的人叫开了陈奇涵的家门。“怎么变成这个样子了，陈正人同志？”陈奇涵吃惊地问，随即把这位原任江西省委书记、现任第八机械工业部部长请到屋子里。

“奇涵，我受苦了……”，陈正人含着泪水，把自己在八机部受造反派批斗，被打骂的情景叙述了一遍。

“怎能这样对待领导干部？真是岂有此理！”陈奇涵愤怒地说，“正人，你就住在我这里，哪里都不要去。”

“恐怕这会连累你呢，造反派找到这里怎办？”陈正人又感动又为难地说。

“不怕，我这里是军事单位，我有卫兵保护，他们不敢进来。”陈奇涵安慰陈正人。

陈正人望着这位几十年前就在一起共事，风雨同舟的老战友，心中充满感激之情。

一些跟陈奇涵熟悉的战友知道，“陈老”资历深，又不在第一线工作，所以一旦遇到危险情况，到这里来“避难”比较安全，有的还把家里珍贵的东西暂时存在陈奇涵家里。杨尚奎、刘俊秀、杜平等同志，都曾在“文化大革命”最困难的时候来到陈奇涵家中。当他们回忆起这些往事时，十分感慨地说：“陈老为人忠厚，对干部爱护倍至，我们有了困难，愿意找陈老，他总是有求必应”。

“文化大革命”继续向深入发展。1967年1月10日，陈奇涵忽然接到通知，由徐向前元帅任组长的全军文革小组决定：“为制止高等军事学院出现的武斗和派性斗争，决定成立高等军事学院军事管制委员会，由陈奇涵任军

☆1967年,任高等军事学院军管会主任的陈奇涵

管会主任。”陈奇涵对徐帅表示:“我已经在二线多年,不了解情况,加之身体多病,恐怕难以胜任,建议另考虑人选”。但徐帅没有同意陈奇涵的辞意。他对陈奇涵说:“现在学校分成两派,都是一些军师干部在那里争斗,你资历深,由你担任主任,对稳定学院局势是适合的人选”。陈奇涵抱着军人的责任感和服从精神,接受了这一决定。此时,他已是七十高龄的人了。

陈奇涵进驻高等军事学院举起的“旗帜”是非常鲜明的:制止武斗,反对派性,维护团结,保持稳定。他要求全院教职员工认真学习马克思主义的唯物论和辩证法,在这个基础上,增强党性,消除派性,达到团结,稳定学院的正常秩序。在“文化大革命”的环境中,经常有各种“小道”消息传到他的耳朵里。什么某某派是谁支持的啦,什么某某派是反对谁的啦,意思是让陈奇涵拉一派,打一派。陈奇涵坚定地说:“谁搞派性,搞武斗,我都坚决反对,不管他是谁支持的。”这时,有人在学院贴出大字报

说:“陈奇涵是和稀泥的。”陈奇涵回答说:“说得好！我陈奇涵就是高级泥瓦匠。革命同志之间为什么要你斗我,我斗你,做亲者痛、仇者快的事呢？”

1月下旬,经军委碰头会讨论,徐向前向林彪直接进谏,并报请毛主席同意,下达了“军委命令”,中心内容是稳定部队,制止串联,反对武斗。陈奇涵在高等军事学院根据“军队要稳定”的思想,进行了一系列稳定内部的工作,使高等军事学院的形势基本得到了控制。

全国大的局势仍继续恶化,党内斗争出现白热化,与社会上的“全面内战”交织在一起。2月的一天下午,十几名大学生忽然闯进陈奇涵家里,其势汹汹,一进门就叫嚷:“陈奇涵,你和朱德是什么关系？要老实交待！”。

“我们四十年前南昌起义时就在一起,他是我们尊敬的‘老总’。”陈奇涵说。

“什么老总,他是黑司令,是反对毛主席的,难道你不知道吗？”。

陈奇涵严正地说:“我不知道朱总司令是什么黑司令。我只知道,毛主席说他‘胆量大如海,意志坚如钢’。他是我们的红司令！”

接着,他不容学生继续问下去,说:“你们这些娃娃要多读一些历史书,讲历史唯物主义。”这时,陈奇涵身边的工作人员怕他说的太多,引起学生的闹事,就以陈奇涵身体不好为由,把学生们支走了。

当高军院的局势得以稳定和恢复之际,1967年10月,陈奇涵又一次向军委递上了辞职报告:鉴于自己身体不好,“挑不起高军院的军管担子,”请求军委免去他高等军事学院军管会主任的职务。

1969年10月,在对苏联侵入我国领土珍宝岛而引起的战争危险做出过分的估计下,中央开始疏散在京的老同志。10月18日,“一号命令”下达,全军进入紧急战备状态。10月20日下午,朱德、董必武、李富春、滕代远、张鼎丞、张云逸、陈奇涵及他们的家属乘两架飞机从北京西郊机场起飞,飞赴广州。与此同时,陈云到南昌;陈毅到开封;聂荣臻到邯郸;徐向前到石家庄;叶剑英到长沙……。

在广州,陈奇涵和其他老同志都住在广州远郊区的从化温泉。陈奇涵住在花溪宾馆二号楼,和张云逸同住一楼。这里,偏僻闭塞,但清静优美、山清

☆1970 年，被"疏散"广东期间，陈奇涵(左)和张云逸(右)在从化住所前合影

水秀、花草茂盛。在那个特殊的年代里，住在一起的老同志亦不便多来往，每天的活动除了看书，就是散步。外出很受限制，要报告军区批准同意才能进市里一趟。

直到 1972 年 5 月，经请示周总理同意，陈奇涵等人才从广州从化回到北京。

十一届三中全会，会议决定恢复邓小平党政军的一切领导职务。从此，中国现代历史转入了一个新的时期。

赣南一面旗：陈奇涵

华夏名将，光耀千秋

huaxiamingjiangguangyaoqianqiu

1976 年，陈奇涵怀着万分悲痛的心情，送走了毛主席、周总理和朱总司令。世纪巨人相继而去，预示着一个时代将要结束。此时，年近八十的陈奇涵，也踏上了人生的晚年旅途。

☆陈奇涵(前排左三)和他胞弟陈奇治(前排左二)与家人欢聚

1981年5月下旬,在解放军总医院住院的陈奇涵突患感冒,发低烧,这在一般人看来并不严重的疾病,谁能料想,竟是一个老人的生命即将走向终点的信号。

尽管解放军总医院用了最好的消炎、退烧药,但他的烧总是退不下来,一直在38℃左右。医生诊断,肺部的感染难以控制,病情转危,医院连连发出了陈奇涵病危的报告。

6月11日,病危中的陈奇涵无力咳出积在体内的痰,心脏骤停。怀着九死一生的希望,医生试图用电击法恢复他的心脏功能。意想不到的情况竟然出现了,陈奇涵那颗坚强的心脏恢复了跳动。然而,他的大脑却失去了功能,一直处于昏睡之中。

经医院特准,他的夫人卫彬和儿女住进了南楼六层的"阅览室"里,日夜陪伴他们的亲人,幻想他的大脑功能能够得到恢复。然而,这几乎是不可能了。

1981年6月19日下午4时56分,陈奇涵的心脏停止了跳动。

陈奇涵走了,但他的精神永驻,英名永存。

张震副主席为他题词:"浩然正气,风范永存"。

迟浩田副主席为他题词:“华夏名将,光耀千秋”。

宋任穷同志为他题词:“功勋卓著,名垂青史”。

由军委主席、副主席和全体委员组成的治丧委员会和以张震为主任的治丧办公室决定,以特殊的规格办理陈奇涵的治丧活动。遗体告别在解放军总医院举行,追悼大会在总后勤部礼堂举行。

中共中央、人大常委会、国务院、中央军委等单位以及邓小平、陈云、叶剑英、刘伯承、华国锋、赵紫阳、粟裕、杨德志、张爱萍、谭政等送了花圈。

追悼会开始前,邓颖超在休息室握着卫彬的手说:“陈奇涵是我们党的一位老同志,是老实人,恩来在世的时侯,还常提起我们一起住在枣园时的情景。”

追悼会由军委秘书长耿飚主持,总政治部主任韦国清致悼词。中央军委对陈奇涵的一生作了高度的评价。

☆1981年6月26日,北京召开陈奇涵追悼大会,前排左起:张廷发、李德生、乌兰夫、胡耀邦、彭真、韦国清、耿飙、李先念、邓颖超、王震、许世友、余秋里、万里等出席大会。

中央军委的悼词说:“在大革命失败后,在国民党血腥镇压的情况下,陈奇涵和赣南特委领导同志一起,保存和发展了党的组织,创建红独立2团、4团和25纵队,创建了赣南革命根据地,为毛泽东、朱德率领的红4军从井冈

山向赣南闽西进军,开辟中央苏区,提供了有利条件,作出了重要贡献。"

悼词说:"抗日战争时期,在尖锐复杂的反磨擦斗争中,陈奇涵同志坚决执行党的有理有利有节的方针,发展了抗日民族统一战线,挫败了国民党顽固派的挑衅,为巩固和加强黄河防务,保卫和发展陕甘宁边区,作出了显著成绩。解放战争时期,陈奇涵同志对东北解放战争,作出了积极的贡献。建国初期,在指挥剿匪、恢复生产,作出了成绩,赢得了江西人民的尊敬和怀念。"

悼词说:"陈奇涵同志有坚强的党性。他不计较名位,不向党伸手,服从分配,能上能下,脚踏实地,埋头苦干,总是把党和人民的利益放在首位,以实际行动为部属和周围同志作出了很好的榜样。陈奇涵同志有伟大的共产主义胸怀,经得起严峻的考验。他曾遭受王明路线的无情打击,被扣以莫须有的罪名,但他能够做到'受打击而不屈服,受委屈而不灰心,'对党的事业满怀信心,保持高昂斗志。陈奇涵同志作风正派,品德高尚。对工作极端负责,对干部关心爱护,对生活艰苦朴素,对问题的处置,实事求是,坚持原则,服从真理,刚正不阿。"

中央军委的悼词最后说:"陈奇涵同志半个多世纪以来,在党中央领导下,跟随毛泽东同志南征北战,出生入死,赤胆忠心,鞠躬尽粹,为党和人民的革命事业建立了功勋;为我军的教育训练、干部培养、参谋业务、军法工作和地方武装建设,作出了出色的建树"。

"陈奇涵同志的一生,是革命的一生,光明磊落的一生,全心全意为人民服务的一生。陈奇涵同志的逝世,使我们失去了一位可亲可敬的老战友、老同志,是我党我军的重大损失。"

★塔山虎将：吴克华★

吴克华(1913–1987)，江西省弋阳县人。1929 年参加中国工农红军，同年加入中国共产党。土地革命战争时期，任红 10 军第 1 团排长，军政治部特务连连长，军部特务大队大队长，红 7 军团第 20 师 60 团营长，少先队中央总队部参谋长，红 5 军团第 13 师 37 团团长。参加了长征。抗日战争时期，任八路军山东纵队第五支队副司令员，第二支队司令员，第 5 旅旅长，山东军区第 5 师师长，胶东军区副司令员。解放战争时期，任东北民主联军第 4 纵队司令员，辽东军区副司令员。第四野战军 41 军军长。中华人民共和国成立后，任第 15 兵团副司令员，华南军区参谋长，海南军区司令员，济南军区第一副司令员，中国人民解放军炮兵司令员，铁道兵司令员，成都军区、乌鲁木齐军区、广州军区司令员。1955 年被授予中将军衔。是第三届国防委员会委员，第三、五届全国人民代表大会代表，中国共产党第十一届候补中央委员。在中共第十二次全国代表大会上被选为中央顾问委员会委员。

塔山虎将：吴克华

干革命比当伙计痛快多了

gangemingbidanghuojitongkuaiduole

1913年12月7日，吴克华出生在江西弋阳芳家墩一户有钱的农家。幼年的吴克华有同情心和正义感。寒冷的日子里，他有时会脱下身上衣服给小伙伴穿；有时会冒着挨打的危险勇敢地为受了欺负的小伙伴鸣不平。

8岁那年，吴克华在村人吴少清开办的私塾就读。

1924年，由于家道中落，无力再供吴克华读书，11岁的他不得不辍学回家。

吴克华从此每天做些打柴、割草等力所能及的活儿，以减轻母亲肩上的负担。两年后，不事劳作、终日委靡不振的父亲撒手归西。母亲便托人介绍儿子在弋江镇的一家杂货店里做杂役。

杂货店伙计干的倒便桶、涮烟袋、侍候店主吃喝等肮脏下贱的活儿，不是被娇宠惯了的吴克华所能适应得了的。尝够店主的羞辱

☆吴克华的诞生地——江西省弋阳县芳家墩。土地革命战争时期，这里是中共赣东特委机关的所在地。

和打骂之后，这个无论是精神还是肉体上都带着创伤的童工，咬牙切齿地撂下杂货店的饭碗。

善良的奶妈劝说做皮匠活的丈夫戴宗良收留失业的吴克华为徒。吴克华于是跟着他的奶父做皮匠。

当地皮匠的营生主要是制作布鞋。戴宗良同情并愿意帮助吴克华摆脱困境。"我内心的苦痛少一些"，。吴克华回忆皮匠生活时说。尽管戴能让他享受到做人最起码的尊严，甚至乐于将手艺毫不保留地传授给他，但他并不打算步戴的后尘，做一辈子出息不大的皮匠。他期望有一天能出人头地，报复一下欺凌他的人，以讨回一点公道。他想去吃军粮，当兵或许有机会让他扬眉吐气。

1926年秋，北伐军解除了由地痞流氓组成的土匪武装，将弋阳的政权交给以邵式平为首的、似乎代表国共两党共同利益的革命派。

得到北伐军支持的革命派再也无需像过去那样谨小慎微地开展活动。与乡村的豪绅地主较量的农民运动已由秘密转入公开。吴克华发现芳家墩穷苦百性亦闻风而动。农民协会的会员们光天化日之下，手执花枪大刀闯进地主豪绅家强行派捐支援北伐。

吴克华对组织起来气壮如牛的农民饱含火药味的言行极感兴趣。"打倒土豪劣绅"、"打倒贪官污吏"，这不是自己的愿望吗？他不止一次地停下手里的活儿伫足观瞻狂热地把口号呼得山摇地动的游行示威队伍。

1928年冬，当暴动的热潮再次波及到他的家乡时，吴克华成了名副其实的少先队员。与此同时，他还以工人身份加入手工业工会组织，参加抗租、抗债、抗税等斗争。

当吴克华和志同道合的乡亲们，拿着绳索刀枪，突然出现在平日里趾高气扬的高利贷剥削者面前时，贪婪的土财主驯驯服服地将借据契约和盘托出，嘴里极不自然地说"革命也是好事啦"。

这情景，吴克华看了觉得特别开心。"干革命比在杂货店当伙计痛快多了。"

塔山虎将：吴克华

在军政学校里知道了马克思和列宁的大名

zaijunzhengxuexiaolizhidaolemakesihelieningdedaming

赣东北的农民革命方兴未艾，酝酿日久的1929年秋收暴动风起云涌。

弋阳、横峰的大部分地原已成为红色革命根据地。弋阳第六区也成立了苏维埃政府，区苏维埃机关就设在芳家墩。各地暴动的枪声彼伏此起，赣东北苏维埃的版图在不断扩大。

☆1928年弋阳农民暴动旧址——弋阳县漆工镇

疲惫不堪但斗志旺盛的农民们钻出供他们藏匿很久的山林，与令他们厌倦的野人般的生活再见。为了保存暴动胜利果实，刚成立的中共信江特委决定扩大它们的正规武装——仅编5个连的江西红军独立第1团。

一天，吴克华正在县城坤兰姑妈家里，侄子吴全德匆匆忙忙跑来，要他马上去吴家墩读书，说是吴克华的表姐夫吴思清叫他来通知的。至于上什么学校，读什么书，侄子也说不上来。吴克华猜想以为是类似县立高等小学那样的学校。因为那时全县苏区已办起5所完备小学，芳家墩还专门为偏远村庄的几户和独户人家的适龄儿童创办“列宁巡回小学”。不管它什么学校，既然是思清表姐夫推荐的应该没问题。他特别信赖这个参加共产党的表姐夫。

回到家，简单收拾一下行装，就跟吴思清去吴家墩。

在吴家墩一间宽敞的挂着“信江军政学校”招牌的祠堂跟前，聚集着百余名农民装束的青壮年，他们便是这个苏维埃军校的第一期学员。这些看上去相当土气的农民子弟部分来自红军部队，部分是当地的中共党组织和苏维埃政府推荐来的。吴克华属于后者。

虽然吴克华不像那些来自红军部队，经过武装斗争锻炼和考验的学员那样入校前就掌握一定的军事知识，但是，3 年私塾的文化底子和招揽生意时走村串户练就的胆识帮了他不少忙。严格的政治审查和体格检查，他也都顺利过关了。进这个学校的都被认为是政治上绝对可靠的贫苦农民和工人，现在吴克华是双重成份，既可算作农民，也可算作工人。在准文盲占相当比例的这群学员中，甚至还可算作小知识分子。

1929 年 10 月 25 日，吴克华和他的 170 多位同学列队走进那间充当军校课室的大祠堂，开始漫长的军旅生涯。这所军校无论从哪个方面说都太简单了。没有宿舍，校长以下近 200 名教员、男女学员统统寄宿在老百姓家里。作操场用的一片凹凸不平的沙洲和空荡荡的挂满蜘蛛网的祠堂构成了军校的全部家当。

毕业于黄埔军校，在北伐军中当过连长的邹琦担任军政学校校长。中共信江特委军事委员会主席邵式平兼任军校政治委员和校党委书记。

170 多名学员统一编为 1 个大队、6 个中队、18 个小队 (10 多名女学员集中编在一个小队)。实行军事建制是时任信江苏维埃政府主席团主席的方志敏的主意。

军校的设施虽简陋得令人难以置信，围绕政治学习和军事训练而制订的严厉的规章制度执行起来却是毫不含糊的。这对于自由散漫惯了的学员来说无疑是个严峻的考验，不少人都适应不了这种节奏紧张的生活。

学员们在课堂上捧着书本苦思冥想的时候不多，更多的时间是在坐落在磨盘山脚下那个有小桥流水青草绿树的操场上打发的。队列、瞄准、射击、投弹，军事训练的内容基本上是沿袭黄埔军校那一套。当教具用的那几支打不响的报废步枪，像宝贝一样在学员们手中传来传去。

☆1933年2月至3月，在周恩来、朱德指挥下，中央红军（红一方面军）打破了敌人对中央苏区的第四次“围剿”。上图为红一方面军第1军团部分干部的合影

重要的军事课几乎都由邹琦讲授。也有不少军事课是由哗变或俘虏过来的国民党军的班排长讲授的。有的俘虏尚未来得及脱下国民党军的制服就站到军校的讲台上。

无论是在祠堂里讲授的政治课，还是在操场上进行的军事课，对只有3年私塾学历的小皮匠来说，都有足够的新鲜感和吸引力。吴克华在这间昏暗的充斥着霉味的封建宗祠里，知道中国之外还有个令人神往的名叫苏联的国家，也知道了德国人马克思和俄国列宁的大名。

这所简陋得无以复加的军校无疑使吴克华增长不少见识。谁创造世界?阶级是怎么产生的?这些问题的答案都不是在私塾所能找到的。可以说，吴克华人生的第一次飞跃是在祠堂里完成的。

这位16岁的红军无论是在课堂里还是在操场上的表现都还令人满意。吴克华的小队长黄元庆是位来自红军部队的学员。他与这位漆工老乡的关系很融洽，向参加过几次小规模战斗的黄请教诸如根据声音判断枪炮弹远近高低之类的战场小常识。吴克华的虚心好学给黄元庆留下深刻的印象。吴克华知道马克思不久，便加入了共产党。资历肤浅、还不到党章规定的入党年龄的吴克华本应先加入共青团组织，无奈共青团的门当时紧闭

着；翌年开启后，吴将党证退了，换回张团证，两年后再领回那张党证。

塔山虎将：吴克华

一周内两次受伤流血

yizhouneiliangcishoushangliuxue

1933年初夏，吴克华到闽赣军区教导大队任队长。

中央苏区第四次反“围剿”在周恩来、朱德等人的指挥下取得了胜利。7月，吴克华所在的教导大队便编入不久前在黎川县城篁竹街李树坪组建的7军团第20师。军团参谋长粟裕兼20师师长。吴克华出任60团1营营长。

仲秋，蒋介石派遣百万大军与红军进行第五个回合的较量。进攻中央红军的兵力约50万。第五次“围剿”的准备工作比前四次都充分得多，筹措经费、培训指挥员、制订“围剿”计划。

“御敌于国门之外，”“不让敌人蹂躏苏区的一寸土地”是被胜利冲昏头脑的中共中央某些盲目乐观的领导者叫响的时髦口号。虽然这些颇有几分豪气的口号可以一时使夜郎式的人物得到鼓舞，但对于捉襟见肘的红军兵力来说，无异于痴人说梦。国民党军3个师不久便占领了闽赣省党政军领导机关所在地黎州。

整个秋季，期望战果丰硕的共产党人有些失望。10月间部署的两次企图收复黎川的硝石、金溪桥战役，红军虽然全力拼搏，其结果仍令经历数天血战的吴克华大失所望。7军团牵制金溪地域之国民党军的任务没有完成。

吴克华在简陋的红军医院里度过他的20岁生日。激烈的浒湾、八角亭战斗让他在一周内两度流血。

坐落在抚州金溪县境内的浒湾、八角亭两地相隔约5公里。国民党军指挥官冷欣率编5个团的加强师扼守这片山林地。11月11日，3军团4师政委彭雪枫受病中的彭德怀委托指挥3军团和7军团攻击占据浒湾八角亭之冷欣部。

配置于浒湾北面高山地区的7军团19师的任务是扼制浒湾之敌截断金溪至浒湾的公路交通；阻八角亭之敌向浒湾移动，则是配置在浒湾东北方向吴克华所在的20师的任务。红军落后的通信联络使担负正面攻击任务的7军团与负责迂回侧击的3军团无法达成协同。

联手攻击变成各自为战。有2000余众的20师的攻击正面近10公里，作一线式配置，既没有纵深、也没有预备队的20师摆出孤注一掷的态势疾风般卷击八角亭。倘若像以往在赣东北以轻武器对阵，7军团或许能如愿以偿。然而，当飞机、装甲车加入步兵的反冲击后，20师无可奈何地给八角亭之敌让开通往浒湾的路。

战斗力比20师强的19师，表现也不尽人意。仅以两辆装甲车当作前导的国民党军反击部队几乎是轻而易举地将19师的阵地冲跨了。

红军官兵在浒湾、八角亭做了一场恶梦。遇到光凭英勇无畏难以逾越的障碍。两个军团伤亡1000多人，

吴克华大概是此役中第一批使用绷带的。战斗打响不久，防不胜防的弹头麻利地削去他的一块头皮。久经战火硝烟洗礼的吴对自己负伤没有惊慌失措，只是简单地包扎一下又继续指挥战斗。

祸不单行。第五天，又一块疾速飞行的弹片穿透他的右腮帮，敲掉他的几颗牙齿。左胳膊也被打断了。他顿时浑身是血。剧烈的疼痛使他无法再支撑下去，被抬到后方医院治疗。

这个冬天，吴克华是在令人难耐的痛楚中度过的。由于红军缺医少药，没能及时采取措施，伤口很快化浓感染。他先是在没有施用麻药的情况下接受手术治疗，取弹片并剔除坏死的腐肉，这还不是最疼的；然后，便是漫长的极度折磨人的伤口愈合期。连碘酒都不具备的简易医院，消炎靠的是盐水，且又是伤着经常需要活动的口腔和胳膊，伤口不易愈合是可以预见的。进食也是需要他克服的重大生活难题。整个冬季，他只能靠稀粥和菜汤维持生命。

在病床上苦熬了将近3个月，吴克华才走出给他留下无限痛苦回忆的医院。这个本来就消瘦的高个子经过这一番折腾更加瘦削不堪了：脸色苍

白，颧骨明显地突出来，眼睛深深地陷下去。

吴克华离开医院后，没再返回20师60团1营，他到红都瑞金中国工农红军学校分编扩大的红军大学的教室里了。

塔山虎将：吴克华

长征途中率部充当 中央红军的"铁屁股"

changzhengtuzhongshuaibuchongdang zhongyanghongjundetiepigu

黎平会议后，8军团21师63团编入5军团直属39团。吴克华仍任团参谋长董俊彦任团长，黄志勇任政治委员。

1935年1月7日，中央红军强渡乌江，轻取遵义。遵义会议后，成立了由毛泽东、周恩来、王稼祥组成的3人小组负责全军的军事行动，并作出了红

☆黎平会议旧址。

军兵分三路从遵义、桐梓、松坎地区直奔赤水的决定。充当中央红军“铁屁股”的5军团随中央纵队之后跟进。

南北东三面山岭连绵、地势险峻的土城是赤水河东岸的重要渡口。攻占并巩固土城在实现红军的北渡长江进军四川的计划举足轻重。

27日,根据情报,军委获悉截击尾追中央红军的是川军模范师第3旅廖泽部4个团约六七千人。军委认为红军两个军团完全能够吞下刘湘送上来的这块肥肉。于是,决定采取诱敌深入战术,把川军引到土城以东屋基坝、黄金湾一线山谷地带。

朱德、刘伯承分别到3军团和5军团指挥战斗。

作为军团的第一梯队,39团在刀壁山展开:1营为右翼,3营为左翼,2营为预备队。吴克华的团指挥所设在预备队与一线连队之间。“要发扬5军团近战歼敌的传统,”吴克华到3营7连阵地对指导员廖鼎祥说,把敌人放进来打——准备好石头。

与39团对垒的正是郭勋祺旅某团。这一仗打成拉锯式的消耗战。双方你来我往反复争夺,冲锋达10余次。在与川军进行的旷日持久的殊死搏斗中,弹药不足的39团一度挥舞大刀迎敌。

战斗打得极其艰苦、激烈。吴克华在1、3营阵地来回穿梭,指挥一线部队作战。打仗时,吴克华总是往一线阵地跑,靠前指挥,以致团长、政委抱怨:“你老是跑到前面去,谁来接电话呀!”

在越发激烈的反复冲杀中,无论是人力、物力还是士气等方面都损伤很大的中央红军不敌攻势凌厉的川军,于傍晚时分退出战斗。

事过10天,毛泽东给土城战斗作总结时说:“我们没有消灭川军,反而受很大损失,不合算,也可以说是一场败仗。”毛泽东认为轻敌、敌情不明、分散兵力是导致这次战斗失败的主要因素。

尽管中央军委是在28日傍晚下达撤出战斗命令的,但轻装、架设浮桥、安置伤员等撤退准备工作仍需要十数小时来完成。又一个白天降临的时候,吴克华才和董俊彦、黄志勇等率领打后卫的39团撤出阵地,扑向身后约200

米宽的赤水河，开始实施别无选择的“一渡赤水”计划。

2月10日，在位于川、滇边境的扎西地区进行的长征以来的第三次整编中，约3万人的中央红军缩编成16个简编团。除编6个团的1军团仍保留师的编制外，编4个团的3军团和拟编3个团的5军团均取消师级建制，而9军团的3个团实际上只有3个营的兵力。

扎西整编的第二天，吴克华率领39团迎着当地难得见到的“阳春白雪”天气(昨夜大雪，午后春光明媚)，随主力回师东进，从太平渡、二郎滩两个渡河点二渡赤水，重入四川，参加为期5天的“遵义战役”。

吴克华所在的5军团负责迟滞阻击来自遵义北面的川军教导师。

遵义战役战果辉煌。数天后出版的《红星报》社论称“敌死伤千余，俘虏官兵2千多名”。这是中央红军长征以来取得的最大胜利。而气急败坏的蒋介石则认为是“国军追击以来的奇耻大辱”。

以势不可挡地攻占桐梓为开始，以迅速攻克娄山关、遵义城为高潮，以将驰援遵义的2个师的国民党中央军击毁在乌江边为结束的遵义战役给吴克华的影响是非常深远的。从整个战役实施上表现出来的坚决果断地捕捉稍纵即逝的战机，一鼓作气地摧毁敌军士气，不顾疲劳地乘胜扩大战果等指挥艺术，为善于在实战中总结积累经验的吴克华所铭记，并指导着他以后的战争实践。

3月19日清晨，吴克华等奉军团首长之命率领2个营继续扼守茅台河西岸，抵御企图强渡赤水河追击3天前从茅台附近的渡口三渡赤水进入四川古蔺地区的中央红军的郭勋祺部。

吴克华等率部忠于职守地在茅台河西岸守备到19日黄昏才开始撤退，向5军团主力集结地两河口转移。夜行30多公里赶到两河口时已近黎明，仍然漆黑一团的夜空飘着雾状的沾衣不湿的杏花雨。在这里住了一宿的5军团主力正在打点行装准备开赴下一个宿营地。这时，军委又令5军团扼守茅台河西岸之2营仍回原地守备。电令要求：若敌已渡河则尽力迟滞之。军团首长见39团的官兵一个个饥饿难当，非常疲惫，不忍心再遣他们重返茅

台河,于是,把这个任务交给37团。

在沿途都有国民党军衔尾追击的长征路上,“铁屁股”这个角色不是那么容易扮演的。一旦走在前面的部队由于通讯联络不通或道路不畅或组织指挥不力等原因误入歧路或出现混乱拥挤状况而耽误时间,与趁机扑上来的追敌拼杀的差事自然就落在首当其冲的后卫部队身上。这种场面在吴克华充当担负后卫任务的39团参谋长的半年多来屡见不鲜。似水蛭般讨厌的追兵不是好对付的,没有二三个小时甚至一天时间休想摆脱它的纠缠。

4月18日,39团在永宁镇以西黄土塘阻击3个旅的追兵,掩护5军团从把草渡北盘江进入云南。当时尾追的国民党军距渡口约40公里。面对数倍于己的强敌,39团的指战员们毫不畏惧,连续向国民党军发起了10多次冲击。

勇猛顽强的39团在这里以歼敌1000余名的战绩再次得到军委的通令嘉奖。军委还授予战斗在最前沿、打退了国民党军10多次进攻、因伤亡惨重先后5次更换连指挥员的第5连“英雄红5连”称号。

然而,4月25日39团在沙寨附近佯攻滇军,掩护在羊城营一带集中的红军主力,打击追敌的任务却完成得不是那么令人满意。尽管滇军一部黄昏前仍被吴克华等指挥的部队扼制于大树脚以东地区,尽管39团官兵在战斗中表现出来的顽强拼搏精神仍为军团首长所称道,但部队未能充分展开,显得有些拥挤混乱,致使佯攻不力,且遭受不应有的损失。

只过了半个多月,另一封嘉奖电改变了沙寨战斗留给39团官兵不愉快的心境。这是军委对他们出色完成金沙江畔一周掩护任务的鼓励。5月上旬,中央红军大部在位于云南禄劝县的皎平渡渡金沙江时,39团在离渡口数十公里的团街附近阻击尾追的滇军。这是39团将功补过的机会。黄昏才占领阵地的39团趁敌不备突然发起冲锋,滇军丢下数百具尸体后,撤退10多公里,与39团对峙着,不敢穷追。

由阴转晴的5月9日,39团才乘坐数只已连续在江中穿行6天的破木

船渡过因江底盛产金沙而得名的金沙江。这是由皎平渡过江的最后一批红军部队。

连日急行军式的猛烈进攻与追击，使39团受损严重，掉队、落伍、病员增多。但走过250多米长的铁索桥后，吴克华等率领部队发扬连续作战不怕牺牲不怕疲劳的精神，日夜兼程，走了近30公里，于6月1日上午赶到一个叫冷碛的地方埋锅造饭。吃过早餐，即奉命冒雨随1军团1师追击了40多公里。

7月初，吴克华率部翻过了据说只有神仙才能登越的终年白雪皑皑的夹金山。

8月初召开的沙窝会议后不久进行的把一、四方面军混编成左、右两路军的整编中，吴克华所在的39团于7月下旬改番号为第5军的5军团，编入以四方面军为主体的左路军。左路军由四方面军的第9、第31、第33和一方面军的第5、第32军

☆1937年，在延安与邵式平等同志合影(后排左一为吴克华，左三为邵式平)

(即 9 军团)组成。

这期间,8 月 21 日,吴克华所在的左路军离开驻地马塘、卓克基向阿坝地区开进。似乎是出于心照不宣的顾虑,擅长打掩护、一路上充当后卫的第 5 军在左路军的行军序列中被摆到前卫的位置。数天后,吴克华那双结着厚茧的脚板便“叶唧”、“叶唧”地践踏在川西北那片荒无人烟形同泽国的茫茫草地上。

塔山虎将：吴克华

开辟胶东

kai pi jiao dong

抗日战争爆发了,在抗大学习的吴克华调任八路军山东纵队 5 支队副司令。不久,吴克华率领的部队随即与山东纵队特务团合编成山东纵队第 2 支队,吴克华任支队长。1939 年调任第 5 支队支队长,高锦纯改任第 5 支队政委。

1940 年 3 月下旬,吴克华才从鲁中青驼寺赴胶东。与吴克华同行的除 5 支队交通营外,还有设在沂蒙山区的抗大第一分校派出的第一大队 5 个队的干部和机关工作人员百余人。4 月下旬,吴克华到达胶东 5 支队驻地招远城南。

吴克华一到任就率领 13 团到栖霞县观里集一带活动。5 月 3 日,吴克华率部队包围乘 3 辆汽车进入观里的日军。赵保原调动他的精锐部队,在伪满洲国组建的全套日式装备的邓学良团进犯吴部。吴克华和 13 团团长李绍桥、政委苏晓风等指挥部队与日军以及由日军教官训练出来的号称不可战胜的邓学良团激战 10 个小时,毙伤其数百人。战斗中,吴克华给部队下达近战歼敌,与顽军白刃格斗的命令。这是 5 支队首次刺刀见红。“抗八联军”的嚣张气焰终于有所收敛。

在武装斗争的同时,5 支队通过报纸大力宣传中共中央提出的“坚持抗

☆1940 年夏天，八路军山东纵队第 5 支队改称 5 旅时，旅团主要领导在山东平度的合影（左起：高锦纯、吴克华、梁海波、李绍桥、张铎、赵一萍）

战，反对投降；坚持团结，反对分裂”的口号。并连续发表通电，充分揭露“抗八联军”的种种罪恶。还通过莱阳各团体结合地方人士组成的“临时参议会”于 5 月 13 日宣布罢免赵保原的莱阳县长职。

尽管诞生两年多的 5 支队(从 5 支队的前身——“山东人民抗日救国军”成立的时间算起)参加多次战斗并取得令世人瞩目的战果，但这支年轻的八路军部队还是稚嫩的。

中共中央北方局发出的“每个优秀的共产党员脱下长衫到游击队去”的号召，使许多莘莘学子站到了抗日的队伍中来。

知识分子多无疑是胶东“土八路”的一个显著特点。吴克华在 2 支队时是团职以上领导干部中文化程度较低的，而在 5 支队更不例外。在 5 支队，有大学或者中专学历的干部并不鲜见，入伍前念过六七年书或当过小学教员的大有人在。就其文化素质来说，这与吴带领过的文盲占绝大多数的红军队伍当然不可同日而语。

随吴克华赴胶东的5支队13团团长李绍桥对他率领的团队也感到不尽人意。组建时间短且没经过系统的军事训练,指战员的军人意识不够强,使这支部队总的来说还不太敢碰硬。别说是跟疯狂的、有武士道精神的日军作战,就是与战斗力很一般的伪军、顽军对阵也显得有些信心不足。

吴克华为如何尽快提高部队的军政素质深感焦虑。

许多文化素质不低的官兵,可以在当地的报刊上发表文章,但由于没受过必要的军事训练,他们的战术水平有些糟糕,存在着太多不符合作战要求的行为,如练瞄准不用表尺,不检查击发,只取三角图等。

不少人甚至连军事常识都一知半解,以致吴克华不得不从吃喝拉撒抓起。早上起来的第一件事应该是拉屎——必须养成这种习惯。吴非常严肃认真地给他的部队说。因为我们是生活在战争的环境里,随时随地都有可能紧急出动。等到行军打仗的时候才解决这个急不可待的问题,就会影响部队的行动,你自己可能因此而落伍,乃至丢掉性命。

从鲁中带来的上级关于第三期整军的指示,为吴克华全面整顿这支充满希望的部队提供充分而又权威的理论依据。补充缺额,加强共产党对八路军的绝对领导,培训、选拔和审查干部,进行军事训练和政治教育,是这期整军的主要内容。

徐向前据此提出部队建设"九化"的要求,即主力兵团正规化,地方武装基干化,游击队组织化,自卫团普遍化,党的领导绝对化,战斗顽强化,行动积极化,生活艰苦化,纪律严肃化。

要让部队实现"九化"目标绝非易事,但吴克华不遗余力地为之奋斗。

按"三三制"编制,5支队将下辖的13、14、15团均扩编为3000人的主力团。这是八路军山东纵队中编制人数最多的团。吴克华率领的5支队也是山东纵队中编制人数最多的支队。近万人的5支队几乎是吴克华在鲁中率领的2支队的10倍。其兵力差不多占当时辖主力部队16个团,地方基干武装6个团,共3.21万余人的山东纵队的三分之一。

经过整编,5 支队不再是单一的步兵,工兵、侦察、通讯、骑兵等专业分队也按规定组建起来。

反日军“拉网合围”大“扫荡”

fanrijunlawangheweidasaodang

为了消灭胶东八路军,日军华北方面军司令官冈村宁次调集 12 军所属的独立混成第 5 旅团主力,59 师团,独立混战 6、7 旅团各一部,共约 1.5 万人,加上伪军和投降派赵保原等部的 5000 人,于 1942 年 11 月中旬至 12 月底对胶东抗日根据地进行 40 多天的“拉网合围”大“扫荡”。

由 600 多台汽车运抵集结地的 1 万多名日军在数千伪军和投降派部队的配合下,迅速组成“隔断网”。由 10 数人组成的间隔数百米不等的搜索群形成横广纵深的散兵行、包围线之后,非常严密地搜索前进。

当时成文的《四二年冬季之反拉网“扫荡”》指出:“……无山不搜,尤村不查,尤其加强对山洞、沟及小村庄、山庵的搜索,烧草堆、挖新坟、掘地堰等无所不为。

为了粉碎敌人冬季“扫荡”,11 月上旬,胶东军区进行了反“扫荡”动员,决定将胶东八路军的主力部队和地方武装以烟青公路为界分成两个指挥系统。吴克华指挥主力部队 13、14、15 团及 2、3、4 军分区在烟青公路以西,由胶东军区直接指挥的 16、17 团,“抗大” 支校和 1 军分区部队在烟青公路以东地区活动。

日伪军这次冬季大“扫荡”,从规模、部署、兵种、装备到技术运用和残酷毒辣程度,都是胶东抗战史上空前的。

当日军庞大的运兵车队在此地的公路上繁忙地跑来跑去扬起漫天烟尘时,其主力部队可能秘密集结在彼地;而由青岛船运烟台的日军兵力数量是谍报技术落后(反“扫荡”时,胶东八路军的情报站普遍陷于瘫痪)的八路军难

☆山东胶东地区的武工队员在敌占区张贴宣传品

以打探到的。为达到行动的突然性以收其声东击西之效，日军每每在实施一项计划之前，悉心制造许多假像以混淆对手的视听。如扬言今日出动却于明日出动；扬言“扫荡”牙山却以牟(平)海(阳)为中心合击马石山；扬言“扫荡”栖(霞)福(山)边区却“扫荡”牙山与磁石山；扬言结束“扫荡”却突然合围大泽山区；篝火通明、枪声不绝的方向实无多少部队，而漆黑一片、寂静无声之处则暗藏杀机。

吴克华在《反扫荡中的几点经验教训》一文中说：“敌人集中兵力向主要方向进行‘扫荡’，其次要方向(后方)是空虚的，只有困守之计而无出击之力。这便是开展广泛游击战争的良好机会，积极破坏敌人交通，扰袭据点，声东击西使其首尾不能相顾，这不仅造成战役战斗之胜利条件，而且可能缩短敌人‘扫荡’时间，箝制其退缩回头照顾其老窠。”他在这篇战斗总结性的文章中说，“敌之‘扫荡’我之反‘扫荡’，虽然在军事战略上我们是防卫，敌人向我军分进合击，而我们在战役战斗上是进攻的，向敌分进袭击、伏击、扰乱。

在这次反“扫荡”中吴克华指挥部队“包围道头、夏店据点，歼灭九曲出动之敌”。“深入黄县、龙口等地区活动，敌人闻息闭门不出”；“歼灭平城出动

至蓝村之敌，将其汽车烧毁，并震惊青岛之敌”；“袭击马广、沙河、平城、观里、马连庄等据点，该敌紧紧闭门，不敢离开乌龟壳一步，并要求青岛增援和‘扫荡’路东之敌火速回来”。

路西的八路军在吴克华的统一指挥之下，齐心协力向日伪军展开破袭战。日军在胶东的主要交通线——烟(台)青(岛)、青(岛)黄(县)、烟(台)潍(县)以及莱(阳)即(墨)、平(度)掖(县)等公路100多公里路段被破坏，桥梁被炸毁，电话线被掐断，“使敌不得不提前结束此次大‘扫荡’计划”。

吴克华本着“保存有生力量，保卫根据地，分散活动，适时转移，缩小目标，分区坚持，内线与外线互应，抓紧时机给‘扫荡’之敌以有力打击”的原则，部署路西八路军反‘扫荡’行动。

对日作战，吴有时也运用“敌进我退”的战术，但不少时候，他采取的是“敌进我进”的方针，深入敌后，打击日军的交通线、补给线，以逼敌撤退，粉碎其疯狂的“扫荡”无论采用哪种战术，吴克华都强调要“客观地认识敌人行动征候的真相，掌握其行动规律，而不受任何征候的欺骗”。

塔山虎将：吴克华

冬季攻势取得辉煌战果

dongjigongshiqudehuihuangzhanguo

抗日战争结束后，吴克华调任胶东军区副司令。这时，胶东部队奉山东军区命令，准备渡海进入东北，为保卫抗战胜利果实，整编为野战兵团。

1945年10月，由吴克华和彭嘉庆等人率领的胶东部队1万余人，由山东蓬莱栾家口起航，跨越渤海，到达辽东。这支部队在东北黑土地上纵横驰骋，发展壮大，先后编为东北人民自治军第2纵队，东北民主联军第4纵队，中国人民解放军第四野战军第41军。成为四野主力部队之一。

1947年下半年，国共双方在战场上的形势发生了根本性的转变，共产党武装已由战略防御转入战略进攻，并由内线反攻转入外线进攻。而国民党武装则从战略进攻转入了战略防御，在全国许多战场上，处于被动挨打的状态。

国民党军在东北的主帅陈诚，不得不将“重点防御”的战略方针变成“固点防御”，重兵集于沈阳、长春等大城市，力保辽西走廊的安全，以10个师的兵力在诸要点之间实施机动，这些要点之间的行军路程只需一天时间，均有交通干线作依托。陈诚认为这样的防御体系可确保万无一失了。

☆炮兵进入阵地，准备向彰武守敌轰击

当时的“东野”已经有9个主力纵队和10个独立师、3个骑兵师、11个炮兵团，占据了东北百分之八十的土地。面对陈诚的“固点防御”，“东总”决定趁敌部署尚未就绪时再给其一次重击，力求再歼敌七八个师，进一步确定我军在东北战场上的优势地位。

“东总”将这次作战定名为“冬季攻势”。

战役分两步走：第一步，出击北宁线，歼灭沈阳至锦州沿线的

蒋军；引诱沈阳、锦州蒋军出援，歼其一部。第二步，转兵辽南，歼灭辽阳、鞍山、营口之敌，断其海上交通，并相机攻占锦州，孤立沈阳。

4纵在冬季攻势中的任务是：第一步奔袭辽阳、本溪之间的敌人；第二步攻取辽阳、鞍山。

12月15日，天气寒冷。4纵由通远堡、连山关一线出发，先头部队11师和12师36团经过一天一夜长途奔袭，到达了大安屯、耿家屯一带，迅速消灭了这一地区的蒋军，歼敌1000多名。

驻守在辽阳的国民党军25师第73团闻讯赶来增援，进到毛头山一线，即遭到4纵第31团和32团的伏击，伤亡惨重，只得窜回辽阳。

1月7日黄昏，4纵10师30团主动向国民党87师259团发起攻击，蒋军慌忙南窜。30团迅速占领了安富屯而后又连克陈家台、图颜太堡子。当晚，蒋军向4纵进行反扑，均被4纵击退。

“东野”的冬季攻势第一阶段作战任务圆满完成。4纵奉命东返包围辽阳，执行第二阶段作战任务。

这时候，轮到4纵大显身手了。

辽阳是一座古城，城外有一河，名太子河，古时这里是一块吉祥之地。然而战火的洗劫，使太子河成为了一条地道的护城河；古老的城墙成了战火摧残的对象。国民党军占据辽阳后，利用城墙修筑工事，在城墙的顶端构筑了交通壕和火力发射点，在城外挖了一条深宽丈余的外壕，在外壕前方设置了铁丝网和雷区。一座古城真可谓是“固若金汤”了。

守城的国民党军有1万多人，以暂54师为主。

林彪将攻城任务交给了吴克华，由他统一指挥4纵和6纵两个纵队。

吴克华迅速作出进攻部署：以4纵11师配属5个野炮营向城东门实施主要突击；以6纵(欠1个师)向城西南实施主要突击；以10师30团配属炮兵团向城南门实施辅助突击；以10师28团向车站方向实施辅助突击。12师为预备队。

2月6日，天刚蒙蒙亮，吴克华、彭嘉庆就站在指挥所里，等待那一激动

人心时刻的到来。时针指向了7点整。吴克华大手一挥,喊一声:

“炮火准备!”

炮弹呼啸声掠空而过,随即传来了一阵震耳欲聋的爆炸声,辽阳城墙顿时被裹进硝烟和火光里。

硝烟稍稍散去，吴克华从望远镜里看到了东门的城墙上被炸开了一个缺口,很快他又看到担任尖刀任务的31团4连跟着炮火冲到城墙下……

一个战士的身影跃起,向着城墙缺口冲去……

又一个战士跃起,向着城墙缺口冲去……

鲜艳的红旗插上了辽阳城头。

突破任务完成后,11师的32团没有按原计划行动,而是与31团同时拥向突破口,2个团挤在了一块,突破口狭小,部队无法展开。

就在这时,突破口左侧的一个蒋军火力点复活了,机枪子弹像火舌一般卷来,顿时扫倒了我军许多战士。

吴克华在望远镜里看到这一惨烈的场面，看到了战士们身上的鲜血在喷洒,他愤怒地朝墙上砸了一拳,朝参谋长李福泽大喊:

“告诉刘剑秋,赶快把32团回撤到原路上去,迟了,我找他算账!”

接着,吴克华冲出指挥所,直接观察攻墙情况。

一个战士的身影出现在吴克华的眼里,这战士战术动作灵活,冒着敌人的弹雨接近到正在喷吐火舌的火力点前,投出一颗手榴弹,硝烟未散就冲了上去,在敌火力点下安放了一个炸药包。

吴克华几乎是目不转睛地盯着这个战士的每一个动作，他担心敌人的子弹会扫倒这个战士,同时心里更在默祝这个战士炸掉敌人的火力点。

一声巨响过后,城墙上那个拦路的火力点哑了。

终于,喊杀声铺天盖地的响起来,我军突击部队巩固住突破口,后续部队潮水般地涌入城内。

吴克华脸上的严霜渐渐消融,他满意地放下了望远镜,走下了山坡,身后的几个参谋这才松了口气。

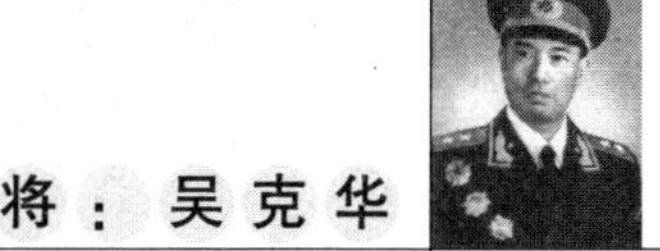

吴克华回到指挥所，参谋长过来说："司令员，部队正在分割敌人，进展顺利。"

攻占辽阳后，吴克华率4纵并指挥第6纵队马不停蹄，向鞍山进击。

鞍山是一座形状很不规则的城市，中长铁路贯穿市区，把整个城市一分两半。城西部较为平坦，城东部与山地相连，神社山、对炉山可以直接控制铁路以东的市区，城东南部的铁架山，地形险要，易守难攻。

防守鞍山的国民党军，是重新组建的第52军25师，他们在鞍山已驻扎1年多，构筑了坚固的防御工事。尽管士气不高，但困兽犹斗，要想制服它还需费一番周折。

吴克华对制服这个对手心中有底。他现在指挥着两个纵队，外加1个炮兵师，兵力6倍于敌人。4纵曾两次进入鞍山，对地形比较熟悉，消灭面前的敌人还是有把握的。

2月16日，肃清鞍山外围据点的战斗打响了。12师36团率先向铁架山发起进攻。铁架山又高又陡，时值冬季，山上布满冰雪，攻击部队要在这陡峭的冰坡上前进，十分困难。

就在进攻分队走三步退两步一筹莫展时，36团团政委潘德彪急中生智，朝众人大喊一声："快！架人梯！"

这一招真灵。战士们冒着敌人的炮火，架起人梯，迅速越过冰坡，交替冲向主峰。

不幸的是，就在潘德彪接近主峰时，敌人一颗子弹飞来，击中了他的胸膛，他来不及说一句话就倒下了。

"为政委报仇！"战士们高呼着口号，冲上了主峰。

2月19日清晨，我第4、第6纵队总攻开始。这时，鞍山城内的蒋军一片混乱，25师师长胡晋生不停地向卫立煌求救，却始终不见卫立煌的回音。胡晋生见求救无望，便想法逃跑，他一面命令部队死守，一面将指挥所向鞍钢转移，企图向大、小营盘方向突围。

吴克华哪能让胡晋生的妄想得逞？他迅速命令6纵17师和18师向鞍

钢发起猛攻,同时命令11师在大、小营盘方向设伏,围歼出逃之敌。结果胡晋生窜出营盘,却未能逃脱吴克华布下的罗网。

攻克鞍山后,吴克华挥师南下,直取营口。营口的国民党军在孤立无援的情况下,师长王家善率部起义,营口回到人民的怀抱里。

第二阶段作战,吴克华率领4纵和6纵三战三捷,取得辉煌战果。

塔山虎将:吴克华

军事生涯中最为残酷的一仗

junshishengyazhongzuiweicankudeyizhang

1948年9月12日,辽沈战役打响。吴克华率4纵插至锦西,与其他纵队一起完成了对锦州的包围。

就在4纵准备在锦州城下大干一场时,接到了东野司令部的命令:即回塔山、高桥地区,阻击来自葫芦岛方向的敌援兵。

原来,当蒋介石见东野大军切断北宁线、准备拿下锦州时,这才如梦初醒。锦州若失,在东北的国民党军将陷入灭顶之灾,那可是蒋介石的血本啊!于是,他急令廖耀湘兵团出辽西驰援锦州。又从华北和山东抽调了7个师海运葫芦岛,会同锦西原有的4个师,组成了东进兵团北上,企图解锦州之围。

蒋军东进兵团要增援锦州,必然得经过塔山。塔山的争夺战,成为当时敌我两军交锋的焦点。

为阻击国民党东进兵团的进攻,东总命令:第2兵团司令员程子华指挥第4、第11纵队及2个独立师在塔山地区组织防御。

4纵接到命令后,边行军边动员,急速向东开进。10月6日到达了塔山、白台山、高桥地区。

塔山位于锦州与锦西之间,东临渤海,西依虹螺山。塔山并不像塔,倒像一个圆圆的窝窝头,它严严实实地扣在锦州与葫芦岛之间最狭窄的一段路上。塔山原先由国民党军控制,但是锦州的范汉杰却轻易地将其放弃了。

☆在塔山阻击战中，我军战士向敌人发起冲击

4纵的防线是以塔山堡为中心，东至海边，西至白台山。防御正面有12公里半，第11纵队位于第4纵队西侧。塔山与南北对进之敌是何概念呢?它北距锦州20公里，南距锦西敌人的阵地只有2公里，敌人还占据了塔山南面的大东山、小东山。4纵的阵地都在敌人的炮火射程内。

8日上午，东野2兵团司令员程子华来到4纵，传达了林彪的指示。他对吴克华说:“你们必须死打硬拼，不能以自身的伤亡和缴获多少来计算战果，而要以完成整个战役任务来看待胜利。”

吴克华回答说:“司令员你放心，为了锦州那边取得胜利，我们纵队损失再大，也要守住塔山。

吴克华率领团以上干部勘察地形后，部署了任务:4纵的12师全部展开于打鱼山西至白台山之间;第11师32团展开于北山之前，重点守备塔山堡、塔山桥。为保证有足够力量持续不断地反击敌人的冲击，吴克华要求各师和团均应有三分之一以上的兵力作为机动力量;第10师全部和第11师31团、33团留作全军预备队，部署在一线部队侧后。12师的任务最重，吴克华手指前方对12师师长江燮元说:“在这个防御带上，你们塔山堡是要害部位，是你们最重要的防御点，要把它变成攻不动的钢铁堡垒!”

10月10日拂晓，国民党第54军军长指挥4个师，在飞机、大炮和舰炮的掩护下，向4纵阵地全线扑来。蒋军第62师利用海水退潮之际，袭占了4纵34团防守的打鱼山。

还没怎么打就丢了阵地，吴克华心中有些恼火，他立即与12师

指挥所通了电话,对江燮元师长说:“迅速组织反击,夺回阵地,绝不能一开头就叫敌人逞凶,要打下它的气焰! ”

放下电话,吴克华感到了大地在猛烈地抖动,土块落了他一身。原来,敌人的炮弹已经打到纵队指挥所的边沿了。

过了一会儿,从前沿传来了胜利消息:12 师经过连续反击,丢失的几个小高地均已夺回。吴克华闻讯后走出了指挥所。只见南半天烟尘密布,浓烟与海雾遮盖了一切,即使从炮队镜里,也看不清阵地面貌。

指挥所内的电话铃声不断,从各部队的报告看,敌人的飞机十分猖狂,几十分钟内投弹 5000 余发,我军前沿阵地工事全部被摧毁,伤亡较大。而蒋军的冲锋队形密集,连、营、团长带头冲锋,不顾地形条件,任凭拦阻射击,仍是不要命地往前冲。一梯队垮下去了,二梯队上,二梯队垮了,三梯队继续上。

面对如此险恶的局势,吴克华皱紧了眉头。为了阻止住敌人连续冲锋,必须压制住敌人的后梯队。他随即叫参谋长通知炮兵:集中火力轰击敌人后续梯队集结地域,使敌人难以组织连续冲锋。

这一招很见效,前沿纷纷来报:我军猛烈的炮火将敌人后续梯队的集结区砸得山崩地裂,集结的敌人被轰得抱头鼠窜。

前沿的部队趁此机会组织阵前反击,一举将当面之敌击溃。

但是没过多久,敌人更猛烈的进攻又开始了。敌人依仗其炮火优势,朝我军阵地猛掷炸弹,平地被弹片犁松了几尺深。我军战士在敌人面前表现了大无畏的英雄气概,一次又一次地把敌人的冲锋队伍打得溃不成军。

在火与血的拼杀中,4 纵的勇士创造了可歌可泣的英雄事迹。不少人拉响了最后一颗手榴弹与敌人同归于尽;有的战士腰折骨断、双目失明,仍在装子弹、投弹;有的战士身带数处刀伤仍在与敌人拼杀;有些阵地已经全是由伤员在防守,直至打到最后一人。

激战一直持续到下午 4 时,4 纵在连续打退了敌人 9 次大的进攻后,组织了师团二梯队进行强有力的反击,将敌人逐出我前沿所有阵地。

这一天作战，4 纵毙伤俘蒋军 1100 多人。

10 月 11 日晨，蒋军还是出动 4 个师，改全线进攻为中央突破，集中力量攻击塔山堡。

国民党的空军也前来助战，飞到塔山上空，向塔山堡投掷了两颗 500 公斤重的大炸弹，结果有一颗落到了塔山河滩西岸国民党军队的阵地上，炸死炸伤几十人，气得国民党官兵大骂自己的空军瞎了眼。

我军早有准备，当国民党军推进至我阵地前沿 100 多米时，我军突然实施还击，很快将敌人击退。

☆在塔山阻击战中，救护人员冒着敌人激烈的炮火抢救伤员

国民党军的炮兵立即实施报复性射击，连续发射 2000 余发炮弹，把我军的阵地炸成一片焦土。守在塔山村头的 4 纵 34 团 1 连伤亡过大，不得不退入村内，国民党军乘虚进入村子，情况万分危急。1 营长组织所有人员对敌实施反击，激战数十分钟，终于将敌人打出村子，恢复了阵地。

这一天从早晨到下午，敌我双方连续厮杀 9 个小时，4 纵的三个主阵地

均一度被敌人突破。我军英勇的官兵凭着高昂的士气和顽强的战斗作风,打勇敢,打办法,打持久,终于压垮了敌人。

国民党军到这个份上也是杀红了眼,被打退后并不退远,而是蹲在距4纵前沿阵地一二百米处构筑工事,企图造成对峙局面。

这些眼中钉子必须拔掉。4纵组织了师、团两级的二梯队,在猛烈的炮火掩护下,再次实施反冲击,将眼皮下的敌人赶回了老窝。

塔山像攻不动的堡垒,依旧牢牢掌握在解放军的手里。

4纵的临时指挥所设在一个山洼里。两天的激战,熬得吴克华两眼血红,但他没有一丝倦意,一直守在电台旁,始终掌握着每一个阵地的作战情况。4纵的12师苦战两日伤亡很大。吴克华决定调整部署,缩小防御正面,将12师撤下休整,将塔山堡以东的阵地交由10师防守;将11师32团撤出一线阵地,列入纵队预备队。

政委莫文骅关切地看着吴克华,说道:"老吴啊,我看你也该休息一下了,不然你的身体可吃不消了!"

吴克华笑了笑,摆摆手回答:"这时候你说我能安心睡觉?"

调整部署的命令下达后,坚守在一线的部队强烈要求在前沿阵地打到底。经过做工作,才挥泪与洒满战友鲜血的阵地告别。12师34团3营撤出阵地前将阵地工事整修一新,擎出了写有"守如泰山"四个大字的红旗,对接防的10师28团战友说:

"这里是红旗阵地,这里每一寸土地都已被烈士的鲜血染红。我们把阵地交给老大哥了,你们可要为烈士们报仇啊!"

28团政委张继黄接过红旗,代表全团官兵慷慨宣誓:"英雄的战友们,你们怎么打,我们就怎么打!我们一定要在这块红旗阵地上向敌人讨还血债!有我们在,红旗永远不会褪色!"

入夜,我军的侦察兵活跃起来,在敌人纵深内鸣枪放炮,设伏捕俘。34团的侦察员们候在一条三岔路处,刚好碰到敌军一个大胖子副团长开会回来。逮了个正着。

在4纵指挥部里，这个大胖子副团长供称：为了拿下塔山阵地，国民党军已在军中建立了庞大的督战组织，规定逐级监督，怯阵者杀无赦，并以每人50万金元券的代价收买了一批反动骨干分子，组成了"宁死不退"的敢死队。

果然，在第3天进行的争夺战中，国民党军出现了"敢死队"。

10月13日，国民党军还是出动4个师的兵力，在炮火的掩护下，全力向塔山扑来。

由于敌众我寡，守卫塔山主阵地的4纵28团一线部队伤亡严重。10师师长蔡正国当即命令二梯队投入战斗。

吴克华接到报告后，对蔡正国说道："蔡师长，请代我向28团全体勇士致以敬意。你们无论如何要坚持到黄昏，我马上命令炮兵支援你们！"

☆1950年9月，第41军领导与该军出席全国首届战斗英雄代表大会的代表合影，右二为吴克华

我军炮火旋即覆盖敌群，炸得敌人四下逃窜。

国民党军中的"敢死队"出现了。只见这些亡命徒一个个光着膀子，身背大刀，手提自动枪，狂叫着冲向塔山阵地。10师28团的营、连、排之间多被分割，许多连队伤亡百人以上。

1营2连1排坚守在塔山桥前的小营盘地域，首当"敢死队"进攻要冲。战至下午，完全被敌包围，与上级联系中断。排孤军奋战，最后仅剩下7人。子弹已经打光，只剩下一些手榴弹。6个地堡被敌人炸掉了5个，最后一个也只有骨架子了。

面对疯狂的敌人，在1排指挥作战的指导员程远茂忍着伤痛把剩余的

战士组织起来，对他们说道：

“只要我们还有一口气，就要同敌人拼到底，决不能让敌人从我们这里打开缺口！”

敌人又冲上来了，程远茂一声令下，战士们将手中的手榴弹投掷出去，在一片爆炸声中，敌人纷纷倒下……

在白台山阵地，战斗也打得异常激烈，由12师指挥的31团多次投入反冲击，有力地支援了塔山堡战斗。

不容喘息的厮杀一直持续到黄昏方才缓下，一线的28团伤亡达800多人，当夜由30团替换。

而国民党军的锐气，也在这一天基本打光了。

13日深夜，东野参谋长刘亚楼打来电话，告诉吴克华：锦州外围据点已全部扫清，攻城准备已经完成，14日上午实施总攻。

吴克华立即向各师传达这一消息。全纵队上下顿时欢腾起来，斗志更添，决心像钉子一样牢牢钉在塔山。14日，国民党军集中了全部主力向4纵的阵地发动了最后的攻击。

此刻，国民党军官兵已经丧失理智，不再讲究冲锋队形和起码的战术，只以密集的队形一波又一波地涌向4纵的阵地。战斗再一次陷入疯狂之中。

14日上午10时，天崩地裂般的声音从锦州方向传来。四野司令部电告4纵：总攻开始了！霎时，塔山我军全线阵地爆发出欢呼声，有些战士竟从工事里爬出来，在硝烟弥漫的阵地上大喊了起来：“老大哥打锦州啦！同志们加油干哪！”

这喊声在整个塔山阵地上空回荡，我军官兵更加斗志高昂。

锦州的国民党军即将被歼之时，进攻塔山的国民党军企图作最后的努力，打开援锦之路。

15日凌晨，国民党军出动了5个师，不鸣枪，不打炮，利用草丛和庄稼地作掩护，秘密运动到4纵阵地前沿，破坏了铁丝网等障碍物，然后突然发起

攻击。

4纵各阵地的官兵们虽经连日激战困倦至极,但依然保持着高度的警惕,及时发现了敌人的偷袭,迅速反击,一鼓作气地将敌人逐出阵地。

国民党军见偷袭不成,转为强攻。疾风骤雨般的炮弹落到了4纵的阵地上。蒋军的夜航轰炸机也来助战。一时间,4纵的阵地再度笼罩在火光中。

尽管民国党军这次进攻仍派出了督战队,仍在嚎叫着“退却者杀!”但是国民党军的士气再也提不起来了,被督战队威逼上来的士兵一与我军接触,立即像潮水一般退下。前日国民党军敢死队用尸体垒积起来的前进工事,此时已成为望而生畏的障碍物,许多国民党兵宁肯钻进臭气难耐的尸堆里装死,也不愿再前进一步了。

一些进退两难的士兵,干脆扔下武器,跑入我军阵地投降了。

15日中午时分,国民党军全线溃退。至此,历时6昼夜的塔山阻击战,以我军的胜利而宣告结束。

塔山之战,以其辉煌的战绩和英勇顽强的战斗精神,永远载入中国人民解放军的史册。

塔山之战,使4纵——中国人民解放军第41军成了响当当哐的王牌军。此战也使4纵的众多单位和个人立功受奖,其中12师34团被授予“塔山英雄团”称号;12师36团被授予“白台山英雄团”称号;10师28团被授予“塔山守备英雄团”称号;纵队炮兵团被授予“威震敌胆炮团”称号。

塔山之战,是吴克华军事生涯中最为残酷的一仗。他在小小的塔山,指挥着4纵浴血奋战6昼夜,彻底粉碎了国民党军11个师的疯狂进攻,使蒋介石增援锦州的如意算盘彻底失算,胜利地完成了东野主力全歼锦州之敌的任务。

一个军人,一生中有此辉煌战绩,足以自豪。

塔山虎将：吴克华

率军保卫东南沿海

shuaijunbaoweidongnanyanhai

1949年,4纵接到中央军委关于统一编制番号的命令,改称为中国人民解放军第41军。吴克华由纵队司令员改称为军长。

1950年1月,吴克华率第41军3个师(154师调归广西军区)进驻广东,执行剿匪与肃清活动在大鹏湾以东至潮汕地区沿海岛屿的国民党军残部的任务。

盘踞南澳岛的是不久前起义编入潮汕军分区的国民党广州绥署第1挺进纵队少将副司令吴超骏(即吴大柴)的队伍。该部起义后,旋即叛变,投靠国民党军。

吴克华把解放南澳岛的任务交给121师。

由于战前各项准备工作做得充分，渡海时机掌握得好,2月23日,121师在潮汕军分区的配合下，仅用8个小时就解决了盘踞在104平方公里的南澳岛上的1400余名国民党军。

吴克华按照广东军区的统一部署,率所部以“军事进剿,政治攻势,发动群众”相结合的方针,清剿分散在潮汕、东江、西江、北江4个地区活动,企图发动所谓“大陆游击战”的散兵游勇和土匪武装。在将近一年的时间里,共消灭国民党军残渣余孽近2.5万名。

11月,15兵团副司令员兼41军军长、军党委书记吴克华离开这支他指挥了差不多10年的老部队,调往广州任15兵团专职副司令员。

1951年5月,吴克华晋升为由15兵团兼广东军区改称的统管“两广”武装的华南军区参谋长。

败退台湾,但仍有29万陆军、232艘舰艇、854架作战飞机的国民党军,以及拥有29艘军舰、以武力封锁台湾海峡的美军第7舰队,对孤悬海上的

海南岛构成很大的威胁。台湾国民党军叫嚣:要配合以美军为首的所谓“联合国军”在朝鲜半岛的作战行动登陆海南。

为防范台湾国民党军反攻,中央军委决定加强海南防务,令第43军等部队驻防海南(参加海南岛战役的43军,1950年夏天除留下1个师驻防海南外,大部调往湛江地区),增强海南岛的军力。

1952年7月,上级决定吴克华任刚组建的海南军区司令员兼43军军长。让吴克华充当中国第二大岛的最高军事主官,从某种意义上说,是对他的信任。

作为南方的屏障,华南的战略要地,海南岛的得失不论在军事与政治上均有重大意义。确保海南不失,既可保障南部安全,又可给东南亚各国民族革命运动以极大鼓舞。

根据海南岛海防线绵长,港湾众多的特点,吴克华认真贯彻执行军委关于“重点设防”、“要点控制”的守备方针。他指出,为达成确保海南之目的,就必须扼守重要港湾,不使敌登陆,坚决阻敌于海上,消灭登陆之敌于滩头阵地前;除在沿海港湾构筑强大国防工事外,并在纵深地带构筑强有力的工事,以便集结优势兵力,将已登陆之敌消灭于陆上。

吴克华抵海南不久就带着参谋长和参谋人员深入海边勘察地形,研究布防情况,从琼东北海岸到三亚榆林港,到处都留下他的足迹。重要防御地段的地形,他往往反复察看并能提出很有见地的防御构想。

在3.4万平方公里的海南岛上修足够的防御工事显然是个浩大的工程。对工事在防御战斗中的作用深有体会的吴克华以三分之二的兵力修工事,把构筑工事当作部队战备工作头等大事来抓。他说:驻海南的部队要从最困难、最复杂的情况出发,牢固树立独立作战、长期据守的思想。然而,在以文化教育为部队训练中心的这个时期,修工事的锹镐被渴求知识的官兵们暂时搁置下来。

特别列兵

te bie li bing

1958年9月初闭幕的军区党代会上通过的为执行中央政治局关于干部参加体力劳动问题的指示作出的一项决议。决议要求:所属部队所有排以上干部(除身体不许可者外),每年都必须以一个月至两个月的时间下连当兵。

决议强调指出:“干部定期下连当兵和参加体力劳动,对继承和发扬我军官兵一致,军民一致的优良传统,对改进领导作风,增强干部的劳动意识,对干部实现又红又专都具有重大意义。”吴克华是此决议的坚决拥护者。他说:“我们不仅要从行动上和战士同吃同住同操课同执勤,而且要从思想感情上和战士打成一片,确确实实成为普通一兵。”

10月上旬的某一天,身穿士兵军装红领章上缀着列兵的一颗星的吴克华,用浓浓的父爱亲了亲6岁的儿子,然后背起背包坐火车到青岛,再转乘登陆艇往目的地薛家岛。

驻守薛家岛的是青岛警备区某部4连。

尽管吴克华等以列兵的身份走进这个守备连,并再三希望“同志们要像对待新战士一样的对待我们,使我们真正成为连队大家庭的一员”,但他们还是得到无微不至的关照。

吴克华一放下背包就跟着指导员李茂东沿着崎岖的山路了解连队防区地形、敌情、兵力分布等情况。

吴克华等的真实身份在当时是秘而不宣的,在薛家岛上服役的连队官兵此前大都无缘与这些远在济南的特别列兵见面。“吴克华同志,你是什么时候参军的?”

与吴克华同班的一位姓姜的真正列兵好奇地问。他大概发现吴克华脸上的皱纹与领章上那颗孤星极不协调。

“你问新军龄还是老军龄?”吴克华认真而又有些有恃无恐地说,“新军龄

从今天算起，老军龄于1929年起算。”

“哎呀！”这位22岁的列兵大吃一惊，“那你参军的时候我还没出生呢。”

吴克华狡黠地笑了笑，说：“可是现在我是个新兵，希望同志们多多帮助我。”

吴克华的列兵角色转换和适应生活环境的能力很强。听到班长呼喊自己的名字马上答“到”；接受工作任务时立正说“保证圆满完成”；见到连队干部到宿舍来，他会毕恭毕敬地起身让坐，端茶递水；早晨提前起床打水、扫地、擦玻璃，每天抢着打饭、刷碗、整内务、冲厕所。

吴克华说：“下连当兵如果不处处争取主动，那你简直就没有事可做。”吴克华几乎每天都跟连队战士争活干。“有时争得简直不可开交，”他说，“干着干着，工具就被战士们夺去了。”吴克华于是再去找来一块破布，每天擦拭完门窗玻璃后便把它塞进裤兜里。就连下岗回来到开饭前的一点时间，也拿着蝇拍去打苍蝇。

11月5日20时，一身冬季装束的吴克华和彭嘉庆披上子弹袋，背起冲锋枪执行巡逻哨的任务。这个星期正赶上连队进行文化补习，为了让知识贫乏的士兵们有更多的时间学习文化，27名(另3名辅导战士学文化) 特殊列兵将连续5天的复哨、巡逻哨、瞭望哨、流动哨统统承担起来。

一个月的列兵生活很快结束了。吴克华掌握了手枪、步枪、冲锋枪、轻重机枪等步兵武器的的特点和使用方法以及迫击炮、海岸炮的战斗性能。他承认自己对炮兵科目是外行，“过去虽然见过

☆1958年，吴克华在济南市参加助民劳动。

不少,但没亲手摆弄过。”他说,“经过这次学习,体会了要领,如果需要的话,我们也可以将炮弹打出去。”

11月29日凌晨5时,几乎一夜未能成眠的吴克华和其他特殊列兵就不声不响地分头在俱乐部、伙房擦起玻璃窗和桌子板凳来。忙完了,又去清扫院子,打水冲刷厕所。7点钟,他们就要告别不寻常的列兵生活,离开薛家岛了。

前天晚饭后,吴克华等8名列兵到海岸边一个军士哨位接岗时,几个战士拎来大半桶热气腾腾的海蜊子、小海螺和小螃蟹,说是专为他们准备的。“听说你们后天就要走了,没什么送你们——刚出锅的,你们快吃吧。”他们热情地招呼,又指着两暖瓶开水说,“渴了,这里有水。”

吴克华等坚持要他们把这些海味带回去给大家吃,但战士们执意要吴克华等就在这里吃。

“你们不吃,我们就不回去了。”他们说。一个战士说着从帽子上拔下一根针,剔出一个海螺肉往吴嘴里送。盛情难却,吴克华等于是围着铁桶又野餐一顿。

连队的主食是稀饭、地瓜、馒头,吴克华光吃稀饭、地瓜,把馒头留给别人吃。吃了将近一个月粗粮、素菜的列兵们感觉这一顿荤腥味道好极了,就连那聊以佐餐的开水和涛声也别有一番滋味。

“虽然咱们分别了,但是咱们的心永远连在一起。”吴克华在简易码头上与前来送行的官兵话别。登陆艇突突地驶离码头的时候,吴克华挥着手真诚地大声说:“以后我们一定找机会来看你们。”

塔山虎将:吴克华

突击司令,哪里急需就去哪里

tujisilingnalijixujiuqunali

1963年9月11日,国务院总理周恩来签署命令,任命济南军区第一副司令员吴克华为中国人民解放军炮兵司令员。原司令员、解放军炮兵创建人之一的邱创成调国务院第五机械工业部工作。

☆1964年，吴克华在大连全军炮兵大比武现场

任炮兵司令员并非吴克华所希望的。他觉得自己不懂炮兵专业，“工作有困难”。总政治部副主任萧华在电话中对吴说，“不懂炮兵专业，你去打仗不是一样指挥炮兵！”吴还要再考虑考虑，但当听萧说国防部长林彪和总政主任罗荣桓已圈定了时，吴克华说：“既然上面已经确定了，我就去吧。”

虚心好学的吴克华不久便由“门外汉”变成行家里手，走进炮兵天地。1964年，他先后在《人民炮兵》杂志发表《加强领导，把炮兵指挥员射击竞赛开展好》、《狠抓落实，做好工作》、《贯彻执行叶剑英元帅指示，大力推广王金陵目测距离经验》等文章。部分刊登在1964年第24期《人民炮兵》上的《吴克华司令员在炮兵军训会议上的总结发言》提出：炮兵“训练工作要革命，必须大破大立。先破后立，边破边立。”

1966年，“文化大革命”爆发了，吴克华也未能幸免。1967年，吴法宪、叶群、邱会作等人为了从政治上彻底打倒吴克华，无中生有地把“对抗林副主席”、“反对三军党委和三军无产阶级革命派”、“在炮兵进行反革命夺权”、历史上曾被“国民党策反”等罪名强加给吴克华，并据此剥夺了吴克华整整5年的人身自由。

身陷囹圄的5年中，吴克华的身心受到严重的摧残。虽然这1700

多个日日夜夜都不是在正儿八经的监狱里过的，头几个月甚至就羁押在他家二楼一间窗子装了冷冰冰的钢筋、窗玻璃被几层旧报纸严严实实地捂住——被改造成标准囚室的小屋里。

拖着沉重的、伤痕累累的所谓带罪之身参加残酷无情的批斗会，接受精神和肉体的严重折磨，以及在昼夜长明的大功率白炽灯下伏案反复反省。

"九·一三"事件林彪反革命集团被揭出后，1972 年的八一建军节，年届花甲的吴克华又穿上缀有鲜红的领章帽徽的绿军装。久违的专车、炊事员也几乎同时回到他的身边。

1977 年 9 月 17 日上午 10 时，吴克华到国务院找有关部门研究建设青藏铁路的问题。两天后，他知道自己无须为高原第一条铁路干线操心了——中央军委任命他为成都军区司令员，接替刘兴元的职务。陈再道继任铁道兵司令员。1979 年 2 月 4 日，调任新疆军区司令员。

1980 年 2 月 1 日，吴克华飞往华南，任广州军区司令员。在广州军区管辖的中越边境上燃烧了近年的战火仍没有熄灭。吴克华希望他的戎马生涯在唯一可以用枪刺作笔的南线画上个漂亮的句号。在复出后的短短 5 年间，吴克华担任过 4 个大军区(兵种)的司令员。说他"好像一个突击司令似的，

☆1980 年吴克华调任广州军区任司令员时，在乌鲁木齐军区的欢送会上

哪里急需就去哪里”。

1982年9月10日,69岁的吴克华主动让贤，站到中共十二大产生的由172名资深的委员组成的中共中央顾问委员会的方阵里。邓小平是这个新生的史无前例的委员会的主任。

塔山虎将：吴克华

为共产主义事业奋斗不息

weigongchangzhuyishiyefendoubuxi

退居二线,赋闲在家的吴克华生活安排得还算紧凑、充实。看文件,审阅一些史料性的文稿可能是他的主要工作。他仍然关注着南部那段硝烟未散的边境线的情况。有时副团长吴晓伟从前线回来,把“壮心不已”的“老骥”关心的问题标在地图上,让闲不住的父亲琢磨。

在稠密的电话铃声日见稀疏之后,吴克华转过身来,向被他冷落多年的“娱乐”投去歉疚的一瞥。考察广东省老干部活动场所回来,他马上给中顾委写报告。在这份中顾委及时转发了的调查报告中,他建议各地设立老干部活动场所。

没等他建议筹建的军区老干部活动中心开工，他便在北京医院施行的一次高位截肢大手术中失去一条腿。他依然顽强地拄杖或坐轮椅去过组织生活,参加其他有意义的重要社会活动。

在生命的最后两三年,胆囊结石等多种病魔轮番上阵,使仍然志在千里的吴克华只能躺在散发着“来苏”味的病床上。

预感到大限将至的吴克华对亲属和身边工作人员说:“我的骨灰撒在两个地方,一是塔山,与长眠沙场的部下在一起;一是我母亲墓前”。吴克华始终没停止过对母亲的怀念。“如果她老人家还在,该是多少岁了？”他时常这么念叨。刚退下来时,曾萌生过回家乡再为母亲扫一次墓的念头,因恐劳师动众,造成不良的社会影响而未成行。

1987年2月13日11时,堪称“将中楷模”的吴克华异常艰难地爬进他

的生命的第 74 个春季之后,合上不再睁开的双眼。

尽管张铭及其子女根据吴克华生前的遗愿,确定丧事从简,不邀请外地单位代表及生前友好来广州参加吊唁活动，但庄严肃穆的追悼会场上还是摆放了 175 个花圈。这些寄托着不同哀思的花圈分别以中共中央委员会、中央顾问委员会、中央军委等 30 个团体和邓小平、李先念、陈云、胡耀邦、彭真、徐向前、聂荣臻等 145 位个人的名义送出。

☆1988 年 8 月 1 日,张铭根据吴克华的遗嘱,与孩子们一起将吴克华的骨灰撒在他战斗过的塔山青松翠柏间

经中共中央和中央军委审定的悼词称吴克华是“无产阶级革命家”、“优秀的军事指挥员”、“具有高超的军事指挥才能和领导艺术”、“卓有成效地完成了党所赋予的各项任务”、“具有高度的政治纪律和组织纪律观念”、“模范执行党章和党内政治生活准则”、“谦虚谨慎,严于律己,宽厚待人,民主作风好”、“实事求是,襟怀坦白,作风正派”、“廉洁奉公,办事公道”、“生活艰苦朴素,对自己的家庭和子女要求严格,不以权谋私”、“在生命垂危的时刻,仍然关心党和国家的大事,关心部队建设,表现了共产党人为共产主义事业奋斗不息的高贵品德”。

吴克华无愧于这些溢美之词。

天气特别晴朗的 1988 年 8 月 1 日,68 岁的张铭遵夫君遗嘱，带着儿女们,把吴克华的骨灰撒在 39 年前他率部鏖战过的洒满灿烂阳光的锦州塔山那高耸的烈士纪念碑两旁的青松翠柏间。闻讯赶来的当地党政军领导和各界群众云集在这座因那场殊死战斗而名扬遐迩的小山包周围，默默地迎候塔山名将的英魂归来。

★能征善战：万　毅★

万毅(1907–)，辽宁省金县人。满族。1926年入东北军陆军军士教导队。1930年毕业于东北讲武堂。1936年后任东北军第57军627团、672团、667团团长，111师333旅旅长。1938年加入中国共产党。1942年后任东北军新111师副师长、师长。1944年该师编为八路军滨海支队，任滨海军区副司令员兼滨海支队支队长。解放战争时期，任辽吉军区司令员兼东北民主联军第7纵队司令员，东北民主联军第1纵队司令员、政治委员，东北野战军第5纵队司令员，第四野战军42军军长、特种兵司令员。中华人民共和国成立后，任中国人民解放军炮兵第一副司令员兼东北军区炮兵司令员和中国人民解放军炮兵学校校长，中央人民政府第二机械工业部副部长，中国人民解放军总参谋部装备计划部部长，国防科委副主任，中国科学家协会副主席，中国人民解放军总后勤部顾问。1955年被授予中将军衔。是第一、二届国防委员会委员，第一届全国人民代表大会代表，中国人民政治协商会议第五届全国委员会常务委员会委员，中国共产党第七、八届候补中央委员。在中共第十二次全国代表大会上被选为中央顾问委员会委员。

参加东北军，考入讲武堂

canjiadongbeijunkaorujiangwutang

1907年8月8日，万毅出生于辽宁金县四十里铺的一个满族农民家庭，取名万允和，后改名万毅，字顷波。

金县地处辽东半岛南部，濒临黄、渤二海，物产丰饶，交通便利。1898年以后，为俄帝国主义侵占。1904年至1905年日俄战争中，俄国败北，旅大租借地被日本帝国主义霸占，从此大连、金州、旅顺被划入日本帝国主义的版图，成为它的一个直辖区——“关东州”。

万毅出生后，家人给上户口报的是明治四十年。堂堂中华民族的子孙，一出生却成了日本天皇的“子民”，也就是说，万毅一生下来就成了殖民主义者的奴隶。

在8岁以前，万毅一直从事拾粪、捡柴等轻微的农事劳动。后来，父亲考虑到对万毅兄弟两人的教育，便抵押了仅有的5亩土地，由农村搬到金县城里，利用抵押来的贷款作为资本，开了个小杂货铺，主要卖些烟酒糖果米面等日用杂货，字号是“万兴德”，人称“万家小铺”。

进城不久，父亲就送万毅兄弟上了设在城西南天后宫的蒙学堂。

万毅念一年级时，这里还没有日本人，教他的王老师曾留学日本，在当地声望很高，又有很强的民族意识，对他的思想启蒙很大。后来蒙学堂合并到日本人在金州城东门外的公学堂，全称“关东州附属地公学堂南金书院”。日本的公学堂分为初等4年，高等2年(等于内地完全小学)。其教育主旨是“授以日常生活应用的知识，养成能够服务于日本帝国在关东州经营一切事业的资格”。还对学生宣称：“你们没有祖国，你们的祖国不是中国是日本。”

这样，在日本办的学校里学了两年，父亲就给兄弟俩找了一家私塾上学，一年后便辍学了。

1919年春节，同乡孙洪文先生在大连日本泰来钱庄当雇员的儿子回来过年时说，钱庄想找两个十一二岁的机灵男孩去当伙计，父亲便让万毅去了，这年他才12岁。

在钱庄的三年里，虽然每天奔波很是疲劳，但是，万毅却利用这个机会读了不少书，学了点历史，对中华民族的形成和发展，有了粗略的了解，增强了民族意识和爱国意识。

1922年春，万毅在邻居的介绍下，到奉天(沈阳)时政厅征榷科当了一个小职员。

正值奉军在第二次直奉战争中取胜，张作霖操纵了北京政府实权之际，万毅考入了东北陆军军士教导队第四期步兵科。教导队队长是张学良，实际主持队务的是队附王瑞华。万毅被编在第5连，为二等兵。

在教导队经过6个月的紧张的学习训练后毕业了，万毅经人介绍到了张学良司令部副官处当上士，干抄抄写写的工作。不久又调到兵站处。兵站处设在滦州，兵站处处长是张振鹭。

1925年11月，奉军内发生了震惊中外的“郭松龄倒戈”事件。万毅所在的兵站处处长被免职，全处官佐被遣散，万毅也回家去了。

被遣散回家后，过了个平安年。1926年春节后，万毅就回到京奉路上的芦台、开平，找到张学良司令部，写了个“签呈”，说明郭军反奉时自己什么也没干，请求录用。张学良批示：“考试，因才录用。”

经考试录用后，万毅被任命为张学良副官处少尉副官，在指挥列车上担任文牍工作。

1926年8月，万毅被派到隶属第16、17联合军的第23旅。23旅旅长部汝廉，参谋长黄显声。参加了北伐战争。

北伐后，第23旅改称第11师，所辖部队建制未变，调来的师长李振唐。黄显声因和部汝廉合不来，已在部队改称第11师之前调到北京当了张学良总部新设的宣传部部长。万毅在青县晋升上尉，当年夏季被黄显声调到宣传部当少校副官。是年秋，黄显声被调去组建第19师第1旅，万毅也随之到该

☆1930年东北陆军讲武堂毕业照

旅当少校副官。第19师师长是王以哲。第1旅第1团是老卫队1团，第2、3团是主力。

1929年1月，万毅考入讲武堂第9期。讲武堂第9期教育长为鲍文樾，后由周濂继任，校副韩世儒，教育处主任徐传楹，下辖第1、2部队，第1总队员为编余军官，总队长吴玉林，下辖三个步兵大队，骑、炮兵、工、辎四个中队。

万毅被编在第1总队第3大队第10队。于1930年6月毕业，称讲武堂第9期。第2总队为学生兵，总队长王静轩。在第1总队毕业后又延长学习半年毕业，改称讲武堂第10期。

万毅自知机会难得，惜时如金，不仅上课时专心致志地听讲，而且整个夏季都没有睡过一次午觉。课堂学习、野外操作、实兵指挥等科目都一丝不苟。辛勤的学习终于换来优异的成绩，在近2000名毕业生中，万毅的总成绩为第一。1930年6月，举行毕业典礼时，张学良携夫人于凤至出席颁奖仪式，并亲自为前30名学员颁发奖品。万毅得到的奖品是一块怀表和一把指挥刀。

万毅在讲武堂毕业后，被分配到东北陆军第20旅(驻开通县)。旅长黄显声任命他为第20团少校团附。就在这时，少校以上军官集体加入国民党，万毅也随之加入了。

能征善战：万　毅

重建627团，安排共产党员在军士连

chongjianliuerqituananpai
gongchandangyuanzaijunshilian

1936年1月24日，奉张学良电令，万毅由西峰镇返回西安，接任627团团长。627团属109师，在直罗镇战役被红军歼灭，张学良把重建627团的任务交给了万毅。张学良还通知师长贺奎，让万毅持他的信去北平宋哲元、山东韩复榘处，联系招兵。

组建工作首先从考试录取各级军官人选开始。崔锡璋任中校团附，刘振远为第1营营长。另在西安考试军官。军官来源比较复杂，有上级派来的，有被红军俘虏遣返归来的，也有学校毕业的，还有一部分是从新疆盛世才那里回来的原东北军战士。

军官人选确定后，集训开始时万毅给大家训话："我们这次集训要求很高，副司令说兵招齐后四个月要用兵，要大家到河北、山东、河南交界处的几个县招兵。大家注意，招兵时，宁肯少招点，也不要招老年兵。另外要注意兵员的文化素质，有点文化最好，哪怕识几个字也行。"

到4月，兵员基本招齐，大部分兵是新招的，还有一部分是在直罗镇被歼后遣返归来的士兵。这时，刘澜波从西峰回到西安，让黄显声的副官找到万毅，说要庆贺一下万毅升任团长。见面后，万毅对刘澜波说："现在我有兵权了，组建部队，你能不能帮我找些学生来啊?部队中很需要有文化的人。讲抗日道理，光靠我一个人，力量太有限了。找些学生来帮我讲，就好办多了。"

刘澜波答应说："好！试试看。"

6月，经刘澜波和宋黎介绍的学生，陆续从北平、天津等地来到627团。万毅派人接待了他们，并亲自为他们搭帐篷。这些青年中有不少是共产党员或民先队员。

后来万毅得知，富纪纲、闻昭仪、胡超、方效敏几位共产党员在627团组成秘密小组，富、闻先后任组长，他们直接受东北军工作委员会书记刘澜波领导。

刘澜波告诉万毅："你把这些学生都安排到下面，到连队中去，只通过富纪纲一个人和你保持联系。"

万毅按刘澜波的嘱托，把这些青年人都放在军士连。

部队开始训练后，万毅由西安来到洛阳搞军事训练。1936年9月18日，军士连举行了由洛阳经白马寺至龙门的军事演习。万毅亲率队伍，枪上刺刀，高唱救亡歌曲，进行武装游行。

当晚，在于克、胡超领导下，军士连召开九一八国耻纪念晚会。万毅到会讲了话，驳斥了国民党派驻627团的政训员张功铸平时散布的"攘外必先安内"的谬论。

9月底，军士连的学员在洛阳东大寺毕业，于克、胡超从三区队年龄较小的同学中选出20余人组成627团歌咏队即宣传队，主要任务是分别到各连去教唱抗日救亡歌曲。万毅还按照法国马赛曲谱写了627团团歌，歌词的第一段是："神圣的自卫战争是民族最后的生路，大家向前，倭寇逞强权侵我东北，更无餍踏进长城关，寇已深，国将亡，家已破，我们要誓死收复旧河山，遵守团体铁的纪律，组成救亡铁阵线，统一意志集中一切力量，为争生存而战，为复失土而战，勇敢前进，到东北去，青年的627团！"由宣传队教大家唱。

10月，万毅所部调防到邠州(今彬县)。一天深夜，歌咏队在邠州大佛寺秘密举行了一次抗日青年团成立大会，宣读了抗日青年团的政治宗旨、纲领、组织纪律等书面文件。他们聘请万毅为名誉团长。

当时，歌咏队经常练习唱歌、写标语、出墙报。

11月初，团部住邠州时，绥远抗战开始。11月中，得知取得首战胜利的消息，歌咏队上街洗刷了国民党写的反动标语，写下了"援助绥远抗战！""动员起来，全面抗战"等标语，接着，在大街上贴出"援绥"壁报。

国民党少校政训员张功铸为此十分恼火，他几次偷偷地撕下歌咏队出的壁报，想以此为证据去西安告万毅的状。

万毅责问他时，他死不承认。万毅当场从他衣兜里搜出了被撕下的壁报，愤怒地打了他一记耳光。

张功铸嚷嚷开了："你为什么打人?"

"我打的就是你这号人。"说着，万毅又抡起手杖要打他，被别人拉住了。

张功铸被打后，上告到蒋介石派到张学良那里的政训处长曾扩情那里。

政训处是蒋介石手下的专门监视东北军的特务机构，复兴社十三太保之一的曾扩情当处长，具体指挥东北军、第 17 路军及西北其他国民党军队中的政训人员的活动。

万毅怒打政训员，像是捅了马蜂窝。曾扩情立即把这事报告了蒋介石。蒋介石对张学良说："你有个团长很反动，打政训员："

张学良回答说："委员长交给我办吧！"

曾扩情为了给国民党的政训人员撑腰，召集驻陕北部队所有政训处人员去西安开会。有几个部队的政训员去西安路过邠州，万毅利用这个机会把他们扣了起来，并严加痛斥。这群软骨头怕被枪毙，纷纷表示："实在没有办法，我们是靠这个混碗饭吃！"

就在这时，西安事变爆发了，这几个人写了悔过书后回了部队。万毅打政训员的事也没人再追究了。

能征善战：万　毅

秘密加入中国共产党

mimijiaruzhongguogongchandang

震惊中外的"西安事变"爆发后，张学良被扣，万毅也因赞成"西安事变"而被关押。

1937 年 7 月 7 日，日寇发动卢沟桥事变，中国军队奋起抵抗。8 月 13 日，日寇又在上海燃起战火，蒋介石宣布抗战。中国人民自九一八事变以来，终于进入了全民族抗战阶段。

10月 10 日,万毅被任命为 112 师 336 旅 672 团上校团长。随后参加了南京保卫战。

1938 年 1 月,万毅被任命为 112 师 334 旅 667 团团长。没有追究万毅在南京保卫战中失败的责任,继续让他当团长,实在出乎意料。万毅到任后全团便调到宿迁县整顿。不久,112 师开往连云港一带,准备迎击沿青(岛)海(州)公路南下的伪军刘桂棠、张宗援、刘佩臣等部。667 团团部驻连云港新浦镇,并负责海州的卫戍任务。

春节过后不久,有一天,负责查店的人向万毅报告,在陇海大旅社住着两个人,说是东北老乡要见万毅。

万毅觉得这事有点蹊跷,就亲自到旅社去看。可万毅并不认识这两个人,一个是东北人,名叫张吉人,另一个是山东人,叫刘曼生。他们问万毅认识刘澜波吗?接着又说明他们都在东北军呆过,是刘澜波叫他们来的。后来万毅才知道,张吉人是中共长江局的巡视员张文海,刘曼生就是谷牧。他们是从武汉由长江局派来的。

☆1938 年任东北军 112 师 334 旅 667 团团长

张吉人、刘曼生和万毅交谈了一会,就像老朋友重逢那样亲切。

他们问万毅,抗战已经几个月了,你对抗战前途有什么看法?

万毅坦诚地说了自己的观点:经过南京保卫战,我认为这种打法打不败日本鬼子,总得有点新的办法。学着日本的战术打日本是不行的。部队也要学点新的东西,上下官兵要团结一致,要改善部队的制度,如果当官的还是喝兵血,当兵的还有什么兴趣打仗!

他们又提出："你对共产党怎么看?"

万毅说："在西北曾接触过红军，西安事变时，我们部队也来过一个姓李的红军，讲过一些道理，他们官兵一致，生活上同甘共苦，值得借鉴。"

三个人越谈越投机，张吉人、刘曼生又说："你想过加入共产党没有?如果有这个愿望，我们可以转达。对你的过去我们也知道一些，所以才同你谈这件事，希望你考虑一下。"

万毅想了想，说："我觉得自己确实不够。打鬼子我没有二心，我不会投降。但是要参加共产党，首先是我的革命理论基础差，虽然看过《反杜林论》、《政治经济学讲话》等书，但是连马克思主义的ABC还不太清楚；再说，红军有铁的纪律，是很厉害的，我行吗?"

万毅的顾虑是，怕入党后让他拉队伍投奔共产党，万一拉不出来，怎么交代。

张吉人、刘曼生说："理论修养不是朝夕之间可以解决的事，只有在工作中不断学习才能逐步提高。""纪律主要靠自觉，是在实践中养成的。""拉队伍也要看情况，不会硬性规定。"

从陇海旅社回来后，当天夜里万毅辗转反侧，怎么也睡不着，想了许多许多。他想到自己这么多年盼望着打鬼子，却在很长时间内不能如愿以偿；想到蒋介石扣押张学良使东北军群龙无首，发生内讧，自己蒙冤受屈。另外，看到国民党统帅部的指挥无能，连吃败仗，还乘机削弱杂牌军，觉得国民党蒋介石这一套实在是不行了，深感再跟着走下去也是前途渺茫，加之西安蒙冤后政治上受挫，内心十分苦闷。共产党有正确的理论和铁的纪律，要真正打败日本鬼子，得靠共产党，没有正确的领导和正确的组织是不行的，于是万毅打定主意加入共产党。

第二天，万毅又去见张文海、谷牧同志，向他们表示："我想通了，如果组织上觉得我够格，我愿意加入共产党。"

恰在此时，又发生了一件事。有一天，一二九运动期间，万毅去北平拜访过的学运领袖邹鲁风突然来找万毅，他对万毅说："有一支小队伍您愿意接收吗?"

万毅问:“什么样的小队伍?都是些什么人?”

邹鲁风说:“大部分是学生，也有教师，知识分子占多数，老少男女都有。”

万毅一听说知识分子居多数,自然很高兴,但又觉得老的女的作战行动有所不便，便说:“有文化的人我是非常欢迎的，但这还得请示师部再作决定。”

之后,万毅找张文海、谷牧同志谈了此事,他们表示可以接收。万毅立即报告了师长霍守义,根据师长指示,由万毅选出 80 余人,派副官去库房领了棉衣,又要了车皮,持团的护照把他们从徐州迎到新浦镇。这 80 余人中有 20 人为中共党员,其余全部是民先队员。

后来,谷牧也决定留在 667 团,公开身份是在团部做缮写工作。在张文海支持下,成立了中共 112 师工作委员会,简称“112 师工委”。伍志钢任书记,谷牧、李欣为委员。

112 师工委成立后的第一件工作就是研究万毅的入党问题,并决定由张文海、谷牧找万毅谈话,作为万毅的入党介绍人。

1938 年 3 月 11 日这一天,万毅正式成为中共特别党员。从此,万毅的戎马征途有了指路明灯,开始了新的战斗生活。

改编 111 师

gaibianyiyiyishi

国民党军新 111 师跟随师长万毅在共产党、八路军和根据地人民群众亲切关怀和大力支持下,经过三次甲子山反顽战役,打跑了孙焕彩,作为我党的一支外围军,在甲子山区站住了脚跟。

甲子山三次讨叛战役结束，新 111 师开往莒南县朱梅村为中心的茅墩一带整训,开始了把这支旧军队改造成为一支人民武装的过程。

新111师广大官兵有炽热的爱国热情，英勇善战，但毕竟是从旧营垒里冲杀出来，长期受国民党军队的宣传，事变前有一年半的反共历史，保留着一些旧军队的习气。主要是：在一些干部中残留着东北军的“正统观念”，想走中间路线，另立门户等等；军官出身于正规的东北讲武堂，学了成套的典、范、令，受单一首长制和单纯军事观点影响，对“党的集体领导下的首长分工负责制”等民主集中制一时尚难接受；部队成分比较复杂，对国民党政训人员和特务机关素有恶感，但对革命军队的政治工作制度亦有某些误解或抵触。此外，部队中还存在着一股叛逃活动的暗流。

☆1940年初赴东北军111师333旅任代旅长途中

一天下午，666团第1连连长张振山，悄悄地把他的亲信老炊事员徐贵亭叫到屋里说：“我想把这个连拉回去(指回叛军)，临走要把八路派来的指导员捆走，你要拉拢些较近乎的人一齐干，你可千万要替我保密呀！”

这位老炊事员一出屋就直奔团部，报告了团副指导员翟仲禹同志(当时团、营、连三级政工干部均称“指导员”，前面分别冠以团、营、连字样以示区别)。张振山发现苗头不对，就一个人逃走了。

不久，该团第3连又有个姓郑的班长组织了几名战士，企图拖枪逃跑，但是依靠进步士兵对共产党、八路军的坚决拥护，这一干人犯终于被揭露逮捕，主犯经公审后被处决。

针对这些情况，师部领导对部队进行了反叛逃教育。对揭露张振山的老炊事员徐贵亭，师部给予嘉奖，并在师部油印小报《挺进报》上刊载他的事迹，号召部队以他为榜样，抵制叛逃。

万毅还向部队提出："不打人，不骂人，吃得饱，穿得暖，官兵友爱，团结抗战。"并向部队公开说："我要求的事项，我自己首先做到，并接受大家监督。如果我违反了，那么，枪在你们手里，你们随时都可向我开枪！"

1943年初，山东分局决定，将新111师改建成我党领导的一支人民武装，并提出三点具体措施：一，要求该师改建成为我党绝对领导下的人民武装。在现时，为了团结抗战，扩大统一战线影响，对外仍用友军111师的番号。二，自上而下建立党的各级组织，实行党的一元化领导。三，建立政治工作制度，开展政治教育，提高军队的政治素质。

随后，山东分局又及时建立了以万毅为书记，王振乾、李欣、王冲、秦霜、常克为委员的工委会，发展了刘唱凯、彭景文、宋景龙、孙学仁等十多位同志入党。

对上层的团结方面，分局领导做了很多工作，由于对领导层的工作做得充分，一切工作进行起来就比较顺利。

对中层干部的教育改造，主要是通过办干校轮训。工委派政治部陆万美副主任和抗大一分校调来的李林协助关靖寰工作。关对他们的合作感到满意。

教育战士主要靠建立自上而下的政治工作。

111师过去曾有过国民党政训处(后改称政治部)，但他们搞的是特务政治，在官兵中没有什么好影响，官兵称他们是"白吃饱"，基层也没有政工人员。我们派到各级的政工人员，都称为指导员。这些指导员有不同的来源，少数是原在111师工作过的，也有早从112师出来在八路军工作过一段的，还有从抗大和八路军来的。

政治干部的不同来源，就会有不同的认识。绝大多数指导员工作主动，也能适应新的环境，搞好和官兵们的关系，但是也有个别人看不惯这支旧部队，不愿干。王振乾副主任在领导和协调这些来自四面八方的政工干部方面

做得很好，和军事一把手行动上也很合拍。

随着各团、营党支部的建立，工委主要是抓党的工作，遂改称总支委员会，万毅、王振乾分任正副书记，李欣、秦霜、王冲、吴云、常克等先后担任过委员。各团均成立了党的支部。

后来，山东军区为帮助111师加强基层工作，又派来了一批党员老战士和战斗骨干，充实到战斗班里，同时还进行了我党我军光荣传统、"三大纪律八项注意"及民主教育，强调政工人员多深入下层，和干部战士交朋友，打成一片。

通过到边缘区活动保卫夏收，提高了部队"为谁当兵为谁打仗"的觉悟，知道了当兵为人民，不是为了"四块零八分"(旧军队士兵每月饷银)。部队里政治学习的风气开始建立。666团彭景文团长是个学习模范，过去抽大烟的不良嗜好戒除了，入党给了他新的生命，他如饥似渴吸收新知识，主动找指导员，对连队干部逐个进行分析、排队，打完一仗还向干部做战斗经验总结。这在旧军队是从未有过的。

这支部队在根据地革命政治气氛影响下，一天天进步。过去群众眼里的反共反人民的顽军，慢慢变成了"七路半"，意思是说，只差那么半步，就是"八路"了。还出现了地方妇救会帮助动员旧111师的逃兵归队的事。

1943年"八一"建军16周年，115师在蛟龙湾举行庆祝建军节活动，111师官兵前去参观了军史展览，和八路军一起接受了分列式检阅。

成立滨北军分区时，111师领导参加了军政委员会，师团两级领导也参加了地县两级党委会。111师驻在以罗家凤台为中心的五莲山区，一边执行任务，一边继续整训。

这时，国际反法西斯战争节节胜利，日本帝国主义败局已定，山东的抗战形势有更大的发展，于学忠率东北军于1943年7月撤出了山东，再用111师这个番号，不仅无益，反而有害。为此，山东分局和山东军区及时地做出决定，授予这支部队以八路军山东军区滨海支队的新番号，并派山东军区政治部主任萧华代表分局和军区到111师正式宣布这一决定。

1944年10月20日，一个金风送爽的日子，在罗家凤台的干部大会上，萧华主任向大家表示祝贺，并宣布任命万毅为滨海军区副司令员兼滨海支队支队长，王振乾任支队政治委员兼政治部主任(郭维城同志这时调山东行政委员会工作)，彭景文任副支队长，管松涛任参谋长，阎普任副参谋长，李欣任政治部副主任。原辖独立团改为25团，666团改为26团，662团改为27团。

萧华还作了为建设一支青年党军而奋斗的讲话，通过新旧两种军队的对比，详细阐述了党军的建军宗旨、党军的性质、特征及其光荣使命。广大官兵聆听这个喜讯后，莫不欢欣鼓舞，感到无尚光荣。

111师从此结束了它曲折的历程，跨入了新的建设阶段。

能征善战：万毅

在东北清剿土匪，建立根据地

zaidongbeiqingjiaotufeijianligenjudi

1945年8月，按照中央的指示，山东军区立即组建了东北挺进纵队，任命万毅为司令员。东北挺进纵队改为人民自治军第7纵队，并兼辽吉军区。万毅为第7纵队兼辽吉军区司令员。

根据中共中央东北局交给的任务，7纵队兵分两路：1支队为右路，由纵队直接掌握，沿沈吉线，经抚顺，进驻清原，接受补充，在辽吉边境(8个县)发动群众，清剿土匪，建立根据地；2支队为左路，先进军铁岭、法库，继沿中长路，向长春方向前进。

由于东北形势不稳，局面还很混乱，一些日伪豢养的野心家、投机分子，都认为时机来了，便乘机拉帮结伙，组织武装，与国民党派来的特务勾结起来，利用一部分伪满兵和警察，拉起了一股股的所谓“地下军”，形成了大小不一的一批批政治土匪。人民自卫军要想站稳脚跟，稳定社会秩序，准备迎击国民党正规军的进犯，必须首先消灭这些匪患。

万毅率部队来到平罗堡进行了短暂的休整和训练。纵队召集1支队连以上干部开会,万毅作了战前动员。

10月6日,1支队按照指定路线,向清原方向前进。行至距沈阳东约50公里处的荒地沟时,发现有国民党地下军300余人,他们经常在附近烧杀抢掠群众。万毅遂决定由2大队翟仲禹、包敏率部夜袭该敌。战斗于10月9日夜打响,经一夜战斗,将敌大部歼灭,少数敌人逃至辉山,也被2大队追击歼灭。这次战斗,大队长翟仲禹负伤,但歼敌300余人,缴获甚丰,部队的情绪十分高涨。

10月30日前后,万毅率纵队从清原出发向吉林方向前进,途经海龙县山城镇时,同驻军24旅部队联系,得知梅河口车站有国民党地下军赵小胡子匪军300余人(主要是铁路警察),万毅决定由1支队组织消灭这股匪徒。

1支队派出1大队、3大队,于11月2日晚,从山城镇乘火车出发,在离梅河口前一站的黑山头下车,兵分三路,徒步前进。战斗于午夜打响,敌人凭借水泥碉堡和坚固的建筑物进行顽抗。拂晓后,1大队架炮对敌工事轰击,随即发起猛攻,终将300余敌人全部歼灭,活捉了赵小胡子,缴获了一批枪支弹药,解放了梅河口。

11月4日,又接到山东军区派出的刘西元支队在通化遭国民党地下军围攻的消息,万毅即电令1支队火速前往解围。次日上午10时许,部队进入通化。敌人见大部队到来,闻讯逃窜,1支队乘势追击,直追到满堂沟,歼敌一部。接着又分数路向头道崴子、二道江等地,继续清剿残匪,共歼敌300余人,俘敌50余人。

11月12日,1支队乘火车返回梅河口,在海龙、磐石解除了伪政权武装,派出王大伦、朱光烈分任两县县长。军威所及,濛江、东丰、柳河等县的国民党地下军不攻自破,四处逃散。

11月下旬,1支队除留1大队驻磐石外,其余两个大队到桦甸县剿灭股匪残余势力,攻占桦甸、老金场,接管了夹皮沟金矿,派出干部维护老金场秩序。

在1支队按计划行进的同时,10月初,2支队也按预定计划沿中长路徒

步向长春方向前进。10 月 10 日进驻铁岭,解除了伪满派出所的武装,并缴获了日本军马场的十余匹军马。正当准备建立铁岭县政权的时候,国民党“先遣第 3 军”1500 余人,在军长张志学的带领下,袭击了驻法库的苏军,并盘踞在该地,为非作歹。苏军一个排来到铁岭,请求 2 支队支援,一起攻打法库,消灭那个“先遣第 3 军”。支队当即表示同意,于 10 月 15 日奔袭法库。1、3 大队为一梯队,由东北和西南几个方向同时向法库守敌发起进攻,2 大队为二梯队,随时准备支援一梯队战斗,或打击外逃之敌。

在法库战斗中,2 支队将敌军长张志学击毙,俘敌旅长王东初以下 800 余人,缴轻机枪 15 挺,长短枪 700 余支。

10 月 17 日,2 支队 1、3 大队乘火车返回铁岭,受到驻铁岭附近苏军的热烈欢迎。苏军赠送给 2 支队 50 挺 92 式重机枪。2 支队的装备由此大大改善。

与此同时,2 支队 2 大队则奉命向康平前进,在他们的威慑下,康平伪匪 300 余人,打着小白旗前来投降,除一部分补入部队外,其余均遣散回家。

第 7 纵队在这个阶段行动中,一面剿匪一面扩兵,实力大大加强。1、2 两个支队于 12 月上旬分别在驻地进行改编。1 支队 3 个大队整编为 1、2 两个团。1 团由 1 大队和 3 大队的两个连组成,2 团由 2 大队及 3 大队的两个连组成。2 支队 3 个大队合编成 4、5 两团,1、3 大队为 4 团,原 2 大队称 5 团。全纵队人数约 8000 余人。

12 月 28 日,改编后的 2 支队 4、5 团,又开赴怀德县、景家台追剿国民党“地下军”和“铁石部队”。景家台子战斗后,2 支队赴双阳、烟筒山、大孤山一带剿匪。

1946 年 1 月 14 日,东北人民自治军奉命改称东北民主联军,人民自治军第 7 纵队改称为东北民主联军第 7 纵队。原 1 支队改称为 19 旅,下辖 3 个团:原 1 团为 55 团;2 团为 56 团;由 24 旅编给 7 纵队的 69 团为 57 团。原 2 支队改称为 20 旅,原 4、5 团合编为 58 团;由辽宁省军区拨给 7 纵队的保安 3 旅改编为 59 团;60 团由西安县(现辽源市)保安团组成。

东北挺进纵队,由山东到东北后的近 4 个月里,连续转战于南起沈阳,

北至吉林、长春，东起通化，西至法库等广大地区，克服了天寒地冻，缺衣少食，武器弹药缺乏等多种困难，经历大小战斗 27 次。取得毙、伤匪 1787 名，俘匪 3935 名的重大战果，解放了辽吉两省交界处的广大地区，派出干部参加或协助地方建立民主政权。

在连续行军作战中，部队始终坚持宣传群众、发动群众的工作，扩大了我党我军的政治影响，许多青年踊跃参军，部队实力不断增长，由初到东北时的 3500 余人，到改称为东北民主联军 7 纵队时，已发展到 14000 余人，武器装备也大有改善。

经过不断的战斗锻炼，挺进纵队的军事素质，后勤保障，特别是政治工作能力得到极大提高。挺进纵队的战斗，基本上完成了中共中央东北局给予的任务，剿灭了指定地区的匪患，站稳了脚跟，安定了后方，为随后粉碎国民党正规军的进攻，创造了条件，奠定了基础。

能征善战：万 毅

三下江南，四保临江

sanxiajiangnansibaolinjiang

1946 年 8 月 3 日，东北民主联军第 1 纵队在敦化组成。万毅任纵队司令员，李作鹏任副司令员兼参谋长，梁兴初任副司令员兼 1 师师长，周赤萍任纵队副政委。辖 1 师(师长梁兴初、政委梁必业)、2 师(师长罗华生、政委刘兴元)和 3 师(师长彭景文、政委黄一平)。

在东北民主联军休整和扩编的时候，东北国民党军也利用休战时机加紧增调和增补部队。到 1946 年 9 月底，他们已有正规军 25 万余人，地方军 15 万人。为实现其独占东北的狂妄野心，敌人 8 月进攻热河，10 月攻我安东，12 月底则采取“南攻北守，先南后北”的方针，凭借松花江对北满部队进行防守，对南满临江地区则以 10 万之众大举进犯，妄图首先控制南满，切断东北与华北的联系而后进攻北满，夺占全东北。

☆1947年万毅(左二)任东北野战军第1纵队政委时,与司令李天佑(右二)、在夏季攻势前线

据此，东总首长遵照中央军委和毛泽东主席的指示，决定采取南打北拉、北打南拉、南北满密切配合、集中兵力各个歼敌的方针,命令北满部队南渡松花江,策应和支援南满作战,变敌人的“南攻北守”为我军的“南北夹攻”,求得在运动中消灭敌军几个师,以粉碎敌人的进攻计划。

1946年12月17日,国民党军开始对临江的第一次进犯。它纠集了5个师的兵力,在郑洞国指挥下,由西而东向临江地区发动进攻。为牵制南满敌人,北满我军1、2、6纵队和3个独立师并3个炮兵团,于1947年1月2日,奉命南渡松花江,进行“一下江南”的作战。

东总在部署向长春、吉林一线守敌展开攻势时,选择了地处松花江畔,与九台、德惠两县城成鼎足之势的其塔木镇为围点目标,主力则部署在其塔木附近准备打援。

围点任务交给1纵以后，万毅和李作鹏商量决定，令3师围攻其塔木，1师部署在其塔木西南的吴家岗子、张麻子沟、卡路一带，2师部署在其塔木以南的张家屯子、黄家窝棚一带，阻击可能由吉林、乌拉街方向增援之敌。1纵队侧翼有2纵、6纵等友军策应配合，随时打援。

1纵各师受命后，于1月5日由榆树县以南之秀水甸子一带越过松花江。3师往其塔木急进。经过连夜急行军。3师于6日13时赶到其塔木。将敌完全包围。1、2师也按时到达了指定位置。

其塔木是松花江南500多户的一个镇子，南通吉林，北达德惠，西距九台县城55公里，是国民党军据守吉林、长春的重要外围江防据点。守敌约700余人，附有山炮、迫击炮各两门。敌占领镇子后，沿镇挖有2米多深的壕沟，并遍设鹿砦、铁丝网，街道巷口及外围筑有大小地堡120多个，全都用水泼成冰壳，并用交通沟连接，易守难攻。

3师以8团配属山炮4门、战防炮1门，由正南实施主要突击；9团1营附迫击炮两门在东南、东北方向助攻，该团主力则负责九台方向的打援，7团为师预备队。

攻击部队经勘察地形和战斗准备，于1月6日17时正式发起进攻。突击连1连在连长吴彩民、指导员金士庆率领下勇猛突击，遇敌堡机枪射击受阻。连长光荣牺牲。指导员及时用"为连长报仇"的口号鼓舞部队，继续冲击，于19时攻占村边一大院。敌5次疯狂反扑，均被击退，但该连仅剩下30余人，无力进展。

万毅在纵队指挥部听到3师战况报告，非常担心3师攻得不狠，难以引德惠、九台敌人出来增援，遂命该师调整部署，猛烈攻击。

3师遂以8团3连在1连右侧投入战斗，攻占敌两栋房屋，并和1连一起击退敌人数次反扑。与此同时，8团又以2营在镇西发起进攻，但终因敌火力封锁，未能突破前沿。9团在东南方向实施佯攻的2个连队也进展不大。

万毅正为能否引蛇出洞焦虑，和副司令员李作鹏一起趴在指挥部一张小炕桌上研究敌情，副司令员兼1师师长梁兴初和政委梁必业兴冲冲策马

而来，进门就报告：敌准备兵分三路出来增援。

万毅和李作鹏听后大喜。李作鹏问万毅："来了这么多，咱们怎么打？"

万毅说："来得多一点好，咱好有选择地打它。当年李世民打洛阳时，好多路都来了，李世民说你来多少我都收拾了。今天咱们也来者不拒。"

万毅当即看着地图作了简单研究，断定敌人凭借装甲、汽车，十有八九沿公路来援，因此决定在公路两侧组织伏击。具体伏击地点由梁兴初、梁必业立即去现地勘察决定，伏击部队连夜进入阵地。同时，又向他们嘱咐了防寒、隐蔽等一些注意事项，便让他们立即返回部队。

黄昏前，梁兴初带各团指挥员登上一座高山勘察地形，看到张麻子沟、卡路一带十里以内地势较低，四周丘陵起伏，环抱成一盆地。张麻子沟村东二里有100米高馒头形双顶山，极易发扬火力，且接近公路，他们遂决定在张麻子沟、卡路间的盆地布置袋形阵地。令1团进至张麻子沟、卡路以东二三里的王家崴子，2团进至以北三四里的地方，3团进至以西四五里的地方隐蔽；另以1团2、3连加两个重机枪排进占双顶山，以师警卫营迎面就公路两旁小山，构筑冰雪阵地埋伏起来。待敌进入口袋后，四面合围，予以聚歼。

1师各部连夜分头进入阵地，冒着严寒，翻穿棉衣，藏身于雪窝之中。

7日12时，敌113团(欠其塔木守敌1个营)和九台县两个保安中队，在8辆装甲车开路下，进入1师伏击阵地。

☆我军在摄氏零下40度的严寒中打击敌人

1师首长当即发出攻击信号，师直的轻重机枪和炮火像暴风骤雨迎头痛击，1团向西、2团向南杀了过

去，3团直奔芦家台，兜住了敌人屁股。激战至下午5时，敌全部被歼，敌团长王东篱在逃回九台途中被1团警卫班长刘广义击毙。此战，1师共毙伤敌军240名，俘敌868名。

此时，从德惠支援的敌新1军50师150团2个营、一个炮兵连和一个保安中队，于7日晨在上河湾、焦家岭一带被我6纵部队包围，正在围歼之中；由吉林经乌拉街西援的敌新1军112团也被友军击溃。

2师在完成其塔木阻击任务后，于1月15日奔袭了通往九台公路上的冰石河据点，全歼守敌保安团两个中队，毙、伤、俘敌627名，扩大了我纵战果。

部队遂于1月17日撤回江北休整。此次作战，1师完成任务特别出色，受到东总首长明令嘉奖表扬。在全师上报的作战经验总结上，东总首长作了批示，并通报全军。

“二下江南”，是1947年2月下旬开始的。1947年1月30日，国民党军集中4个师的兵力二犯我临江地区，遭我南满部队挫败后，便将91师从北满调回，于2月13日集中5个师分三路向临江地区发动第三次进攻。北满敌人继续分散守点，并为巩固吉、长地区前哨据点，将新1军30师89团调到城子街，加强守备。

为配合南满我军三保临江，北满我军1、2、6纵及独立1、3师等部奉命第二次南越松花江作战。东总决定以6纵袭击城子街守敌；1纵进至二道嘴子、聂家屯一带准备歼灭由九台出援之敌；以2纵4师向农安、长春方向出击，以牵制敌人；2纵主力则进至德惠东南王家船口、孙家英子、横道沟等地构筑工事，准备阻击德惠出援城子街之敌。

☆在城子街战斗中，我军某部指挥员在研究作战计划。

1纵于2月21日过江，直插指定地点，在进到离城子街还有百余里的地方，我们得知，东总直接给2师发了电报，命令他们拂晓前务必赶到城子街背后，以堵截企图逃跑的城子街的敌人。

师长罗华生、政委刘兴元受命后决定抄近路，隐蔽接近敌人。他们带部队，像一支利箭，顶着狂风，冒雪向城子街直射过去。2师指战员英勇地阻住了敌南逃的退路，并取得了毙、伤敌89团副团长以下103人，俘敌156人的战绩。

在1纵2师阻击敌人的时候，6纵已赶到城子街，将敌团团包围，对逃至后尖厂一带的敌人发起攻击，将敌压回城子街。23日9时半，6纵在炮火支援下，分西南、西北两面向城子街发起总攻。战至下午4时，将敌王牌新1军30师89团全部歼灭。

由于2师英勇地阻住了敌人，为6纵全歼敌89团创造了条件，东总首长给以通令嘉奖，称赞2师："不顾一切疲劳，插到城子街以南，阻击企图突围的敌人，并取得了胜利，城子街敌人全部被歼灭，你们起了很大的作用。"

"二下江南"作战结束，北满我军主动撤回松花江北，使杜聿明骄横嚣张的气焰再度高涨起来，叫嚣"10天之内，国军保证打到哈尔滨"。同时，他督令新1军30师和38师残部继续向德惠东北大房身、岔路口方向进犯，令71军87师、88师向德惠西北靠山屯地区扩展。敌保安团更是张牙舞爪，冒充主力，扩大番号，虚张声势。

3月7日，敌88师266团分三路过江，北犯五家站、孟家崴子等地并一度占领。东总令1、2、6纵分路顺势渡江南下，跟踪追歼，于是开始了三下江南作战。

1纵从德惠东北向西南追击新1军，首先围歼岔路口、大房身一带敌人。2纵过江后进至达家沟站北、大房身东北一带，监视大房身之敌行动，以配合1纵围歼大房身之敌。6纵沿中长路向德惠挺进，准备打击德惠出援之敌。

但敌接受了以往挨打的教训。当1纵一梯队于8日拂晓赶到岔路口时，

☆驰骋在松花江畔的我骑兵部队。

敌已于7日闻风而逃。1纵过江后马不停蹄,连续追击三天三夜,未能抓住敌人。

10日夜,总部电令1纵向西急进,断敌向农安的退路,以便会合兄弟部队,将敌聚歼。

3月12日4时,1纵1师赶到郭家屯、姜家屯一带,正好与从靠山屯退下来的敌88师全部和87师一部相撞。1师3团在厉家屯先敌开火,并发起猛攻,歼敌1个连,将敌压缩到郭家屯村内,随即将其团团包围。1师2团则将企图西逃之敌2000余人,截击于郭家屯西南之姜家屯。至此,溃敌88师除先头少数西逃外,大部被1师截住。

1师各团经简短准备,于6时20分向被围之敌发起攻击。

1师在姜家屯、郭家屯战斗中,共毙、伤敌810余名,俘敌263团团长以下1193名,缴获大批枪支弹药。1师荣获东总嘉奖。

至此,敌88师除少数溃逃农安外,全部被1纵歼灭。为扩大战果,东总令6纵围攻农安,令1纵和2纵赴农安附近担任打援。

☆我军攻入郭家屯。

杜聿明为解农安之危，于15日急调热河13军54师，南满之新6军22师，新1军3个师(6个团)增援北满。为避免与敌决战，3月16日，东总决定放弃农安，主力北移，伺机再战。三下江南作战胜利结束。

不久，敌于3月27日向临江地区发动的第四次进攻，也被南满部队于4月3日前粉碎。

东北民主联军历时3个多月的三下江南、四保临江作战，给国民党军以沉重打击。此役大大削弱了东北国民党军的有生力量和机动兵力，打击了敌人的嚣张气焰，迫使它不得不由攻势转为守势；民主联军则由被动转入了主动。

能征善战：万 毅

放弃漳武得到毛泽东的高度评价

fangqizhangwudedaomaozedongdegaodupingjia

1948年，四平解放后，万毅接到东总电报，调任新组建的第5纵队司令员。刘兴元任政治委员，吴瑞林任副司令员，唐凯任副政治委员。下辖第13师(师长徐国夫、政委李辉)，第14师(师长彭龙飞、政委丁国钰)和第15师(师长王振祥、政委何善远)。

纵队编成后，于6月12日奉命开赴清原、永陵一带进行了两个多月的整训。

毛主席和中央军委洞察全国和东北的战局，作出了先打锦州，切断敌人退进关内的咽喉，为下步将东北国民党军全歼在东北境内创造条件的指示。东北野战军主力遂于9月12日开始，先后从长春、四平等地南下北宁线，挺进到锦(州)榆(山海关)段作战。具有历史意义的辽沈战役由此正式展开。

9月13日，5纵奉命从清原地区出发，夜行昼宿，隐蔽地进到开原、昌图地区展开，准备堵截长春可能突围南逃之敌和阻击沈阳可能北上接应

之师。

北宁线上的作战，野战军进展顺利，主力部队已达锦州外围。蒋介石为保住锦州，一面从关内抽调兵力组成“东进兵团”，自锦西北上救援锦州；一面令廖耀湘（国民党军第9兵团中将司令官）在新民以南集结新1军、新3军、新6军、49军、71军以及骑兵、炮兵、通信、装甲等部队约10万余人，组成“西进兵团”(简称廖兵团)援锦。

廖耀湘诡计多端，他舍新民沿北宁线西进这条直线不走，而向北绕道进攻彰武这个弓背，企图“围魏救赵”。彰武是一个交通枢纽，是野战军攻锦部队重要的后方补给线。大兵团作战，补给线就是生命线。

为粉碎敌人的阴谋，东总于10月3日上午电令5纵迅速隐蔽地经通江口、法库向彰武开进，与6纵(缺17师)、10纵共同担任阻击廖兵团西进，确保攻锦部队的侧翼安全。作战方式采取运动防御，节节阻击，和敌人“纠缠扭打”，既要迟滞敌人前进，又要拖住敌人，不让其缩回沈阳。

防御时间必须坚持到野战军主力攻克锦州之后，并有充裕时间回师东进对廖兵团形成合围。防御地段的划分为：10纵在新民以西一线，5纵和6纵负责彰武以东、以北、以西一线。当时6纵从千里之遥的长春外围赶来，正在行军途中，一时不能到达指定位置。5纵将单独在彰武一带首先阻敌。

面临这一艰巨而光荣的任务，5纵几位领导同志首先交换了意见，统一了思想，并于当天中午在昌图站以西十八家子召开了党委扩大会。会议由刘兴元同志主持，万毅在会上首先传达了东总的命令，阐明了纵队领导的决心。

会议开了两个多小时便结束了。为了争取时间，部队边行进，边动员。干部战士听说有仗打，个个摩拳擦掌，跃跃欲试，准备和敌人大干一场，为纵队争光，为部队创造光荣的战史。

10月8日，敌新3军、新6军和骑兵一部自新民、公主屯地区分数路向北齐头并进，新1军随后跟进，企图迂回占领彰武。

为抢在敌人前面到达彰武地区，5纵队指战员不顾阴雨连绵，泥泞路滑，

日夜兼程，以最快的速度前进。10月9日6时左右，各师分别到达秀水河子、叶茂台、彰武台门、沙坨子及其以北地区。部队进入阵地后，迅速展开兵力、组织火力，抓紧时间构筑工事，整个阵地上呈现出一片紧张忙碌，准备杀敌的景象。

天不作美，从来很少下雾的地区，这天却一反常态，浓雾蒙蒙笼罩大地，以至相隔几步就看不清人。上午9时许，浓雾逐渐散去，薄雾仍在旷野飘逸，视线尚不清晰。5纵以彰武为中心的阻击战，就此拉开了序幕。

敌新22师约1个营的兵力，从高荒地沿薄坨子向叶茂台、头台子搜索前进。43团团长张志超在此布置了一个"口袋"。头台子和叶茂台的正面防御，分别由1、3营担任，2营前出到头台子以南四架山、叶茂台以南孙家窝棚锁口。

待敌大部钻进"口袋"后，张团长把手一挥，一颗红色信号弹腾空而起，2营营长李云指挥部队从两侧往里一阵猛打，把敌赶进了袋形阵地。接着，43团各部前后左右四面夹击，各种武器一齐开火，打得敌人晕头转向，抱头鼠窜。将敌击溃后，张团长令2营撤至头台子加强1营。指战员们抓紧时间抢修工事，迎接新的战斗。

不久，空中飞来两架敌机，轮番向15师阵地扫射。紧接着敌炮火也开始轰击，压得指战员们抬不起头。烟幕帐里，铁蹄扬尘，一队骑兵朝秀水河子至叶茂台一线阵地扑来。指挥一向沉着勇敢，对付敌骑很有办法的44团团长石坚十分冷静，让敌进到距只有100米左右时，命令所有的轻重武器突然一齐开火，打得敌骑兵人仰马翻。

在头台子担任阻击的43团1、2营，将敌暂59师一部试探性进攻击退后，敌不敢再有动作。

是日11时，敌新22师倾巢出动，3个团同时向叶茂台、榛子街、杨家窝棚一带阵地进攻，重点是叶茂台和榛子街。敌人的炮弹像雨点般落到阵地上，工事被摧毁了一些。5纵除纵深炮群火力对敌实施拦阻射击外，阵地上不露声色。

敌人见无动静,便加快了进攻速度。当敌进至5纵前沿阵地时,战士们一起猛烈射击,打得敌人尸横遍野,先后5次进攻都以失败告终。43团、44团经过1天的拼搏,实力有所减弱。

为粉碎敌人的第6次进攻,15师王师长令45团团长林开征率1营隐蔽地从石桩子经太平山迂回到进攻之敌的侧后。乘夜暗接近敌人,突然开火,子弹、手榴弹像暴风骤雨打向敌人,打得敌人丢尸弃枪,寸步未进。

与敌鏖战了一天,初步阻击任务已完成。当晚,13师、15师主动撤出阵地。14师在彰武县城周围继续阻击敌人,掩护13师、15师渡河布防和彰武地区人员物资安全转移。

10时许,敌50师、54师各一部在5架飞机、10辆坦克的掩护下,气势汹汹地向14师阵地扑来,进攻重点为四方城、单家街。飞机狂轰滥炸,炮火猛烈袭击,整个阵地硝烟弥漫,火光冲天。伴随步兵冲击的敌坦克成两路纵队从四方城东侧,朝40团阵地快速开来。铁甲隆隆,大地颤抖。

铺天盖地的炮火压得14师无法组织火力还击。40团团长王兴中令担任正面阻击的2营火速组织爆破组,炸掉"乌龟壳"。

2营4连副连长邓日忠带6名战士突然冲向敌坦克,随着"轰隆"的爆破声,前头的两辆坦克被炸得燃烧起来,其余的吓得不敢再往前开,集中火力扫射4连爆破组,邓日忠等7位同志壮烈牺牲。敌坦克怕再吃亏,掉头回窜。

13时,敌从东、北、南三面夹击单家街41团阵地。团长王道全速令各营构成环形防御。刚刚调整好部署,北面之敌又分出一股迂回到西侧,四面包围了单家街。阵地失而复得,工事毁而复修,双方短兵相接,战斗十分残酷。王团长指挥部队利用民房、院墙、大树等,与敌展开了激烈的巷战,不让敌人突进14师纵深。

14师彭师长见情况危急,令42团团长杨克明率2、3营火速增援41团。杨团长率部队由南向北猛突。从敌侧后发起冲击,将单家街西南两侧的敌人冲散,占领了有利地形,防敌再犯。41团王团长见西南两侧的威胁已解除,集中兵力向东北两侧敌人发起反冲击,将敌推出阵地前沿,收复了失地。

这一天,战斗持续了8个多小时,敌人妄想凭借飞机、大炮、坦克的配合向彰武县城推进,14师顽强阻击,先后打退敌10次冲锋。完成任务后,乘夜黑主动撤出阵地,越过新开河后,毁桥、破路,转移到新的作战地区。

11日,敌新3军开进彰武。尽管是一座空城,但国民党南京中央广播电台却大吹大擂,说:"国军进展神速,击溃共军主力,占领战略要点彰武,切断了共军的后方补给线"。其实,野战军已在内蒙地区开辟了第二条补给线。廖耀湘却得意忘形,邀请东北"剿总"总司令卫立煌等人从新民专程到彰武视察,给其官兵打气。

对于5纵主动放弃彰武的做法,毛泽东在当天9时发给东总的电报中作了高度评价:"只要不怕切断补给线,让敌人进占彰武并非不利,目前数日,你们可以不受沈阳援敌威胁,待锦州打得激烈时,彰武方面之敌回头援锦,他已失去时间。"

事实证明了毛主席的高瞻远瞩。表面上敌人占领了彰武,达到了预期目的,但实际上是对野战军有利,5纵的目的是迟滞敌人西进,并不计较一城一地的得失。

能征善战:万 毅

尽心尽力 组建炮兵部队

jinxinjinlizujianpaobingbudui

1949年平津战役结束,4月底,第四野战军挥军南下,万毅被任命为第四野战军特种兵司令员。政委是钟赤兵,副政委邱创成,副司令员苏进,副司令员兼参谋长匡裕民,政治部主任唐凯。特种兵主要统辖四野的炮兵、工兵、装甲兵部队。

1950年初,四野特种兵部队奉命从南方调往东北,司令部设在哈尔滨。部分部队在北大荒展开了开荒生产活动。4月,聂荣臻调特种兵副司令苏进去北京,主持筹划军委炮兵建设。接着军委成立炮兵司令部,任命陈锡联为司令员,

☆天津战役时，万毅任中国人民解放军第42军军长，率部攻占丰台。图为1949年1月指军部队在丰台宛平城进行实弹爆破演习前排戴袖标者为万毅

万毅为第一副司令员，兼东北军区炮兵司令员及朱瑞炮校校长。

炮兵司令部成立的初期，首要任务是改善炮兵的装备，加之朝鲜形势紧张，战争一触即发。万毅到任后立即投入到了紧张的工作中。

军委直属炮兵有炮1师、炮2师，朝鲜战争爆发后又组建了炮5师、炮8师。除了2师是摩托化炮兵外，其余都是骡马炮兵。

朝鲜战争爆发，根据军委命令万毅和司令员陈锡联带上炮1师和高射炮指挥所开到了安东(今丹东)待命。

10月25日，志愿军入朝参战开始。部队入朝前，万毅即奉命从安东回到沈阳负责由步兵师接收苏联进口的装备，改建炮兵部队，并组织训练。先后组建改装了四五个师。先是勘察建设训练基地，在锦西、锦州一带搞起了3个基地。然后调步兵师来改装、接收苏联的武器装备。

改装的部队分为高射炮兵、地面炮兵和战防炮兵。随着苏联装备一起来的，还有一些苏联炮兵专家，都集中在东山嘴子的朱瑞炮校里，负责的是一位

☆一九五〇年任军委炮兵第一副司令兼东北军区炮兵司令。

名叫利哈乔夫的大个子中将。专家们在学校培训炮校的干部,学习掌握火炮的技术和战术;一部分苏军的军官和士兵,则下到基地里去,手把手地教,假如你是一炮手,就由苏军的一炮手来教。

苏军送来的装备,虽然也算是现代化的,各种火炮都有,车辆也有,像野榴152和85加农炮,嘎斯63,吉斯151,以及侦察器材、雷达、瞄准镜等,都很齐全。但是,这些装备都是苏军过去在战争中用过的二手货,不是新出厂的,倒还能用。

炮司便用这些二手货装备了部队,经过短时间训练后,开往抗美援朝前线去了。在战争中,使用旧装备的新炮兵确实起了一定的作用。

一次,彭德怀回国,路过沈阳时,万毅去看他。万毅询问彭老总对入朝炮兵的意见。

彭老总正在吃西瓜,听到万毅的话,想了想说:"生一点,还能吃。"

万毅明白了,彭老总所说的"生一点",是指训练得还不够熟练。于是,万毅竭力组织炮兵进行训练,力求达到"熟"的程度。

能征善战:万　毅

卸去征衣志未赊,耗穷光热即生涯

xiequzhengyizhiweishehaoqiongguangrejishengya

1959年"庐山会议"上,万毅因一个简短的发言,被打成了"彭德怀反

党集团重要的成员之一”，被撤销了党内外一切职务。1960年3月，万毅被下放陕西省，任建委副主任，后又任林业厅副厅长。

“文化大革命”开始后，1967年11月25日，林业厅的“革委会”以陕西省军区首长要找万毅谈话为由，将万毅关了起来。7天后，万毅又被送到了北京。在火车站上，一位军官迎上来，拿着军委文件，向万毅宣布：“奉军委指示，把你监护起来。上车！”

从此，万毅开始了长达6年的监禁生活。直到1973年11月7日，专案组才解除了监护，万毅恢复自由，回到了陕西。

1976年10月，“四人帮”被粉碎，万毅同全国人民一样兴奋，觉得这时才得到了真正的解放，真正的自由。

1977年11月4日，中央军委下达命令，任命万毅为解放军总后勤部顾问。20年来万毅在政治上的沉冤，终于得到了彻底平反。

1979年11月2日和1980年11月15日，总政治部两次发文，宣布经中央、中央军委审查批准，1959年庐山会议以来给万毅定的错误性质和所谓事实，都是强加的不实之辞，全部予以否定。撤销1959年9月11日林彪在军委扩大会议上宣布的撤销万毅的职务的决定；撤销1959年11月25日中央军委错误地批判斗争万毅的总结报告。

平反文件上给万毅摘掉的帽子共有10顶，即：“犯了反对社会主义总路线的右倾机会主义的反党、反中央、反毛主席的错误”；“是以彭德怀为首的反党集团的相当重要成员之一”；“是彭、黄反党集团篡夺国防新技术的主要工具”；“政治上一贯右倾”；“进行宗派活动”；“是十足的伪君子、阴谋家、两面派”；“是严重的教条主义者”；“参加东北叛党集团”；“有‘里通外国’嫌疑”；“有被‘策反’嫌疑”。

1981年6月，万毅列席了党的十一届六中全会。

1982年9月，万毅作为总后党组织选出的代表，出席了党的第十二次全国代表大会。会上被选为党的中央顾问委员会委员。

1984年，万毅因眼疾恶化导致双目失明。通过学习关于“废除领导职务

☆1993年春节期间，在家中与谷牧(右)合影。

终身制”的有关规定，1985年9月，万毅主动申请退出中顾委，把位置让给较年轻的同志，不久就得到了党中央和党的代表会议的批准。

与万毅一起退出中顾委的有萧劲光、何长工、傅钟、李达、钟期光等36位老同志。9月下旬的一天。中顾委在人民大会堂设宴欢送这些退出的老同志。邓小平、胡耀邦、李先念、薄一波等领导同志出席。万毅在宴会上即席赋诗一首述怀：“卸去征衣志未赊，耗穷光热即生涯，东风欲问落红趣，甘化春泥更护花。”

1987年10月，万毅离休后，继续参加了有关党史、军史，主要是关于东北军党史的编写和研究工作。

★9纵第一人:詹才芳★

詹才芳(1907-),湖北省黄安(今红安)县人。1927年参加黄麻起义,同年加入中国共产主义青年团并转入中国共产党。土地革命战争时期,任湖北黄陂县游击大队大队长,红1军第1师排长、连长、连政治指导员、营长,第30团政治委员,红四方面军第4军12师政治委员,红9军政治委员,红31军政治委员,川西第5纵队司令员。参加了长征。抗日战争时期,任中国人民抗日军政大学第二分校大队长,晋察冀军区第三军分区副司令员兼参谋长,冀热辽军区副司令员。解放战争时期,任冀东军区司令员,东北野战军第9纵队司令员,第四野战军46军军长。中华人民共和国成立后,任湖南军区副司令员兼军长,中南军区公安部队司令员,广州军区副司令员、顾问。1955年被授予中将军衔。是第二、三届国防委员会委员,第二、三、四届全国人民代表大会代表,第五届全国人民代表大会常务委员,中国共产党第八次全国代表大会代表。在中共第十二次全国代表大会上被选为中央顾问委员会委员。

9 纵第一人：詹才芳

“我们穷人要联合起来！”

womenqiongrenyaolianheqilai

1907 年农历八月初五，詹才芳和双胞胎弟弟詹才银出生在湖北黄安县城南 30 里的丘陵深处一个叫黑石嘴村的一穷人家庭。

在军阀混战的年月，对富贵人家来说，添人进口是大喜事，可是对詹仲禄来说，苛捐杂税多如牛毛，租地主的三亩田，除了交租、交税、所剩无几，添人进口，简直是灾难啊！

这样，“不该出世”的才芳、才银，随着父母、哥哥姐姐，度着艰难困苦的岁月。

随着时光的流逝，詹才芳刚刚长到 7 岁，家乡却遇到了大旱，一家人只好吃野菜煮红薯，有时甚至连红薯粥都吃不上。才芳和才银不得不背起箩筐，到野外去拾草、挖野菜。他俩风里来，雨里去，早出晚归。

后来家里的生活稍有改善，爹爹不忘小儿子想读书的希望，终于把才芳两兄弟送到私塾读书去了。

别人家的孩子小小年纪就进学堂读书，而才芳两兄弟那时已快 11 岁了，个子比别人高出一头，常常遭到别人的取笑。但是他俩非常用功，学得很好。尤其是才芳，下课后经常向先生提出问题，问这问那。先生亦很喜欢他。表扬他勤学好问，并耐心地、逐一回答他提出的问题。当然，他也有使得先生发窘，惹得先生发怒的时候。

一天课后，才芳问先生，“先生，‘人之初，性本善’中的人指的是哪一个？”

“当然是指你我喽！”老先生摘下眼镜，用手擦着镜片，认真地说。

“你是人，我是人，刘继福也是人，那为么事刘继福家有那么多钱，有那么多地，还有好多好东西呐？而我们什么也没得?！……”才芳不解地问。

“这个嘛……”先生的眼珠转了一圈说，“这是天命。”他放小声，神秘地、虔诚地边说着，边用手指向上指着。

“那……天在哪？他是谁？我找他去问问，去评评……”

“你……”先生有点生气了，“你只管念好书就行啦！莫问这问那的！”他不耐烦地说着，正要拂袖而去。

“先生，您别生我的气，我不再问就是了。”才芳上前恭恭敬敬地、深深地鞠了个90度的大躬后，悄悄退下。

先生见他的背影，无可奈何地摇着头说：“这孩子……。”才芳从来把先生当成圣人，他觉得先生是百事通。可是这次，先生没能回答他这个问题，他觉得很失望。在回家的路上，他想来想去，怎么也想不通。天，是一个天。一个天底下的人为什么不同呢？……”

1919年又遇大灾荒，田中颗粒未收。才芳兄弟不得不停学，又开始了靠野菜充饥的日子。

一天，小兄弟俩又去采野菜，与哥姐走岔了。等他们回到家，爸爸和二姐因吃野菜中毒已离开了人世。这一年小兄弟俩12岁。

为了生活，才芳、才银两兄弟只好到邻村一个姓王的地主家当了小牛倌。生活的现实逼迫才芳他们走上这条极不情愿走的路。

春节时，才芳偷吃地主家锅里的肉，遭到地主婆好一顿毒打，一气之下逃回了家里。

几天后，因才芳死也不愿再到地主家去，出嫁的大姐詹厚娣便决定：把才芳带走，给自己家看牛和做点零活。

詹厚娣的婆家住在距黑石嘴8里远的新田铺湾。家里有房子和地，日子还算过得去。丈夫余楚臣，性格温和，为人忠厚耿直，读了几年私塾，当地称为“乡土秀才”。

詹才芳到了姐姐家里。姐姐有公公婆婆，他生怕给姐姐带来麻烦，眼里有活，全让他包下了。姐姐的公婆非常喜欢他，一家人处的非常和谐。他白天大部分时间去放牛，晚上姐夫教他识字。他很聪慧，不到半年的时间，会背诵

了《百家姓》、《千字文》等书。就这样,他在姐姐家安稳地过着日子。

光阴荏苒。1923年,詹才芳长到16岁。

一天,姐夫余楚臣曾问才芳:“你说水井底下的青蛙能看见多大的一块天空?”

“就这么一小块呗!”才芳用手画着个圆圈。

“是啊。那么你说天有多大?”

“大得很呢!”才芳不好意思地笑了笑,“我也说不清楚,反正大的没边哟!”

“那为么事青蛙看不见呢?”

“嗯……”

“它在井底下,当然看不见啦!得让它跳出井口就好了,它就可以看见大大的天空了。”

“说得好!”姐夫很高兴,“你们黑石嘴有多大?新田铺又有多大?黄安县城大吧,可是比起汉口,它又小得很呢!……”姐夫望着才芳认真谛听的神态,上前拍了拍他的肩膀,“莫做井底的青蛙哟!”

才芳反复想着姐夫哥的话,觉得这话很有琢磨头哩!这个井底青蛙看天的故事不就是一种启迪吗?我生长在这个小小的村子里,能见到多大的天地?能见到多少人?懂得多少事情?现在,我长大成人了,我要做到自立,要自己谋生,要闯一闯,见见世面。做一个真正的男子汉。

1924年春天,在姐夫哥的帮助下,詹才芳随姐夫哥的侄儿余义民离开了家乡到了武昌。

在武昌,余义民托人帮詹才芳找到一家小饭馆当杂役。不久,他见到了最想见的董必武先生。董必武还让义民捎话问詹才芳可愿意到武汉中学去工作,这令詹才芳兴奋不已。

詹才芳怀着忐忑不安的心去找董先生了。到了武汉中学后,他便被引进了校政厅门口。詹才芳踏进房门,一眼就看见了董先生,他正在跟几个人谈着什么。

“噢,你来啦!我们的黄安小老乡,余义民的‘老叔’!”董先生一抬头见他来了,便风趣地向他打着招呼。

“坐下吧！”董先生让詹才芳坐在他对面的椅子上。

“先生,我很想上学,连做梦都想。”詹才芳突地从椅子上站了起来,先表示个态度。

“我早就听说你很苦,是吧？”先生静静地问着。

“我刚7岁就死了娘,不到12岁就没了爹,后来就给人扛活去了。我穷得叮当响。所以就只读了一年私塾……”

“这几个字你认得吗？”董先生用手指了指北墙上的横幅。

“朴——诚——勇后面那个字不认得了。”詹才芳摇着头,老老实实地说着。

“这字读作毅,就是坚毅的毅。”说着,董必武把拳头攥得紧紧的,“朴诚勇毅。这是我们的校训。朴是朴素,艰苦朴素;诚就是忠诚,诚实;勇就是勇敢;毅就是要有恒心,毅力。决心干到底。”

“对！我们穷人就是要联合起来和地主老财斗到底!不能心慈手软！”詹才芳也攥紧了拳头,昂起头一口气大声地、像朗诵似地把这句话说完。这是姐夫哥在家开会时,常常跟别人说的一句话。詹才芳听到后牢牢记在了心间。

☆17岁的詹才芳在武汉中学半工半读,胸前为该校校徽

董先生笑了笑:“原来还是个革命家哩！是个不简单的小老乡嘛!”接着又说:“好啦！从今天起你就在学校先

当校工,边做工边学习。好吗?"董先生向周围的人点头征求意见,大家都表示同意。

从此,詹才芳在董必武的学校里半工半读,接受了许多马列主义思想教育;学到了文化知识,工作积极肯干。当年,詹才芳就加入了团组织,开始了革命生涯。

9 纵 第 一 人 : 詹 才 芳

黄麻起义后 参加了红军

huangmaqiyihoucanjialehongjun

在董必武的教导下,詹才芳变了,不再是个小长工了,他的脑袋有了革命思想,有了共产党。1925 年,詹才芳遵照董必武的命令,回家乡到农民中去宣传人民、组织人民、大办学校,提高人民的思想觉悟;

1926 年冬,经过王秀松、詹才芳、李先念等人的秘密串联,将近一年时间,在 1926 年冬,高桥区农民协会成立了。

在此基础上,詹才芳又挑选了一百多名精干的青年农民,组成了一支穿

☆"八七"会议旧址外景

长褂、揣短枪的农民自卫军。詹才芳任队长。

9月中旬，黄安县委派到武汉长江局请示工作的郑位三等同志带回了党的“八七”会议精神。詹才芳参加了中共黄安县委在七里坪文昌宫举行的会议。会上，传达了“八七”会议精神，宣讲了中共湖北省委拟定的暴动计划。这消息，对詹才芳来说，如久旱的禾苗喜逢甘露，真是振奋人心。他和同志们情不自禁地高呼：“我们有出路，有奔头了！”中国共产党万岁！”他按捺不住心中的喜悦，不由自主地捶了身边的王秀松一拳，两个人高兴得拥抱着。

七里坪会议传达了党中央“八七”会议精神之后，詹才芳更加认识到枪杆子的重要性。于是开始整顿农民自卫军，把内奸嫌疑、不坚定分子清洗出去，把忠实于革命的农民吸收进来。经过整顿和挑选，农民自卫军更加精干了。在詹才芳的带领下，附近的农民和农民自卫军纷纷拿起大刀长矛，扛起锄头、扁担，打击反动势力。

“九月暴动”之后，黄安县伪政府和豪绅地主，勾结敌30军的一个团，进驻了黄安县城。敌人的反动气焰嚣张，四处联合反动地主武装，准备对黄麻地区的革命人民进行更大的屠杀，妄图把农民的革命运动镇压下去。

在这种形势下，中共鄂东特委认为，只有举行更大规模的武装起义，用革命的进攻来粉碎敌人的反革命的屠杀，建立革命政权和农民自己的武装，才能使革命得到胜利。因此，10月3日，黄安、麻城两县县委在黄安县七里坪文昌宫召开了两县党的活动分子会议。会上传达了湖北省委关于在黄、麻两县进一步发动大规模武装起义的决定，讨论制定了暴动计划。会议讨论结果，决定高举“九月暴动”武装斗争的旗帜，举行更大的武装暴动。

七里坪文昌宫会议后，詹才芳、王秀松、李先念等人以董必武的名义，出布告、发传单。采取各种形式，进一步地向贫苦农民宣传发动武装起义，实行土地革命的意义。经过20多天的发动，詹才芳等人在黄安首先领导发动了高桥、桃花等区的武装起义。农民自卫军扩大了400多人，王秀松、詹才芳为

主要领导人。农民自卫军个个英气勃勃,斗志昂扬,做好了战斗准备,焦急地盼望武装起义的那一天。

1927年11月13日,起义军2万余人集结于七里坪,晚10时向黄安城出发。11月14日凌晨4时许,各路起义军队伍先后到达县城周围,总计3万余人,按照总指挥部的命令,詹才芳、王秀松领导的高桥区农民自卫军和群众攻打黄安县城的南门。

黄安县城,城墙足有8米多高,4个城门配有8门土炮,10架机枪。只要一到天黑,城门关闭得严严实实,隔断一切来往行人,胆小如鼠的卫兵抱着大枪,就像幽灵似的在城墙上边来回晃动。哨兵时而发出恐吓声,虚张声势,为其壮胆。

詹才芳带30人的突击队,趁夜色悄悄地摸到南门埋伏下来。城下的詹才芳和突击队员们一动不动地趴在地上,身上挂着露水,冷风吹得他们直打颤,詹才芳看看怀表,已是4点10分了,队员们有的小声议论着,等得实在不耐烦了。詹才芳悄声告诉他们要耐着性子,压住心中的怒火,总攻的命令就要下达了。

"砰!砰!砰!"几声清脆的枪声,打破了黎明前的寂静,接着城周围一片呐喊声,火光四起。总攻开始了!

詹才芳一跃而起,"冲啊!"高举手枪,带着突击队冲到城下。他指挥队员们架设云梯时,城上的哨兵跑过来,向他们射击。詹才芳和队员们集中火力,压倒了敌人哨兵的火力,队员们迅速地爬上了城墙,哨兵看见城墙被攻占,被不绝于耳的喊杀声吓破了胆,跳下城墙逃命去了。

詹才芳率队员打开了南城门,起义大军像决堤的洪水涌进城里。相继,其他3个城门被各路大军突破。城里的敌人没来得及抵抗,就乖乖地当了俘虏。这一仗活捉了伪县长贺守忠、司法委员、改组委员等贪官污吏多人。反动政府被摧毁。反动武装被消灭。起义军共缴获步枪百余支,子弹90箱,被子百余床,并打开了监狱,释放了被捕的共产党员、农会干部和进步分子。

14日清晨，红日东升，金光万道。黄安县人民群众在战斗中迎来了第一个新生的黎明。城头红旗猎猎，城内人民群众载歌载舞，欢庆胜利。

☆黄麻起义时赤卫队使用的武器

黄麻起义后的第四天，成立了黄安民主政府，同时成立了中国工农革命军鄂东军，黄安为第一路，麻城为第二路；由潘忠汝任总指挥兼第一路司令，戴克敏为党代表；吴光浩任副总指挥兼第二路司令，刘文蔚为党代表，詹才芳被任命为第一路军特务营营长，从此，他穿上戎装，成为中国工农红军的一员，开始走上了他的军事生涯。

9纵第一人：詹才芳

“大勇若怯，大智如愚

dayongruoqiedazhiruyu

从1931年3月的白雀园“肃反”至1933午2月的再一次肃反，张国焘贯彻第三次“左”倾路线的错误肃反政策，打着保卫革命利益的旗帜，混淆了敌我矛盾和是非界限，使得大批忠于革命的干部、战士受到诬害，甚至冤死。

在这期间，詹才芳曾尽力保护了一些干部、战士。他冒着遭受人身攻击、迫害，甚至“罢官”的危险，抨击了强加于当时为班长的陈锡联头上“改组派”

的谣言,解除了对战士谭知耕的“第三党”这一不适的定论;澄清了对任文书的甘思和被咬定为AB团的冤案。

詹才芳把他们挽救出来,并留在身边工作,为革命保存了骨干力量。这些同志后来都成为我军的高级干部,都成为将军。詹才芳当时的行为使得这些同志终身难忘。同时,他的“大好人”的美誉也在部队内外广为流传。成为以“慈”掌兵的模范。

1931年,陈锡联在10师30团团部警卫排当班长。一天,他莫名其妙地被人抓了起来。

詹才芳此时是30团团政委。当听到陈锡联被指控为改组派,而且被关了起来,詹才芳的心情很不平静。

詹才芳找到保卫局的人,反问他们:“你们只听个别人揭发,就把陈锡联打成了改组派,这样做合适吗?我看着他长大。他小时候穷得连裤子都没得,苦得很哪!我带他出来参加红军时,他才14岁。他一直跟着我搞警卫工作,吃住都在一起。每天抬头不见低头见。他干什么我还不知道?而且,他虽然还是个小孩子,但很勇敢,顽强。我了解他。他到哪里去参加什么改组派?他的母亲还是我的救命恩人呐!她对革命有很大贡献,就像我们的亲母亲。陈锡联不可能是什么改组派,再说你们也没有充分的证据啊!这个人,我保定了。他是个团部警卫排的班长。他不在了,你们给我当警卫员去!”

保卫局的人听了很恼火,但又没得什么办法,只好于次日清晨放了陈锡联。

1933年,谭知耕刚15岁,在红12师当兵。

一次战斗结束后,刘义生班长带着谭知耕和冯瑞山来到一个土豪家,因吃了土豪家两只鸡,便被认为是搞了个吃喝委员会。

“我们不是反革命,只是吃了两只鸡……”不论三人怎样高喊,怎样企图争辩,已经徒劳了。他们终被打入了牢房。

谭知耕昏头昏脑地在巴中监狱呆了两天三夜,无人过问。

第四天上午提审了谭知耕。

“首长,我有两件事情需要说明。第一,我不是反革命。第二,我来时没有搜身,带来了一支手枪。”谭知耕从腰间抽出手枪捧在手里,盯着坐在桌子旁的两个保卫局的干部。

“你是么事罪?”一个湖北口音很浓的声音在谭知耕身后响了起来。

“我没罪。刘班长说,他与我和小冯三人是吃喝委员会……”

“么事?吃喝委员会?哈哈!哈哈!”

“我们三人一起吃了两只鸡,鸡是土豪家的。班长刘义生说我们是吃喝委员会……可我们不是……”

“这?!……”那个操湖北腔的人,听了这话,先是一愣,继而,他笑了。那笑里带着嘲意。从他的眼神里看出,他不仅对这件事情不理解,而对保卫局的处理方法,也感到令人费解。“娘卖皮的!”他骂了一句,紧接着,笑容从脸上消失了。取而代之的是一张严肃的面孔。“这真是天大的笑话!哼!”

然后,他转身对那两个还没开口的审问员嚷了起来,“你们保卫局搞得么事名堂?!”他又转向谭知耕:“小鬼,多大了?”

“15岁”

“上过学吗?”

“会写几个字”

“好!跟我走,我是政委。你给我当勤务员好吗?”

“当然好!”啊!这回可好啦!我可得救了!

“那么这支枪呢?是我从班里带过来的……”

“丢给他们!”他说完就要往外走。谭知耕赶忙把手枪放在桌子上,跟在政委身后。谭知耕想起来了,他就是9军的詹才芳政委。走到门口时,听到屋里保卫局的人甩出一句话:“没等我们开审,他又弄走了一个人!这个詹才芳!他凭什么管我们的事?……”

1933年秋天,甘思和在红四方面军31军当文书。一天,保卫局把甘思和

抓了起来,理由是:“有人揭发你是恋爱委员会的。”

甘思和被整整关了10天。在第11天的审问中,一个人问道:“甘思和,你上过学吗?”当他知道甘思和读过两年书,而且会写一些字时,赶忙让甘思和写几个字给他看。

甘思和拿起毛笔写了“红军万岁!”四个字。

“嗬!多么漂亮的字啊!”他赞不绝口地,“好得很哪!就与我的董必武老师写得差不多呢!”他欣喜若狂地,“我好不容易发现了一个会写字的人啊!”他乐得跳了起来,“太好啦!太好啦!……”

甘思和一琢磨,这人岁数稍大些,像个干部。而且从他的言语中听出,他还认识董必武似的。董必武可是黄安家喻户晓的革命人啊!想到这是一个好机会,切不可错过。于是,甘思和高喊:“冤枉啊!冤枉!我不是AB团!我不是恋爱委员会的,我……”

“么事?你说么事?谈恋爱委员会?”这个干部模样的人惊疑地问。他看看甘思和,又看看保卫局的那几个人:“我听过好多人的审讯了。在我们红军内部竟然有那么多稀奇名词。什么第三党啦!政组派啦!AB团啦!……名堂多得很!今天又来个谈恋爱的反革命委员会?!”他盯着那些人问。“这个谈恋爱的委员会的领导是谁?纲领是什么?有多少人?有什么反革命行动?……”

鸦雀无声。

后来,甘思和被释放了,他才知道那位干部就是31军的政委詹才芳。詹才芳还让甘思和在他身边工作,当警卫员兼文书,在一起工作好几年。

詹才芳在大肃反中,保护了好几位同志,对那些不熟悉的人,以前从不认识的人,只要确认他们没有问题,他也尽力去保护。

在长征路上,傅钟同志在一次与詹才芳的交谈中,问及这些事时,詹才芳说:“徐总教导我们要爱护士兵,士兵是我们作战的有生力量。对于我们当领导的来说,保护士兵,人人有责。”

在延安，董必武同志听人说了詹才芳的这段故事，便亲自把他唤到跟前。等他了解到事情的来龙去脉后，说："你在危急中做到了这些，是难能可贵的。……看来，你是个大勇若怯，大智如愚的人哪！"他接着笑了笑说："十几年前，在武汉中学，我就说过你是个不简单的小老乡。你可记得？"

"我是效仿您爱兵如子的做法而行的。您为人的高贵品德，我这个做学生的恐怕一辈子也学不到手呢！"詹才芳谦逊地说。

随后，董必武同志在詹才芳的笔记本上，挥笔写下了"大勇若怯，大智如愚"几个字，作为赠言。

在抗大，大老粗当教师

zaikangdadalaocudangjiaoshi

1936年8月，詹才芳离开31军到了"红大"。他是随着"红大"走完最后两个月长征路程的。后来，西路军在敌强我弱、敌众我寡的情况下，经过艰苦卓绝的战斗，兵败于河西走廊地区。他们与援西军配合，在中央的接应下，

☆战友们合影

向陕北集结。战斗在河东的第4军、31军与红一、二方面军向东转移,进入陕甘宁根据地。援助抗日友军(指国民党东北军、西北军),为实现全国抗日民族统一战线而努力。

1938年4月,詹才芳奉命来到抗大一大队任副大队长。

刚来到一大队,就使他想起两个月以前,在延河边上与毛泽东主席相聚的时刻。他的心里有种说不出的滋味。

詹才芳想,日本鬼子侵占了我东北三省还不算,他们的铁蹄已踩到华北大地上了。自己是个武将,十几岁就拿枪杆子。而今,眼看一批一批从抗大毕业的同志奔赴战场去杀鬼子去了,就连詹道奎也到了前线。可自己倒离不开这个高等学府——抗大了。

想到这里,詹才芳觉得有点窝气。但一转念,觉得领导既然把自己放在这样一个位置上,当几百号老红军学员的副大队长,任务当然是既艰巨又光荣啦!再说,毛主席也对自己和詹道奎讲过,“……大家的心情我都了解,中央很快就会安排的。但不可能都走,而且还得分期分批呢?”那时,自己的回答是:“服从组织的安排。”

事过两个月了,詹才芳发现自己的思想仍没有转过这个弯子。他在想,自己的思想是不是太顽固了些?!……好在抗大的工作也不那么轻松,自己还兼任教员!。一忙起来,什么都暂且放下了。大老粗当教师……詹才芳想到这里,‘扑哧!”一下笑出了声:“要不是参加了革命,来到了抗大,当教员这事对于我来说,恐怕连想都不敢想呢!……”

抗大的工作是繁忙的。大队干部既当干部又当教员。詹才芳当然也不例外。一次,苏振华大队长让詹才芳讲一课“游击战”。詹才芳备了一整天的课,脑子里仍是空空的。

“耀邦同志,你说我的课该从何讲起呀?”詹才芳虚心地向胡耀邦政委请教着。“到现在,我还没有头绪呐!”他用手抓着头皮说。

“依我看,你把自己的战斗经历讲一讲,那正是一堂很丰富的战略战术课噢!”

"……呃！这倒是。"詹才芳思索了一刻，"对！就说说在鄂豫皖时打游击的情况。再加上各部队总结的有关游击战的地位、特点、任务、准备、指挥原则以及方法，包括袭击战、伏击战、破击战，还有现在的地雷战、地道战、麻雀战等什么新玩艺儿，全联系在一起。……好！说干就干。我得拉一个条目，以免忘记了。"

就这样，他果真按自己准备的，讲了一堂生动的军事课。学员们反映这课讲得通俗易懂，有水平。

在课下，干部和学员一起为自己的衣、食、住奔忙着。他们自己盖房子，自己垒桌、凳。上课时，在自己修建的房子里，坐在自己用砖头垒的桌子旁、凳子上，心里感到很安逸。那时，生活很艰苦，每人每天只发一斤小米，其它什么都没有了。

一天，詹才芳建议道："瓦窑堡这里的小煤窑不少，咱们可以发动大家去挖煤、拣煤。另外，还可以组织一些人去打柴、打草。这样，咱们就可以用这些东西换来钱，好去买油、盐、蔬菜了啊！"

经过全队同志的努力，真正做到了"自己动手，丰衣足食"。

☆志丹县的红军大学旧址。红军长征到达陕北后，1936年6月1日在这里继续开办红军大学，1937年1月改名为中国人民抗日红军大学。

9纵第一人：詹才芳

战斗在白华山

zhandouzaibaihuashan

晋察冀三分区包括河北的唐县、完县、望都、定县、阜平、曲阳诸县。军分区司令部设在唐县张各庄、史家佐、葛公村一带。

三分区北面是一分区，西面是二分区，南面是四分区，东面是冀中军区。因为三分区处的地理位置于冀中唐河流域，交通比较方便，又有白华山等为屏障。所以，敌人大举进入此区相对而言比较困难。加上这里群众基础好，群众抗日热情高昂，对国民党军队的工作亦抓得较紧，1943年日本秋季"扫荡"之前，三分区一带的形势总的来说，对我方十分有利。

一天，三分区领导召开了"五人会议"，司令员黄永胜、政委王平、副司令员詹才芳、参谋长肖新槐及政治部主任潘峰参加了会议。会议决定由詹才芳、潘峰带领分区的部分机关干部与一个警卫连到唐河一带打游击，坚持唐河两岸的斗争以配合反"扫荡"。同时，在冀中"五一"反"扫荡"时留在此地的九分区的两个团也随之行动。以黄永胜、王平为首的三分区领导带领分区总部与分区的主力部队撤往阜平县。

会后，詹才芳与潘峰决定趁夜幕奔上白华山。然后，再向唐河两岸开拔。

刚出发，就遇上了中雨。黑云铺匀了满天，雨水降落，雨声滴答，战士们浑身已湿透，两脚沾满了泥水。詹才芳和潘峰带着队伍走在前面。

第二天早晨，晨雨淅沥，詹才芳与潘峰在山上集合了。部队正在休息，突然，传来日本飞机嗡嗡的响声。

"快隐蔽！"詹才芳命令着。"老潘，看来飞机是来侦察的。后面可能就会有鬼子兵跟上来，你看怎么办？我看咱们不要急着做饭了。"詹才芳向潘峰说道。

"那么还是快下山吧！……要不，先把队伍带到西边花盘或黑角再说。"

"不行。咱们的任务是向东，在唐河两岸坚持斗争，怎么能到西边去？怎

么能改变计划？”

“那就先与一分区联络一下吧！”

“首长，电话接通了。”张春和参谋报告着。詹才芳走过来拿起了电话筒：“喂！……”

“不好！敌人上来了！”潘峰眼尖，第一个叫了起来。可不！詹才芳定睛一看，太阳旗在那树丛中飘摇，一队日本兵向指挥部开来，他们越来越近……此时他们离我们指挥部只有五六十米远了……

☆1945年在唐山保卫战中，攻下开平城，詹才芳向市民宣讲共产党、人民解放军政策

“警卫员！把机枪拿来，扫它一梭子！”詹才芳冲着敌人大声吼着，“打！”哒哒！哒哒！一梭子子弹出去了。敌人抱头鼠窜，直往山下滚，以为遇到八路军主力部队了。

“快撤！”詹才芳一声命令，指挥部的这20来人猛地撒腿就跑。他们也顾不得回头看上一眼，径直朝侧面小山洼跑去。

他们终于跑到了侧面的山洼里，避开了敌人。待指挥部人马都到齐了，这才发现电话已丢掉了。

“首长，我回去想办法把电话找回来吧！”通讯股长王兴惋惜地说。

“找死去呀？”詹才芳说，“算了。”

哒哒！哒哒！警卫连与日本兵接上火了。

“老潘，咱们边打，边下山。听枪声，敌人可能不摸咱们的底。”詹才芳说，“先到张各庄。”

"要不,到花盘、黑角去休整一下吧!"潘峰建议道。

"不行,咱们的主要任务是到唐河。向东,向东去。"詹才芳执拗地说,"老伙计,别忘了这个。"

雨水忽大忽小,部队冒雨突围。詹才芳想,敌人既然不知我们的底细,我们何不来个声东击西?

于是,他命机关干部随九分区部队下山,自己与潘峰二人带警卫连在山上打迷惑仗。他们在这个村子开几枪,在那个山沟放几枪,到这个山坡上掷几颗手榴弹,到那个山洼里打一阵机关枪,这儿,高喊冲杀声,响彻云霄,那儿,大呼"捉活的!"震耳欲聋。打了大半天,敌人确实把这支八路军当成分区主力了。他们不敢继续冒犯,仓皇下了山。

"首长,村里全驻上鬼子了。"王兴同志带着侦察员回来报告道。

"轰"地一声,詹才芳的脑袋像挨了炸弹似地被狠狠地一击。这正是:破屋更遭连夜雨,漏船又遇打头风啊!

怎么办?是否能改变计划,到花盘、黑角去?不行!还是要按上级指示去做。向东!到唐河两岸去,这可不能含糊啊!詹才芳前前后后掂量了许久,口里迸出两个字:"上山!"

这支队伍在詹才芳率领下,又一次登上了白华山。部队已经苦战了两夜一天了。而这时,干部战士们肚子里还没有进一粒米呐。

詹才芳从警卫员那里要来干粮袋,见里面还有些生小米,他不管三七二十一,抓起一把就往嘴里塞。

"赶快想办法弄点吃的!"詹才芳让通信员去传达就地休息,先解决肚子问题的指示。

"老百姓家里也没有什么吃的东西了。我到一位老乡家里,连孩子都饿得在叫唤……"潘峰一屁股坐在了石头上,饿得动弹不得了。

"耿政委,部队太疲劳了。一定要想法子吃点东西。山上有野草、野菜、树叶……。能吃的,咱们都可用来充饥。这总比长征时过草地强多了吧?"詹才芳对九分区的一个姓耿的政委说。

“报告，发现一股敌人顺小路上山来啦！”听了侦察员的报告，他们又紧张了起来。什么饥饿、寒冷、统统都抛至脑后。他们几个领导同志一分析，准是张各庄的敌人在山下就发现了我们这支队伍。敌人这次上山来肯定是有目的的。而且，他们追踪而来的目的无疑是要向我部发起总攻。

“这次敌人是追着我们上来的，很可能是要向我们发起总攻。大家不要迟疑，当机立断，烧毁密电码与文件。”詹才芳命令道：“快把电台也砸了。打赢打输，咱们都要打。拼命了！”

“对！拼了！”潘峰也说。接着，大家立即行动了起来……。正当大家弓上弦，刀出鞘，准备与敌人拼一死活时。只听得詹才芳一声大喊，“刘区长！娘卖皮的！原来是你们啊！。”他高兴得拉掉头上的伪装蹦跳了起来。

那边一个高个子愣了一下，一听是詹才芳的声音，立即回话道：“詹副司令，可让我们好找……”

“你们这个样子，谁知道你们是么事人啊！哈哈！”詹才芳迎了上去。可不，跟在区长后面有将近二十来个人，穿戴得稀奇古怪的。兵不兵，民不民。既不像汉奸队伍又不像游击队。等走近一了解，原来，那刘区长正带领着唐县的区干部们专门上山接应部队来了。

“首长！”

“老刘！”

两双手紧握住不松开。两行眼泪挂在詹才芳的脸上。

“大家没有吃东西吧？我们带来了粮食。”刘区长道。这回可解决大问题了。部队欢呼了起来。

几个领导商量了一下，决定坚决实现向东开进的计划。先到望都去找任昌辉的三分区七区队。通过他们，好与上级取得联系。为了赶在天亮之前到达望都，部队吃了饭立即出发。

部队下了白华山，再翻一座马鞍山就到达七区队了。在曙光就要到来之前，九分区的部队出了问题。

“詹副司令，我们部队跑了一些人。”耿政委汇报道。

原来,九分区的战士大都是平原的兵,他们对平原作战十分留恋,什么地雷战、地道战、“麻雀战”,搞得很红火。可是这几天,他们与三分区的这支部队爬山涉水,受了不少苦,大多数人都不适应,而且再也不想爬山了。有的说要回家自己拉伙去干,有的说去找平原的游击队或武工队等等。

“那个刘立福,就是安国县的小刘,没说也要走吧?”詹才芳问道。

“没有。他还积极说服别人呐!他说‘越是艰苦越向前嘛!’”一位干部说道。

☆1940年在河北灵寿县牛庄詹才芳与杨静结婚留影

“好!我们要耐心做好战士的思想工作……总之,要相信同志们;更要对革命充满信心。革命的火焰是扑不灭的。革命队伍也是摧不垮的。”詹才芳握紧拳头说着。

他们终于翻过了马鞍山,来到了平原。平原作战,这对于詹才芳、潘峰他们又提出一个新问题。当地的地方干部说,为了安全起见,部队一定要走地道。詹才芳执意不肯。

“什么?让我钻洞子?”他气呼呼地说,“我们又不是妇女!让我们堂堂八路汉子钻地洞?”他挺直腰板说,“要死也得死在明处,不能自己钻到地底下去,那不是自己走进坟墓了吗?”

地方干部反复说明地道战的优越性,并在大家再三催促下,他才肯下地道。部队从地道过,牲口什么的由当地地方干部和群众负责送到了集合点。他们终于在望都的一个小村子里见到了任昌辉区队长。

“娘卖皮的!这回,可把我们给折腾得够呛。没吃没住的,又遇上雨天……”詹才芳说,“现在可好了,找到你们了。……可是,我们的电话、电台都丢的丢了,砸的砸了,只好由你们向上级帮我们汇报情况了。我们已与上级失去联系

好几天了……”詹才芳说完用手指了指喉咙，“渴。渴呀！警卫员，拿水来……”

“听说分区总部派二团金钟同志到唐河以西那边找过你们，可是……”任昌辉边说着边端来一大碗水，放在詹才芳手里。詹才芳接过水碗，没有立即喝。

“……可是与你们怎么也联系不上，就只好……”没等任昌辉说完话，“啪！”地一声，水碗从詹才芳手中摔落在了地上。

人们一看：眼前是一尊大理石塑成的人像——一个八路军指挥员，腰间别着手枪。他挺着胸膛，昂着头颅，雄姿肃立。可是，他低垂着眼帘，紧闭着双眼。连一只大碗跌落在地上，任吕辉不断地大声汇报着什么，屋里屋外熙熙攘攘……他都毫无反应。他站立在那里，一动也不动。紧接着，是他的鼾声大作——他睡着了。他困极了，竟然站着睡着了。他三天三夜没合眼。啊！三天三夜……

任昌辉与警卫员一道把詹才芳扶到炕边，放平了他的身子……

唐河两岸的斗争坚持下来了，长驻山区的三分区部分指战员也学会了在平原上作战。他们为秋季反“扫荡”而拼命冲杀着，他们拿起刀枪、向敌人头上砍去。

准备同蒋介石打内战

zhunbeitongjiangjieshidaneizhan

国民党反动派由于全面内战的准备工作还没有做好，被迫接受我党提出的无条件停战的建议，于 1946 年 1 月 5 日同我党达成关于停止军事冲突的协议。随后，在美国特使马歇尔的参加下，经过继续谈判，于 1 月 10 日签订了停止军事冲突的协定；同日，国共双方颁发停战令，并组成由国、共、美三方代表参加的“三人委员会”及“北平军事调处执行部”，负责调处国共双方的军事冲突，监督双方执行停战令。

1946 年 6 月的一天，詹才芳接到报告：6 月 10 日，驻林西(唐山东 60 里)美军 4 人乘汽车一辆，携带枪支入侵解放区，经滦县的毛家山、赵庄子、安家楼、九百户、郝各庄等地摄影，并加设电台进行联络和侦察活动。

“提高警惕，密切观察，及时汇报。”詹才芳指示道。

6月16日，驻唐山美军乘汽车一辆，经稻地镇闯入我宋家营、蛮子坨、葛各庄、董各庄返回河头。

“知道了。有情况报告。”詹才芳接完电话，对在场的军区各位领导说，“这些家伙搞的什么鬼名堂?！看来，国民党反动派对停战毫无诚意啊！”

“是的。”李中权政委说，“什么停战协议？这明明是个幌子嘛！”

“美国就是和蒋介石穿一条裤子的。这一点，现在已逐步明了了”。詹才芳说，“如果美国要重蹈日本的路，也叫它有来无回，落个“小日本”的下场。中国人民可是不好惹的哟！”

果然，从7月中旬起至月底，在国民党反动派对冀东实施大举进攻前，发生了以下的美、伪联合挑起的一连串事端。

7月11日，北宁路53号桥美军11人，乘坦克两辆，在我滦县的河庄子一带示威。坦克横冲直撞，毁坏了许多田禾。

7月13日下午6时许，驻留守营美军7人乘车携械侵入我昌黎县的西河南村，向当地民兵开枪射击。民兵为了维护主权，将其俘虏并解除武装。正在交涉之际，又有留守营美蒋军一部赶来，意在挑衅。我为了避免事态扩大，放走7名美军。与此同时，芦台美军率伪军30余，乘装甲车4辆，向我芦台北宁河县支队进攻，伤我战士2人，烧毁民房一间。

7月14日，又有秦皇岛、留守营两地全副武装美军150余人，在4架飞机掩护下，侵入我昌黎县的邱营、焦庄等地，骚扰民宅。

7月15日，又由秦皇岛开来汽船两艘，载美军50余人，携带自动步枪，在昌黎赤洋河口登陆，由飞机低空掩护，侵入我昌黎县潮河庄、聂家庄一带。解放区和平居民扶老携幼，纷纷逃难。

7月17日，昌黎县美蒋军及伪军千余人入侵泥瞥、施各庄、刘家庄、田林镇。……

7月27日11时，驻天津美国海军陆战队巡逻队百余人，乘汽车11辆入侵安平镇，并向我当地某军36团5连发动进攻。5连在连长李庆春率领下，为维护正义，维护中国人民的利益，采取了自卫还击，经过4小时激战，美军

遗弃40余具死尸，狼狈逃窜。这就是闻名中外的“安平事件”。当日下午3时，天津美蒋军300余人乘20辆汽车，在美机4架配合下，向安平镇进行第二次进犯，我部队主动撤退。

“……同志们，36团5连的还击是正确的。打得好哇！大大鼓舞了中国人民的士气。当前，我们一是通过‘军事调处执行部’对美方武装干涉中国内政的罪恶行为，提出了严正抗议。但他们不仅没有退出，反而一再增兵。现在，他们又侵入我香河地区，企图占领香河。并以此为跳板，妄图实现蒋介石吹嘘的‘在9月中旬消灭冀东解放区’的狂妄计划。我们决不能让他们得逞。我们要进行香河保卫战，保卫翻身农民的既得果实，保卫咱们的解放区……”詹才芳向各级干部动员着。

会后，他望着14军分区司令员曾雍雅说：“老曾，你们分区36团5连已经干出了好样子。敢于同挑衅者较量。这次战斗，又由你牵头，由你统一指挥，有什么困难、问题，尽管电告我们。”

“詹司令，你就放心好啦！我们保证完成任务。”曾雍雅的眼睛里熠熠发光，露出了坚定与自信。

“咱们打败了日本鬼，又来了美国鬼，什么样的外国侵略者，都将被我们打得落花流水！”詹才芳握紧了曾雍雅的手说，“等待你们的胜利喜讯。”

“这次，我还要想法子再给你搞点礼物呢！”曾雍雅瞪大了眼睛，诡秘地一笑。

“礼物？”詹才芳脖子一扭，歪着脸，皱着眉头。他正着眼，看了一下曾雍雅，然后，又转了转他那黑眼珠，面显不解之色。

“再给你想办法弄几个美国大鼻子兵来呀！”

9纵第一人：詹才芳

冒着敌人枪弹进锦州

maozhedirenqiangdanjinjinzhou

锦州战役是辽沈战役的开端，打下锦州是辽沈战役的关键。

决战前夕,1948 年 9 月 9 日深夜,9 纵接到东总的密令:“你纵以隐蔽、迅速、突然动作,插向锦州、义县之间,切断锦、义敌之联系,包围义县守敌,阻击锦州之敌北援。”同时叮嘱:“切不可走漏消息!”

詹才芳接到命令后立即对警卫员说:“快把李中权政委请来!有紧急任务。”

李政委在酣睡中被叫了起来,他的衣扣还未来得及系好,披着上衣就赶到了詹才芳这里。詹才芳把密令递给了他。他接过来把它从头至尾看了一遍又一遍。

“中权,我已经通知纵队领导干部和各师负责同志来开紧急会了。”

“好!越快越好么!”李中权高兴的时候,总是把嗓门放得高高的,他的这一声“好!”能把人吓一跳。

“詹司令!任师长问能不能在电话里先向他透露一点开会内容?”作战科长张春和问。

“不行。告诉他们,快快赶来,当面说。”

各师师长和政委接到通知后,骑马的快马加鞭,坐汽车的加足了油门,飞奔而来,喘息未定便参加开会。大家轮流看了东总的密电,个个都大喊:“好呀!”整个会场气氛既紧张又欢快。

袁渊参谋长在高挂于墙壁的地图上,用棍子来回比划着,介绍了锦州一带的敌情、地形、道路以及划分给各师的作战地区。

“我纵按 25 师、纵直、26 师及 27 师的顺序,向锦州、义县间插进。注意!一定要绝对保密。”詹才芳向各师布置了任务。“出发时间,听候命令。”

詹才芳又对 25 师师长曾雍雅说:“老曾,你们的任务会很艰巨的。”

“再艰巨也要干。”曾雍雅对徐光华说,“老徐,你说呢?”

“司令员,政委,我们保证完成任务。”徐光华说。

“我们要钻进去,站住脚,这就是胜利!”詹才芳又说。

李政委接着说:“对。这就是我们这次行动的口号。”

“把帽山拿下了,就可居高临下,俯瞰锦州全城。它是敌人的眼珠子啊!这个地理位置很重要。我们一定得把它先敲掉。25 师的阻击战打得很漂亮,对歼灭敌暂 22 师起了关键性作用。锦北的敌人大部被我消灭。帽山的这些

敌人,咱们也决不能放过。”詹才芳对纵队各位领导说。

“我完全同意詹司令的意见。咱们调转头来,一定要先把帽山守敌吃掉。曾雍雅他们的夜摸渗透战,渗透得很深,穿插得很勇猛,阻击战打得也很顽强……”李中权说。

“尤其是守白老虎屯的勇士们,更是突出,他们全连打得才剩下30几个人了……这是咱们9纵的精神,是咱们的光荣。打帽山,也要发扬这个精神。”詹才芳补充道。

接着,詹才芳和纵队其他领导们一起来到帽山对面的一座破庙里看帽山地形。

突然,“轰”地一声,大庙后面敌炮弹爆炸了。战斗打响了。9纵在炮兵的协助下摧毁了帽山敌地堡。敌人乱作一团,百余名残敌犹如惊猿脱兔,漫山越岭仓皇逃散。

一个小时过去了,帽山战斗胜利结束了。这场战斗全歼守敌3个营,俘敌千余人。

在帽山上,东总首长当场定下了攻打锦州的作战部署,并向9纵布置了攻打锦州城的任务。东总首长告诉我们,决定用2、3、7、8、9等5个纵队以及6纵17师,分别从锦州城北、东、南三个方向突破。而后南北对进,劈开锦州城,将敌拦腰折断,先东后西地歼灭敌人。

“……这次,我们请五大主力会餐,看谁吃得快,吃得多,吃得好!”刘亚楼参谋长用比喻的方法既恰当又幽默。

“詹司令!”“这次,咱们可得到东总首长的表扬了,也进了‘主力军’的行列了……。”

“咱们要打好翻身仗,洗掉沟帮子战斗的耻辱,去掉蝗虫一般臭名。”詹才芳说。

“对!”袁参谋长与在场的同志们异口同声道。

“老詹!我纵各部队请战书、请任务书、表决心书像雪片一样飞来。大家都不甘落后啊!都想领到更艰巨的战斗任务。有的部队搞了‘挑战应战’,‘摆

擂比武'。还有的战士已经开始自己主动研究巷战战术了。……士气高昂得很啊！"身兼政委、主任两职的李中权忙得不可开交。

☆解放战争时期的詹才芳。

"好！中权同志。咱们分头再做一次动员工作。一定要打好这一攻坚战，一定要以实际行动打咱们的翻身仗！"詹才芳说道。

10月9日开始，9纵配合7纵攻占了罕王山，并于当日黄昏肃清了锦南外围的敌人。经过一夜激战，攻占了罕正殿以东的全部阵地。26师77团1连在攻占老爷岭的横山阵地时，反复向敌冲击3次，全连伤亡70%，最后夺取了阵地。该师78团5连3排，在这次战斗中打得尤为出色，当77团1连被敌人火力压制，遭到敌的反冲击时，5连3排主动配合，以快速动作迅速攀上700米高山，冲入敌阵地，打退了敌人的反冲击，乘胜夺回4个山头，一直把敌人赶过了小凌河。

在小凌河边，9纵利用晚上时间，开始挖交通沟和炮兵阵地。夜幕来临了，战士们用白天准备好的镐、锹等工具在河前开阔地上动起手来。经过两昼夜的奋斗，终于在小凌河与女儿河之间挖好了数道交通沟。战士们说："今天多流汗，明天少流血。咱们加油干吧！"

10月14日。当手表的时针刚指向10时整，东野无数门炮向锦州城垣猛烈轰击。9纵75团1连与76团5连同时发起冲锋，涉过小凌河，打开了突破口，扫清了部队从南面进城路上的障碍。

7纵在9纵西侧相距300米，同时并进。

9纵奋勇前进，师干部曾雍雅、徐光华过去了，李振声、肖全夫也过去了……

10时28分，左翼师尖刀连已从南门侧面登上了突破口。

右翼师尖刀连从南门登上突破口。旗手倒下了几个，红旗始终呼啦啦地飘扬，召唤着成千上万的后续部队……

巷战中，战士们展开了肉搏战，刺刀弯了，用枪托打，用石头砸……

李政委早已沉不住气了，“老詹，咱们上吧！”

“好！”詹才芳叮嘱袁参谋长负责纵队指挥部一摊子工作：即时向总部汇报情况，同前线联络，供应弹药物资，设置战地包扎所，转运伤员等等。

詹才芳想到敌人会有可能向东南角，由海上逃脱，便嘱咐作为机动兵力的27师，马上派1个营，赶到那里设下埋伏，断敌退路，一网打尽。

詹才芳和李政委涉过齐腰的小凌河水，冒着敌人的枪弹进了城。他们先到了肖师长的26师指挥所，叮嘱一定要巩固突破口，及时与纵队部保持联系……

“注意！”警卫员小张猛地扑在詹才芳的身上，“轰！”一颗炮弹在他们身边爆炸了，詹才芳站了起来，拍了拍身上的尘土，又向纵深而去。

敌人在大楼上的窗口喷射着恶毒的火焰，战士们绕到楼后，炸掉敌人的火舌，左翼师的尖刀连打垮了敌人的反击，立刻勇猛追击，迫使敌人1个连举手投降。右翼师1个团切断了春日街之敌，继续向北发展，切断了敌6兵团司令部的退路，包围了铁路局。

3小时后，我军包围了敌6兵团司令部。锦州的所谓现代化钢筋水泥工事，在解放军的31小时的激烈战斗后，就全部毁灭了。

锦州攻坚战于15日下午4时胜利结束，9纵27师不但肃清了锦州东南部的残敌，而且，占领了锦州西飞机场，歼敌一部，缴获飞机4架，生俘敌首范汉杰等。

在锦北渗透战中，9纵25师表现尤为突出，一个师就歼敌近3000人，缴获各种火炮450门。战后，第74团的1连、2连，分别被授予“白老虎连”和“守如泰山连”的光荣称号。其中1连连长陈学良、指导员田广文各荣记大功三次，并被授予毛泽东奖章一枚。

随后9纵乘胜扩大战果，清扫锦州外围之敌，一举攻占了锦州外围制高点帽儿山，并用炮火直接封锁了锦州飞机场，为攻克锦州创造了有利的条件。

在锦州攻坚战中,9 纵又与 7 纵并肩担任城南突破任务。总攻发起后,第 25、26 师迅速打开突破口,随即向纵深发展。9 纵与 2 纵、3 纵、7 纵、8 纵一起,仅用 31 小时即全歼了号称“机械化兵团”的 10 万守敌。其中 9 纵计歼敌 1.5 万余人,并活捉东北“剿总”上将副司令范汉杰、兵团中将司令卢浚泉。为此受到了东野总部首长的表扬,得到“全纵队奋发努力,进步甚快”的评价。

9 纵第一人:詹才芳

任 46 军军长,越战越勇

rensishiliujunjunzhangyuezhanyueyong

攻锦战役结束后,詹才芳指挥 9 纵又迅速赶往大虎山地区,投入了围歼廖耀湘兵团的辽西大会战。当廖耀湘兵团发觉将被我军包围后,企图撤向营口从海路退逃。10 月 26 日,东北野战军总部命令 9 纵从大虎山地区南下,经台安于海青湾东渡辽河,切断敌南逃之路,并抓住逃向营口的第 52 军,待 7 纵、8 纵赶到后再行围歼。

这时,9 纵已经连续急行军 6 昼夜,部队体力十分疲惫。但为了抓住廖耀湘兵团,夺取辽西会战的全胜,全纵队指战员不顾饥饿和疲劳,又急行军 5 天,最后一昼夜一气追击 230 里,终于在 10 月 31 日赶到营口附近,抓住了正企图由海路逃跑的国民党第 52 军。

詹才芳当即命令部队不顾疲劳投入战斗, 对营口之敌实施弧形包围,并以一个营掩护重炮团,进至营口以北,以火力封锁出海口。

11 月 2 日晨,詹才芳发现敌有登船逃跑迹象后,遂决定不待 7 纵、8 纵赶到,9 纵即单独向营口之敌发起进攻。27 师 79 团以果断的行动,攻占了营口以西的西海口小高地,控制了西海口炮台工事。师主力于五台子突破防线,击溃守敌一个营。25 师在邵家屯突破敌人防线突入市区,第 75 团 1 营经激战后占领海关码头,74 团攻占营口车站。

突入市内的两个师很快将敌拦腰斩为数段,敌 52 军第 2 师、第 25 师已

呈现混乱状态。9纵部队大胆穿插，分块围歼。经数小时战斗，守敌大部被歼。登船逃跑的敌人，也遭到我炮兵射击，一艘运兵船和22只帆船被炸起火，3000余敌人全部被烧死、淹死。

由于9纵不畏疲劳的勇猛追击和当机立断的果断进攻，不仅解放了营口，而且阻绝廖耀湘兵团从海上逃跑之路，迫使廖兵团又改逃沈阳，并最终被东北野战军主力全歼于辽西平原，东北最大的城市沈阳也随之解放。

营口战斗，9纵共计歼敌1.4万余人。营口的解放，标志着辽沈战役的胜利结束。9纵为历时52天的辽沈战役，划上了句号。

9纵在出关后的一年零两个月作战中，共计歼敌4.4万，缴获飞机4架，坦克4辆，各种火炮477门，各种枪1.6万余支。

1948年11月，根据中共中央军事委员会关于统一全军编制及部队番号的命令，第9纵队改编为中国人民解放军第46军，仍归东北野战军建制。詹才芳任军长，李中权任政治委员，杨梅生任副军长，段德彰任副政治委员兼政治部主任，袁渊任参谋长。第25师改称第136师，曾雍雅任师长，徐光华任政治委员；第26师改称第137师，萧全夫任师长，李振声任政治委员；第27师改称第138师，任昌辉任师长，王文任政治委员；冀热辽军区独立第7师调归该军建制，改称第159师，陈宗坤任师长，曾凡有任副政治委员。改编后，全军共4.7万余人。

1948年11月22日，东北人民解放军分三路，以排山倒海之势浩浩荡荡向华北开进。9纵为左路兵团的先头部队，经16天连续行军，行程达1400余里，12月7日进入冀东。后为执行毛主席关于“取捷径以最快速度行进，突然包围唐山、塘沽、天津三处敌人，不使敌逃跑”和“唯一的或主要的是怕敌人从海上逃跑”的指示，9纵又奉命分两路昼夜不停，轻装急进，于12月18日插入天津军粮城，切断了天津之敌向塘沽从海上逃跑退路，随后又同兄弟部队一起，完成对天津国民党军的战役合围。

天津守敌共有13万余人，并且拥有自1947年秋即开始修建的坚固工事，即敌所谓的“大天津堡垒化”，自诩坚守一个月不成问题。

东北野战军参谋长刘亚楼被任命为天津前线指挥部司令员。攻城具体部署为:以第38、第39军组成西突击集团,以第44军、45军组成东突击集团,两大集团东西对进。第46军并指挥49军第145师,则由天津城南向北实施辅助突击。

1月14日上午10时天津总攻开始。46军在突破阶段受阻,伤亡相当大。但当天深夜师指挥员进到突破口后,及时调整部署,利用夜晚向敌纵深发展进攻,并取得迅速进展。15日11时即突进到跃华中学,与38军会师。46军共计歼敌2.6万余,活捉伪北宁路护路军司令兼天津市市长、蒋介石侍从室高级参谋、国民政府中将参谋杜建时,缴获各种炮314门,轻重机枪709挺,长短枪1.2万余支。

战后,刘亚楼对46军的辅攻十分满意。他说:“原来我们的意图是你们只要能在南面顶住,不让敌人溜掉,就算完成了任务,没料到你们突破了南边这样坚固的工事,也参加了纵深战斗,这就太好了。”

天津战役结束后,46军第138师、第159师又配合49军解放了塘沽。尔后转进河北霸县一带休整。

1月21日,北平和平解放。傅作义部队接受和平改编。平津前线司令部确定由46军改编傅部第121师和273师。

在接受改编的傅作义部队中,有许多特务分子与原政工人员已化装为文书、司务长、上士等潜伏下来。这些家伙受军统之命大肆进行秘密的特务活动,制造谣言,欺骗士兵,煽动其部属阻挠改编工作的进行。但傅部师团级军官已认清大势。而且军官们对部队直接负责,怕出大乱子,担不起这个责任。

于是,军部决定利用敌人内部这一矛盾,让军官发号施令,维护秩序,遏制叛乱。同时,46军的干部则深入基层,接近士兵进行工作,并逐渐将其尉以上军官,按先顽固后一般,先政工后其他人员的办法,分批调出部队,上送四野杨村教导团处理。后又经过诉苦教育培养积极分子,并通过他们的揭发,彻底地肃清了潜伏的特务分子。在一系列的教育后,绝大多数士兵提高了阶级觉悟,并自愿参加人民解放军。46军将其中3666人编入本军各部队,将3656人调拨给第1野战军。

1949年4月初,46军编入第4野战军第12兵团建制,向华中、华南进军。7

月上旬,詹才芳指挥46军渡过长江,直逼长沙城下,促进了长沙的和平解放。该军第159师调归湖南军区建制;第138师担任长沙警备任务;第136、第137师参加衡(阳)宝(庆)战役。之后,46军部队又先后完成了湖南、湘西剿匪任务。

1950年12月初,詹才芳调中南军区工作,杨梅生任军长。

9纵第一人：詹才芳

老列兵与小列兵

laoliebingyuxiaoliebing

1959年春天,詹才芳来到南海中的一个小小的岛屿上。他身穿列兵服,佩戴列兵领章,自己背着背包上了海岛。

詹才芳一来到某连连部就对连长说,"老列兵向中尉连长报到来了。请分配工作吧!"说着,"啪"地打了一个立正,挺直了胸脯,把右手举在战士船形帽边,敬了一个军礼。

"欢迎首长前来指导……"连长和指导员也一齐向他回了礼。

"从今以后可不要叫我首长啦!我是来当兵的,叫列兵詹才芳,叫老詹好了。"连长和指导员听了相对而笑。连长说,"您就在炊事班帮助他们干点零活吧!"

从此,詹才芳就当上了海岛炊事兵。他和炊事班的战士同吃同住。同战士一样起早贪黑地干活。他烧火、淘米、切菜、挑水、浇菜、喂猪,扫猪圈……样样都干。

喂猪的战士小刘是个新兵，是个地道的列兵。他总觉得自己当兵当亏了。他对詹才芳说,"首长,不,老詹,我在当兵之前所想的与现在所干的完全不一样。看见别人学军事、练技术,我的心里又羡慕又窝火。我在炊事班工作就是掌勺炒菜也比现在强啊!……您看,在家我喂猪,到了部队还是喂猪,这有啥出息?……等我复员回家了,别人问我在部队当的什么兵,我说是个猪倌,我这脸往哪搁呀!您说呢?老詹。"

听了小刘的一席话,詹才芳并没有马上用大道理去说服他,只是默默地点了点头,然后说,"咱们先干活吧!以后再说。"

在喂猪时，詹才芳对着“那些肥胖的小猪崽说：“你们快快长吧！等长大了好为国防献力啊！”

“它们能献什么力?”小刘不解地问。

“你想，它们长肥了，给全连同志们吃了，改善了伙食，大家军事训练更有干劲，保卫海岛的任务完成得更好，这不是为国防建设献了力吗?到头来，人们还真得感谢你这个猪倌呐！”小刘听罢，觉得是那么个理儿。他把老列兵的话记在了心底，变得沉默了许多。

过了几天，詹才芳在指导员那里了解到，通信员小杨也与小刘有类似的思想问题。他便把小杨和小刘叫到了一起，他说：“小刘，你看小杨对搞通信员不安心，觉得到了部队干什么也比当通信员强。他还想当炊事员呐！你说行吗?”

“小杨，你……咳！通信员这工作，多重要啊，上情下达，下情上报……还给我们送家信呢?我们可少不了你啊！再说，这也是干革命工作嘛！”

“对！小刘说得对，‘革命工作’这词儿说得蛮适当的。”詹才芳觉得火候已经到了，是该接触到实质问题的时机了。他说，一个连队总要有炊事员，通信员，司号员、卫生员……炊事班里，也总要有喂猪的呀，炒菜的呀，烧火的呀，……少了谁也不行，这就是革命分工。如果这件工作，我不干，你不干，他也不干，那么，谁干呢！我老詹一个人可干不过来呀！你们呐?你小刘一个人有再大的本事，也成不了一个连队呀！你小杨当然也没那么大的能耐呀！”

“首长，我明白了。”小刘和小杨顿时都如梦初醒。原来詹才芳用了一种以其人之道还治其人之身的自我教育的方法，解决了两个人的思想问题。实际上，他俩都懂得这些道理，只是“大道理对己糊涂对人清楚”，或是理论没能很好地联系实际罢了。让他们在互相批评帮助中，自己教育了自己，自己解放了自己，收到了良好的效果。从此，小刘和小杨都成了连队的骨干。

詹才芳在连队干得正欢的时候，忽然，一天早晨双目几乎什么也看不见了。眼睛里像蒙上了一层黑纱似的。他的眼睛血管痉挛，得了急性视网膜炎。医生让他赶紧回广州住院，他执意不回。直到军区党委派了直升飞机和卫生部门的负责同志和医生专程来接他，他才只好回到广州住院检查治疗。在他

离开小岛前，连队干部战士恋恋不舍地为他送行。小刘和小杨搀扶着用纱布包扎着双眼的老列兵，他俩哽咽着："老詹同志，放心地去治病吧！我们会安心搞好本职工作的……"三双列兵的手握得紧紧的。

9 纵第一人：詹才芳

"早早司令"

zaozaosiling

詹才芳有个最大的特点就是凡事赶前不赶后，赶早不赶晚。这个他在战争年代就养成的习惯和作风一直持续到了今天。只要决定去看这场演出(包括文艺演出、电影、晚会等)，他要提前至少半小时到达目的地，宁可先去后台向演员表示慰问，或与剧院(礼堂)的工作人员、放映员、服务员聊聊家常，或干脆干坐在自己的座椅上休息等待，也决不迟到。

有一次，全家陪詹才芳到军区礼堂看总政歌剧团演出的歌剧《柯山红日》。晚饭刚一吃过，他就催大家快走，到了礼堂前门，门是关着的。又到后门，大门仍紧闭着。警卫连的战士还未上岗呢！小女儿埋怨道："看，就是爸爸催的。连门都进不去了。"

"小李，想办法进去。"詹才芳急切地向警卫员下达了命令。李军山这个灵活的小伙子下了车，一跃而起，翻进门内，从里面打开了大门插销，汽车直驱礼堂。等大伙坐稳，一看表，还有整整一个小时才到开演时间呐！詹才芳叫人去取来节目单和剧情介绍，让家人先看看。他自己便到后台去了。

广州军区留园会议室的服务员小陆给詹才芳起了个绰号叫"早早司令"。绰号的来由就是因为詹才芳参加任何会议都是第一个早早地到达。只要是小陆值班，她也只好早早地赶到会议室迎接这位"早早司令"，避免"早早司令"找她的"茬儿"。

詹才芳到会的时间往往要比小陆早，他就会开玩笑似地对小陆说："这个兵！该回家了。太稀拉。"小陆也会为自己开脱几句："世界上有几个像您

☆1960年詹才芳与朱光、曾志在广州白云机场和周恩来、邓颖超合影

这样的首长！人家说，开会到的越晚才越有派哩！8点才上班，我提前了10分钟，也该是‘早早服务员’了吧！”

如果詹才芳一旦落在了小陆的后面，小陆见了詹才芳，赶忙道：“詹副司令您好早啊！”她特别强调那个“早”字。詹才芳说：“好一个小陆！比我这个‘早早司令’还早！是个好兵。”话毕，两人又“哈”“哈”一阵。

詹才芳的秘书、警卫员、司机等对他的习惯都很了解，大家十分谨慎。尤其是遇到出差时，等火车、汽车、等人……更是注意即早交待、安排。

别人问到他为啥要这么做时，他的回答是这样的：“一个军人要养成雷厉风行的习惯，不要拖拖拉拉。战争年代，因为拖拉延误了战机的教训，我们不能忘记。现在，我们仍是军人，要保持并养成良好的习惯和作风，才能带出好兵。指挥员其身正，不令则行啊！再有，这样做也是对别人，尤其是对同行者、与会者或对下级的尊敬。说话要留有余地，做事也要留有思考和适应新的环境和变化的余地。不要像那些把自己置于众人之上的人那样，大家都到了，他非要晚几分钟来不可，以示他的威风。也不要像某些人不尊重下面同志的劳动，瞎评论，乱指挥。一会儿让人朝东，一会让人朝西，弄得别人不知所措。这很要不得呢?……”

“早早司令！”人们为他叫好。

主要参考书目

《中国军事百科全书》，军事科学出版社1997年版。

《中国人民解放军将帅名录》，解放军出版社1987年版。

《解放军将领传》，解放军出版社1992年版。

刘培一主编：《上将风云录》，中国大百科全书出版社2000年版。

王晓建主编：《开国上将》，中国社会出版社2005年版。

刘培一主编：《中将风云录》，中国大百科全书出版社1997年版。

刘培一主编：《少将风云录》，中国大百科全书出版社1997年版。

中共党史人物研究会编：《中共党史人物传》，陕西人民出版社1986年版。

《中国人民解放军战史》，军事科学出版社1987年版。

翟唯佳等编著：《第四野战军》，中共党史出版社1996年版。

《回忆刘震将军》，军事科学出版社1998年版。

《天行健——吕正操》，解放军出版社1995年版。

《陈奇涵传》，军事科学出版社1997年版。

《万毅将军回忆录》，中共党史出版社1998年版。

胡支援编著：《万毅与各军名战》，国防大学出版社1997年版。

张团等编著：《塔山英魂——吴克华与各军名战》，国防大学出版社1997年版。

詹杨著：《战将的足迹——詹才芳将军的故事》，湖北人民出版社1992年版。

《塔山名将——吴克华》，解放军文艺出版社2000年版。